Jennifer Bright

The Right Kind of Wrong

Das Buch

Du bist der Funken Hoffnung in meiner Dunkelheit

Zoe lebt mit ihrer besten Freundin Kate in einer WG in London und wünscht sich nichts mehr, als frei zu sein. Frei von den Erwartungen ihrer Eltern und frei von den Panikattacken, die sie immer wieder erschüttern. Als Kates neuer Freund Noah eine Unterkunft braucht, stimmt Zoe zu, ihn vorübergehend einziehen zu lassen. Obwohl ihr Aufeinandertreffen alles andere als reibungslos verläuft, entdeckt sie mit der Zeit immer mehr Gemeinsamkeiten und fühlt sich zu Noah hingezogen. Zoe weiß, dass ihre Gefühle falsch sind und sie die Freundschaft zu Kate kosten könnten. Doch als Zoe bemerkt, dass sie an Noahs Seite freier ist als jemals zuvor, geraten ihre guten Vorsätze ins Wanken ...

Die Autorin

Jennifer Bright, geboren 1993, ist schon seit ihrer Kindheit begeistert von Büchern. Dieser Leidenschaft verleiht sie nicht nur durch das Schreiben eigener Romane Ausdruck, sondern ist unter dem Namen wortgetreu auch als Bloggerin und Booktuberin unterwegs.

Jennifer Bright

The Right Kind of Wrong

Roman

FOREVER

Forever by Ullstein
forever.ullstein.de

MIX
Papier
FSC FSC® C083411

Originalausgabe bei Forever
Forever ist ein Verlag
der Ullstein Buchverlage GmbH, Berlin
Februar 2020 (1)

Umschlaggestaltung:
zero-media.net, München
Titelabbildung: © FinePic®
Innengestaltung: deblik Berlin
Gesetzt aus der Quadraat Pro powered by pepyrus.com
Druck- und Bindearbeiten: CPI books GmbH, Leck

ISBN 978-3-95818-536-4

Playlist

Oceans – Seafret
Something Worth Saving – Gavin DeGraw
I Found – Amber Run
Say You Won't Let Go – James Arthur
Anxiety – Julia Michaels ft. Selena Gomez
Incredible – James TW
The Dirt – Tor Miller
Neyer Say Never – The Fray
Poetry – Wrabel
STFU & Hold Me Acoustic – Liz Huett
House – Joshua Moss
Girl Crush – Harry Styles
You – Callum James
Drive – Halsey
Empty Space – James Arthur
Someone You Loved – Lewis Capaldi

Prolog

Meine nackten Füße tragen mich über das dunkle Parkett unserer sonnendurchfluteten Dreizimmerwohnung. Nur mit einem weißen Top und einem Slip bekleidet schleppe ich mich in die Küche, um mir meinen morgendlichen Kaffee zu machen.

Kate sitzt in ihrem rosa Schlafanzug am Küchentisch und schiebt sich ein Stück vom Pancake in den Mund. Ihre schulterlangen blonden Haare stehen in alle Richtungen ab, sodass sie den Anschein erweckt, als hätte sie es gerade mit einem Bären aufgenommen und den Kampf haushoch gewonnen.

»Möchtest du auch welche, Zoe?« Sie deutet auf den leeren Teller ihr gegenüber und die dampfende Einhorntasse mit schwarzem Kaffee.

Mit einem zufriedenen Seufzen und einem Nicken lasse ich mich auf den Holzstuhl fallen. Der erste Schluck vom Kaffee ist purer Balsam für die Seele.

»Wie geht es dir?« Kate sieht mich mit diesem besorgten Gesichtsausdruck an, der mir verrät, dass sie mir noch immer nicht glaubt, dass ich über die Trennung von meinem Ex-Freund hinweg bin. Ja, es war schwer, vor vier Wochen einen Schlussstrich zu ziehen, und doch war dieser bitter nötig gewesen.

»Kate, du musst mich das nicht jeden Morgen fragen. Es war die richtige Entscheidung. Du weißt, dass ich schon länger an unserer Beziehung gezweifelt habe, und Matthews Lüge hat mir den Rest gegeben.« Ich nippe an meinem Kaffee und denke an den Tag zurück, an dem ich erfahren habe, dass er mir wochenlang etwas vorgemacht hat.

Es war immer mein Traum, eine Europareise zu machen. Doch ich habe Matthew gesagt, dass wir sie auch nach unserem Studium unternehmen können. Ich weiß, dass sein Medizinstudium bei ihm an allererster Stelle steht. Trotzdem hatte er mir versprochen, sich ein Urlaubssemester zu nehmen, um mit mir zu verreisen. Noch schlimmer, er hatte behauptet, dass er es schon beantragt hätte. Also tat ich es ihm gleich. Nachdem meines bewilligt worden war, hatte ich mich gefragt, weshalb es bei ihm so lange dauerte.

»Du weißt, ich war nie ein großer Fan von Matthew, aber ich komme immer noch nicht darüber hinweg, wie dreist er dir etwas vorgemacht hat. Du hast so viel Zeit investiert, hast tagelang Unterkünfte und Routen rausgesucht, für nichts und wieder nichts.« Sie schüttelt ungläubig den Kopf.

Als ich von seiner Lüge erfahren habe, hat er geglaubt, dass es mit einer einfachen Entschuldigung getan wäre. Er wurde richtig grimmig, weil ich ihm gesagt habe, wie enttäuscht ich von ihm bin. Das ist typisch für ihn, sobald er etwas falsch gemacht hat, dreht er den Spieß um und schiebt mir den schwarzen Peter zu.

»Wir waren einfach zu verschieden«, beteuere ich und denke an all die Zeichen, die mir schon früher hätten auffallen müssen. Wenn es nach ihm gegangen wäre, würden wir seit einem Jahr zusammenwohnen, nächstes Jahr heiraten, danach das erste von drei Kindern zeugen und in einem schicken Reihenhaus am Rande Londons leben.

Ich selbst sehe mich in zwei Jahren auf der Suche nach dem großen Abenteuer ohne Verpflichtungen und den Moment genießend auf irgendeiner Insel am Strand liegen.

Er ernährt sich stets gesund und macht um jedes Fast-Food-Restaurant einen großen Bogen, während ich für eine fettige Pizza töten würde.

Er lebt für seinen Job. Ich lebe für die Freiheit.

Er macht regelmäßig Sport. Ich bin froh, wenn ich mich einmal im Jahr zum Joggen aufraffen kann.

Er sieht zu meinen erfolgreichen Eltern auf. Ich verachte sie.

Er möchte in London alt werden. Ich möchte mal hier und mal dort wohnen.

Er ist ein Ordnungsfreak. Ich bin eine Chaotin.

Unsere Träume sind so weit voneinander entfernt, dass es nur eine Frage der Zeit war, bis sich unsere Wege trennten. Und vielleicht haben wir es beide auch von Anfang an gewusst. Gewusst, dass wir kein *Für immer* sind.

»Lass uns lieber das Thema wechseln«, sage ich und lehne mich zurück.

Plötzlich fängt Kate an, bis über beide Ohren zu grinsen, während sie mit ihren kurzen Haaren spielt. Nervös rutscht sie auf ihrem Stuhl hin und her. »Ich habe dir doch vor ein paar Monaten von meinem neuen Freund erzählt.«

Dass vor ein paar Monaten in Wahrheit erst vier Wochen her ist, versuche ich mit zusammengepressten Lippen für mich zu behalten. Kate hatte noch nie ein gutes Zeitgefühl. Eine Woche gleicht in ihrer Welt einem halben Jahr. »Jetzt lass dir nicht alles aus der Nase ziehen.«

Sie hüpft von ihrem Stuhl auf und stellt den leeren Teller mit einem lauten Klappern in die Spüle. Mit dem Rücken zu mir sagt sie: »Er fängt im kommenden Semester an, hier zu studieren. Das bedeutet, er zieht nach London und wir können uns jeden Tag sehen. Ich kann es kaum abwarten. Allerdings gibt es da ein klitzekleines Problem.« Mit ihren Rehaugen sieht sie mich unschuldig über ihre Schulter hinweg an und klimpert mit den Wimpern. »Er muss morgen aus seiner Wohnung in Liverpool raus. Aber er hat hier noch nichts gefunden. Du weißt ja selbst, wie überlaufen der Wohnungsmarkt in London ist. Leider kennt er in der Stadt auch niemanden außer mir, und da habe ich ihm angeboten, erst einmal bei uns zu wohnen.« Die Worte sprudeln nur so aus ihrem Mund, und es wundert mich, dass sie bei diesem Tempo überhaupt noch Luft bekommt.

»Aber du weißt schon, dass wir hier gemeinsam wohnen? Wieso fragst du mich nicht erst, bevor du so etwas über meinen Kopf hinweg entscheidest?«, frage ich sie mit sanfter Stimme.

Ich bin viele spontane Schnapsideen von ihr gewöhnt, aber wie stellt sie sich das vor? Diese Wohnung ist viel zu klein für noch einen Mitbewohner, und er kann auf gar keinen Fall das Wohnzimmer in Beschlag nehmen.

Mit einer schnellen Bewegung dreht sie sich wieder zu mir. »Es tut mir leid, Süße. Aber ich wusste, dass du sowieso Ja sagen würdest. Du hast doch ein Herz für mittellose Studenten.«

Sie hat recht. Natürlich hat sie das. Kate weiß ganz genau, dass ich ihr kaum etwas abschlagen kann. Trotzdem wäre es mir lieber, sie würde so eine wichtige Entscheidung mit mir gemeinsam treffen. Sie konnte ihn mir bisher nicht vorstellen, weil sie sich immer bei ihm in Liverpool getroffen haben. Doch ihre Schwärmereien bekomme ich nicht mehr so leicht aus dem Kopf. Tagein, tagaus habe ich nur noch mit halbem Ohr zugehört, sobald sie angefangen hat, von ihm zu reden. Dass dabei viel bei mir hängen geblieben ist, wage ich zu bezweifeln. Zu meiner Verteidigung muss ich sagen, dass Kate sich von einer Beziehung in die nächste stürzt. Das war schon immer so. Sie wechselt ihre Freunde schneller, als ich *Glaubst du nicht, Single zu sein würde dir auch mal guttun* sagen kann.

Kate hat Angst, allein zu sein. Sie mag es, zu wissen, dass Nachrichten mit Herzsmileys darauf warten, von ihr beantwortet zu werden. Sie mag es, nachts in ihrem Bett zu telefonieren und mit einem *Ich liebe dich* am Ohr einzuschlafen. Sie mag es, sich diese romantischen Komödien anzuschauen, die ich nicht leiden kann. Kate und ich können über alles sprechen, doch jedes Mal, wenn ich sie frage, wieso sie sich wieder in die nächste Beziehung stürzt, wechselt sie gekonnt das Thema.

Ein wenig verstehe ich ihre Angst vor dem Alleinsein. Auch ich habe vor der Trennung mehr als einmal das Pro und das Kontra abgewogen. Ich habe es mir nicht vorstellen können, nach etwas mehr als zwei Jahren wieder Single zu sein. Manchmal liege ich nachts wach und wünsche mir nichts mehr als jemanden, dem ich nahe sein kann. Ich bereue es nicht, dass ich Matthew kennen- und lieben gelernt habe. Ich bereue es aber auch nicht, mich von ihm getrennt zu haben.

Das laute Klirren von Besteck reißt mich aus meinen Gedanken. Kate steht an der Spüle und beginnt, das Geschirr abzuwaschen.

»Okay, hör zu. Dein toller Freund kann natürlich fürs Erste bei uns unterkommen. Aber er wird in deinem Zimmer schlafen und nicht unser Wohnzimmer für sich beanspruchen. Außerdem will ich einen geregelten Plan, damit meine ich den Küchendienst, Badzeiten und all das andere Zeug, was anfällt, wenn man sich einen dritten Mitbewohner ins Haus holt. Hoffentlich bringt der Streuner keine Flöhe mit.« Ich nehme mir das Tuch zum Abtrocknen und stelle mich mit einem leichten Schubser in Kates Seite neben sie.

»Ich habe die beste Freundin der Welt.« Sie drückt mir einen Kuss auf die Wange und spült weiter die Teller und Tassen ab.

Lächelnd werfe ich das Geschirrtuch auf ihren Kopf und versperre ihr damit die Sicht. Ihr Lachen erfüllt den kompletten Raum, und ich kann ihr nicht böse sein.

Ich weiß nicht, woran es lag, aber es brauchte nur wenige Tage, bis ich begriff, wie viel mir dieser blonde Wirbelwind bedeuten würde. Sie ist mehr als eine Freundin. Mehr als eine beste Freundin. Sie ist die Familie, die ich nie hatte. Sie teilt mit mir, wie es nur eine Schwester kann. Sie ist so fürsorglich wie eine Mutter und so stolz wie ein Vater. Und wenn ich eines weiß, dann, dass ich für sie dasselbe bin. Familie.

Während ihr Lachen noch nachhallt, werfe ich einen Blick auf die Uhr über der Küchentür. »Oh Mist!« Schnell lege ich das Geschirrtuch auf den Tresen und trockne mir die feuchten Hände an meinem Shirt ab.

Ich hätte beinahe vergessen, dass ich heute einen Termin bei der Vermittlungsagentur habe. Sie haben ein neues Projekt für mich, an dem ich arbeiten soll. Auch wenn mir die Themen, die sie mir zuteilen, oft nicht gefallen, bin ich heilfroh darüber, neben dem Journalismusstudium ein wenig Geld dazuverdienen zu können. Da sehe ich auch mal darüber hinweg, dass ich einen Artikel über Dating-Apps oder über ein neues Enthaarungsprodukt schreiben soll.

»Ich muss mich beeilen. Ich habe in einer Stunde einen Termin in der Agentur. Wann genau kommt dein Freund? Ach, und wie heißt er noch mal? Nate? Niclas? Nathaniel?«

Ohne jegliche Vorwarnung klatscht sie mir das nasse Geschirrtuch ins Gesicht, welches langsam an mir hinunterrutscht und anschließend auf dem Boden landet. »Du dumme Nuss. Du weißt genau, wie er heißt. Ich habe dir seinen Namen schon hundertmal genannt. Noah. Ich kann dir leider keine Uhrzeit nennen, aber gegen Abend müsste er hier sein.« Sie grinst. »Jetzt beeil dich lieber. Du solltest echt duschen, du siehst fürchterlich aus.«

»Ich habe dich auch lieb.« Mit einem Kopfschütteln verlasse ich die Küche und hoffe, dass ich es noch rechtzeitig zu meinem Termin schaffe. Auch wenn ich für mein Chaos bekannt bin, so hasse ich es, zu spät zu kommen und mir irgendeine dumme Ausrede einfallen lassen zu müssen, die einem sowieso keiner abkauft.

Im Wohnzimmer bleibe ich kurz stehen. Für Außenstehende muss es ziemlich zusammengewürfelt wirken. Dabei haben wir es genau so gewollt, wie es jetzt ist. Vom Flur aus hat man einen direkten Blick auf das große Fenster mit den weißen Holzrahmen, von dem die Farbe langsam abblättert. Links daneben steht mein Bücherregal in einem hellen Mintton, welches in die Wand eingelassen ist und vom Boden bis zur Decke reicht.

Auf der rechten Seite befindet sich das graue Sofa mit bunten Kissen, das wir einem Bekannten abgekauft haben. Der gelbe Sessel, auf den ich bestanden habe, steht auf einem weißen Teppich. Die Wände sind in einem hellen Grau gestrichen, und eine große Monstera füllt den Platz neben der Tür, die zur Küche führt. Diese Pflanze, die wir liebevoll Sebastian getauft haben, haben wir uns gemeinsam zum Einzug gekauft. Seither gedeiht sie und ist um das Dreifache gewachsen.

An der weißen Decke hängt ein bunter Kronleuchter aus Echtglas, auf den wiederum Kate bestanden hat. Ich persönlich mache jedes Mal einen großen Bogen um ihn, damit mir dieses mörderisch schwere Teil nicht auf den Kopf fallen kann.

Auf dem Weg ins Badezimmer versuche ich, den Gedanken zu verdrängen, dass ich mir bald meine heiligen vier Wände mit einem ungebetenen Gast teilen muss. Ich kann für Kate nur hoffen, dass ihr neuer Freund nicht so eine Vollkatastrophe ist wie ihr letzter. Ich liebe Kate wirklich, aber sie hat trotz ihres guten Herzens ein echtes Gespür dafür, sich die falschen Männer auszusuchen.

Kapitel 1

»Der Artikel muss allerspätestens in zwei Wochen bei dem Onlinemagazin eingehen«, erklärt mir Lauren, meine Ansprechpartnerin in der Vermittlungsagentur *Peak & Paper*.

Es ist einem Zufall zu verdanken, dass ich vor einem halben Jahr, inmitten meines zweiten Semesters, an diesen Job gekommen bin. Eine Kommilitonin hat eine Arbeit von mir überflogen, als sie mir aus der Tasche gefallen war, und mich gefragt, ob ich gerne mit dem Schreiben etwas dazuverdienen würde. Sie gab mir die Kontaktdaten von Lauren, und weil wir uns sofort verstanden haben, konnte ich gar nicht anders, als diesen Job anzunehmen. Da mir das Arbeiten in einem Café überhaupt keinen Spaß bereitet hatte, kam diese Möglichkeit wie gerufen, und ich machte drei Kreuze, als ich endlich kündigen und bei *Peak & Paper* anfangen konnte.

Meine Eltern waren immer davon ausgegangen, dass ich in ihre Fußstapfen treten und eines Tages ihre Praxis übernehmen würde. Dass ich mit Medizin absolut nichts am Hut haben möchte, war und ist ihnen noch immer ein Dorn im Auge. Es glich einem Kampf, meinen eigenen Weg einzuschlagen. Hätte Opa mir nicht immer wieder gesagt, dass ich mein eigenes Leben an die erste Stelle setzen muss, dann hätte ich mich vielleicht von meiner Mutter bequatschen lassen.

»Das kriege ich hin«, antworte ich Lauren, die mich erwartungsvoll anschaut. Dass ich diesen Artikel schwachsinnig finde, so wie die letzten auch schon, behalte ich lieber für mich. Ich soll doch tatsächlich für ein Frauenmagazin einen Beitrag darüber schreiben, wie schnell man als junge Frau an die Telefonnummer eines Mannes kommt. Ich würde mich nicht gerade als Vollblutfeministin bezeichnen, und trotzdem sträubt sich in mir etwas dagegen, mich Männern anzubiedern, um sie als Versuchsobjekte benutzen zu können.

Sie überreicht mir die E-Mail-Adresse, an die ich meinen fertigen Beitrag senden soll, und erhebt sich auch schon von ihrem kupferroten Stuhl. »Ich muss zum nächsten Termin. Es hat mich gefreut, dich wiederzusehen, Zoe. Ich melde mich, sobald ich noch etwas Passendes für dich habe.«

Etwas Passendes. Wie kommt sie nur immer auf die Idee, dass all diese Themen zu mir passen würden? Es ist nicht so, dass ich noch nie den Mund aufgemacht hätte. Jedoch hat man mir deutlich zu verstehen gegeben, dass sich Artikel über das Reisen und verschiedene Kulturen schlechter verkaufen lassen.

Mit einem kräftigen Händedruck verabschieden wir uns voneinander, und sie begleitet mich aus ihrem Büro.

Ich will gerade in meinen Wagen steigen, da überlege ich es mir anders und entscheide mich kurzerhand dafür, einen Abstecher ins *Hatchards* zu machen, den ältesten Buchladen Londons. Die Wahrscheinlichkeit, dort noch ein signiertes Exemplar vom neuen Stephen-King-Werk zu ergattern, ist ziemlich gering, aber trotzdem ist es einen Versuch wert. Auch wenn man die signierte Sonderausgabe im Internet kaufen kann, bin ich kein großer Fan davon, denn damit schwäche ich den stationären Buchhandel. Dafür fühle ich mich viel zu wohl in Büchereien und Buchhandlungen.

Meine Liebe zu Büchern fing früh an. Genauer gesagt, als mein Opa mir den ersten Harry-Potter-Roman gekauft hat, seither hüte ich alle Bände wie einen Schatz. Mit vierzehn Jahren habe ich einen Blog erstellt, in dem es nur um Bücher ging. Die einzige freie Zeit, die mir zum Erstellen der Posts blieb, waren die späten Abendstunden. Nach dem Unterricht an einer der renommiertesten Privatschulen Londons folgte ein straffer Zeitplan. Klavier-, Ballett- und anschließend Geigenstunden. Jeden Tag. Von Montag bis Sonntag.

Mein Blog, den ich mühsam allein aufgebaut hatte, wuchs immer weiter, und irgendwann hatte ich mehrere Tausend Leserinnen und Leser, die stets auf einen neuen Beitrag von mir gewartet haben. Eine meiner Leserinnen war Kate, und das, obwohl sie höchstens fünf Bücher im Jahr liest. Unter fast jeden Post von mir schrieb sie einen Kommentar, bis wir irgendwann Handynummern austauschten und von da an jeden Tag in Kontakt standen. Es hat mindestens ein Jahr gedauert, bis wir uns das erste Mal getroffen haben. Meine Mutter hatte mir jegliches Ausgehen untersagt. Das Haus verlassen durfte ich nur zu Terminen, die sie in meinen Kalender eingetragen hatte.

Kate war der erste und bisher einzige Mensch, mit dem ich mich sofort verbunden gefühlt habe. Es ist meinem Opa zu verdanken, dass wir uns damals getroffen haben. Er hat meine Mutter davon überzeugt, dass ich Zahnschmerzen hätte und er mit mir zum Zahnarzt gehen müsse. Doch in Wahrheit hat er mir viel Spaß mit Kate gewünscht und mir den Rücken freigehalten.

Hatchards befindet sich direkt am Piccadilly Circus, weshalb ich es von der Agentur nicht weit habe und mich entscheide, zu Fuß zu gehen.

Die Buchhandlung hat eine eher unscheinbare Außenfassade, doch sobald ich den Laden betrete, fühlt es sich an, wie nach Hause zu kommen. Dieser Ort hat etwas Magisches an sich, mit den dunklen Bücherregalen, die vom Boden bis zur Decke reichen, dem gemütlichen Licht, den Gemälden an der Wand und dem Stein- und Teppichboden.

Manchmal komme ich mit einem Buch im Schlepptau hierher, um mich auf eines der Ledersofas zu setzen, die vor großen Fensterfronten stehen, welche einen Blick auf den Trubel der Straßen erlauben.

Zielstrebig gehe ich die Treppe hinauf, um zu den Thrillern zu gelangen. Sofort erblicke ich den anscheinend leeren Aufsteller zu dem neuen Buch, das seit einigen Tagen erhältlich ist. Mit hängenden Schultern, aber einem kleinen Funken Hoffnung in mir trete ich näher heran und bleibe wie erstarrt stehen, als ich einen großen Mann sehe, der gerade nach der letzten signierten Ausgabe greift.

Er trägt einen schwarzen Mantel, eine schwarze Jeans und schwarze

Boots. Wenn ich ihn mir genauer anschaue, habe ich das Gefühl, wir hätten Winter. Zugegeben, der Sommer in England ist nicht gerade heiß, und die letzten Tage war es trotz Sonnenschein auch nicht warm, aber ein wenig Farbe im Outfit würde ihm sicher guttun.

Meine Füße stecken in weißen Chucks, und mein Kleid, welches mir bis zu den Knien reicht, schreit mit seiner gelben Farbe und den weißen Gänseblümchen förmlich nach Sommer.

Ich betrachte das Profil des Mannes genauer, beobachte ihn dabei, wie er gebannt den Klappentext des Buches liest. Was mir sofort ins Auge fällt, sind seine Haare. Sie sind etwas länger, sodass er sie sich im Nacken zu einem winzigen Zopf gebunden hat. Einige der braunen Haarsträhnen scheinen sich aus dem Haargummi befreit zu haben und fallen ihm ins Gesicht, wodurch ich seine Augen nicht sehen kann. Durch die Haare erinnert er mich leicht an Tarzan, auch wenn ich zugeben muss, dass er deutlich attraktiver ist als der Mann, der mit den Affen aufgewachsen ist. Seine Nase ist weder zu klein noch zu groß, die Lippen voll und geschwungen, doch was besonders heraussticht, sind seine Kieferpartie und die Wangenknochen. Als hätte jemand das perfekte Bild eines Mannes gezeichnet.

Plötzlich ziehen sich seine Mundwinkel nach oben und entblößen ein tiefes Grübchen in der Wange. Ich kenne den Klappentext in- und auswendig und frage mich, was er daran so amüsant findet. Mir fällt keine Stelle ein, bei der einem auch nur ansatzweise nach Lachen zumute wäre.

Ich mache gerade einen Schritt auf ihn zu, als er das Buch aus der Hand legt, um sein Handy aus der Jeans zu holen und es sich ans Ohr zu halten. Ohne groß darüber nachzudenken, ergreife ich meine Chance, bin mit vier großen Schritten bei ihm, lächle höflich und schnappe mir das Buch.

»Ich rufe dich gleich zurück«, ertönt seine raue Stimme hinter mir, bevor er mir sanft auf die Schulter tippt, als ich gerade dabei bin, einen lautlosen Abgang zu machen.

Für einen Moment überlege ich mir, das Buch fest an meine Brust zu drücken und einfach loszurennen. In meiner Vorstellung klingt es um einiges lässiger, als es wohl tatsächlich aussehen würde. Also entscheide ich mich dafür, mich lächelnd umzudrehen und das Unschuldslamm zu spielen.

Obwohl ich mit meinen knapp einen Meter siebzig nicht unbedingt klein bin, überragt mich der Mann deutlich. Sekundenlang stehe ich regungslos vor ihm und starre in seine grünen Augen, die von dunklen Wimpern umrahmt sind. Verdammt, er sieht viel zu gut aus. Vielleicht sollte ich schon hier und jetzt mit der Recherche zu meinem Artikel beginnen.

»Ja bitte?« Meine Stimme ist mir selbst fremd, so sanft spreche ich die zwei Wörter aus.

»Sie haben sich da gerade mein Buch gegriffen«, stellt er nüchtern fest.

»Haben Sie es gekauft?« Ich verstärke meinen Griff um das letzte signierte Stephen-King-Buch. Natürlich könnte ich mir auch eine Ausgabe kaufen, in der keine Unterschrift ist. Aber das will ich nicht. Ich will *dieses* Buch.

»Nein.« In seinem Gesicht lässt sich rein gar nichts ablesen, weshalb es mir schwerfällt, die Situation einzuschätzen. Rastet er gleich aus? Fängt er an zu lachen und überlässt mir das Buch? Wird er eine Diskussion beginnen? Ich habe absolut keine Ahnung, da er weder lächelt noch böse guckt.

»Dann gehört es Ihnen auch nicht.« Erhobenen Hauptes gehe ich in Richtung der Treppen, ohne auf eine Erwiderung von ihm zu warten. Ich möchte dieses Buch um jeden Preis.

Noch bevor ich die Stufen nach unten erreiche, stellt sich der Mann direkt vor mich und blockiert mir mit seinen breiten Schultern den Weg. »Sie haben in der Ecke gestanden, mich beobachtet und die erstbeste Gelegenheit genutzt, um mir das Buch unter der Nase wegzuschnappen«, unterstellt er mir. Dass er damit recht hat, behalte ich lieber für mich. Wobei mich schon interessieren würde, wie er das bemerken konnte, während er so vertieft in den Klappentext schien.

Noch bevor ich etwas sagen kann, beginnt er erneut zu reden. »Ich hatte das Buch zuerst in der Hand, und ich hätte es auch gekauft, wäre ich nicht durch einen Anruf dabei gestört worden.«

»Was meinen Sie, wie viele Leute dieses Buch schon in der Hand hatten, trotzdem hat es ihnen nicht gehört.« Ich grinse triumphierend.

Mein Blick fällt auf seine vollen Lippen, und ich frage mich, ob sie so weich sind, wie sie aussehen. Sein rechter Mundwinkel bewegt sich leicht nach oben.

»Richtig. Deshalb sieht es auch schon so mitgenommen aus.« Seine Worte verunsichern mich. Sofort schaue ich mir die Ausgabe etwas genauer an. Tatsächlich hat der Umschlag des Buches einen Knick, und am Buchrücken sehe ich einen leichten Kratzer. Mist! Das Buch sieht wirklich nicht mehr makellos aus.

»Oh, schauen Sie mal.« Der Mann zeigt an mir vorbei in Richtung der Regale. »Wir brauchen uns gar nicht weiter zu streiten, da kommt Nachschub.«

Sofort schaue ich über die Schulter nach hinten – nur um nichts zu sehen. Schneller, als ich schalten kann, zieht er mir das Buch aus den Händen und geht damit die Treppen hinunter. Ich kann gar nicht reagieren, so geschockt stehe ich am Treppenansatz. Das ist gerade nicht wirklich passiert, oder? Er hat mich nicht ausgetrickst und mir einfach das Buch aus der Hand gerissen?

»Hey!«, rufe ich ihm hinterher und kriege dafür einige böse Blicke von den Menschen um uns herum zugeworfen. »Warten Sie! Geben Sie mir mein Buch wieder.« Schnellen Schrittes folge ich ihm zur Kasse.

Sein Lächeln wirkt wie eingemeißelt, und würde ich diesen Mann gerade nicht zutiefst verachten, würde ich mich zu ihm hingezogen fühlen.

»Wie war das? Solange man es nicht gekauft hat, gehört es einem auch nicht. Ich weiß nicht, was Sie gleich machen, aber ich werde mir jetzt dieses Buch kaufen. Mein Buch.«

»Sie ...« Mir fällt nichts ein, was ich ihm an den Kopf werfen könnte.

Er steht vor dem Tresen und zieht sein braunes Lederportemonnaie aus der hinteren Hosentasche.

Wut steigt in mir auf. Ich wusste, dass es schwer werden würde, hier noch ein signiertes Exemplar zu finden. Wäre ich vor meinem Termin in der Agentur hergekommen, hätte ich sicherlich noch einige vorgefunden, aber so standen die Chancen sowieso schon schlecht, und jetzt schnappt mir so ein arroganter Kerl auch noch die letzte Ausgabe vor der Nase weg.

»Sie haben mich angelogen«, werfe ich ihm an den Kopf, während er der Verkäuferin seine Karte reicht und damit offiziell im Besitz *meines* Buches ist.

Er nimmt die Papiertüte entgegen und geht in Richtung des Ausgangs. Seine Schultern sind gerade, das Kinn ist erhoben, und die Selbstsicherheit und Zufriedenheit zeigt sich in jeder Faser seines Körpers.

Ich möchte ihn gerade noch einmal anschnauzen, als er stehen bleibt und sich zu mir umdreht. Das Tageslicht fällt ihm seitlich ins Gesicht, was seine Konturen nur noch deutlicher hervorhebt. Er hält mir demonstrativ die Tüte hin, um mir zu zeigen, dass dies nun sein Buch ist, wobei mir zwei schlichte silberne Ringe auffallen. Den einen trägt er am Mittelfinger und den anderen am kleinen.

»Vielleicht haben Sie Glück und werden in einem anderen Buchladen fündig.«

Bei seinen Worten fällt mir die Kinnlade runter, und mit offenem Mund starre ich ihn an. Ich bin mir ziemlich sicher, dass mein Gesicht vor Wut gerade rot anläuft, weil ich zu explodieren drohe. »Sie verdammtes Arschloch!«, beschimpfe ich ihn, weil mir gerade nichts anderes einfällt.

»Ihnen auch noch einen schönen Tag.« Er dreht mir den Rücken zu und verschwindet im Trubel der Menschenmenge.

Seit einer Stunde suche ich schon in anderen Buchhandlungen. Doch das Einzige, das ich mir gekauft habe, ist die verführerisch duftende

Pizza, die ich gerade unser Treppenhaus hochtrage. Wenn mich etwas über meine enttäuschende Ausbeute hinwegtrösten kann, dann diese wunderschöne Versuchung in meinen Händen.

Voller Vorfreude sprinte ich, immer zwei Stufen nehmend, nach oben. Seit ich denken kann, nehme ich immer zwei auf einmal. Das ist eine meiner vielen nervigen Macken, wie meine Mutter meine Angewohnheiten bezeichnet. Wenn man sie fragt, ist das ein großes Verbrechen an der Würde einer Dame. Ich war sieben Jahre alt, als ich mir das zum ersten Mal anhören durfte.

Ich kann es kaum abwarten, mich in meine Wohlfühlklamotten zu werfen und die Pizza zu genießen. Nach diesem miserablen Tag habe ich mir die auch wirklich verdient.

Im dritten und damit obersten Stockwerk angekommen, krame ich in meiner Tasche nach dem Haustürschlüssel, der an einem kleinen Stoffteddy aus meiner Kindheit hängt. Das einzige Überbleibsel, mit dem ich etwas Positives verbinde. Ich habe ihn mit acht von meinem Opa bekommen.

Ich lasse den Schlüssel auf die Kommode fallen, lege die Pizzaschachtel ab und ziehe mir die Chucks von den Füßen, um sie anschließend unachtsam in die Ecke zu schmeißen. Mit dem Gummi, das bis gerade eben noch an meinem Handgelenk war, bändige ich vor dem Spiegel im Flur meine gewellte Mähne in einem unordentlichen Dutt.

Der himmlische Duft meiner fettigen Mahlzeit steigt mir in die Nase, während ich mit der einen Hand den Pizzakarton balanciere und mit der anderen versuche, meinen BH-Verschluss zu öffnen.

Ein Räuspern lässt mich ruckartig zusammenfahren, und die Pizza fällt mit einem Knall zu Boden. Ein lauter Fluch verlässt meine Lippen, als ich sehe, dass der ganze Belag vom Teig gerutscht ist und ich mein Essen nun vergessen kann.

Eine leise Vorahnung überkommt mich, und ich kneife meine Augen zusammen, während ich mich in Richtung der Geräuschkulisse drehe. Durch kleine Schlitze blicke ich auf unser Sofa.

Kate sitzt auf der Armlehne, ihre kleine Hand verschlungen mit der großen eines hochgewachsenen jungen Mannes, der ... Moment mal! Das ist doch ... Das kann nicht wahr sein! Auf meinem Sofa sitzt das Arschloch von vorhin.

Meine beste Freundin kommt auf mich zu, mit einem entschuldigenden Blick, und hilft mir, die Überreste der Pizza vom Boden zu fischen. »Du bist mir eine Pizza schuldig«, lasse ich sie wissen. »Das ist also ... wie hieß er noch mal? Nate?« Ich weiß nicht, ob ich lachen oder weinen soll. Kurz überlege ich, ob ich ihn rausschmeißen könnte. Doch dann fällt mir wieder ein, dass es sich nicht um irgendeinen Arsch, sondern um den neuen Freund meiner besten Freundin handelt.

Ich blicke über ihre Schulter und schaue mir den Mann noch einmal genauer an. Es besteht kein Zweifel, dieses selbstgefällige Grinsen würde ich überall wiedererkennen. Unsicher darüber, ob ich Kate von meiner Begegnung mit ihm erzählen soll, behalte ich es erst einmal für mich. Ich möchte nicht, dass sie glaubt, dass ich ihren neuen Freund wieder nicht leiden kann. Vor ein paar Wochen, als sie mir zum ersten Mal von ihm erzählt hat, habe ich ihr noch versprochen, dass ich dieses Mal nicht so negativ an die Sache rangehen werde.

»Aber sag mal, Kate, du hast gar nicht erwähnt, dass er wie Tarzan aussieht«, flüstere ich ihr zu.

Ihr Blick verfinstert sich, und ich bin der festen Überzeugung, dass sie mir jeden Moment die Pizzareste ins Gesicht pfeffern wird. Sofort kommt mir die Szene aus *Mean Girls* in den Sinn, in der sich Cady vorstellt, dass sich die jungen Mädels wie wilde Tiere gegenseitig anspringen. Erst als auch Kates Freund mich anstarrt, bemerke ich, dass ich gerade wohl ein wenig zu laut gesprochen habe.

Das passiert mir öfter, als es gut für mich ist. Ich rede, bevor ich denke. Und ich denke meistens laut.

»Also erstens Zoe, sein Name ist Noah. Und zweitens ... zweitens gibt es nicht. Du bist einfach nur bescheuert.« Bei ihren unbeholfenen Worten beginne ich zu kichern.

Der Mann, der es sich auf meinem Sofa bequem gemacht hat, überwindet mit nur wenigen Schritten die Distanz zwischen uns und geht ebenfalls in die Hocke. Kurz treffen sich unsere Blicke, und ich schaue einen Moment zu lange in seine grünen Augen. Zu dritt knien wir vor den erbärmlichen Resten meiner Pizza.

»Kate hat viel von dir gesprochen, aber wie charmant ihre beste Freundin ist, hat sie mir dann wohl verschwiegen.« Sein rechter Mundwinkel zuckt nach oben, als er mir seine Hand zur Begrüßung entgegenstreckt. Ein leises, fast schon zurückhaltendes Lachen von Kate ertönt, und wenn ich es nicht besser wüsste, würde ich annehmen, sie hat sich mit ihm gegen mich verschworen.

Da er mich begrüßt, als hätten wir uns nie zuvor gesehen, entscheide auch ich mich dafür, über unseren kleinen Vorfall erst einmal Stillschweigen zu bewahren und Kate zu einem späteren Zeitpunkt davon zu erzählen.

Widerwillig nehme ich die Schachtel in die Hände und schmeiße meine geliebte Pizza schweren Herzens in den Müll. Ich bleibe ein paar Sekunden an der Spüle stehen und atme tief durch. Muss ich mir jetzt tatsächlich die nächsten Wochen meine heiligen vier Wände mit diesem Mann teilen?

Aus dem Wohnzimmer ertönt mein Name, und auch wenn ich gerade am liebsten durch das Küchenfenster verschwinden würde, setze ich mich den beiden gegenüber in den gelben Sessel. Als wäre es nicht genug, so zu tun, als wäre alles in bester Ordnung, erblicke ich auch noch die Tüte aus dem *Hatchards* auf dem Beistelltisch. Heute Nacht werde ich ihm das Buch wegnehmen, es in mein Regal stellen und ihm das Geld dafür hinlegen. Hätte er es mir nicht direkt aus den Händen gerissen, wäre es sowieso meins gewesen.

Ich beobachte, wie Kate erzählt, wie wir uns kennengelernt haben, und Noah ihr gebannt dabei zuhört. Innerlich verfluche ich mich für den Gedanken in der Buchhandlung, dass ich mich an sein schönes Lächeln gewöhnen könnte. Den Freund der besten Freundin sollte man nun wirklich alles andere als attraktiv finden.

Er hat seinen Mantel abgelegt und trägt ein weißes T-Shirt, was mir einen Blick auf seine Tattoos ermöglicht. Auf seinem Oberarm erkenne ich eine detailreiche Schlange. Sie bildet mit ihrem Körper einen Kreis und verschlingt ihren eigenen Schwanz. Ein Symbol für Unendlichkeit. Dafür, dass ein Ende auch immer ein neuer Anfang ist. Unter dem Ärmel seines Shirts, auf der Innenseite seines Oberarms, kann ich ein Wort erkennen, aber nicht entziffern, was genau dort steht. Eine Rose ziert seinen Unterarm und noch so einige weitere Motive.

Was hat Kate nur immer mit Tattoos? Sie selbst hat kein einziges, und trotzdem scheint es bei der Suche nach einem neuen Freund ein unabdingbares Kriterium zu sein. Bei der Vorstellung, wie höllisch so was wehtun muss, stellen sich mir die Nackenhaare auf. Aber ich muss zugeben, dass seine Tattoos recht schön anzusehen sind.

Ehe ich meinen Gedankengang zu Ende führen kann, herrscht auf einmal Totenstille, und beide schauen mich mit großen Augen an.

»Seit wann findest du Tattoos schön?« Kate sieht mich gleichzeitig fragend und amüsiert an.

Dass diese Tattoos schön anzusehen sind, habe ich jetzt nicht wirklich laut gesagt, oder? Nein, nein, nein! Das darf nicht wahr sein!

Mit hochgezogener Augenbraue schaut mich Noah aus seinen grünen Augen eindringlich an. Auch er kann sich offenbar ein leises Lachen nicht verkneifen. Hätte ich mich nicht schon an meine peinlichen Ausrutscher gewöhnt, würde mir jetzt womöglich die Röte ins Gesicht schießen.

»Schön ist das falsche Wort. Ich finde die Motive nur ... interessant«, sage ich und versuche damit, meinen Kopf aus der Schlinge zu ziehen.

»Wie dem auch sei. Hast du morgen Nachmittag schon was vor? Wir könnten eine Kleinigkeit essen gehen, damit ihr euch besser kennenlernen könnt«, schlägt Kate vor.

Ich glaube nicht, dass wir uns näher kennenlernen wollen. Das, was ich von ihm kennengelernt habe, reicht mir. Wenn ich Glück habe, findet er innerhalb weniger Tage eine eigene Wohnung, und ich kann ihm die nächste Zeit, so gut es geht, aus dem Weg gehen.

»Das wird leider nichts. Ich habe heute einen neuen Auftrag bekommen. Da muss ich unbedingt dran arbeiten. Außerdem habe ich Opa versprochen, diese Woche vorbeizuschauen.«

Kates enttäuschtes Gesicht zu sehen, ertrage ich nicht lange, weshalb ich mich kurzerhand von ihnen verabschiede und beschließe, für den restlichen Tag nicht mehr aus meinem Zimmer zu kommen.

Kapitel 2

Schemenhaft nehme ich die Sonnenstrahlen wahr, die durch die dünnen weißen Vorhänge in mein Zimmer und auf mein Gesicht fallen, als mich die Sirene eines Krankenwagens durch die geschlossenen Fenster hindurch weckt. Langsam, aber sicher breitet sich die Wärme auf meinem gesamten Körper aus, während ich mit geschlossenen Augen auf der Suche nach meiner Decke bin, die anscheinend wieder einmal in der Nacht auf dem Boden gelandet ist.

Gähnend kuschle ich mich wieder ein und drehe mich zur Wand, die mit unzähligen Bildern von Sprüchen, Menschen, Orten und allem, was mich sonst noch bewegt, beklebt ist. Als Kate und ich hier eingezogen sind, hat sich jede von uns ein Moodboard gebastelt. Wir haben unsere Ziele, Träume und Wünsche zusammengefasst und in Form von Bildern festgehalten. Meine beste Freundin hat lediglich ihre Pinnwand beklebt, während ich die halbe Wand neben meinem Bett bedeckt habe.

Das Verlangen nach einer großen Tasse Kaffee befördert mich schließlich aus den Federn. Schnell greife ich nach einem grauen T-Shirt meiner Lieblingsband Imagine Dragons und ziehe es mir über. Meine Haare habe ich gestern Abend zu einem hohen Dutt gebunden, der nun, einige Stunden und eine Mütze Schlaf später, tief in meinem Nacken sitzt und nur noch die Hälfte meiner Haare bändigt.

Wie jeden Morgen tragen mich meine Füße durch das Wohnzimmer bis in die Küche. Die verschlossenen Fenster verraten mir, dass Kate noch schläft. Es wundert mich, dass sie noch nicht wach ist, schließlich ist sie eine waschechte Frühaufsteherin. Und das liegt nicht nur an ihrem Job im Café. Selbst im Urlaub oder an freien Tagen steht sie zu einer unmenschlich frühen Zeit auf. Es gibt selten einen Morgen, an dem ich vor ihr in der Küche stehe und das Frühstück für uns zubereite.

Auf Zehenspitzen versuche ich an das oberste Regal über der Spüle zu gelangen, um mir eine Tasse zu greifen, als mich plötzlich eine raue Stimme fast zu Tode erschreckt.

»Guten Morgen.«

Sofort fällt die Tasse aus meiner Hand und zersplittert in ihre Einzelteile. Na super. Nicht nur, dass dies bis eben meine Lieblingstasse gewesen ist. Nein, ich hatte auch noch verdrängt, dass Kate und ich nicht mehr allein hier wohnen. Es wird sicherlich noch einige Tage dauern, bis ich mich daran gewöhnt habe.

Ihre Ex-Freunde haben für gewöhnlich nie bei uns übernachtet, meistens ist sie mit zu ihnen gegangen, und ich hatte unsere komplette Wohnung für mich. An solchen Abenden habe ich entweder die Bude geputzt und dabei laut Musik gehört, oder ich habe einen Filmmarathon durchgezogen, den ich mit Kate sonst nicht machen kann, da sie sich niemals Thriller oder Horrorfilme ansehen würde.

Mit brodelnder Wut im Bauch drehe ich mich der Stimme entgegen und stemme meine Hände demonstrativ in die Hüften. In einer schwarzen Jogginghose, die an den Knöcheln eng zuläuft, und einem weißen T-Shirt steht er an den Türrahmen gelehnt und beobachtet mich mit einem leichten Grinsen auf den Lippen.

Ich überlege, wann ich Matthew jemals in einer Jogginghose gesehen habe, komme jedoch schnell zu der Erkenntnis, dass es nie der Fall war.

»Vielleicht hätte mich jemand vorwarnen sollen, dass Kates beste Freundin Zelda halb nackt durch die Wohnung läuft.« Das Grinsen auf Noahs Lippen wird noch ein Stück breiter. Ich bin mir nicht sicher, ob dieser Gesichtsausdruck meiner fehlenden Hose oder dem Namen, den er mir soeben gegeben hat, zu verdanken ist.

»Zelda? Im Ernst?« Offenbar hat er nicht vergessen, dass ich ihn gestern Nate genannt habe. Dabei war das nicht einmal Absicht. Ich bin halt nicht gut darin, mir Namen zu merken. »Wie dem auch sei, Tarzan. Du hast gerade meine Lieblingstasse zerbrochen und somit am frühen Morgen meinen Tag ruiniert. Herzlichen Glückwunsch!«

Lass dir jetzt bloß nicht anmerken, wie unangenehm diese Situation ist, Zoe. Du gehst jetzt ganz lässig an ihm vorbei in dein Zimmer und ziehst dir gefälligst etwas an, das deine nackten Beine bedeckt.

Ich steige über die Splitter am Boden und schreite an ihm vorbei. Ich möchte gerade erleichtert aufatmen, da höre ich ihn leise lachen. »Das hässliche Teil war deine Lieblingstasse?«

Kurz vor meiner Zimmertür drehe ich mich um und verenge meine Augen zu Schlitzen. Er ist gerade dabei, die Einzelteile aufzuheben, als ich sage: »Ja, ich liebe Möpse. Übrigens ist das Kehrblech unter der Spüle. Viel Spaß beim Auffegen.« Mit einem Knall schmeiße ich die Tür hinter mir zu.

Sein lautes Lachen entgeht mir auch hinter verschlossener Tür nicht.

Kate hat mir diese Tasse vor drei Jahren geschenkt, und seitdem trinke ich so gut wie jeden Tag meinen Kaffee daraus. Was ich nun offensichtlich nicht mehr tun kann, denn dieser Nate-Noah-Tarzan-Idiot hat sie kaputt gemacht.

Was mich fast noch wütender macht als meine kaputte Tasse, ist die Tatsache, dass er den neuen Stephen King natürlich nicht im Wohnzimmer hat liegen lassen. Mitten in der Nacht bin ich aufgestanden und habe, wie es sich für einen Sherlock-Holmes-Fan gehört, die halbe Wohnung auf den Kopf gestellt, um dieses blöde Buch zu finden. Er muss es gestern Abend mit in Kates Zimmer genommen haben. Ich weiß, dass ich mir in den nächsten Tagen sicherlich mein eigenes Exemplar kaufen kann. Doch irgendwas in mir schreit nach genau diesem Buch. Also werde ich es ihm wohl klauen müssen.

Schnell ziehe ich mir eine lockere Hose an und binde meine orangefarbenen Haare, die andere wohl als rot bezeichnen würden, zu einem hohen Pferdeschwanz zusammen, während ich wieder ins Wohnzimmer trete. Mit einem meiner Bücher in der Hand hat es sich Noah auf dem Sofa bequem gemacht. Die Beine lässt er gemütlich über die Seitenlehne baumeln, als würde er sich wie zu Hause fühlen. Beim Näherkommen fällt mir auf, dass es sich um eines meiner absoluten Lieblingsbücher handelt. Eine in die Jahre gekommene Ausgabe von *Das Bildnis des Dorian Gray* von Oscar Wilde. Eine wirklich einzigartige Geschichte, die ich schon unzählige Male gelesen habe.

»Kate ist arbeiten. Sie wurde viel zu früh angerufen und gefragt, ob sie eher kommen kann. Welches Café macht denn bitte um sechs am Morgen auf?«, fragt er mich mit rauer, noch immer verschlafener Stimme, ohne seinen Blick vom Buch abzuwenden.

»Sehr viele«, antworte ich ihm.

Ich kann es nicht fassen, dass Kate mich am ersten Tag mit diesem Tassenmörder allein lässt. Hätte sie ihn nicht mitnehmen können?

Gemütlich schlendere ich an Noah vorbei in die Küche.

»Kaffee steht auf dem Tisch«, ruft er mir nach.

Und tatsächlich. Vor meiner Nase steht frisch gekochter Kaffee, in meiner zweitliebsten Tasse. Ein zufriedenes Lächeln schleicht sich auf meine Lippen, und voller Vorfreude greife ich mir die Einhorntasse. Ich befriedige meine Sucht nach Koffein und bin gleichzeitig froh darüber, nur dieses eine Laster von meiner Mutter geerbt zu haben, falls man eine Koffeinsucht überhaupt vererben kann.

Mit der pinkfarbenen Tasse in der Hand, bei der an der Seite ein glitzerndes weißes Horn absteht, setze ich mich neben ihn aufs Sofa, schalte den Fernseher ein und folge nur halbherzig den Nachrichten. Ich habe schon lange aufgehört, mir irgendwelche sinnlosen Programme anzusehen. Manch einer würde jetzt behaupten, dass *Game of Thrones* oder *Friends* ebenfalls sinnlos sind, diese Personen gehören aber in die Hölle.

»Wusste ich es doch, dass du deinen Kaffee schwarz trinkst. Passt zu dir. Und lass mich raten, nach Möpsen sind Einhörner deine liebsten Tiere.« Das Wort Tiere betont er sarkastisch und grinst mich breit an.

»Schwarz wie meine Seele, du hast es erfasst. Und nein, Einhörner stehen erst an dritter Stelle, davor kommen Affen. Aber das sind sicher auch deine Lieblingstiere, schließlich bist du mit ihnen aufgewachsen, Tarzan.«

Ich habe mit einem weiteren blöden Spruch von ihm gerechnet, doch stattdessen beginnt er nur zu lachen. Dabei streift mein Blick wieder diese unfassbar tiefen Grübchen, die ich schon in der Buchhandlung bemerkt habe. Erst jetzt fällt mir auf, dass ich kaum einen Menschen kenne, der wirkliche Grübchen hat. Ich habe immer geglaubt, Opa hätte welche. Doch seit ich die von Noah gesehen habe, weiß ich, dass es sich bei Opa wohl eher um Lachfalten handelt.

Einige Minuten tue ich so, als würde ich dem Fernsehsprecher zuhören, während Noah weiter in dem Buch liest. Aus irgendeinem Grund brauche ich immer Hintergrundgeräusche. Sei es der Fernseher oder Musik. Selbst wenn ich lese, schreibe oder an Hausarbeiten sitze.

»Du solltest nach Wohnungen Ausschau halten, anstatt dich an meinem Bücherregal zu bedienen.« Noch bevor ich den Satz beende, fällt mir mein schnippischer Tonfall auf. Wäre Kate jetzt hier, würde sie mich definitiv mit einem bösen Blick bestrafen.

»Während du noch deinen Schönheitsschlaf gehalten hast, habe ich tatsächlich einen Besichtigungstermin vereinbart.« Er legt das Buch beiseite und dreht sich in meine Richtung. Kann er nicht genauso schnippisch mit mir sprechen wie ich mit ihm? Dann würde ich mich jetzt nämlich nur halb so schlecht fühlen.

»Das ist ja großartig«, antworte ich, und die Freude, die ich dabei empfinde, ist nicht einmal gespielt. Je schneller er eine Wohnung findet, desto eher bin ich ihn los und habe mein Reich wieder für mich.

Seinem Blick nach zu urteilen scheint auch er sich über diese Möglichkeit zu freuen, und wenn ich ihn so kindlich lächeln sehe, vergesse ich fast, dass er mich gestern noch zur Weißglut gebracht und gerade eben meine Tasse kaputt gemacht hat.

Ich sollte Kate zuliebe etwas aufgeschlossener sein. Nach ihrer letzten Beziehung hatten wir eine kleine Auseinandersetzung, weil sie mir vorgeworfen hat, ich gäbe ihren Freunden nie eine faire Chance. Zunächst hatte ich ihre Aussage für Unfug gehalten und das vehement abgestritten, bis mir selbst bewusst wurde, dass sie recht hat.

»Kate hat mir erzählt, wie ihr euch kennengelernt habt. Aber trotzdem weiß ich nichts über dich. Vielleicht sollte ich mich über die freche Person, bei der ich vorübergehend wohne, informieren.« Seine grünen Augen sind nun vollkommen auf mich fokussiert. Sein Blick ist so intensiv, dass ich das Gefühl bekomme, es würde ihn tatsächlich interessieren, wer ich bin und was ich zu sagen habe. Keiner von Kates Ex-Freunden hat je großen Wert auf mich oder meine Meinung gelegt. Wahrscheinlich, weil sie wussten, was ich von ihnen hielt. Daraus machte ich nie ein großes Geheimnis.

»Du möchtest also meine Lebensgeschichte hören, ja? Wo fange ich da bloß an«, sage ich in sarkastischem Ton. »Mein Name ist nicht Zelda, auch wenn du mir das nicht glauben magst. Wobei ich nichts dagegen hätte, so einen berühmten Namen zu haben. Das wäre kreativer als Zoe. Meine Eltern haben mich so genannt, weil sie fest damit gerechnet haben, einen Jungen zu bekommen. Da kann man ihnen keinen Vorwurf machen, die Ärztin hatte ihnen genau das gesagt und – Überraschung …« Ich hebe theatralisch meine Arme in die Luft. »Es flutschte ein Mädchen raus. Aus Joe wurde dann kurzerhand Zoe.« Ich schalte den Fernseher aus, da mich die Stimme der Wetterfee nervt.

Wieso ich ihm gegenüber gerade so viel von mir preisgebe, verstehe ich selbst nicht. Doch sein Blick lockert meine Zunge und lässt mich mehr erzählen, als ich vermutlich sollte. »Ich bin hier in London geboren und aufgewachsen. Bis vor eineinhalb Jahren habe ich noch in demselben Café wie Kate gearbeitet, aber ich habe ziemlich schnell gemerkt, dass mir das gar keinen Spaß macht. Also habe ich gekündigt und einen Job angenommen, der zu meinem Studium passt.«

Bevor ich meinen Monolog weiterführen kann, unterbricht er mich. »Lass mich raten. Du bist eine Journalismus-Studentin, das passt hervorragend zu deiner großen Klappe.«

»Hey!«, rufe ich und werfe ein Kissen nach Noah. »Das stimmt zwar, aber das hat dir mit Sicherheit Kate verraten. Nun gut, ich studiere also seit zwei Jahren Journalismus, liebe Möpse, Affen und Einhörner. Was gibt es noch über mich zu sagen?« Ich überlege länger, als mir lieb ist, denn so viel ist da nicht. Wen interessiert es, ob ich Klavier und Geige spiele, dass ich fließend Spanisch spreche oder dass ich Ballett tanzen kann, es aber hasse.

Wir sitzen uns beide im Schneidersitz gegenüber.

»Der wichtigste Mensch in meinem Leben ist deine Freundin. Nicht meine Eltern. Versteh mich nicht falsch, ich bin dankbar dafür, dass sie mich gezeugt haben, und ich erscheine auch bei jedem Weihnachtsessen und sonst jeder Feier, für die ich gerade keine Ausrede parat habe.«

Ich mache eine Pause, um Luft zu holen. Eigentlich möchte ich an dieser Stelle meine ausschweifende Rede über mein Leben beenden, doch Noah scheint noch immer nicht genug gehört zu haben.

»Darf ich fragen, wieso du nicht so gut auf deine Eltern zu sprechen bist?«

»Ich passe einfach nicht in ihre Welt.« Lässig zucke ich mit den Schultern, als wäre es das Normalste auf der Welt, dass man sich nicht mit seinen Eltern versteht. Doch für mich ist es das. Normal. »Sie haben sich gewünscht, dass ich etwas Wichtiges wie Medizin studiere. Besonders mein Vater hat immer davon geträumt, eines Tages seine chirurgische Praxis an seinen Sohn zu übergeben.« Ich lasse meine Hände auf die Knie klatschen und erwarte, ein Grinsen oder wenigstens ein zartes Lächeln in Noahs Gesicht zu sehen. Stattdessen guckt er mich mit einer Miene an, die ich nicht deuten kann. Er hat seine Augenbrauen leicht zusammengezogen, sodass eine tiefe Falte zwischen ihnen entstanden ist.

»Habe ich schon erwähnt, dass er nie einen Sohn bekommen hat, sondern nur eine enttäuschende Tochter? Wie dem auch sei, ich will mich nicht über ihr Geld beschweren, schließlich zahlen sie mir meine Miete und die Studiengebühren, trotz ihrer Abneigung gegen meine Wahl.« Ich lege den Kopf in den Nacken und schließe für einen Moment meine Augen. Mir ist bewusst, was er jetzt von mir hält. Eine verwöhnte Göre, die ihre Eltern nicht leiden kann und dennoch ihr Geld dankend entgegennimmt. Ich habe es mir einfach gemacht, und dessen bin ich mir auch bewusst. Ich komme mit dem Schreiben ganz gut über die Runden, kann mich ernähren und damit meine Freizeit gestalten. Es reicht nur leider nicht, um damit auch die großen Beträge wie Miete und Studiengebühren zu decken. Allerdings ist es nicht nur das Geld, das mich an meine Eltern bindet, sondern auch mein Großvater.

»Du hättest noch erwähnen sollen, dass du unfassbar viel redest.« Endlich erscheint ein Schmunzeln auf seinen Lippen, und er fährt sich mit der Hand durch das braune Haar, welches er heute nicht zu einem Zopf gebunden trägt. Stattdessen hängen ihm seine Haare, die weder glatt noch wirklich lockig sind, wild über die Schultern.

Ich möchte ihm sagen, dass ich alles andere als ein Plappermaul bin, behalte diese Tatsache dann aber doch für mich, da ich selbst nicht so recht weiß, wieso ich ihm so viel über mich erzählt habe. Ohne auf seine Worte einzugehen, nehme ich mir den Kaffee vom Beistelltisch und nippe genüsslich daran.

»Du bist dran«, lasse ich ihn erwartungsvoll wissen.

»Puh, da gibt es nicht wirklich viel zu erzählen. Was du vielleicht als Allererstes wissen solltest, ist mein Name, den du dir offensichtlich nicht merken kannst oder willst. Noah. Nicht Nate und auch nicht Tarzan. Ich bin in Liverpool aufgewachsen und habe erst vor Kurzem den Entschluss gefasst, Kunstgeschichte zu studieren. Vorher bin ich einfach nur von einem Tag in den nächsten gestolpert, ohne ein wirkliches Ziel vor Augen.«

Ich habe nicht geglaubt, dass er Jura oder Ähnliches studiert. Aber mit Kunstgeschichte hätte ich auch nicht gerechnet. Und das, obwohl er diese typische Aura hat, die Künstler immer umgibt. Seien es Musiker, Maler, Dichter oder Autoren.

»Ich würde gerne noch weiter mit dir plaudern, aber ich sollte mich langsam für die Besichtigung fertig machen.« Er bringt seine Tasse in die Küche. Es wundert mich, dass er sie dort nicht einfach stehen lässt, sondern gleich abwäscht. »Wünsch mir Glück.«

Ehe er in Kates Zimmer verschwinden kann, zeige ich ihm beide Daumen, die ich fest zusammendrücke. »Möge die Macht mit dir sein.«

Kapitel 3

Es ist eine Woche vergangen, seit aus unserer Zweier-WG eine Dreier-WG geworden ist. Der Besichtigungstermin, den Noah hatte, war leider ein Reinfall. Man hat ihm sofort gesagt, dass die Wohnung nicht an ledige Leute zu vergeben ist, sondern nur an Paare. Seither hat er noch keine andere bezahlbare Wohnung gefunden, die nicht kilometerweit von seiner Uni entfernt ist.

Zu Beginn hatte ich wirklich meine Bedenken. Ich habe mir vorgestellt, wie unsere Wohnung zu der reinsten Liebesoase mutiert, und hatte Angst, es könnte nervig und chaotisch werden mit den beiden. Doch all meine Sorgen waren umsonst.

Wir haben die letzten Tage ständig aufeinandergehockt, waren essen, im Kino oder im Park spazieren. Komischerweise fühle ich mich aber überhaupt nicht wie das fünfte Rad am Wagen, wofür ich meiner besten Freundin und Noah sehr dankbar bin. Es gibt kaum etwas Schlimmeres, als sich wie ein lästiges Anhängsel vorzukommen.

Zwar habe ich es noch immer nicht geschafft, Noah dieses verdammte Buch zu entwenden, doch trotzdem würde ich so weit gehen, zu behaupten, dass sich die Wogen zwischen ihm und mir geglättet haben. Was nicht bedeutet, dass ich aufgebe.

Ich glaube, es war einfach eine natürliche Reaktion, Kates neuen Freund von vornherein nicht mögen zu wollen. Was man mir aber auch nicht verübeln kann, wenn man bedenkt, dass ich noch immer die Bilder von ihrem letzten Freund vor Augen habe, der nackt auf unserem Sofa lag und auf Kate wartete, als ich ins Wohnzimmer kam. Dabei schämte er sich keine Sekunde dafür. Im Gegenteil, mit seinem baumelnden Ding zwischen den Beinen kam er ganz gelassen auf mich zu und versuchte mich aus meiner eigenen Wohnung zu schmeißen.

Noah ist ganz anders als befürchtet. Er lässt nie irgendwas liegen, sein Geschirr wäscht er immer sofort ab. Wenn ich ehrlich zu mir selbst bin, dann muss ich mir sogar eingestehen, dass ich noch immer der größte Chaot in dieser Wohnung bin.

»Gehen wir heute Abend in den Club?«, fragt Kate mich und Noah. Wir sitzen alle am Küchentisch und trinken einen Matcha Latte. Kate kommt nur selten mit leeren Händen von der Arbeit. Das ist mit Abstand das Beste an ihrem Job. Fast jeden Tag bringt sie leckeres Gebäck mit nach Hause. Heute waren es die unwiderstehlichen Blaubeermuffins, von denen ich gerade den zweiten essen.

Ich erinnere mich noch ganz genau daran, wie Kate mir von der Reaktion ihrer Eltern erzählt hat, als sie ihnen sagte, dass sie in einem Café arbeitet und später mal selbst eins eröffnen möchte. Genauso wie meine gingen auch ihre Eltern immer davon aus, dass sie eines Tages etwas »Anständiges« studieren würde. Der Unterschied zwischen unseren Eltern besteht nur darin, dass ihre Kates Entscheidung akzeptieren und sie glücklich sehen wollen.

»Ich muss mich dieses Wochenende sowieso unter Leute mischen, um meinen Artikel schreiben zu können.« Die letzten Tage war mir nicht danach, irgendwelche Männer anzusprechen und nach ihrer Telefonnummer zu fragen.

»Super, dann sollten wir uns langsam fertig machen. Dieses Gesicht wird nicht von allein hübsch.« Die Vorfreude in Kates Stimme ist kaum zu überhören.

Ich finde es wirklich süß, wie viel Freude sie daran hat, sich zurechtzumachen. Mich machen Leute immer wieder wütend, die glauben, Kate anhand ihres äußeren Auftretens einschätzen zu können. Nur weil sie sich gerne und stark schminkt, ist sie noch lange keine Diva oder Zicke. Doch so ist das nun einmal; wir Menschen denken in Schubladen.

»Du willst dich jetzt schon fertig machen? Wann willst du denn auf der Party sein?«, fragt Noah überrascht, woraufhin ich mir ein Lachen nicht verkneifen kann.

»Klar, für das gute Aussehen muss was getan werden. Ich dachte, wir könnten so gegen acht oder neun losfahren.« Voller Elan springt sie vom Stuhl, sodass er leicht ins Wanken gerät. »Komm, Süße. Lass uns schauen, was wir anziehen.«

An der Hand zieht sie mich aus der Küche in Richtung ihres Zimmers. Ich blicke nach hinten zu Noah und zucke mit den Schultern. »Es kann sich nur um Stunden handeln.«

In ihrem Zimmer angekommen, reißt sie ihren riesigen Kleiderschrank auf und beginnt damit, wie wild Klamotten auf ihr Bett zu schmeißen. »Zu dunkel. Zu knallig. Zu lang. Zu kurz. Zu alt. Zu spießig. Zu aufreizend. Wir sollten wirklich mal wieder shoppen gehen.«

Mit einem Seufzer setze ich mich im Schneidersitz auf den Boden, da ihr Bett bereits keinen freien Platz mehr bietet. Ich schnappe mir eines der unzähligen Kleidungsstücke und werfe es nach ihr. »Du hast mehr als genug Klamotten. Zieh dir einfach irgendein Kleid an, du siehst in allem gut aus.«

»Was wirst du denn anziehen? Darf ich dich schminken? Bitteeeeeee!«, fleht sie mich an.

Reflexartig beginne ich den Kopf zu schütteln. »Ich glaube, ich ziehe meinen roten Body an, zusammen mit einer schwarzen Jeans. Und nein, darfst du nicht. Nachdem ich das letzte Mal aussah wie eine Barbiepuppe, lasse ich dich nie wieder an mein Gesicht.«

Sofort beginnen wir beide zu lachen. Vor einigen Wochen waren wir zuletzt auf einer Party. Nachdem ich mich von Matthew getrennt hatte, hat sie es sich zur Aufgabe gemacht, mich den Männern förmlich anzupreisen. Bevor wir das Haus verlassen haben, hat sie verschiedene Brauntöne auf mein Augenlid aufgetragen und sie so miteinander verblendet, dass es nahezu perfekt aussah. Meine Wangen hat sie konturiert und ihr liebstes Rouge aufgetragen. Dazu den passenden Lippenstift. Das Endergebnis war wirklich schön. Das Problem dabei war nur, dass es an mir wie eine Maske wirkte. Das war einfach nicht ich. Kate hat es sofort eingesehen, als wir mich gemeinsam im Spiegel betrachtet haben.

Alles, was ich üblicherweise benutze, ist Wimperntusche. Wenn wir mal ausgehen, trage ich gerne einen dünnen Eyelinerstrich und roten Lippenstift auf. Das war es dann aber auch schon.

»Ich sollte Noah fragen, welches Kleid er schöner findet.« In der einen Hand hält sie ein schlichtes blaues Kleid hoch und in der anderen ein tief ausgeschnittenes rosafarbenes.

Ich wühle in dem Klamottenhaufen und ziehe mein Lieblingskleid heraus. Es ist recht eng anliegend und hat lange Ärmel, die jedoch schulterfrei sind. Am Rücken befindet sich eine Schleife, die das Kleid oben zusammenhält und darunter einen freien Blick auf ihre nackte Haut bietet, ohne dabei zu aufreizend zu wirken.

»Nimm ihm doch nicht die Vorfreude, gleich das Ergebnis zu sehen. Ich bin mir sicher, dieses hier würde ihm gefallen.« Ich stehe auf und halte ihr das Kleid von hinten vor den Körper. Gemeinsam schauen wir in den großen Standspiegel, und noch bevor sie etwas erwidern kann, füge ich hinzu: »Es ist schön, dich so zu sehen. Du bist glücklich, oder?«

Ihr Gesicht färbt sich leicht rot, und sie beginnt zu grinsen. »Ja, ich denke schon. Ich will zwar noch nicht davon sprechen, dass er die Liebe meines Lebens ist, aber ein paar Schmetterlinge flattern schon in meinem Bauch herum. Manchmal wundert es mich selbst, dass ich mich in ihn verknallt habe. Er ist zwar unfassbar heiß, aber wir sind auch sehr verschieden. Noah ist so gar nicht wie meine Ex-Freunde.«

»Gott sei Dank«, unterbreche ich sie, woraufhin sie mir ein schiefes Lächeln schenkt.

»Wir haben nicht einmal dieselben Interessen. Er liest gerne und ist kreativ, während ich viel lieber feiere und unter Menschen gehe. Ich bin laut, und er ist ruhig. Aber er ist toll und vielleicht endlich der Eine, der sich nicht als Arschloch entpuppt«, fügt sie noch hinzu.

Das hoffe ich auch, denn von Arschlöchern hatte Kate definitiv genug.

»Hol deine Sachen rüber, und dann machen wir uns zusammen fertig.«

Ich gehorche aufs Kommando und stürme zurück in das Wohnzimmer. Noah sitzt mittlerweile auf dem Sofa, mit einem Buch in der Hand, und scheint die Ruhe selbst zu sein. Seine Augen sind starr auf das Gedruckte gerichtet.

»Und was ziehst du nachher an? Schwingst du dir einen Stofffetzen um die Hüften und legst dir eine Liane um den Hals?«

Er hatte wohl nicht mitbekommen, wie ich aus Kates Zimmer getreten bin, da er bei meinen Worten leicht zusammenzuckt. Kopfschüttelnd verdreht er die Augen. »Du bist doch echt nicht mehr normal«, sagt er nur, legt das Buch beiseite und die Hände in den Nacken.

Die Vorstellung des von mir beschriebenen Outfits bringt mich zum Lachen. Langsam ist der Tarzanwitz zwar ausgelutscht, und doch kann ich es mir manchmal nicht verkneifen, ihn so zu nennen und damit aufzuziehen. »Ich finde mich auch großartig«, rufe ich, hole in Windeseile meine Klamotten aus dem Schrank, der halb so groß ist wie der von Kate, und geselle mich wieder zu ihr. Sie ist gerade dabei, ihre hellblonden Haare wieder und wieder durch das Glätteisen zu ziehen.

»Ich würde Noah gerne vorschlagen, dass du ihm die Haare schneiden könntest. Wenn er weiß, dass du auch meine Haare schneidest, hat er vielleicht kein Problem damit.«

»Wieso willst du, dass ich seine Haare schneide?« Ich gebe zu, dass ich längere Haare an Männern auch nur selten attraktiv finde, aber er hat auf jeden Fall ein Gesicht, zu dem er es gut tragen kann.

»Ich weiß nicht.« Sie schaltet das Glätteisen aus und legt es beiseite. »Ich habe nichts gegen die Haare. Aber ich glaube, kurze würden ihm besser stehen. Ich habe mich bisher nie getraut, ihm das vorzuschlagen. Ich möchte nicht so klingen, als würde ich seine jetzige Frisur hässlich finden.«

Ich versuche, mir Noah mit kurzen Haaren vorzustellen, kriege aber kein klares Bild vor Augen. Trotzdem willige ich ein, sie ihm zu schneiden, sofern er es möchte.

Während ich den Body überziehe, frage ich mich, ob es wirklich eine gute Idee ist, im Club einen Body zu tragen. Aber immerhin hat er unten einen Druckknopf zum Öffnen. Ich kenne mich. Zwei Gläser Bier, und ich renne zehnmal am Abend auf die Toilette. Der rote Stoff liegt eng an meiner Haut. Die Träger sind hauchdünn, und der herzförmige Ausschnitt ist dezent.

»Das willst du wirklich anziehen?«, hat mich meine Mutter mal gefragt, als ich zu einer ihrer Gartenpartys ein rotes Kleid getragen habe. *»Du kannst mit deinen rötlichen Haaren keine roten Klamotten tragen, Kind. Das sieht fürchterlich aus.«*

Am liebsten würde ich ihr jetzt und hier ins Gesicht schreien, dass ich alles anziehen kann, wonach mir ist.

Meine Haare hatte ich heute Vormittag nach dem Duschen in einem Dutt trocknen lassen, weshalb sie mir jetzt in leichten Wellen über die Schulter fallen und fast bis zum Bauchnabel reichen.

»Du hast lange nichts mehr von deinen Eltern gehört, oder?«, fragt Kate mich, während wir gerade dabei sind, uns zu schminken. Kein Thema, über das ich jetzt gerne sprechen würde. Als ich letzte Woche meinen Opa besucht habe, waren sie zum Glück arbeiten. Julia, die Pflegerin meines Großvaters, hat mich zu ihm gelassen. Seit seinem Unfall vor einigen Jahren ist er an einen Rollstuhl gebunden.

»Zum Glück. Beschwör den Teufel bitte nicht herauf.« Es gleicht fast einem Wunder, dass ich seit fast zwei Monaten nicht mehr von ihnen angerufen wurde. Vielleicht haben sie auch einfach vergessen, dass dort draußen ihre Tochter rumläuft.

Innerhalb von zehn Minuten bin ich fertig und lege mich auf den Klamottenberg, der sich noch immer auf Kates Bett stapelt. Ich betrachte die altrosa gestrichene Zimmerdecke und beginne mich langsam zu freuen, mal wieder so richtig aus dem Haus zu kommen und ein wenig tanzen zu können.

»Dann wissen sie auch noch nichts von eurer Trennung, oder?«, hakt Kate nach.

Meine Eltern interessieren sich nicht für mein Privatleben, und dafür bin ich ihnen auch dankbar. Aber Matthew? Sie lieben ihn. Für sie ist er der perfekte Schwiegersohn, und mein Vater hat sicher schon Pläne geschmiedet, ihm eines Tages seine Praxis zu übergeben.

»Nein, sie wissen es nicht«, antworte ich ihr. »Das sind keine schönen Themen, um in Partystimmung zu kommen. Weder meine Eltern noch Matthew.«

»Du siehst toll aus«, höre ich Noah sagen, als Kate vor mir ihr Zimmer verlässt.

Noah trägt wie jeden Tag eine schwarze Jeans und ein schlichtes dunkles T-Shirt. Ich frage mich, wie man in einem so einfachen Outfit so gut aussehen kann.

Ein leises Räuspern verlässt ihre Lippen. Als keiner von uns darauf reagiert, wiederholt sie es etwas lauter. Wir schauen sie beide an.

»Willst du dich nicht umziehen?« Ihre Stimme ist so leise, dass sie beinahe als Flüstern durchgehen könnte. Was soll er sich denn ihrer Meinung nach anziehen? Anstelle des grauen T-Shirts vielleicht doch lieber ein weißes?

»Nein«, antwortet er lässig und zieht sich das dünne Haarband vom Handgelenk, um sich die wilde Mähne aus dem Gesicht zu einem kleinen Zopf im Nacken zu binden.

»Wo du gerade dabei bist, dir die Haare zuzubinden. Hast du schon einmal darüber nachgedacht, sie dir schneiden zu lassen?«

Er hält in der Bewegung inne, und bevor er überhaupt antworten kann, erzählt Kate ihm stolz, dass ich regelmäßig ihre Haare schneide.

Noah kratzt sich ratlos im Nacken und sieht mich mit großen Augen an. Sehe ich da etwa Angst? Aus irgendeinem Grund kann ich mir nicht vorstellen, dass es überhaupt etwas gibt, wovor er Angst hat. Ich weiß nicht genau, woran das liegt. Vielleicht an seinem ewigen und ansteckenden Lächeln und der Unbeschwertheit, die er immer ausstrahlt.

»Ja, ich gehe einfach nur nicht gerne zum Friseur. Als Kind hat mir eine ältere Dame ins Ohr geschnitten, seit diesem Tag versuche ich, Friseurgänge zu vermeiden«, antwortet Noah. »Und du meinst, du kommst mit diesem Gestrüpp klar?« Er sieht mich skeptisch an.

Ich gehe auf ihn zu und drehe ihn um, sodass er mit dem Rücken zu mir steht. Ich löse das Zopfgummi und wuschle durch seine Haare. Sie sind dick und weich wie Seide. Es wäre fast schon zu schade, sie abzuschneiden.

»Ja, das sollte ich hinkriegen. Traurig ist nur, dass ich dich danach nicht mehr Tarzan nennen kann.«

Das Lachen meiner besten Freundin erfüllt den Raum, und gemeinsam quetschen wir uns in unser kleines Badezimmer. Kate legt ihm ein großes Handtuch um die Schultern und reicht mir die Schere.

»Wie hätte der Herr es denn gerne?« Noch bevor er mir antworten kann, schlägt Kate mir vor, wie ich die Haare schneiden könnte. Durch den Spiegel schaue ich in Noahs Augen. Mein Herzschlag beschleunigt sich auf ungewöhnliche Art und Weise. Sein Blick macht mich nervös. Mit einem Nicken gibt er mir zu verstehen, dass er mit Kates Vorschlag einverstanden ist. Sofort reiße ich meine Augen von ihm los und beginne mit meiner Arbeit.

Jedes Mal, wenn sich Noahs und mein Blick im Spiegel treffen, schaue ich auf meine Hände. Wieso um alles in der Welt reagiere ich so? Diese Frage geistert die ganze Zeit in meinem Kopf herum, bis ich schließlich fertig mit meinem Werk bin.

Es ist immer wieder erstaunlich, was so ein Haarschnitt alles bewirken kann und wie sehr er einen Menschen optisch verändert. Ich stehe hinter Noah, der es sich auf dem Hocker vor dem Waschbecken bequem gemacht hat, während Kate auf der Toilette sitzt.

Seine Haare sind nun oben etwas länger als an den Seiten. Wobei auch diese nicht zu kurz sind. Kate hatte zwischenzeitlich gefragt, ob ich die Seiten nicht abrasieren könnte. Noah schien von dieser Idee gar nicht begeistert zu sein, und auch ich finde das Ergebnis so um einiges attraktiver. Es wirkt frisiert, aber nicht zu gewollt. Seine Frisur schreit förmlich danach, mit den Händen hineinzugreifen.

Womit ich allerdings überhaupt nicht gerechnet habe, ist, wie sehr das Grün seiner Augen nun zur Geltung kommt. Zuvor habe ich geglaubt, dass Noahs längere Haare seinem Gesicht schmeicheln. Doch wenn ich ihn mir jetzt so ansehe, fällt mir wieder auf, wie messerscharf seine Kieferpartie ist. Er sieht verboten gut aus.

»Das ist gar nicht mal so schlecht«, sagt er schließlich und fährt sich mehrmals mit der Hand durch das volle Deckhaar.

Mir fällt ein Stein vom Herzen. Mit YouTube-Tutorials habe ich mir das Haareschneiden selbst beigebracht. Zunächst habe ich an meinen eigenen Haaren herumexperimentiert, bevor ich mich nach und nach an Kates und schließlich auch an Matthews Haare getraut habe.

»Ich springe schnell unter die Dusche, und dann können wir los. Ich habe das Gefühl, noch überall Haare kleben zu haben.« Lachend scheucht er uns aus dem Badezimmer.

Kapitel 4

Wir sind seit fünf Minuten im Auto, da umklammert Kate Noahs Arm und schmachtet ihn sehnsüchtig an. »Du siehst jetzt so gut aus.«

»Sah ich vorher etwa schlimm aus?« Noah schenkt ihr ein schelmisches Grinsen. Als Antwort drückt sie ihre Lippen auf seine, was mich dazu bringt, meinen Blick vom Rückspiegel abzuwenden.

Mit Noah hat sie endlich jemanden an ihrer Seite, der sie gut behandelt. Ich habe mich noch nicht getraut, ihn zu fragen, wovon er seinen Teil der Miete bezahlt. Aber wahrscheinlich überlassen seine Eltern ihm ein großzügiges Taschengeld, denn gearbeitet hat er, seit er in London ist, definitiv nicht.

Ich fahre in die erste Etage des Parkhauses und hoffe, einen freien Platz zu finden. An einem Freitagabend ist es hier besonders voll. Das *Pretty Place* ist ein angesagter Club und besonders unter Studenten beliebt. Die Preise liegen etwas unter dem Durchschnitt, und wer jetzt glaubt, dass die Location darunter leidet, der täuscht sich.

»Wir sind da.«

»Wer fährt heute zurück?«, fragt Kate. Da ich mir sowieso vorgenommen habe, bei Mineralwasser zu bleiben, übernehme ich diesen Part.

Kate und Noah schlendern vor mir her. Die Straßenlaternen sind noch aus, da es erst langsam zu dämmern beginnt, und trotzdem strahlt der Mond in weiter Ferne auf uns herab.

»Ich kann uns auch fahren. Ich trinke sowieso keinen Alkohol«, wirft Noah über die Schulter in meine Richtung.

»Lebt der Herr etwa abstinent?« Trotz der Ironie in meiner Stimme interessiert mich seine Antwort.

Er verdreht grinsend die Augen. »Das nicht, aber ich trinke nur selten, und wenn, dann bleibt es meistens bei einem Bier.«

Während Kate den Weg weist, lege ich meinen Kopf in den Nacken und folge ihnen stillschweigend. Ich liebe den Augenblick, wenn der Tag der Nacht weicht und die Farben ineinander übergehen. Dabei muss es nicht einmal ein atemberaubender Sonnenuntergang sein. Wahrscheinlich würden viele Leute es komisch finden, wenn ich sage, dass ich mich zum Mond hingezogen fühle. Aber so ist es. Nicht, weil ich zu viel *Twilight* gelesen habe und nun darauf hoffe, mich in einen Werwolf zu verwandeln, um mit Jacob durchzubrennen. Es fasziniert mich einfach, wie weit entfernt er ist, weil er doch so nah erscheint. Dasselbe gilt auch für die Sterne. Wie viele Millionen, Billionen, unendlich viele es von ihnen gibt. Leider kommt man in London nur selten in den Genuss eines klaren Sternenhimmels.

»Ihr seid solche Langweiler«, durchbricht Kate meine Gedanken. Ich gehe ein paar Schritte schneller und hake mich bei ihr ein.

»Kann sich eben nicht jeder ins Koma trinken so wie du. Irgendwer muss ja noch auf dich aufpassen.«

Sie wirft mir einen fiesen Blick zu, beginnt danach jedoch zu lachen.

Vor der großen lilafarbenen Leuchtschrift *Pretty Place* kommen wir zum Stehen und reihen uns in die bereits lange Schlange ein. Ich nehme einen Müsliriegel aus der kleinen Handtasche und beiße genüsslich hinein.

Kopfschüttelnd schaut mich meine beste Freundin an, als würde sie sich für mich schämen, während Noah sich ein breites Grinsen nicht verkneifen kann.

»Was ist bitte so lustig?«, frage ich mit vollem Mund. Bevor ich im Club plötzlich Hunger kriege und mich an der versifften Schale mit Erdnüssen bedienen muss, pfeife ich mir eben lieber vorweg noch schnell etwas rein. Man kann sich schließlich nicht nur von Luft und Liebe ernähren.

Kate und Noah beginnen eine Unterhaltung über die Clubszene in Noahs Heimatstadt Liverpool. Ich schalte ab und überlege mir stattdessen, wie viele Kerle ich heute ansprechen möchte, um einen ordentlichen Artikel verfassen zu können. Lauren hat mir empfohlen, es bei zehn zu versuchen und dann ein Resümee zu ziehen, wie viele Telefonnummern ich tatsächlich bekommen habe und wie ich an die Sache rangegangen bin.

Ob mir danach ist, zehn wildfremde Männer in einem Club anzusprechen und so zu tun, als hätte ich tatsächlich Interesse an ihnen? Nein.

Ob ich es moralisch in Ordnung finde, zehn Männern Interesse vorzugaukeln? Nein.

Ob ich es trotzdem machen werde? Leider ja.

Als ich mit dem Studium angefangen habe, war mir von vornherein klar, dass ich nach dem Abschluss an der Uni keine abgestumpften Artikel für irgendwelche Frauenmagazine schreiben möchte. Keine Flirttipps oder Berichte über irgendwelche neuen Diäten. Für die Zeit *während* des Studiums mache ich eine kleine Ausnahme.

Mittlerweile sind wir beim Türsteher angekommen, der uns durchwinkt.

Der lange Eingangsbereich des Clubs ist ein absoluter Hingucker. Die Decke, der Fußboden und die Wände sind mit wunderschönen Tapeten überzogen. Wenn man nach oben schaut, sieht es aus, als würde man unter einer Baumkrone stehen und in den Himmel blicken. Die Wände und der Boden sind in einem floralen Muster gehalten, das viele Farben zeigt, in dem aber trotzdem ein dunkles Grün dominiert. Das einzige Licht kommt von den pinkfarbenen Leuchtschildern an den Wänden. Auf einem steht »What the fuck have you done« und auf einem anderen »It wasn't me«.

Nachdem wir an der Garderobe unsere Jacken abgegeben haben, betreten wir die große Halle. Hohe Decken mit silbernen Röhren geben einem das Gefühl, in einer Fabrik zu sein. Überall stehen braune Ledersofas und Hocker. Dieser Club versprüht einen rustikalen, industriellen und trotzdem gemütlichen Charme.

Während mein Körper wie von allein den Rhythmus des Liedes gefunden hat, gehen wir auf die schwarze Bar zu. Auch Kate wippt zum Takt der Musik, als wir unsere Drinks bestellen.

»Eine Cola, einen Long Island Ice Tea und ein Wasser.« Ich überlege kurz, ob es ratsam wäre, mit dem Barkeeper anzufangen. Er hat kurze blonde Haare, und seine Arme sind übersät mit Tattoos.

»Sag mal«, frage ich meine beste Freundin. »Ob ein Barkeeper seine Nummer rausgeben darf?« Es wäre nicht sonderlich ermutigend, mit einer Abfuhr in den Abend zu starten.

»Also, ich habe in Liverpool als Barkeeper gejobbt, und uns war es untersagt, unsere Telefonnummer zu verteilen. Zwar durften wir durchaus flirten, um den Umsatz anzukurbeln, aber mehr auch nicht«, beantwortet Noah mir die an Kate gestellte Frage. »Das ist aber nicht überall der Fall. Es kann durchaus sein, dass es nur bei uns so gehandhabt wurde.«

Mit großen Augen schaue ich ihn an. Ich kann ihn mir beim besten Willen nicht hinter einem Tresen vorstellen, auch wenn er mit den Tattoos und dem markanten Gesicht etwas Wildes ausstrahlt.

Ich entscheide mich dagegen, den Barkeeper anzusprechen. Wir nehmen unsere Drinks und gehen zu einer freien Sitzecke.

»Du darfst gerne Spaß mit deiner besten Freundin haben. Ich komme auch ohne euch zurecht.« Noah hat seine Hand auf Kates Knie platziert und streicht mit seinem Daumen über ihre nackte Haut. Am liebsten würde ich ihn umarmen für diese Aussage, weil ich mich schon ohne Kate auf der großen Tanzfläche gesehen hatte.

Sie versichert ihm, dass sie mich nicht vergessen hat und mir sowieso noch dabei helfen muss, passende Männer für meinen Artikel zu finden.

»Harte journalistische Arbeit«, kommentiert Noah ihre Worte und zwinkert mir provokant zu. Ich funkle ihn böse an, doch als er zu lächeln beginnt, kann ich nicht anders, als es zu erwidern.

»Turtelt ihr mal schön rum, ich mache mich jetzt auf die Suche nach meinem Traumprinzen.« Mit einem gespielten Grinsen auf den Lippen leere ich mein Glas Wasser und gehe erneut auf die Bar zu. Dass ich nicht wirklich auf der Suche nach meinem Mr Right bin, ist wohl beiden klar.

Noch bevor ich an meinem Ziel ankomme, sehe ich einen jungen Mann mit dunklen Haaren, der an der Bar ganz verloren wirkt. Vermutlich besorgt er neue Drinks für seine Kumpels. Mit einem zurückhaltenden Lächeln gibt er die Bestellung auf und lehnt sich dann mit dem Rücken an den Tresen.

Ich schätze ihn auf Mitte zwanzig. Er trägt ein dunkles Hemd, dessen Farben ich im schwachen Licht nicht ganz ausmachen kann.

»Ein Wasser, bitte.« In nicht einmal einer Minute steht die klare Flüssigkeit vor mir. Ich nehme das kalte Glas in die Hand und lehne mich ebenfalls mit dem Rücken an den Tresen, dicht neben dem Mann.

»Ist es sehr langweilig, in einer Diskothek Wasser zu trinken?«, frage ich ihn beiläufig, ohne ihn direkt anzuschauen.

»Meinst du mich?« Er dreht sich nun in meine Richtung, und ich tue es ihm gleich.

Ich stelle mein Wasser wieder ab und lächle ihn an. »Ja. Entschuldige. Ich bin Zoe.«

Bitte sei ohne Begleitung hier. Es wäre mir mehr als unangenehm, wenn seine Freundin um die Ecke käme und mir etwas Hochprozentiges ins Gesicht schütten würde.

Er erwidert mein Lächeln und stellt sich als Pete vor.

Eine gefühlte Ewigkeit vergeht, in der wir uns nett unterhalten, ohne dass man unser Gespräch als Flirten bezeichnen könnte. Schließlich bringe ich all meinen Mut auf, sage ihm, dass ich mit Freunden hier bin, zu denen ich langsam wieder zurückmuss, und frage ihn nach seiner Telefonnummer.

Ich habe schon fast mit einer höflichen Abfuhr gerechnet, als er sich eine Serviette schnappt und den Barkeeper nach einem Kugelschreiber fragt.

Ich kehre zurück zu dem braunen Ledersofa und dem Pärchen, das gerade über irgendwas zu diskutieren scheint. Kate wirkt bedrückt. Doch bevor ich sie fragen kann, was los ist, unterbrechen sie ihr Gespräch, um mich zu fragen, ob ich erfolgreich war. Ich schwinge die Serviette in der Luft hin und her wie eine Trophäe und bin in Gedanken bei meinem Artikel, der tatsächlich mit einem netten jungen Mann beginnen wird.

Im Verlauf des Abends ergattere ich sieben weitere Nummern. Bei jedem Gespräch habe ich Bammel davor, dass einer der Kerle, mit denen ich zuvor geredet habe, mich entdecken würde. Es wäre ganz schön peinlich, dabei erwischt zu werden, wie ich ein Dutzend Männer im Club anquatsche und gefühlt von einem zum nächsten springe.

»Ich habe die Schnauze voll. Sieben sind doch so gut wie zehn.« Ich lasse mich auf das leere Sofa fallen, das neben Kate und Noah steht, und lehne mich zurück an das kalte Polster. Die Taschen meiner Jeanshose sind gefüllt mit Nummern, die ich niemals wählen werde.

»Die letzten drei schaffst du auch noch«, lallt meine beste Freundin, greift nach meiner Hand und zieht mich wieder aus dem Sofa hoch. »Lass uns tanzen.« Kate drückt Noah einen Kuss auf die Wange und delegiert mich in die Mitte der Tanzfläche.

»Ist alles in Ordnung bei euch?«

»Ach, nur eine kleine Auseinandersetzung. Manchmal frage ich mich, ob wir überhaupt zusammenpassen«, antwortet sie mir und beginnt sofort zu lachen. Ich weiß nicht, wie viele Drinks Kate mittlerweile intus hat, aber so, wie sie wankt und spricht, müssen es einige sein.

Was Noah jetzt wohl allein macht? Unsere Handys haben wir im Auto gelassen, weshalb er sich damit nicht die Zeit vertreiben kann. Hätte er einen Rucksack oder Ähnliches dabei, könnte ich mir durchaus vorstellen, dass er ein Buch rausholen und inmitten dieses Clubs anfangen würde zu lesen. Bei dem Gedanken schleicht sich ein Lächeln auf meine Lippen.

Der DJ spielt den ganzen Abend schon alte Partyklassiker aus den

Neunzigerjahren, wofür ich ihm dankbar bin. Ich liebe es, zu Musik zu tanzen, die ich in- und auswendig kenne. In Momenten, in denen ich mich trotz der Menschenmenge unbeobachtet fühle, fange ich auch gerne mal an mitzusingen.

Als Kate endlich stehen bleibt, erklingen die ersten Töne von *Mambo Nr. 5* von Lou Bega. Wir schauen uns an und tanzen dann zu dem Lied, das wir selbst zu Hause manchmal anmachen, wenn wir einen Stimmungsmacher brauchen.

»Guck dir den mal an.« Kate deutet mit einer nicht gerade grazilen Kopfbewegung in die tanzende Menschenmenge um uns herum. Es sind so viele Menschen, die sich hin und her bewegen, dass ich nichts sehe als aneinandergedrängte Körper.

»So blind kannst nicht mal du sein«, lallt sie, während ihre blonden kurzen Haare auf ihren Schultern auf und ab hüpfen. Sie zeigt unverblümt mit dem Finger in Richtung einer der Eisensäulen.

Schnell nehme ich ihren Arm runter, bevor es peinlich wird. Ich werfe nur einen flüchtigen Blick zu dem Mann hinüber, der seitlich an der Säule lehnt und uns tatsächlich beobachtet.

»Los, hol dir deine achte Nummer. Ich kann sowieso nicht mehr«, stachelt mich meine beste Freundin an. Wir haben gerade mal zu vier Liedern getanzt, für gewöhnlich halten wir länger durch.

Um zu Noah zu gelangen, müssen wir an dem Mann vorbei, auf den Kate soeben noch mit dem blanken Finger gezeigt hat. Ich versuche, mir meine Anspannung nicht anmerken zu lassen, und brauche all meine Willenskraft, um nicht zur Seite und somit in sein Gesicht zu sehen.

Mit einem erleichterten Seufzer setze ich mich auf das leere Zweisitzsofa und platziere Kate neben Noah. Kate ist klein und zierlich. Wenn sie vor dem Feierngehen keine riesige Mahlzeit verschlingt, steigt ihr der Alkohol schnell zu Kopf. Ich kann mich an unzählige Nächte erinnern, in denen ich ihr stützend nach Hause geholfen und ihr die Haare gehalten habe, sobald alles wieder aus ihr rauswollte.

Noah fragt uns gerade, wie es auf der Tanzfläche war, und verkneift sich sichtlich das Lachen bei dem Anblick seiner betrunkenen und mittlerweile singenden Freundin, als ein Räuspern ertönt und sich jemand neben mich in das braune Leder setzt. Ich spüre, wie der kalte Stoff unter meinem Hintern nachgibt und mich ein wenig mit in die Tiefe zieht. Er hat rabenschwarze kurze Haare. Auch seine Augenbrauen sind so schwarz wie die Nacht, und durch die Rechte zieht sich ein dünner Streifen Haut. Ich frage mich, ob er sie sich so rasiert hat oder eine Narbe dafür verantwortlich ist, dass ihm an dieser Stelle keine Härchen mehr nachwachsen. Er trägt ein kleines, kaum erkennbares Septum unter der Nase, und auch seine Ohren sind gepierct. Sein Gesicht ist glatt, und die Augen sind so dunkel wie seine Haare.

»Hallo.« Seine Stimme ist weicher, als ich vermutet hatte.

»Ähm. Hi.«

»Das klingt jetzt wahrscheinlich merkwürdig, aber ich bin mit meinem Kumpel hier, und du bist uns beiden aufgefallen.«

Aus dem Augenwinkel erkenne ich, dass Noah seinen Blick starr auf uns gerichtet hat und jedes Wort unseres Gesprächs verfolgt, während Kate schon die Lider geschlossen hat.

»Nicht, weil du so attraktiv bist ...« Er kommt ins Stottern. »Was du natürlich trotzdem bist. Wir haben uns eher gefragt, wieso du so viele Männer angesprochen hast? Wir haben dich jetzt nicht gestalkt oder so, aber es ist uns trotzdem aufgefallen. Wir haben um fünfzig Pfund gewettet.«

»Und was sind eure Theorien?«

»Also mein Kumpel sagt, du bist eine verzweifelte, verschmähte Frau, die auf der Suche nach ihrem Mr Perfect ist.«

Autsch!

»Ich glaube aber, du hast selbst eine Wette am Laufen«, fügt er hinzu.

»Wenn ich dir sage, dass du recht hast, du es aber eigentlich gar nicht hast, teilen wir uns dann die fünfzig Pfund?« Irgendwie ist er mir sympathisch, weshalb er durchaus meine Nummer acht werden könnte und ich damit definitiv meinen Raubzug für heute beenden würde.

Er lacht. »Einverstanden.« Er hält mir seine Hand zum Einschlagen entgegen, und ich ergreife sie. »Lee«, stellt er sich mir im gleichen Atemzug vor.

»Zoe.«

Langsam lässt er meine Hand los. »Verrätst du mir den wahren Grund?«

Ich rücke etwas näher an ihn heran und beginne zu erzählen. »Ich schreibe einen Artikel für ein Frauenmagazin, in dem es darum gehen soll, wie viele Telefonnummern man als Frau an einem Abend von Männern sammeln kann. Ich weiß, sehr originell. Du darfst mich jetzt gerne verurteilen.«

»Und wie viele Nummern hast du bis jetzt?« Sein Blick wirkt aufrichtig interessiert.

»Sieben. Mir wurde gesagt, ich soll es bei zehn Männern versuchen, aber ich habe keine Lust mehr.« Ich lehne mich zurück ins Polster, während er seine aufrechte Haltung beibehält. Lee ist groß, trägt einen schwarzen Kapuzenhoodie und eine blaue Jeans. Irgendwie erinnert er mich an die Sänger aus der K-Pop-Band BTS.

»Ich kann gerne deine Nummer acht sein.« Mit einem Lächeln auf den Lippen lehnt er sich nach hinten.

Wäre Kate nicht zu betrunken, wäre ich mir sicher, sie würde auf der Rückfahrt oder spätestens morgen behaupten, dass sie recht behalten habe.

»Es schreckt dich nicht ab, dass ich heute schon mit sieben anderen fremden Männern gesprochen habe? Morgen kann ich die Namen und Nummern sicherlich nicht einmal mehr einem Gesicht zuordnen«, behaupte ich.

»Nein. Das dient alles dem Wohl der Wissenschaft. Die Frauenwelt muss doch wissen, wie einfach es ist, Männern mit einem schönen Wimpernaufschlag die Kontaktdaten zu entlocken.«

Ich kann mir ein Schmunzeln nicht verkneifen und muss mir eingestehen, dass Lee, obwohl er rein äußerlich nicht mein Typ ist, mich durch seine lockere und freundliche Art irgendwie in seinen Bann zieht.

»Außerdem«, fügt er noch hinzu, »möchtest du sicher auch deine fünfundzwanzig Pfund haben.«

»Dann her mit deiner Nummer. Ich bin auf dieses Geld angewiesen.«

Sein Lächeln wird breiter. »Warte einen Moment.« Er verschwindet in Richtung der Bar, nur um kurze Zeit später mit einem Stift wieder zurückzukommen. »Gib mir deinen Arm.«

»Du könntest auch auf die Rückseite einer Serviette schreiben«, sage ich.

»Ich konkurriere mit sieben weiteren Männern und bin mir sicher, du wirst dich bei keinem von ihnen melden. Irgendwie muss ich dir doch im Gedächtnis bleiben.« Er greift nach meiner Hand.

Der Stift fährt eiskalt über meine durchs Tanzen immer noch erhitzte Haut und hinterlässt in schwarzer Tinte eine Aneinanderreihung von Zahlen.

»Ich sollte langsam mal wieder rüber zu meinem Kumpel. Die fünfundzwanzig Pfund bekommst du dann bei unserem ersten Date.« Lee zwinkert mir zu, und ich würde ihm am liebsten sagen, dass er doch bleiben soll, dass er sich mit seinem Freund gerne zu uns setzen kann. Doch als mein Blick zu meiner besten Freundin huscht, wird mir bewusst, dass Kate keine zehn Minuten mehr durchhält und wir sowieso jeden Augenblick nach Hause fahren werden.

Ohne eine ordentliche Verabschiedung trennen sich unsere Wege.

»Lasst uns gehen. Kate schläft jede Sekunde an deiner Schulter ein.« Ich greife meiner besten Freundin unter den Arm, und Noah stützt sie, indem er seinen Arm um ihre Hüfte legt.

»Und, war jemand für dich dabei?«, fragt mich Noah und wirkt angespannt.

Wir holen unsere Jacken bei der Garderobe ab. »Nicht wirklich, obwohl ich sagen muss, der letzte Typ war mir sympathisch.« Trotzdem glaube ich nicht, dass ich mich bei ihm melden werde. Sobald seine Nummer beim Duschen verschwindet, habe ich dazu auch keine Gelegenheit mehr. »Ich glaube nicht, dass es gut wäre, jemanden kennenzulernen. Zumindest nicht im Moment«, lasse ich Noah wissen, der nur resigniert mit dem Kopf nickt.

In den letzten Tagen haben Kate und ich des Öfteren über Matthew gesprochen, und das auch in Anwesenheit von Noah. Natürlich ist er bei Kates Erzählungen neugierig geworden und hat Fragen gestellt.

Wir verlassen den Club, und sofort umgibt mich eine eisige Kälte. Würde der Mond nicht so atemberaubend und hell leuchten, hätte ich es sehr eilig, zu meinem Auto zu gelangen. Ich kuschle mich tiefer in meine Jacke und drücke sie fest an meinen Körper.

Im Autoradio habe ich aufgeschnappt, dass die kommenden Tage wärmer werden sollen und wir doch noch einen richtigen Sommer bekommen.

Noah bugsiert seine Freundin auf die Rückbank und setzt sich zu ihr. Augenblicklich lässt sie sich an seine Seite fallen und schläft ein.

»Wie viele Nächte hast du nach dem Stephen-King-Buch gesucht?«, fragt mich Noah.

Die ganze Fahrt über war es still im Auto, und keiner hat etwas gesagt, vermutlich aus Angst, wir könnten Kate wecken. Aber woher zur Hölle weiß er, dass ich jede verdammte Nacht nach diesem blöden Buch Ausschau gehalten habe?

»Ich weiß nicht, wovon du sprichst.« *Wow, Zoe! Du hast schon mal besser gelogen.*

»Als ich gestern Nacht in die Küche gegangen bin, um mir ein Glas Wasser zu holen, hast du wie eine aufgebrachte Hummel das Wohnzimmer durchwühlt.« Ich schaue in den Rückspiegel und erkenne sofort das tiefe Grübchen, dass sich in seine Wange geschlichen hat. »Und jetzt sag mir nicht, ihr hättet in eurer Wohnung einen wertvollen Schatz versteckt.« Sein Grinsen wird breiter, während er die vorbeiziehenden Häuser in Augenschein nimmt und mir mal wieder auffällt, was für ein perfektes Profil dieser Mann hat.

»Ich habe nach ...« Ich komme ins Stottern, weil mir so schnell nichts einfällt, wonach ich hätte suchen können. »Ich habe nach meiner

Lesebrille gesucht«, sage ich schließlich und möchte mir am liebsten an den Kopf fassen.

»Du hast eine Lesebrille? Ich habe dich in den letzten Tagen viel lesen sehen. Eine Brille hast du dabei nie getragen.« Ich schaue erneut in den Rückspiegel und erkenne, dass er mich ansieht. Er grinst. Frech. Triumphierend. Wie in dem verdammten Buchladen, nachdem er mir mein Buch geklaut hat.

»Ich trage sonst Kontaktlinsen.« Okay, dümmer hätte ich jetzt nicht antworten können. Ich besitze tatsächlich eine Lesebrille, die ich aber meistens vergesse und daher so gut wie immer ohne lese. Kontaktlinsen habe ich allerdings nicht.

»Dir ist schon klar, dass ich Kate fragen könnte.«

Mein Blick ist auf die leere Straße vor mir gerichtet. »Dir ist schon klar, dass ich sie darum bitten könnte, für mich zu lügen, und sie würde es sofort tun«, äffe ich ihn nach.

»Touché, das würde sie. Kauf dir das Buch doch einfach.«

Ich möchte es mir nicht kaufen. Ich möchte genau die Ausgabe, die ich zuvor in den Händen gehalten habe. Wahrscheinlich ist mein Stolz da größer, als es gut für mich ist. »Danke für diesen schlauen Tipp. Darauf wäre ich von allein nie gekommen. Tatsächlich habe ich es schon.« So schnell verstrickt man sich in ein Netz aus Lügen.

Ich parke meinen Wagen vor unserem Haus.

»Ach echt?« Man merkt, wie viel Spaß ihm diese Unterhaltung macht und dass er es genießt, mich damit aufziehen zu können. Idiot. »Wie weit bist du denn? Es beginnt wirklich spannend, oder?«

Obwohl wir zum Stehen gekommen sind und uns abgeschnallt haben, liefern wir uns ein Blickduell. Während er dumm grinst, versuche ich, keine Miene zu verziehen und ihm meinen bösesten Blick zu schenken. Mein Herz schlägt dabei verräterisch schnell.

»Kate gehört ins Bett.« Ich gebe auf und steige aus dem Auto.

Ich schließe gerade die Tür zum Treppenhaus auf, während ich über die Schulter einen letzten Blick nach hinten werfe, um zu schauen, ob die beiden ebenfalls ausgestiegen sind, damit ich meinen Wagen verriegeln kann. Mit Kate auf den Armen, als wäre sie so leicht wie eine Feder, kommt Noah auf mich zu.

In der Wohnung angekommen, bringt er sie sofort in ihr Zimmer.

Wo zur Hölle ist meine Lesebrille? Ich habe tatsächlich keine Ahnung. Aber wenn ich heute Nacht noch etwas mache, dann ihm diese doofe Brille unter die Nase zu halten.

Demonstrativ schaue ich in jede Ecke, als Noah in die Küche geht, um weiß Gott was zu tun. Dann endlich entdecke ich die Brille in der Schublade der Kommode. Mir entfährt ein triumphierendes Brummen. Mit der Brille in der Hand und einem siegessicheren Lächeln auf den Lippen stolziere ich auf die Küche zu. »Siehst du. Hier ist sie.« Ich halte ihm die dunkelrote Lesebrille unter die Nase.

Noah schnappt sich einen frischen, giftgrünen Apfel vom Tisch, grinst und beißt genüsslich hinein. Er strahlt eine Selbstsicherheit aus, die mich rasend vor Wut macht, und gleichzeitig lässt sie ihn noch attraktiver wirken.

Mit dem Obst in der Hand geht er aus dem Raum, ohne auf mein Beweisstück einzugehen. Ich folge ihm stampfend.

»Und deine Kontaktlinsen?«, fragt er schließlich, ohne sich zu mir umzudrehen.

Stille. Die imaginären Kontaktlinsen. Mist!

»Die sind mir gestern leider ausgegangen«, versuche ich, so glaubhaft wie möglich zu lügen.

Er steht im Türrahmen von Kates Zimmer und dreht sich zu mir um. Ein ehrliches Lächeln liegt auf seinen Lippen, und für einen Moment glaube ich, wir hätten Frieden geschlossen. Ohne ein Wort zu sagen, schaut er mich an. Es ist so still, dass ich den Zeiger der Uhr im Flur ticken hören kann. Ein flaues Gefühl macht sich in meinem Magen breit, und es würde mich nicht wundern, wenn mein Herzschlag deutlich zu hören wäre. Als er endlich den Mund öffnet, atme ich erleichtert aus.

»Gute Nacht, Zoe. Vielleicht kannst du das neue Buch von Stephen King wenigstens in deinen Träumen lesen.«

Er verschwindet in Kates Zimmer, ohne mir die Möglichkeit zu geben, etwas zu erwidern oder ihm gegebenenfalls auch etwas an den Kopf zu werfen. Ein schweres Buch. *Harry Potter und der Orden des Phönix*. Schließlich ist das der dickste Band der Reihe.

Mit geballten Fäusten gehe ich schließlich in mein Zimmer. *Er. Ist. So. Ein. Arsch.* Doch als ich die Tür hinter mir schließe, beginne ich dümmlich zu grinsen. Leider muss ich zugeben, dass er ein sympathischer Arsch ist.

Ich setze mich auf meinen Schreibtischstuhl und zwänge mich aus der schwarzen Skinny Jeans. Dabei fallen mir die Zettel mit den Telefonnummern aus der Hosentasche und landen nach und nach auf dem Fußboden. Mit einem Seufzer bücke ich mich nach ihnen und schmeiße sie in den Papierkorb.

Als ich gerade den Body ausziehen möchte, fällt mir wieder die Nummer auf meinem Unterarm auf. Schmunzelnd nehme ich mein Handy zur Hand und speichere sie ein.

Ich ziehe mir einen bequemen Kuschelpullover über und mache es mir vor meinem Schreibtisch bequem. Ich bin viel zu aufgedreht, als dass ich jetzt schlafen könnte, weshalb ich meinen Laptop aufklappe und in die Tasten haue.

Kapitel 5

»Hallo?«

Das penetrante Klingeln meines Handys hat mich soeben aus dem Schlaf gerissen. Gestern bin ich noch bis tief in die Nacht wach geblieben und habe den Artikel beendet. Ich bin nicht nur todmüde, auch mein Rücken schmerzt bei jeder Bewegung. Nachdem ich mit dem Schreiben fertig war, bin ich am Schreibtisch sitzend eingeschlafen, um irgendwann mit einem Stechen im Rücken aufzuwachen und in mein Bett zu kriechen.

»Zoe? Ich bin es. Mum. Wie geht es dir?«

Das Herz in meiner Brust beginnt sofort unnatürlich schnell zu rasen, und mit einem Mal bin ich hellwach und sitze aufrecht zwischen meinen vielen Kissen. Für einen kurzen Moment befürchte ich, dass ich gleich eine Panikattacke bekomme, bis sich mein Puls wieder einigermaßen beruhigt.

Ich kneife mir in den Oberschenkel, um sicherzugehen, dass dies kein böser Traum ist. Es ist lange her, dass ich ihre Stimme das letzte Mal gehört habe, worüber ich nicht gerade traurig war.

Doch jetzt reißt sie mich an einem Samstagmorgen aus dem Schlaf, den ich definitiv gebraucht hätte. Es gibt doch nichts Schöneres als die grelle und aufgesetzt freundliche Stimme dieser Frau am frühen Morgen.

Ich bezweifle stark, dass sie wirklich wissen möchte, wie es mir geht. Sie ruft mich nie an, um zu erfahren, wie es um mich steht. Mein Gemütszustand hat sie noch nie interessiert. Ich bin mir ziemlich sicher, dass sie etwas von mir möchte. Als ich ihr gerade antworten will, ergreift sie wieder das Wort.

»Du musst dir den kommenden Samstagabend freihalten.«

Es ist keine höfliche Bitte oder eine nett gemeinte Einladung. Es ist eine unumgängliche Aufforderung.

»Dein Vater und ich veranstalten eine Spendengala, und wir würden uns über dein Erscheinen freuen. Bring doch bitte Matthew mit. Auch Kate ist eingeladen.«

Ich möchte ihr gerade mitteilen, dass Matthew und ich uns getrennt haben, überlege es mir aber anders. Ich habe keinen Nerv, mir anzuhören, wie ich so einen tollen Mann nur habe gehen lassen können.

»Matthew kann nächstes Wochenende leider nicht, aber Kate bringt ihren Freund mit.«

Matthew war verrückt nach meinem Vater. Seine Meinung war ihm vom ersten Tag an wichtig. Auf eine mir unerklärliche Art und Weise hat er immer zu ihm aufgesehen. Zu dem Eisklotz, der nie Zeit für seine Familie hatte und von einer Affäre zur nächsten gesprungen ist. Aber solange er einen guten Job macht, zählt alles andere anscheinend nicht. Solange man erfolgreich ist, kann man ruhig ein skrupelloses Arschloch sein.

»In Ordnung«, antwortet sie missbilligend.

Meine Mutter duldet Kate nur, weil sie weiß, dass ich in ihrer Gegenwart entspannter und somit keine tickende Zeitbombe bin.

Ich möchte gerne absagen, doch ich kenne meinen Vater, und das Risiko, mich mit ihm anzulegen, kann ich gerade nicht eingehen. Wenn ich mich nicht in einen schicken Designerfummel werfe und die brave Tochter für sie spiele, wird er unverzüglich mein Konto sperren lassen. Noch viel schlimmer wäre es, wenn sie irgendwie dafür sorgen würden, dass ich Opa nicht mehr sehen kann. Immerhin wohnt er auf ihrem Grundstück.

»Ich werde da sein, Mutter.«

»Sehr gut. Zieh dir was Passendes an.« Mit diesen Worten legt sie auf. Sie wünscht mir weder einen schönen Tag, noch sagt sie, dass sie sich freut, mich zu sehen. Anders war es auch nicht zu erwarten. Ich habe schon mit zwölf Jahren aufgehört, auf etwas anderes, etwas Liebevolleres, zu hoffen.

Kate und Noah scheinen noch zu schlafen. Ich schleiche leise in das Badezimmer und nehme eine heiße Dusche. Das Wasser entspannt meine Muskeln und lässt mich wieder etwas runterkommen.

Ich schaue in den Spiegel und muss zugeben, dass ich wirklich müde aussehe. Meine Augenringe könnte selbst der beste Concealer nicht mehr abdecken, weshalb ich mir die Mühe erspare, mich zu schminken.

Mit einem lockeren Pferdeschwanz, einer gemütlichen Stoffhose und einem grauen T-Shirt bekleidet, verlasse ich das Badezimmer wieder. Ich möchte gerade in die Küche gehen, um mir einen Kaffee zu machen, als mich plötzlich der Geruch von Himbeeren umgibt. Kate. Von hinten schlingt sie ihre Arme um mich und wünscht mir einen guten Morgen.

»Das war dann wohl ein erfolgreicher Abend gestern. Ich mag zwar am Ende weggenickt sein, aber ich habe noch mitbekommen, wie dir der hübsche Kerl seine Telefonnummer auf die Haut geschrieben hat. Zeig mal her«, sagt sie und schaut sich meinen Arm genauer an.

Ich war mir sicher, dass sie zu diesem Zeitpunkt tief und fest geschlafen hat.

»Seine Nummer ist weg.« Der Schock steht ihr ins Gesicht geschrieben, bis ich ihr erzähle, dass ich die Nummer gespeichert habe.

»Du hast den Teufel gestern übrigens wirklich herbeibeschworen.« In ihrem Gesicht kann ich ablesen, dass sie keinen blassen Schimmer hat, wovon ich rede. »Meine Mutter. Sie hat mich heute Morgen liebevoll geweckt.«

Noah kommt zu uns in die Küche und wünscht mir einen guten Morgen, während er damit beginnt, für uns drei Kaffee zu kochen.

»Was wollte sie denn?« Meine beste Freundin weiß haargenau, dass meine Mutter nur anruft, wenn sie etwas von mir will.

»Sie wollte mir zu meinem Urlaubssemester gratulieren und mit mir auf Europareise gehen.«

Kate zieht die Augenbrauen zusammen und braucht einen Moment, um meinen Sarkasmus zu begreifen.

»Natürlich nicht«, kläre ich sie auf. »Sie geben mal wieder eine dieser Spendengalas. Hiermit seid ihr beiden recht herzlich eingeladen.«

Aufmunternd legt sie ihre Hand auf meine Schulter und drückt sanft zu. »Natürlich werden wir kommen.« Sie dreht sich mit einem Lächeln zu Noah. »Du gehst doch mit, oder?«

Er reicht uns den Kaffee. Einen schwarzen für mich. Einen mit einem Schuss Milch für Kate. Und einen mit mehr Zucker als Koffein für sich selbst.

»Klar. Ich wollte schon immer mal auf so ein Spendending.«

»Dann machen wir aus dem kommenden Samstag ein schönes Fest, mit kostenlosem Alkohol und ganz vielen Häppchen.« Ich bewundere Kate dafür, dass sie in allem etwas Positives sieht. »Was machen wir heute?«

»Also ich für meinen Teil werde nicht viel machen. Eventuell gehe ich noch mal über den Artikel und dann muss ich ihn abschicken.«

»Du bist eine echte Spaßbremse.«

Geschlagen hebe ich meine Hände in die Höhe. »Tut mir leid, es kann nicht jeder so aufgedreht sein wie du. Und überhaupt ...« Ich schaue mir Kate genauer an. Gestern Abend hat sie so viel getrunken, dass sie nicht mal mehr alleine nach Hause gekommen wäre, und jetzt ist sie das blühende Leben. »Ich verfluche dich dafür, dass du nie einen Kater hast.«

Es ist echt bemerkenswert. Sie verträgt nicht viel, egal, wie sehr sie an einem Abend abstürzt, am nächsten Morgen ist sie wieder topfit. Keine Übelkeit. Keine Kopfschmerzen. Nichts.

»Wie wäre es, wenn wir heute zu Hause bleiben und uns einen Film ansehen?«, bringt sich Noah ins Gespräch ein.

Ich nicke ihm dankend zu.

Meine beste Freundin beginnt zu schmollen, gibt dann aber doch nach. »Aber nur, wenn wir *Harry Potter und der Stein der Weisen* gucken«, wirft Kate ein. Dass ich damit mehr als einverstanden bin, ist nicht nötig zu erwähnen. »Und dafür, dass ich heute mit euch Langweilern hierbleibe, gehen wir morgen Abend aus«, beschließt sie, ohne uns überhaupt zu fragen.

»Schon wieder?«, fragen Noah und ich im selben Augenblick.

»Ich habe Montag frei, und das muss man ja wohl ausnutzen«, lässt Kate uns wissen. »Außerdem hat dein Studium noch nicht begonnen. Und du, Zoe, du hast ein Urlaubssemester. Diese freie Zeit darf man nicht vergeuden, man muss sie genießen.«

»Jeder genießt anders. Wo möchtest du denn hin?« Ich lege meine Tasse in die Spüle. Um sie jetzt abzuwaschen, fehlt mir die Lust. Ich greife nach den anderen beiden leeren Tassen und stelle sie dazu.

»Am Donnerstag hat mir Nicole auf Arbeit von einer Studentenfeier erzählt. Wir waren da schon ein paarmal, Zoe. Ich komme gerade nur nicht mehr drauf, wie die Straße heißt.«

Ich gehe auf sie zu und tippe ihr auf die Nase. »Du, meine Liebe, bist ganz schön oft auf Studentenpartys, ohne tatsächlich Studentin zu sein.«

»Jetzt kommt schon.« Sie setzt ihren Dackelblick auf und schaut abwechselnd mich und Noah an. Ich kann mir gut vorstellen, dass sie als Kind mit diesem Gesichtsausdruck immer alles bekommen hat, was sie wollte.

»Na gut«, gebe ich sofort nach, und auch Noah scheint nichts einzuwenden zu haben. »Aber nur wenn wir jetzt alle Harry-Potter-Filme nacheinander schauen, Pizza bestellen und den Tag auf dem Sofa verbringen.«

Einige Stunden und Filme später ist Kate inmitten des fünften Teils an Noahs Schulter eingeschlafen. Zwischenzeitlich haben wir uns eine riesige Familienpizza und Eis zum Nachtisch geteilt. Nur mit großer Mühe haben wir Kate wachhalten können. Sobald sie sich den Bauch vollgeschlagen hatte, ist sie eingeschlummert.

»Ich sollte sie ins Bett bringen.«

Mit einem Nicken stimme ich Noah zu. Einen Moment lang sagt keiner von uns etwas. Wir schauen uns nur in die Augen. Sein Blick fesselt mich, weshalb ich auch froh darüber bin, dass er ihn nun von mir abwendet.

»Ich hätte echt nicht gedacht, dass man einen kompletten Tag mit Harry verbringen könnte.« Sein leises Lachen übertönt den Fernseher, der nur noch auf niedrigster Lautstärke läuft.

»Und ob man das kann. Gute Nacht, ihr zwei.« Ich verabschiede mich von Noah und ziehe mich in mein Zimmer zurück.

Ein komisches Gefühl überkommt mich, und sofort schlägt meine Stimmung um. Ich setze mich mit angewinkelten Beinen und dem Kopf auf den Knien an meinen Schreibtisch und starre in die Dunkelheit. Draußen hat sich die Sonne schon lange verabschiedet. Die wenigen Laternen in der kleinen Gasse vor meinem Fenster werfen ein warmes Licht auf den Asphalt und lassen die Motten in der Luft tanzen.

Alles, was ich höre, sind die Regentropfen, die unaufhörlich gegen die Scheibe prasseln. Ich würde am liebsten die Musik ganz laut aufdrehen, um meine Gedanken verstummen zu lassen. Doch das gestaltet sich schwierig, wenn Kate nebenan schläft, weshalb ich meine Kopfhörer aus der Schublade hole, sie an mein Handy anschließe und meine Spotify-Playlist abspiele.

Wie gebannt schaue ich das Bild auf dem Display an, welches einen blauen Ozean zeigt. Eines der wenigen Fotos, die ich selbst vom Strand und dem Meer geschossen habe.

Meine Eltern haben mit mir nie einen Strandurlaub gemacht, egal, wie oft ich sie darum gebeten habe, in den Ferien wenigstens mal für ein Wochenende das Meer sehen zu dürfen. Viel lieber wollten sie ihre Urlaube allein verbringen. Offenbar war ein Kind für sie nur ein lästiger Anhang.

Ich werde nie vergessen, wie mein Opa, der Vater meiner Mutter, mich eines Tages überraschte. Mit gepackten Koffern und der Nachricht, dass wir nach Barcelona ans Meer fliegen würden. Ich habe geweint vor Freude. Es waren die schönsten drei Tage meiner gesamten Kindheit. Was würde ich dafür geben, um diese drei Tage noch mal genauso erleben zu dürfen. Doch das war, bevor Opa seinen schrecklichen Unfall hatte. Bevor er im Rollstuhl saß und bevor er komplett von meinen Eltern abhängig wurde.

Und plötzlich ist es wieder da, das Gefühl, nicht frei zu sein. Das Gefühl, als hätte ich einen Käfig gegen den nächsten eingetauscht.

Ich habe mich mittlerweile damit abgefunden, dass es diese Tage immer in meinem Leben geben wird. Die Angst ist mein ständiger Begleiter. Auch wenn sie sich nicht immer zeigt, ist sie doch stets da und wartet nur darauf, ihr hässliches Gesicht zu präsentieren.

Bei meiner ersten Panikattacke war ich zwölf Jahre alt. Alles fing mit meiner Mutter an. Es war schon immer schwer zwischen uns. Manchmal habe ich mir eingeredet, dass sie nur das Beste für mich wollte und nur nicht wusste, dass sie genau das Gegenteil bewirkte. Mein Vater war nie da, und wenn doch, trank er gerne mal einen über den Durst und beschwerte sich darüber, was für eine Versagerin ich doch sei und dass er viel lieber einen Sohn hätte.

Meine erste Panikattacke kam, nachdem meine Mutter mich eingesperrt hatte. Sie hat meine Zimmertür hinter sich zugeschlossen und mich für Stunden nicht herausgelassen, nur weil ich mich geweigert hatte, zum Spanischunterricht zu gehen. Und plötzlich war sie da. Blanke Angst. Ich habe geschrien. Ich habe geweint. Ich habe gegen die Tür getreten. Mein Herz schien mir aus der Brust zu springen, und die Luft zum Atmen wurde immer knapper. Ich hatte das Gefühl, sterben zu müssen. Erst nach einer Weile habe ich mich durch das Konzentrieren auf meine Atmung und laute Musik beruhigt.

Seither trage ich diese Angst in mir. Ich weiß nicht, was genau sie auslöst. Ich weiß nicht, woher sie auf einmal kommt. Ich weiß nicht, wie ich sie beschreiben soll, und schon gar nicht, wie ich sie jemand anderem erklären kann. Ich weiß nur, dass ich sie nicht einmal meinem größten Feind wünschen würde.

Auch jetzt spüre ich meinen Herzschlag in der Brust, und trotz der lauten Melodie in meinen Ohren kann ich es wummern hören. Meine Hände werden nass, und ein unsichtbares Seil schnürt sich immer enger um meine Kehle. Ich fahre mir verzweifelt durch die Haare, straffe die Schultern und versuche langsam ein- und auszuatmen.

Im Gegensatz zu meinen anfänglichen Panikattacken weiß ich mittlerweile wenigstens, was es damit auf sich hat und dass ich nicht gleich tot umkippen werde. Denn genau so fühlt es sich an. Ich ertappe mich noch heute manchmal bei dem Gedanken, dass es mich innerlich auffrisst. Dass meine Angst komplett irrational ist, ist mir bewusst, doch das macht sie nicht weniger real.

Mir wird schwindelig, und das Blut in meinen Adern fühlt sich an wie pures Eis. Mir ist kalt und heiß zugleich, und alles, was ich tun kann, ist zu atmen und darauf zu warten, dass es vorübergeht.

Ich wische mir die Tränen aus dem Gesicht und gehe mit großer Mühe zu meinem Bett, um mich tief in die Matratze fallen zu lassen. Es ist, als würden die Wände immer näher kommen, als würde ich Stück für Stück eingeengt werden. Als würde das Zimmer brennen, und nirgendwo wäre ein Fluchtweg zu sehen. Ich greife nach dem Kissen, drücke es mir fest ins Gesicht und beginne zu schreien.

Wovor habe ich Angst? Was ist nur falsch mit mir? Wieso kann ich es nicht kontrollieren? Fragen über Fragen geistern mir durch den Kopf, bis alles um mich herum langsam wieder ruhiger wird und ich das Lied, das gerade läuft, wieder wahrnehmen kann.

Das Schlimmste an diesen Attacken ist ihre Unberechenbarkeit. Mal lassen sie sich Monate nicht blicken, und mal habe ich sie mehrmals wöchentlich. Sie nehmen keine Rücksicht darauf, ob ich gerade allein in meinem Zimmer oder in der Bahn unter zig Menschen bin. Mit der Zeit habe ich gelernt, mir die Panik nicht anmerken zu lassen. Mal funktioniert es gut, mal eher weniger. Aber eines ist es nie: einfach.

Kate ist die Einzige, der ich von meinen Angstattacken erzählt habe, und auch wenn sie ein hohes Maß an Empathie besitzt, fällt es ihr schwer, das nachempfinden zu können. Ich kann das nachvollziehen, schließlich kann man auch nur schwer etwas erklären, was man selbst nicht versteht.

Auch Matthew hat mich ein paarmal in solch einer Phase erlebt. Er hat jedes Mal versucht, auf mich einzureden. Mir gesagt, dass alles gut ist. Dass ich mir alles nur einbilde. In solchen Momenten hat er mich immer behandelt wie ein Kind, das darüber traurig ist, seinen Stoffteddy verloren zu haben.

Als Mediziner müsste er sich damit besser auskennen. Jemandem zu sagen, dass er sich seinen Schmerz nur einbildet, ist mit das Schlimmste, was man tun kann. Denn in diesem Moment, in dieser Sekunde, ist es keine Einbildung. Es ist verdammt real.

Ich drehe mich auf meinem Bett zur Seite und sehe mir die Bilderwand an. Dort kleben viele Fotos von Kate und mir, sogar noch ein paar Bilder mit Matthew, die Fotos, die ich mit meinem Opa am Strand gemacht habe, und ganz viele Bilder, die ich auf Pinterest gefunden habe. Bilder vom Meer, Palmen, Kunstwerke, Sprüche, Marvel-Helden, Musikinterpreten, Filmposter und Illustrationen. Diese Wand zeigt meine Träume, meine Wünsche und das, was mir wichtig ist.

Langsam beruhigt sich meine Atmung und auch mein Herzschlag normalisiert sich wieder, während ich starr auf ein großes Bild vom Ozean blicke.

Es dauert nicht lange, da fallen mir die Augen zu, und alles um mich herum wird schwarz.

Mit langsamen Schritten kommt er aus dem Badezimmer und bewegt sich auf mich zu. Ich weiche nach hinten und spüre das Bücherregal im Rücken. Seine grünen Augen sehen mich so eindringlich an, dass mein ganzer Körper von einer Gänsehaut übersät ist. Noahs Anwesenheit macht mich nervös und lässt mein Herz gleichzeitig höherschlagen.

Mit nacktem Oberkörper und nur mit Shorts bekleidet, kommt er immer näher. Ich kann die kleinen Wassertropfen erkennen, die seine gebräunte Haut hinabwandern, und mir bleibt gar nichts anderes übrig, als nach Luft zu schnappen.

Direkt vor mir bleibt er stehen. Er sagt kein Wort. Auch ich bleibe stumm. Nicht in der Lage dazu, irgendetwas zu sagen oder mich auch nur zu bewegen. Seine Finger gleiten meinen Arm hinauf, bis er an meinem Hals angekommen ist und anschließend mein Gesicht in seine Hände nimmt.

»Das wollte ich schon die ganze Zeit tun«, flüstert er und legt seine weichen Lippen auf meine.

Mit rasendem Herzen schrecke ich hoch. Was zur Hölle war das denn? Mir ist heiß, und mein Mund fühlt sich staubtrocken an. Vom Durst angetrieben schleiche ich durch die dunkle Wohnung in Richtung Küche und bleibe abrupt stehen, als ich Noah und Kate gemeinsam am Tisch sitzen sehe. »Ihr seid wach?« Das hat mir gerade noch gefehlt. Sofort schießen mir die Bilder von meinem Traum wieder in den Kopf und lassen mich rot anlaufen.

»Ich habe gelesen, dass man heute ganz viele Sternschnuppen sehen soll, und habe mir den Wecker gestellt. Vom Küchenfenster aus hat man den besten Ausblick auf den freien Himmel.« Kate klingt überglücklich, dreht sich wieder um und schaut weiter in die Ferne.

Noah hingegen betrachtet mich mit einer gewissen Neugier im Gesicht. »Schlecht geschlafen?«, fragt er, als ich gerade wieder den Kühlschrank schließe und mich dagegenlehne.

Ich antworte ihm mit einem Nicken und stille meinen Durst mit dem eiskalten Wasser.

»Ist alles in Ordnung?« Seine Stimme ist so sanft, dass ich mich am liebsten in sie einkuscheln würde. Irgendwas in seinen Augen geht mir durch Mark und Bein. Sofort verbanne ich diese Gedanken aus meinem Kopf.

»Alles in bester Ordnung«, lüge ich ihn an. Denn es ist nichts in Ordnung. So einen Mist darf ich nie wieder träumen.

Durch den Wohnbereich gehe ich zurück in mein Zimmer. Kurz vor der Tür höre ich Kate rufen: »Ich habe eine gesehen. Ich muss mir etwas wünschen.«

Für einen winzigen Augenblick spiele ich mit dem Gedanken, mich auch an mein Fenster zu setzen und auf meine ganz eigene Sternschnuppe zu warten. Doch dann fällt mir ein, dass ich nicht einmal wüsste, was ich mir wünschen würde.

Kapitel 6

Mein Körper erinnert mich schmerzhaft daran, dass ich die letzte Nacht nicht viel Schlaf bekommen habe. Meine Schultern sind verspannt, und ich fühle mich, als wäre ich einen Marathon gelaufen.

Als ich heute Nachmittag aufgewacht bin und aus meinem Zimmer kam, war weit und breit keine Spur von Kate und Noah. Auf einem kleinen Zettel fand ich dann die Information, dass sie etwas essen gegangen sind und mich nicht wecken wollten.

Ich strecke meine steifen Glieder, während ich mir ein Buch aus dem chaotischen Regal im Wohnzimmer nehme. Es ist nicht nach Farben oder Autoren sortiert. Im Grunde genommen ist es überhaupt nicht sortiert. Ich ziehe so oft mehrere Bücher gleichzeitig aus dem Regal und stelle sie dann wieder falsch rein, dass ich irgendwann die Ordnung verloren habe.

Nachdem ich gestern Nacht wieder ins Bett gegangen war, habe ich mich nur noch von einer Seite auf die andere gewälzt und darauf gewartet, dass meine Gedanken endlich Ruhe geben. Irgendwann habe ich mich damit abgefunden, dass ich nicht mehr schlafen werde, und mir ein paar Folgen *Friends* angesehen. Auch wenn ich fast jedes Wort in der Serie mitsprechen kann, werde ich wohl nie damit aufhören, sie immer und immer wieder zu gucken, einfach nur, weil sie mich runterfahren lässt. Irgendwann am frühen Morgen bin ich dann endlich in den Schlaf gefallen.

Mit einem Thriller in der Hand mache ich es mir in dem senfgelben Sessel bequem. Das Zwitschern der Vögel ist das einzige Geräusch, das ich beim Lesen wahrnehme. Als ich gerade das dritte Kapitel beendet habe, kommen Kate und Noah durch die Haustür rein. Mit einem lauten Knall fällt die Tür ins Schloss.

»Hat es geschmeckt?«, frage ich sie, ohne meinen Blick von dem Buch abzuwenden.

Noah setzt sich auf das Sofa. Da schaue ich zu ihnen auf. Kate steht mit verschränkten Armen vor dem Couchtisch und sieht alles andere als glücklich aus. Irgendwas stimmt nicht. Ich kann nicht wirklich ausmachen, was genau es ist.

Nachdem mir Noah mit einem knappen Ja geantwortet hat, herrscht Schweigen. Keiner sagt etwas. Keiner tut etwas. Bis Noah aufsteht und im Badezimmer verschwindet.

»Sag mal ...« Ich wechsle vom Sessel auf die Couch, auf der es sich Kate nun bequem gemacht hat, um direkt neben ihr zu sitzen und leiser reden zu können. »Ist alles in Ordnung bei euch?«

»Hast du bis eben geschlafen?« Sie fährt mir durch die Haare und weicht mit einem gekünstelten Lächeln meiner Frage aus. »Es ist schon fast Abend.«

»Kate, hör auf, das Thema zu wechseln. Was ist los?«

Sie hebt ihren Blick vom Fußboden und schaut mich bedrückt an. »Nichts.«

»Ich sehe doch, dass dir irgendwas auf dem Herzen liegt.«

Sie beginnt laut ein- und dann wieder auszuatmen. »Es ist wirklich nichts passiert. Es ist nur komisch zwischen Noah und mir.«

Mit großen Augen schaue ich ihr ins Gesicht. Veräppelt sie mich gerade? Bis gestern schien doch noch alles in bester Ordnung zu sein. Wie kann sich das denn so schnell ändern?

»Wir haben Pad Krao Pao bei dem Vietnamesen in der Guilford Street gegessen. Am Anfang war alles ganz normal, bis ich ihn auf das Tattoo am Oberarm angesprochen habe. Mich interessiert eben die Bedeutung dahinter. Aber er hat meine Frage einfach beiseitegeschoben. Als ich dann wissen wollte, wieso er mir so vieles verschweigt, wurde er abweisend. Ich hatte das Gefühl, ich würde ihn mit meiner Fragerei nerven.« Sie macht eine Pause und lehnt sich nach hinten. »Ab da war das Gespräch dann gelaufen. Irgendwann hat er angefangen, über irgendwelche Künstler zu sprechen, um die Stimmung wieder aufzulockern. Doch das hat mich so gar nicht interessiert. Und als ich ihm von der Arbeit erzählt habe, kam es mir so vor, als würde es ihn genauso wenig interessieren.«

»Dass ihr unterschiedliche Interessen habt, ist doch kein Weltuntergang. Das kann sogar positiv sein. Und manchmal gibt es Dinge, über die man nicht immer reden möchte. Es wird mit Sicherheit noch der Zeitpunkt kommen, an dem er all deine Fragen beantwortet.«

»Zoe. Du und Matthew seid das beste Beispiel, dass so was nicht funktioniert.« Ihre Worte klatschen mir wie eine Ohrfeige ins Gesicht. Sie hat recht mit dem, was sie sagt, es ist viel mehr ihr Ton, der mich zurückschrecken lässt.

Sofort wird ihr Gesicht wieder weicher, und sie entwindet sich traurig meinem Blick. »Tut mir leid, das wollte ich nicht sagen. Ich bin mir nur so unsicher. Manchmal gibt es Momente, in denen wir uns nichts zu sagen haben. Was normal ist, aber es ist ein unangenehmes Schweigen, bei dem man die ganze Zeit überlegt, worüber man als nächstes sprechen könnte.« Kate lässt die Schultern hängen und wirkt mit einem Mal noch kleiner. »Wenn wir zwei uns anschweigen, ist das kein Problem, im Gegenteil, es ist sogar manchmal ganz angenehm. Aber bei Noah und mir ist es das nicht.«

Ich nehme sie in den Arm und flüstere ihr ins Ohr, dass sie sich Zeit geben müssen. Sie sind noch nicht lange zusammen und theoretisch noch dabei, sich kennenzulernen. »So schnell darfst du nicht aufgeben.«

»Du hast recht«, bestärkt sie meine Worte. »Danke, Zoe! Manchmal mache ich mich selbst verrückt. Vielleicht liegt es auch daran, dass wir uns jeden Tag sehen, das bin ich nicht gewohnt.«

Nachdem Kate sich wieder vollends beruhigt hatte, haben wir uns für den Abend zurechtgemacht. Wobei das wohl eher auf Kate zutrifft, weniger auf mich. Ich habe so gar keine Lust heute Abend noch mal wegzugehen, weshalb ich auch nur irgendeine Jeans angezogen habe und dazu ein schlichtes weißes T-Shirt.

Kate hingegen hat sich richtig in Schale geworfen und sieht fantastisch aus. Sie trägt einen schwarzen Lederrock und ein pinkfarbenes Oberteil, das perfekt zu ihrem Lippenstift passt. Ihre kurzen blonden Haare hat sie leicht gelockt, wodurch sie ihr verspielt auf den Schultern tanzen.

Die Fahrt zur Location dauert nur zehn Minuten, weil sie nicht weit von unserer Wohnung entfernt ist.

»Also eins ist sicher, ich spiele dieses Mal nicht den Chauffeur«, lasse ich die beiden wissen, kurz bevor wir unser Ziel erreicht haben.

»Kein Problem, ich werde uns heute zurückfahren«, ertönt Noahs Stimme von hinten. Er und Kate haben die bisherige Fahrt über noch kein einziges Wort miteinander gesprochen. Stattdessen habe ich immer wieder versucht, ein Gespräch zu beginnen.

Ich halte eine Straße weiter meinen Wagen an, um ihn nicht der feiernden Meute aussetzen zu müssen. Studenten neigen dazu, ihre Partys über die Stränge schlagen zu lassen. Dass so manch einer vom Dach in den Pool springt, passiert leider nicht nur in amerikanischen Teeniefilmen.

Das Haus, vor dem wir zum Stehen kommen, hat zwei Etagen. Das Besondere daran ist, dass in jeder der sechs Wohnungen Studenten leben. Einmal im Monat veranstalten sie gemeinsam eine riesengroße Party. Dabei werden alle Türen geöffnet, und man kann durch das Treppenhaus in die verschiedenen Wohnungen gelangen.

Die Musik dröhnt laut nach draußen, und dass es nur selten zu Polizeieinsätzen kommt, liegt wohl daran, dass wir uns in einem Studentenviertel befinden und somit alle Nachbarn auf der Party sind.

Während Noah auf die offenstehende Tür zugeht, nimmt Kate meine Hand. »Lass uns heute einen schönen Abend haben«, sagt sie. Seite an Seite schauen wir Noah hinterher. Ich lächle sie an, und sie drückt kurz meine Hand, bevor sie sie wieder loslässt. »Los komm, sonst geht mir Noah da drinnen noch verloren.«

Im selben Moment dreht er sich grinsend zu uns nach hinten. »Kommen die Damen auch endlich?«

Wir strecken ihm gleichzeitig die Zunge heraus, was er mit einem Schmunzeln quittiert.

Im Treppenhaus wimmelt es nur so von jungen Menschen. Manche Gesichter habe ich schon auf dem Campus oder in einem Kurs gesehen, andere wiederum sind mir vollkommen fremd.

Ich finde mich in einem großen Wohnzimmer wieder, welches genügend Platz zum Tanzen hergibt und eine große Sofalandschaft bietet, um sich anschließend auszuruhen. Während sich Noah und Kate auf das ausladende schwarze Polster setzen, tragen mich meine Füße direkt in die Küche. Auf dem Tresen steht so gut wie jede Sorte Alkohol. Wo man auch hinsieht, liegen rote Plastikbecher. Ich ärgere mich darüber, dass sie keine Gläser anbieten. Mit diesen blöden Bechern produzieren sie viel zu viel Müll. Aber ich kann auch verstehen, dass sie keine hundert Gläser haben.

Ich schnappe mir drei unbenutzte und gieße mir und Kate unser Lieblingsgift ein – Tequila –, während ich für Noah den Becher mit Wasser fülle. Der Arme tut mir beinahe leid. Am Ende des Abends hat er es wahrscheinlich mit zwei angeheiterten Frauen zu tun.

»Hi, Süße!« Eine verschwitzte Hand legt sich um meinen Oberarm, und schneller, als der Kerl es erwartet hat, drehe ich mich zu ihm um. Ich kann es nicht leiden, einfach so angepackt zu werden.

»Kein Interesse«, antworte ich ihm und gehe, ohne ihn noch einmal anzusehen, zurück ins Wohnzimmer.

Ich reiche meinen Begleitern ihre Becher und grinse Noah achselzuckend an. »Für dich gibt es ein leckeres stilles Wasser.«

»Eine Cola wäre mir lieber gewesen«, höre ich ihn sagen, als Kate und ich auch schon unsere Arme ineinanderhaken, die brennende Flüssigkeit auf ex hinunterkippen und uns anschließend einen Schmatzer auf die Lippen geben.

»Auf den heutigen Abend«, sagt sie.

»Daran könnte ich mich gewöhnen«, mischt sich Noah ins Geschehen ein.

Kate boxt ihm spielerisch auf den Oberarm, woraufhin beide zu lachen beginnen. Offenbar sind die Wogen zwischen ihnen wieder geglättet.

Draußen hat es zu regnen begonnen, was wohl der Grund dafür ist, dass viele aus dem Garten in das Haus flüchten und es dementsprechend immer voller wird. Einige Leute haben es sich mittlerweile neben uns auf dem Sofa bequem gemacht.

Nachdem Kate und ich uns einige Tequilas gegönnt haben und Noah auch endlich seine Coke bekommen hat, fordere ich Kate über die laute Musik hinweg zum Tanzen auf.

»Kommst du mit?«, fragt sie Noah, doch der schüttelt nur mit dem Kopf und lächelt sie an. »Geht nur. Ich warte hier auf euch und trinke noch ganz draufgängerisch eine Cola.«

Ich ziehe Kate hinter mir her und beginne im Takt der Musik meine Hüften zu bewegen. Das ist es, was ich auf Partys am liebsten tue. Tanzen, bis die Füße schmerzen. Im Wissen, dass man wahrscheinlich total bescheuert aussieht, und dennoch ist es einem komplett gleichgültig. Alles und jeder verschwindet um mich herum, da sind nur noch Kate und ich, die zu der lauten Musik hüpfen und den Moment genießen.

Es gibt nicht viele Augenblicke, in denen ich mich so ausgelassen und frei fühle. So stelle ich mir das Gefühl vor, immer unterwegs zu sein, eine neue Stadt, ein neues Land zu sehen. Pure Freiheit.

Die Musik wechselt von schnelleren zu langsameren Liedern und wieder zurück. Egal, welcher Song gespielt wird, wir hören nicht auf zu tanzen. Mir ist mittlerweile so warm geworden, dass ich wünschte, ich hätte mich statt für eine Jeans lieber für eine kurze Hose entschieden.

»Ich kann nicht mehr«, gibt Kate schwer atmend zu.

»Wie? Jetzt schon? Ach komm, noch ein paar Lieder.« Doch das Einzige, was bei ihr noch zu tanzen scheint, sind ihre blonden Haare in der Luft, während sie wie wild den Kopf schüttelt.

Langsam und sichtlich ermüdet geht sie in Richtung des Sofas und setzt sich auf Noahs Schoß, der uns die ganze Zeit über nicht aus den Augen gelassen hat.

Ich lache, ich tanze, ich lasse alles raus und habe weiter Spaß. Ich denke nicht an meine Eltern, an meine gescheiterte Beziehung, an meine versäumte Europareise und auch nicht an meinen querschnittsgelähmten Opa. Mein Kopf ist leer.

Ich weiß nicht, wie viel Zeit vergangen ist, doch als ich irgendwann meinen Blick wieder auf das Sofa richte, muss ich feststellen, dass von meinen beiden Mitbewohnern jegliche Spur fehlt. Für einen kurzen Moment mache ich mir Sorgen, wo sie abgeblieben sind. Doch das vergeht ganz schnell wieder. Wahrscheinlich haben sie sich in ein ruhiges Zimmer zurückgezogen.

Das Sofa, auf dem Noah und Kate nicht mehr sitzen, ist längst wieder belegt, weshalb ich langsam auf einen schwarzen Sessel zugehe, den noch keiner in Beschlag genommen hat. Ich lasse mich tief in das Polster fallen und strecke die Beine aus.

Jetzt, wo ich nicht mehr wie wild durch die Gegend tanze, merke ich erst, wie der Alkohol seine komplette Wirkung entfaltet. Meine Sinne sind wie benebelt, und ich wette, würde ich jetzt aufstehen, würde sich alles um mich herum drehen.

Die Musik nehme ich nur noch am Rande war. Meine Augen schließen sich wie von selbst, und ich lasse meinen Kopf nach hinten gegen die Lehne fallen. Einige Minuten verharre ich in dieser entspannten Position. Ich fühle mich ganz leicht, als würde ich auf Wolken schweben.

»Hallo, Schönheit«, höre ich eine Stimme direkt neben meinem Ohr flüstern. Vorsichtig öffne ich meine Augen und sehe einen blonden Jungen auf der Armlehne des Sessels sitzen, der seinen Arm über meine Schultern legt.

Es ist derselbe Kerl, der mich vor Stunden in der Küche angequatscht hat. Dass manche eine deutliche Abfuhr nicht verstehen, lässt mich vor Wut kochen. Ich hoffe, dass ich meine Gesichtsmuskeln noch gut genug unter Kontrolle habe, und werfe ihm einen vernichtenden Blick zu.

Entweder gucke ich nicht ansatzweise so böse, wie ich es mir vorstelle, oder er versteht es nicht, denn seine Finger liegen noch immer auf meinem Arm und streichen über meine nackte Haut.

Ein lautes Lachen ertönt. Moment mal! Das ist mein Lachen. *Wow, ich scheine wirklich sehr tief ins Glas geschaut zu haben.* Er quatscht mir irgendwas ins Ohr. Dabei spüre ich seinen Atem unangenehm auf meiner Haut.

»Wollen wir uns nicht eine ruhige Ecke suchen? Ich glaube, wir könnten Spaß haben.«

Ich möchte gerade seinen Arm von meiner Schulter lösen, da spüre ich, wie es gar nicht mehr nötig ist. Verwundert lege ich meinen Kopf in den Nacken und blicke mich um. Alles, was ich sehe, ist eine schwarze Jeanshose mit einem braunen Ledergürtel. Meine Augen wandern ein Stück weiter nach oben, und ich blicke in ein angespanntes, aber sehr schönes Gesicht. Noah.

Er steht direkt hinter dem Sessel, und von hier unten wirkt er noch größer, als er es ohnehin schon ist. In seiner Hand hält er den Arm des blonden Jungen und schaut ihn wütend an. »Verschwinde!«, zischt er ihn an.

Ohne ein weiteres Wort macht der Typ sich vom Acker.

Mit wackeligen Beinen stehe ich auf und schaue in die grünen Augen, die mir gerade aus der Patsche geholfen haben. Ich möchte ihm mitteilen, dass ich das auch allein hingekriegt hätte, aber ich klopfe nur mehrmals hintereinander mit meinem Zeigefinger auf seine Brust und habe schon wieder vergessen, was ich sagen wollte. Mein Blick ist starr auf die Bewegung meines Fingers gerichtet.

»Mein Retter in goldener ... nein, silberner Rüstung. Oder warte ... Retter? Ritter? Ritter in goldener Rüstung? Retter in silberner Rüstung? Wie geht denn dieser verdammte Spruch noch mal?«

»Meine Güte, du scheinst noch betrunkener zu sein als Kate. Komm, wir fahren nach Hause.« Seine raue Stimme übertönt die Musik im Raum, und mit einem Mal löse ich, wie aus einer Trance erwachend, meine Finger von seiner Brust. Ich habe wirklich viel getrunken, und Kate ... Kate!

»Wo ist sie? Wo ist Kate? Hast du sie etwa allein gelassen? Noah, du kannst doch nicht ...«, beginne ich ihm leicht nuschelnd eine Predigt zu halten, als er mich plötzlich sanft bei den Schultern packt und mir tief in die Augen schaut. Vielleicht ein wenig zu tief. Sofort verstumme ich.

»Ruhig, Zoe. Ich habe Kate vor einer halben Stunde nach Hause und ins Bett gebracht. Du schienst so viel Spaß zu haben, dass ich dachte, ich komme wieder, nachdem ich sie ins Bett gebracht habe, und hole dich dann ab.«

Während er redet, habe ich nur Augen für sein Gesicht. Er muss Kontaktlinsen tragen. Anders kann ich mir dieses strahlende Grün nicht erklären. Und halluziniere ich, oder hat er da eine Narbe auf dem Nasenrücken? Sie ist relativ blass, was wahrscheinlich der Grund dafür ist, dass sie mir noch nie zuvor aufgefallen ist. Ich konzentriere mich auf seine Haare. Wieso um alles in der Welt sehen sie immer so weich aus? Mit leicht zusammengekniffenen Augen begutachte ich die vereinzelten Haarsträhnen, die ihm in die Stirn fallen, und führe meine Hand zu ihnen. Vorsichtig berühre ich sie und runzle verwirrt die Stirn.

»Okay, du gehörst definitiv ins Bett.« Er umfasst mein Handgelenk und bringt mich dazu, sein Haar loszulassen.

Nein, ich will sie weiter anfassen. Finger weg! »Du kannst mir ruhig dein Geheimnis für samtweiche Haare verraten. Ich behalte es auch für mich, versprochen.« Meine Stimme hallt lallend in meinem Kopf wider, als er seinen Arm um meine Hüfte legt und mich sanft durch die Menschenmenge schiebt.

Im Auto angekommen setzt er mich auf den Beifahrersitz und geht hinüber zur Fahrerseite, um ebenfalls ins Auto zu steigen. Meine Lider werden ganz schwer, bis sie ungewollt zufallen.

»Du musst dich anschnallen.«

»Anschnallen?«, frage ich ihn irritiert, ohne dabei meine Augen zu öffnen.

»Ja, anschnallen. Du weißt schon. Den Gurt einrasten, damit dir im Falle eines Unfalls nichts passiert. Sag mal, wie viel hast du bitte getrunken, Zoe?«

Lacht er mich gerade aus? Und noch viel schlimmer. Lache ich gerade mit?

Meine Lider fühlen sich an wie Blei, weshalb ich blind versuche, mit meiner Hand nach dem Gurt zu fassen, doch ich finde ihn nicht. Was ist so schwer daran, sich anzuschnallen? Er muss doch irgendwo sein. Gleich habe ich ihn.

Urplötzlich beugt sich Noah zu mir rüber. Mir wird ganz warm, als ich den Gurt einrasten höre. Ein angenehmer Duft steigt mir in die Nase, während er sich wieder auf seinen Platz zurückzieht.

Er riecht männlich. Gleichzeitig aber auch wie der Frühling. Wie ein klarer Nachthimmel, der einem die Sterne offenbart. Wie ein Nachthimmel? Habe ich den Verstand verloren?

Plötzlich hallt sein Lachen im Wageninneren wider. »Sag mal, hast du gerade an mir gerochen?«

Sofort bin ich hellwach. »Wie bitte? N-neeeein. Und jetzt sei leise, mach Musik an und fahr nach Hause«, entgegne ich patzig und schaue schnell aus dem Fenster.

Ich wünschte, ich hätte heute Abend die Finger vom Tequila gelassen.

Die kurze Fahrt über schweigen wir, und in Gedanken gehe ich immer wieder einen Satz durch. Seine Haare sind rau wie Stroh, seine Augen sind nicht so grün wie ein frisch gewässerter Rasen, und riechen tut er wie ein Affenkäfig. Doch irgendwann, nachdem ich unzählige Male die Worte wiederholt habe, verstummt die Stimme in meinem Kopf.

Ein Schatten, der sich über mich legt, weckt mich aus meinem Traum, indem ich auf einem glitzernden Einhorn über rosa Wolken gesprungen bin.

Ich reiße die Augen auf und blicke direkt in Noahs Gesicht, der gerade dabei ist, meine Decke über mich zu legen. Wie bin ich in mein Bett gekommen? Waren wir nicht gerade eben noch im Auto?

»Wir sind schon da?«

»Ja, das sind wir. Schlaf jetzt«, sagt er und geht zu meiner Zimmertür.

Ich drehe mich auf die Seite und starre meine Wand an. Direkt auf Augenhöhe ist ein Bild von aufbrausenden Wellen, die auf den goldenen Sand prallen. Ich schließe die Augen und stelle mir vor, genau dort zu sein.

Als die Deckenleuchte erlischt und Noahs Schritte verstummen, rechne ich damit, dass jeden Moment mein Türschloss einrastet.

»Ach, übrigens. Meine Haare sind nicht rau, meine Augen sind tatsächlich grün, und ich rieche definitiv nicht nach einem Affenkäfig. Nur damit wir das geklärt haben.«

Ich ziehe mir die Decke über den Kopf und möchte am liebsten in einem schwarzen Loch verschwinden.

»Gute Nacht, Zoe.«

Kapitel 7

Schon bei der ersten Bewegung habe ich das Gefühl, dass hinter meiner Stirn eine Wand mit einem Vorschlaghammer eingerissen wird. Dieser verdammte Alkohol. Selbst Blinzeln tut mir weh, und bei jedem Schritt dröhnt mein Schädel. So leise wie möglich öffne ich meine Tür, in der Hoffnung, dass ich ganz allein in der Wohnung bin.

»Guten Morgen«, höre ich Noah sagen und schrecke zusammen. Keine zwei Meter von mir entfernt steht er mit einem Grinsen im Gesicht und beißt genüsslich in sein Sandwich. Alles, was er trägt, ist ein Handtuch um die Hüften. Sofort erinnere ich mich wieder an meinen Traum, in dem Noah mich geküsst hat. Allein der Gedanke daran macht mich wahnsinnig.

»Du hast mit Sicherheit einen ordentlichen Kater. Kate hat dir ein Aspirin rausgelegt. Sie wurde heute früh angerufen und gefragt, ob sie für ein paar Stunden einspringen könnte.« Er hat sich nicht von der Stelle bewegt und steht noch immer mitten im Wohnzimmer, während er sein viel zu lecker duftendes Sandwich aufisst.

»Könntest du dir vielleicht etwas anziehen?« Ich muss mich wirklich anstrengen, nicht auf seinen gebräunten Oberkörper zu starren und stattdessen meinen Blick auf sein Gesicht gerichtet zu halten.

Kauend schaut er an sich hinunter, als würde er gar nicht mitbekommen haben, dass er halb nackt ist.

Ich erkläre meine Selbstbeherrschung für gescheitert, als meine Augen seinem Blick folgen. Ein Wassertropfen, der sich von Noahs nassen Haaren gelöst hat, läuft über sein Schlüsselbein und bahnt sich seinen

Weg über die trainierte Brust bis hinunter zu seinem Bauchnabel, um schließlich unterhalb des Handtuchs zu versickern. Ich beiße mir unweigerlich auf die Unterlippe.

Er sieht noch besser aus als in meinem Traum. Sofort beginnen meine Wangen zu glühen. Ich darf ihn nicht so ansehen. Wieso kann Kates Freund nicht einen Bierbauch haben?

Ich nutze die freie Sicht, um all seine Tattoos zu betrachten. Viele von ihnen kenne ich schon, wie beispielsweise die Rose an seinem Unterarm und die zwei Theatermasken. Um seinen Oberarm ziehen sich aufbrausende Wellen, die ich zuvor noch nicht zu Gesicht bekommen habe. Ein Motiv erweckt jedoch meine ungeteilte Aufmerksamkeit. Auf seiner Brust prangt das berühmte Gemälde von Michelangelo: *Die Erschaffung Adams*. Gott streckt die Hand aus, um Adam mit der Berührung seines Fingers das Leben zu schenken. Allerdings gibt es hier einen großen Unterschied zum Original. Die Hand auf der rechten Seite ist die eines Skeletts. Es ist absurd und wunderschön zugleich.

»Oh! Ja. Entschuldige.« Ein wenig überrumpelt von der Situation legt er seine Hand in den Nacken und verschwindet in Kates Zimmer, um wenige Sekunden später in einem schwarzen Hemd und einer schwarzen Jeans wieder ins Wohnzimmer zu kommen.

Ich versuche krampfhaft, das Bild von seinem nackten Oberkörper aus meinem Gedächtnis zu verbannen, und zwinge mich dazu, nicht weiter über die Bedeutung seiner Tattoos nachzudenken.

Während sich Noah auf die Couch setzt, gehe ich in die Küche und nehme mir meine Einhorntasse, die Kate neben das Aspirin gestellt hat. Noch bevor ich mir einen Kaffee mache, trinke ich die Lösung und hoffe inständig, dass ich nicht den ganzen Tag von diesen Schmerzen geplagt werde, auch wenn ich es durchaus verdient hätte. Wer zu viel trinkt, muss auch mit den Konsequenzen leben.

Als ich bemerke, dass Noah mich vom Sofa aus ununterbrochen ansieht, frage ich mich, woran er gerade denkt. Der einzige Grund, weshalb ich ihn nicht einfach danach frage, ist, dass ich Angst habe, er könnte sich noch genauso gut an gestern Abend erinnern wie ich.

Nach ein paar Stunden kommt Kate endlich nach Hause und klopft an meine Tür. Ich bin heilfroh, nicht mehr mit Noah allein zu sein, auch wenn wir seit heute Vormittag nicht mehr aufeinandergestoßen sind.

Mit einer Ladung Schokoladenmuffins, die Kate von der Arbeit mitgebracht hat, setzen wir uns zu dritt auf das Sofa. Sie beginnt damit, von einer unfreundlichen Kundin zu sprechen, die sie heute bedienen musste, doch dann kommt sie plötzlich auf den vergangenen Abend zurück.

»Gestern sind wir wohl beide ganz schön abgestürzt.«

Noahs Blick trifft meinen, und bevor ich zu viel hineininterpretieren kann, schaue ich weg. Ich kann nur hoffen, dass ihm nicht dieselben Bilder durch den Kopf schießen wie mir.

Ich frage mich, wie Kate nach so viel Alkohol arbeiten gehen kann. Sie muss früh angefangen haben, wenn sie schon jetzt wieder zu Hause ist.

»Wem sagst du das. Ich habe auch so einige Gedächtnislücken.« Dass dies gelogen ist, müssen weder Kate noch Noah wissen. Ich werde einfach so tun, als könnte ich mich nicht an den späteren Verlauf des Abends erinnern.

Ich reibe mir die Schläfen und merke langsam, dass die Schmerzmittel zu wirken beginnen. Erleichtert atme ich durch.

Während Kate und Noah einkaufen waren, habe ich die sturmfreie Bude dazu genutzt, um mal wieder ordentlich durchzuputzen. Mit lauter Musik und mit einem Wischmopp bewaffnet, bin ich durch die gesamte Wohnung gefegt. Ein Großputz war genau das, was ich gebraucht habe.

Als die zwei zurückkommen, werfe ich einen Blick auf die Uhr. »Wir haben vier Uhr am Nachmittag«, kläre ich sie auf. »Ich dachte, ich müsste eine Vermisstenanzeige aufgeben. Ihr wart jetzt aber nicht wirklich vier Stunden lang einkaufen, oder?«

Sichtlich erschöpft setzt sich Kate mit einem lauten Schnauben auf das Sofa.

»Noah wollte spazieren gehen, und ich sollte ihm Orte zeigen, die mir besonders gut gefallen. Ich glaube, er war überrascht, als wir bei Victoria's Secret gelandet sind. Erst danach waren wir einkaufen.«

Genau wie Kate kann auch ich mir ein Lachen nicht verkneifen. Ich stelle mir Noah, hilflos und verloren, in diesem riesigen Laden vor.

Mit drei vollen Tüten in den Händen geht er in die Küche und räumt den Einkauf in die Schränke.

»Vielleicht sollten wir lieber Zoes Lieblingsorte abklappern«, ruft er uns zu.

»Erst einmal«, wendet Kate ein, »brauche ich eine Pause. Ich weiß nicht, wo wir länger waren, im Supermarkt oder bei Victoria's Secret.« Sie lässt sich nach hinten fallen und legt ihre Füße auf den Couchtisch.

Mit den Gedanken an all meine liebsten Orte in London, springe ich vom Sessel, lege mein Lesezeichen in das Buch, das ich eben erst zur Hand genommen habe.

»Ich weiß auch schon, wo du dich ausruhen kannst.« Voller Tatendrang schnappe ich mir Kates Tasche und werfe sie ihr auf den Schoß. »Mit einem Schokoladenmilchshake kommst du doch am besten zur Ruhe.«

Ich habe einen Nerv getroffen. Sie legt sich die braune Tasche um die Schulter, schreitet in die Küche und lässt Noah von unseren Plänen wissen, die er ins Rollen gebracht hat.

Nach einer fünfzehnminütigen Autofahrt sitzen wir an einem kleinen, länglichen Tisch im Claires Diner. Hier sieht es aus, als steckte man inmitten eines Klischees. Der Fußboden ist schwarz-weiß kariert. Die Polstermöbel, auf denen wir hocken, sind knallrot, und die Theke glänzt in einem altmodischen Silber. Alles erinnert einen an ein typisch amerikanisches Diner. Nur eben inmitten von London.

»Einen Schokoladen-, einen Vanille- und einen ...«, zähle ich unsere Bestellung für die Bedienung auf und schaue Noah fragend an.

Mit einem Schulterzucken erzählt er uns, dass er noch nie zuvor einen Milchshake getrunken hat.

»Das ist nicht dein Ernst?« Ungläubig schaue ich ihn aus großen Augen an und versuche, mir ein Leben ohne Milchshakes vorzustellen. Vergeblich.

»Also, die Klassiker sind Erdbeere, Vanille und Schokolade. Aber wir haben auch Waldmeister oder beispielsweise Nuss im Angebot«, klärt die Bedienung Noah auf.

»Erdbeere, bitte.« Ungläubig schaut Noah sich in dem kleinen, aber gemütlichen Diner um. Während er alles genau unter die Lupe zu nehmen scheint, bildet sich eine kleine Falte zwischen seinen dunklen Augenbrauen. »Das ist also dein Lieblingsort?«

»Hey«, sage ich empört und haue mit der Speisekarte auf den Tisch, um seine Aufmerksamkeit wiederzuerlangen. »Warte erst einmal ab, bis du dieses köstliche Getränk probiert hast, du Einsiedler. Schlimm genug, dass du noch nie einen Milchshake getrunken hast.«

Ein schiefes Grinsen bringt das Grübchen auf seiner rechten Wange zur Geltung. »Irgendwie hat mich die Vorstellung von Milchshakes immer angeekelt«, gesteht er uns.

Als die freundliche Kellnerin die drei verschiedenen Sorten auf den Tisch stellt, alle gekrönt mit Sahne, beobachten Kate und ich jede von Noahs Bewegungen. Gespannt warten wir darauf, dass er den ersten Schluck trinkt und unsere Obsession nachvollziehen kann.

»Großartig. Das ist die reinste Erdbeerexplosion.«

Kate hält ihm ihren Shake hin. »Probier lieber mal Schokolade.«

Kopfschüttelnd lässt er vom Strohhalm ab und zieht angewidert die Lippen kraus. »Zu viel Schokolade«, kommentiert er und greift über den Tisch, um mir, ohne mich zu fragen, meinen Vanilleshake aus der Hand zu nehmen.

Mit offenem Mund starre ich ihn an, während er seine Lippen um meinen Strohhalm legt. Plötzlich habe ich ihn wieder vor Augen, wie er oberkörperfrei vor mir stand. Mit einem leichten Kopfschütteln versuche ich, diesen Gedanken zu verbannen.

»Viel besser.« Noah schiebt mir meinen Shake wieder rüber. Ich möchte meine Finger um das Getränk legen, doch alles, was ich auf meiner Haut spüre, ist seine warme Hand, die noch immer meinen

Milchshake umklammert. Eine Gänsehaut durchfährt meinen Körper, und als ich gerade meinen Blick hebe, um ihm in die Augen zu sehen, zieht er seine Hand ruckartig unter meiner weg. Nun fühle ich nur noch das kalte und nasse Glas.

Pokerface von Lady Gaga holt mich aus meiner Trance. Kate beginnt in ihrer geräumigen Tasche zu wühlen, auf der Suche nach ihrem klingelnden Handy.

»Oh nein! Ja. Ja, natürlich. Das ist kein Problem. Gib mir zwanzig Minuten«, sagt sie. Dann legt sie auf. »So ein Mist, Leute. Nicole ist krank, und Michelle braucht mich im Café.«

»Du solltest zur Mitarbeiterin des Jahres gekürt werden, so oft, wie du spontan einspringst. Zweimal an einem Tag ist ziemlich lobenswert«, meint Noah.

Sie sollte wohl eher Mitarbeiterin des Jahrzehnts werden, denn Kate ist wirklich immer zur Stelle, wenn ihre Chefin Michelle sie braucht. Ich finde es beneidenswert, wie viel sie für den Job gibt und mit wie viel Freude sie ihm nachgeht. Ich hoffe, das kann ich von mir auch irgendwann mal behaupten.

»Könntest du mich fahren, sobald wir ausgetrunken haben?«

»Du kannst auch meinen Wagen nehmen. Dann musst du später nicht zu Fuß nach Hause.« Ich lege die Schlüssel auf den Tisch und schiebe sie ihr rüber. Kate und ich teilen uns seit einer gefühlten Ewigkeit mein Auto, und es gibt keine andere Person, der ich es so uneingeschränkt anvertrauen würde.

»Nein, Quatsch. Ihr müsst wegen mir jetzt nicht die Pläne über den Haufen werfen. Und wenn Noah deine Lieblingsorte sehen soll, dann braucht ihr definitiv das Auto.«

Keine zwanzig Minuten später setzen wir Kate vor dem kleinen Café in der Ellington Road ab und wünschen ihr einen stressfreien Arbeitstag.

»Und jetzt?« Noahs raue Stimme lenkt meine Aufmerksamkeit wieder ins Wageninnere.

»Jetzt fahren wir nach Hause und bestellen uns Pizza«, antworte ich.

»Kommt gar nicht infrage. Ich habe doch das Leuchten in deinen Augen gesehen, als wir aus der Wohnung raus sind. Außerdem ist es nicht ganz uneigennützig mir deine Lieblingsorte anzusehen. Ich würde echt gerne mehr von London erkunden.«

Noah steigt aus dem Auto, um von der Rückbank auf den Beifahrersitz zu wechseln. Auch ohne meinen Blick von der Windschutzscheibe zu lösen, merke ich, wie er mich von der Seite anschaut und auf eine Reaktion von mir wartet.

Wortlos starte ich den Motor und fahre die Straße wieder zurück, um zum nächsten Stopp zu gelangen. Dem Borough Markt.

Während die Radiomoderatorin uns die bevorstehenden Regentage ankündigt, schweigen Noah und ich uns die gesamte Fahrt über an. Ohne dass die Stille zwischen uns unangenehm ist, konzentriere ich mich voll und ganz auf die Fahrt.

Nachdem wir einen Parkplatz gefunden haben, zeige ich mit einer Armbewegung auf den Markt vor uns.

»Und da wären wir auch schon. Du kannst hier nicht nur Speisen aus ganz Europa probieren und kaufen, es wurden auch Szenen aus *Harry Potter und der Gefangene von Askaban* hier gedreht.«

Ich packe ihn am Ärmel seines hochgekrempelten Hemds und ziehe ihn durch die Menschenmenge hindurch zu einem Stand mit köstlichen Süßwaren. Auf dem goldenen Tablett, das auf dem Tresen liegt, sind kleine Kekse, Scones und Brownies zum Probieren drapiert.

Noah nimmt sich eines der Scones und einen Brownie. Er hält mir beides entgegen und wartet darauf, dass ich mich für ein Gebäck entscheide. Da brauche ich nicht lange zu überlegen. Ich nehme mir den Brownie und beiße genüsslich hinein. Er ist so weich, dass man das Gefühl hat, er begänne im Mund zu schmelzen. Einfach himmlisch.

Anschließend führe ich Noah an eine Käsetheke und reiche ihm ein Stück Gouda. Es gibt kaum etwas Besseres als so richtig guten Käse. Kurzerhand entschließe ich mich dazu, einen für zu Hause mitzunehmen, weil ich ganz genau weiß, dass auch Kate sich darüber freuen wird.

Nachdem ich Noah alle Stände gezeigt habe, bei denen Kate und ich uns gerne durchfuttern, setzen wir uns wieder ins Auto.

»Ich bin so satt«, meint er lachend.

Dem kann ich nur zustimmen, mein Bauch ist so voll, dass nicht einmal mehr ein kleiner Bissen meiner Lieblingspizza reinpassen würde. »Als Nächstes möchte ich dir einen Ort zeigen, an dem man eine wunderbare Aussicht auf London hat, und zwar kostenlos.«

Mit einer Kopfbewegung deute ich auf den riesigen Tower vor uns. Das hundertsechzig Meter hohe Haus wird als normales Bürogebäude genutzt. Ganz oben verbirgt sich jedoch ein kleiner Garten mit vielen exotischen Pflanzen. Die Fassade besteht komplett aus Glas, und von der oberen Terrasse aus, hat man einen Blick über ganz London.

Wir stehen gerade im Fahrstuhl, als mir Noahs gequälter Gesichtsausdruck auffällt. Unsere Blicke treffen sich.

»Ich habe Höhenangst«, gesteht er mir unter vorgehaltener Hand, damit die Leute um uns herum ihn nicht hören können.

»Oh«, erwidere ich. »Wieso sagst du mir das erst jetzt? Wenn du möchtest, können wir gleich wieder runterfahren.«

Es ist ihm anzusehen, dass er sich unwohl fühlt. Angespannt starrt er auf die Zahl im Anzeigefeld, die immer höher wird, je näher wir dem Ziel kommen. Ich würde gerne nach seiner Hand greifen, um ihm ein wenig die Anspannung zu nehmen, entscheide mich aber dagegen. Nachdem mir unsere letzte Berührung eine Gänsehaut verursacht hat, ist das vielleicht keine so gute Idee.

»Nein, schon gut. Ängste sind da, um überwunden zu werden.« Er schenkt mir ein kurzes Lächeln, bevor er wieder auf die ständig höher werdende Zahl starrt, die das Stockwerk angibt.

Oben angekommen klappt ihm die Kinnlade runter. Mit großen Augen sieht er sich in der offenen Halle um. Wir gehen den kleinen Weg entlang, an dem Palmen und andere Pflanzen ihren Charme versprühen.

»Wow.« Anscheinend gefällt es ihm hier genauso sehr wie mir. »Darf ich fragen, was du hier oben so treibst?«

»Meistens komme ich hierher, um in einem Buch zu lesen oder an einem Artikel zu schreiben. Ich setze mich nach draußen, stecke mir die Kopfhörer in die Ohren, damit ich die Menschen um mich herum nicht mehr höre, und genieße die Aussicht.«

Eine kleine Treppe führt vom Garten in den Bereich mit der Bar und den Sitzmöglichkeiten. Ich springe die drei Stufen hinunter und lege den Kopf auf die Schulter, um nach hinten zu spähen.

Noah steht noch immer oben und schaut gedankenverloren auf mich herab. Das Tageslicht hinter mir fällt ihm direkt ins Gesicht und lässt seine Augen in einem satten Grün erstrahlen. Sie wirken so hell, dass sie einen starken Kontrast zu seiner gebräunten Haut darstellen.

Es vergehen einige Sekunden, in denen niemand von uns etwas sagt oder sich auch nur von der Stelle rührt. Wir sehen uns an, bis ich endlich die Stille durchbreche. »Kommst du?« Ich halte ihm die Hand hin, nur um sie gleich wieder zurückzuziehen.

Unmerklich schüttelt er kurz den Kopf und nimmt die Stufen nach unten. Gemeinsam setzen wir uns draußen auf eine der freien Bänke.

»Wenn du jetzt zwischen diesem großen grünen Gebäude dort und dem grauen Wolkenkratzer hindurchguckst, kannst du sogar unser Haus sehen.« Mit dem Finger zeige ich in die Richtung und erkenne in weiter Ferne die mit Efeu bewachsene Außenfassade. Der Skygarden liegt zu Fuß höchstens fünf Minuten von unserer Wohnung entfernt. Einer der vielen Gründe, weshalb ich so oft hier bin.

Er folgt meinem Blick.

»Wann hast du zuletzt etwas getan, vor dem du Angst hattest?« Seine Frage kommt unerwartet. Als würde er mit den Gedanken ganz woanders sein.

Ich schaue ihn an und erwarte, ein Lächeln auf seinem Gesicht zu sehen, ein Grinsen, einfach irgendwas. Doch stattdessen ist seine Miene ausdruckslos und verrät mir in keiner Weise, was gerade in ihm vorgeht.

Ich möchte ihn gerne fragen, wie er darauf kommt und wieso er das wissen möchte. Stattdessen grüble ich jedoch über eine Antwort nach. War es, als ich noch bei meinen Eltern gewohnt habe? Oder vielleicht jedes Mal, wenn ich Opa besuchen gehe und hoffe, dass meine Eltern arbeiten sind, damit ich ihnen nicht über den Weg laufe? Oder habe ich während meines Studiums etwas getan, vor dem ich wirklich Angst hatte? Zählt die Spinne, die ich neulich in einem Glas nach draußen befördert habe? Denn das, was ich dabei gespürt habe, war definitiv blanke Angst.

»Ich weiß es nicht«, gebe ich schonungslos ehrlich zu. »Ich weiß es wirklich nicht. Ich habe vor so vielem Angst. Und wie sieht es bei dir aus?«

»Das hier.«

Erst jetzt fällt mir der leichte Schweißfilm auf seiner Stirn auf und wie sich eine kleine, dunkle Haarsträhne an seine feuchte Haut heftet. Die breiten, sonst so aufrechten Schultern wirken angespannt, und wenn ich genau darauf achte, kann ich die Hauptschlagader an seinem Hals pulsieren sehen.

Noahs rechte Hand liegt zu einer Faust geballt auf seinem Knie. Ohne groß darüber nachzudenken, beuge ich mich vor und lege meine Hand auf seine. Seine Haut glüht unter meinen Fingern, als stünde sie in Flammen.

»Stell dir vor, du bist an deinem persönlichen Lieblingsort.«

Er zieht die Hand unter meiner heraus, so wie er es auch schon im Diner getan hat, und setzt ein Lächeln auf, das irgendwie gequält wirkt.

Keiner von uns sagt ein Wort, während Noah aufsteht, langsam auf das Geländer zugeht und hinunterblickt. Ich gehe ihm nach und stelle mich an seine Seite. Für jemanden mit Höhenangst ist das wahrscheinlich nicht der beste Ort.

»Danke, dass du mich hergebracht hast«, sagt er leise, ohne seine Augen von der Tiefe abzuwenden.

Überrascht sehe ich ihn von der Seite an. Seine langen Wimpern werfen durch die Sonnenstrahlen einen Schatten auf sein Gesicht. Es macht mich wütend, dass ich mich immer wieder dabei erwische, wie ich ihn anstarre.

Ich möchte ihm gerade sagen, dass er sich nicht bedanken braucht, da schlägt er vor, uns zwei Getränke an der Bar zu holen. Mein Blick folgt ihm, wie er langsam, aber anmutig ins Innere geht und sich an den Tresen stellt, um eine Bestellung aufzugeben. Sein Hemd liegt so eng an, dass es an den breiten Schultern leicht spannt.

Eine Frau mit langen blonden Haaren geht auf ihn zu und spricht ihn an. Aufmerksam beobachte ich das Spektakel und warte darauf, dass er sie wegschickt. Was jedoch nicht passiert. Wut keimt in mir auf, und ohne nachzudenken, gehe ich auf die zwei zu.

Mit einem klimpernden Augenaufschlag schmachtet sie ihn an, und ich würde ihr am liebsten ins Gesicht springen.

Direkt neben Noah bleibe ich stehen. So nah, dass mein Arm seinen berührt. »Er hat eine Freundin«, sage ich schnippisch.

Sie hebt abwehrend die Hände und verdreht die Augen. »Keine Sorge, ich wollte dir deinen Kerl nicht ausspannen. Schönen Tag noch.«

Ich brauche einige Sekunden, um zu realisieren, was ich gerade getan habe.

Langsam, aber sicher schleicht sich ein schelmisches Grinsen auf Noahs Lippen. Mit hochgezogener Augenbraue sieht er mich an.

»Was?«, frage ich ihn. Oh Gott! Ich werde gerade rot. Ja, eindeutig. Ich spüre es. Ich sehe mit großer Wahrscheinlichkeit gerade aus wie eine Tomate. Dabei war es doch mein gutes Recht, Kate zu schützen, oder etwa nicht?

»Sie hat mich gefragt, woher ich meine Schuhe habe. Sie würde sie gerne ihrem Mann kaufen«, klärt mich Noah auf.

Ups. Ich möchte, dass er aufhört zu grinsen. Ich möchte, dass mein Herz aufhört, viel zu schnell in meiner Brust zu schlagen. Mir fällt nichts ein, was ich erwidern könnte. *Zoe, sag etwas. Irgendwas.*

»Wie viele Pringles kannst du auf einmal in den Mund schieben?«

»Was ist denn das für eine Frage?« Er beginnt so sehr zu lachen, dass er sich krümmt und die Hand vor den Bauch hält. Es ist nicht so, als hätte ich ihn noch nie lachen gehört, doch irgendwie klingt es anders.

Losgelöst, jung und so voller Leben. Und irgendwie kann ich gar nicht anders, als mitzulachen.

Kapitel 8

Etwa eine Stunde später finde ich eine freie Parklücke und stelle meinen Ford Edge vor dem riesigen Park ab. Die Gegend hier gilt als eine der wohlhabendsten Londons. Auch meine Eltern haben hier eine ihrer Praxen für Schönheitschirurgie, von denen sie in London drei Stück besitzen.

Was ich Noah nicht zeigen möchte, ist der zweiundzwanzig Hektar große Holland Park, der zwar schön ist, aber nicht zu meinen Lieblingsorten zählt. Es ist der kleine im Park verborgene Kyoto Garden, der es mir angetan hat.

»Oh, wow. Sieh mal.« Noah zeigt auf den Pfau am anderen Ende des kleinen Gewässers. Er breitet gerade sein Gefieder aus und passt perfekt zu der unwirklich wirkenden Kulisse. Alles ist hier japanisch angehaucht, ruhig und gemütlich. Die Pflanzen blühen in allen möglichen Farben.

»Wollen wir uns hinsetzen?« Noah deutet auf den Rasen, und noch bevor ich ihm antworten kann, hat er es sich gemütlich gemacht. »Kommst du hier oft allein her?«

Ich nutze die Gelegenheit, als er jede Bewegung des wunderschönen Pfaus verfolgt, und schaue mir sein Profil etwas genauer an, während ich mich neben ihn setze.

Sobald er sein Gesicht dem Sonnenlicht entgegenstreckt, scheinen seine Augen förmlich zu leuchten. Wohingegen sie bei künstlichem Licht so dunkel wirken wie ein undurchdringlicher Wald. Von der Seite erkennt man ganz gut, was für lange und dunkle Wimpern er hat, die seine mandelförmigen Augen perfekt umrahmen. Seine Nase ist weder perfekt gerade, noch ist sie wirklich schief. Ich erkenne auch wieder die kleine, verblasste Narbe. Sein Kiefer und seine Wangenknochen zeichnen sich deutlich ab. Ob ich jemals zuvor so ein perfektes Gesicht gesehen habe?

Mit einem lauten Räuspern erinnert er mich daran, dass ich ihm noch eine Antwort schuldig bin.

»Ja.« Ich reiße meinen Blick von ihm los. »Für mich ist das einer der Orte, an den ich gehe, wenn ich allein sein möchte. Wenn alles irgendwie zu laut wird und ich meine Ruhe brauche. Ich kann hier abschalten und irgendwie ich selbst sein.«

»Bist du sonst nicht du selbst?«

»Doch. Nein. Manchmal.« Ich bin mir nicht sicher, was die richtige Antwort auf seine Frage ist. Nicht einmal, ob es überhaupt eine richtige Antwort gibt. Ich kaue nervös auf meiner Unterlippe, bevor ich anfange, ihm mehr zu erzählen. »Meine Eltern haben mir früh beigebracht, jemand anders zu sein und mein wahres Ich zu verstecken. Es hat ein wenig gebraucht, bis ich mich selbst gefunden habe. Und ehrlich gesagt, glaube ich, dass ich noch lange nicht da bin, wo ich mal sein möchte.«

»Du und deine Eltern.« Er macht eine kurze Pause. »Das ist nicht einfach, oder?«

»Nein, das ist es nicht. Aber lass uns diesen schönen Tag nicht verderben, indem wir über sie sprechen.«

Er scheint sofort zu verstehen und geht nicht weiter auf das Thema ein.

Es ist nicht so, dass es mich wundert, dass er mitbekommen hat, wie unterkühlt das Verhältnis zwischen mir und meinen Erzeugern ist. Viel eher wundert es mich, dass es ihn so ehrlich zu interessieren scheint und er mir damit das Gefühl gibt, als könnte ich mit ihm reden, wenn mir danach ist. Ich habe selten einen Menschen getroffen, bei dem ich nach kurzer Zeit geglaubt habe, dass ich ihm alles anvertrauen könne.

»Neun«, sagt er plötzlich.

»Neun?«

»Ich glaube, ich kriege neun Pringles gleichzeitig in den Mund.«

Das erste Mal, seit wir uns hingesetzt haben, dreht er seinen Kopf in meine Richtung und schaut mich direkt an. Ein leichtes Schmunzeln liegt auf seinen Lippen. Vermutlich kann er sich meinen perplexen Gesichtsausdruck nicht entgehen lassen. Ich habe ganz vergessen, dass ich ihm diese Frage im Skygarden gestellt habe und er bis eben nicht darauf geantwortet hat.

»Jetzt guck nicht so. Ich habe ganz schön lange über diese tiefgründige Frage nachgedacht.«

Bei seinen Worten beginne ich zu lachen, wobei ich mir die Hand vor den Mund halte, um nicht zu laut zu sein. Es dauert mindestens eine Minute, bis ich mich wieder beruhigt habe. Ich bin ihm dankbar für diesen Moment und dafür, dass er darauf bestanden hat, nicht nach Hause zu fahren, denn ich weiß nicht, wann ich mich das letzte Mal so gelassen und wohl gefühlt habe.

»Okay, warte. Ich habe da noch eine wirklich weltbewegende Frage.« Ich erinnere mich an einen Artikel über die vier Elemente und inwieweit sie zu uns Menschen passen. »Feuer, Luft, Wasser oder Erde?«

»Aus welchen dunklen Ecken deines Gehirns gräbst du nur solche Fragen aus? Aber gut, lass mich überlegen.« Er stützt sich mit den Händen nach hinten, legt den Kopf in den Nacken und sieht hoch in die Wolken. »Ich glaube, Wasser passt am besten zu mir.«

»Wieso?«

»Zum einen liebe ich das Meer, und ich liebe es zu schwimmen. Und zum anderen ist Wasser unergründlich. Du weißt nie, was dich ganz unten erwartet. Ich habe auch mal gelesen, dass Wassersternzeichen intuitiv handeln, und das trifft ziemlich gut auf mich zu.«

Er setzt sich wieder aufrecht hin und dreht seinen Oberkörper in meine Richtung, was mich dazu veranlasst, dasselbe zu tun. Und so sitzen wir einander zugewandt auf dem Rasen und stellen uns vermeintlich belanglose Fragen.

»Und du?«

Ich überlege einen Moment. Obwohl ich es war, die diese Frage gestellt hat, habe ich über meine eigene Antwort gar nicht nachgedacht. Vielleicht Feuer? Ich kann ziemlich impulsiv sein. Oder auch Wasser? Der Ozean fasziniert mich. Jedenfalls bin ich mir sicher, dass das Element Erde nicht zu mir passt. Damit verbinde ich jemanden, der mit beiden Beinen fest im Leben steht und ganz genau weiß, was er will.

»Luft. Ich sehne mich nach Freiheit, und ich glaube, nichts ist freier als Luft. Außerdem ist sie ungreifbar, und genau so fühle ich mich.«

»Du fühlst dich nicht greifbar?« Eine tiefe Falte schleicht sich zwischen seine Augenbrauen, während er mich ansieht. Würde ich an so einen Mist glauben, wäre ich jetzt der festen Überzeugung, dass er gerade versucht, meine Gedanken zu lesen. Vielleicht möchte er die beste Freundin seiner Freundin auch einfach nur besser kennenlernen. Und vielleicht möchte ich das auch, ihn besser kennenlernen.

»Ich weiß nicht, wie ich es anders beschreiben kann, aber ich finde, das Wort trifft es ganz gut, ja.« Da ich keine weiteren Fragen in diese Richtung beantworten möchte, springe ich schnell auf und strecke ihm meine Hand entgegen. »Komm, ich zeige dir den vorletzten Ort.«

Neals Yard befindet sich ganz in der Nähe der Shaftesbury Avenue, wo alle großen Theater angesiedelt sind. Als Tourist braucht man nur zu blinzeln, und schon übersieht man dieses verborgene Schätzchen, weshalb es in den kleinen, aneinanderliegenden Innenhöfen für Londoner Verhältnisse eher ruhig zugeht.

Man findet hier reihenweise niedliche Geschäfte, die selbst gemachte Seife verkaufen, vegane Gerichte anbieten oder auch frisch gerösteten Kaffee.

»Hier gibt es den besten Kaffee weit und breit«, erkläre ich Noah, während wir durch eine kleine Unterführung in den Innenhof gelangen. Die Fassaden der Häuser rings um uns herum sind allesamt bunt und bepflanzt, was dem Ganzen ein gemütliches und gleichzeitig verrücktes Ambiente verpasst.

»Es gibt keinen anderen Ort, an dem ich mich unter Menschen so wohlfühle.« Ich glaube, das liegt daran, dass ich hier immer das Gefühl habe, von kreativen Menschen umgeben zu sein.

Gemeinsam betreten wir das kleine Café, dessen Wände kpmplett in Gelb gestrichen sind. Doch das ist noch lange nicht alles. Auch die Theke, die beschriftete Tafel, die Tische und die Stühle sind gelb. Noah passt mit seinen dunklen Haaren, der dunklen Jeans und dem schwarzen Hemd so gar nicht hier rein.

Mit jeweils einem Kaffee in der Hand verlassen wir den Laden wieder und gehen die engen Wege entlang. Voller Begeisterung schaut er sich jedes Haus genauer an und gerät ins Schwärmen über die vielen verschiedenen Farben und die tollen Läden, die so ganz anders sind als die Läden auf der Oxford Street. Mir war von vornherein klar, dass es ihm hier gefallen würde.

Noah und ich setzen uns auf eine blaue Bank, die sich rund um einen Baum zieht und auf der es sich schon andere gemütlich gemacht haben.

Wir beobachten das rege Treiben vor uns. Auf einem etwas größeren, gepflasterten Platz stehen meterlange Leinwände, auf denen jeder etwas mit bunter Farbe verewigen darf. Es gibt welche, auf denen nur gezeichnet wurde, und welche, die die Überschrift *Was dir wichtig ist* tragen. Darunter sind schon einige Wörter zu finden, wie zum Beispiel Ehrlichkeit oder Treue.

»Ich muss gestehen, dass London mich nie so wirklich gereizt hat. Ehrlich gesagt wäre ich auch liebend gerne in Liverpool geblieben, hätte ich dort Kunstgeschichte studieren können.« Noah nippt an seinem Kaffee, der seinem Gesichtsausdruck nach noch zu heiß zu sein scheint.

»Wieso eigentlich Kunstgeschichte?«

»Das kann ich dir nicht in ein oder zwei Sätzen erklären. Es ist eine etwas längere Geschichte, die ich bei Gelegenheit erzählen möchte.« Seine Antwort stellt mich alles andere als zufrieden. Nun bin ich nur noch neugieriger, als ich es zuvor schon war. Doch der Schmerz in seinen Augen entgeht mir nicht. Er ist spürbar, erschreckt mich und verrät mir zugleich, dass er nicht bereit ist, darüber zu sprechen.

»Komm«, fordere ich ihn auf. Ich gehe auf die großen Leinwände zu. Noah steht dicht hinter mir, so dicht, dass ich mir einbilde, die Wärme seines Körpers an meinem spüren zu können. »Also, was ist dir wichtig?«, frage ich ihn und nehme gleichzeitig einen der dicken Pinsel zur Hand, die überall auf dem Asphalt verstreut liegen und ihn in ein Farbenspiel verwandeln. Daneben stehen einige runde Farbeimer, in den verschiedensten Nuancen.

Auch Noah nimmt sich nun einen Pinsel und taucht ihn tief in die blaue Farbe ein. In Großbuchstaben schreibt er das Wort *Mut* an die Leinwand.

Ich nehme mir die grüne Farbe und verewige mich mit dem Wort *Freiheit*. Es folgen die Wörter *Geborgenheit* und *Abenteuer* von Noah. Ich bin gerade dabei, *Toleranz* aufzuschreiben, als ich plötzlich etwas Kaltes meinen Arm entlangfahren spüre.

Ich atme hörbar ein und halte dann die Luft an. Das hat er jetzt nicht wirklich getan, oder? Mein Blick geht an mir hinab, und mit Entsetzen muss ich feststellen, dass mein halber Arm blau ist.

Mit leicht geöffnetem Mund greife ich in den roten Farbtopf und ziehe meine Hand mitten durch Noahs Gesicht. Er beginnt zu lachen und versucht dasselbe bei mir, erreicht mich jedoch nur mit der Fingerspitze an der Wange, bevor ich um die Leinwand herumrenne, um vor ihm wegzulaufen. Ich möchte mir mit dem Handrücken die Farbe von der Wange wischen, schmiere mir dabei jedoch nur noch mehr davon ins Gesicht.

Anstatt mir hinter die Leinwand zu folgen, scheint Noah an Ort und Stelle stehen geblieben zu sein. Zögerlich luge ich hinter der Leinwand hervor. Verwirrt starre ich auf die Eimer, neben denen er eben noch gestanden hat.

Noahs siegessichere Lachen dringt an mein Ohr, kurz bevor er seine Hände, die in einem strahlenden Gelb leuchten, von hinten über meine beiden Arme fahren lässt. Während eines langen Atemzugs verschränkt er seine Hände mit meinen, bevor er mich loslässt und einen Schritt nach hinten tritt. In meinen Handflächen ist das Gelb von Noah gerade dabei, sich mit dem Rot zu vermischen, um ein wunderschönes Orange hervorzubringen.

Ein Lächeln schleicht sich auf meine Lippen, und schneller, als Noah damit gerechnet zu haben scheint, drehe ich mich um und hinterlasse zwei Handabdrücke auf seinem schwarzen Hemd.

Wir spielen noch eine ganze Weile Katz und Maus, bevor ich vollkommen außer Atem bin. »Ich ergebe mich«, rufe ich ihm entgegen und stütze mich auf den Knien ab.

»Was steht als Nächstes an?« Er sieht mich voller Tatendrang an, als hätte ihm diese Jagd neue Energie geschenkt, anstatt sie ihm zu rauben.

»So, wie wir aussehen, sollten wir lieber nirgendwohin gehen.«

Er wischt sich die Hände an einem der unzähligen weißen Tücher ab, die neben den Farbeimern liegen. Dafür, dass ich die ganze Zeit vor Noah davongerannt bin, habe ich deutlich mehr Farbe an mir kleben als er. Ich leuchte wie ein Regenbogen, wohingegen Noah nur einen roten Streifen im Gesicht hat und orangefarbene Flecken auf dem T-Shirt.

»Solange du mir kein Nobelrestaurant zeigen wolltest, dürfte das doch kein Problem sein«, versucht er mich zwinkernd zu überzeugen und mit einem Lächeln auf den Lippen, dem ich nur schwer widerstehen kann.

Ich schaue erneut an mir hinab und frage mich, ob man sich wirklich so auf den Straßen blicken lassen sollte.

»Zoe?«

»Hm?«

»Dir sollte es egal sein, was andere über dein Aussehen denken«, sagt er, als wüsste er genau, worüber ich soeben nachgedacht habe.

»In Ordnung, aber du befreist mein Auto am Ende von der Farbe, die auf den Ledersitzen zurückbleibt.«

»Einverstanden.«

Während wir im Wagen sitzen und der Stimme von Ed Sheeran lauschen, geht die Sonne langsam unter und taucht die komplette Stadt in eine warme Farbe. Ich liebe die wenigen Minuten am Tag, an denen die Sonne auf- und an denen sie wieder untergeht.

Es dauert eine Weile, bis wir an unserem nächsten Ziel angelangen.

»Ich weiß, wir sind wieder in einem Park. Aber Parliament Hill ist atemberaubend zu dieser Tageszeit. Wir haben Glück, dass die Sonne noch nicht ganz verschwunden ist«, erkläre ich Noah.

Unter der Woche wird es hier am Abend etwas ruhiger. An Wochenenden hingegen ist der Hügel überfüllt mit jungen Leuten, die gemeinsam den Ausblick genießen.

Oben angekommen kann ich meine Freude gar nicht verbergen und beginne, bis über beide Ohren zu strahlen. Keine einzige Bank ist belegt, und selbst auf den Rasenflächen sitzt niemand.

»Ich dachte, der Ausblick aus dem Skygarden wäre schön gewesen. Aber das hier übertrifft es noch mal.« Mit einem Lächeln auf den Lippen löst Noah seinen Blick von mir und lässt das Gesamtbild auf sich wirken. Von hier oben aus hat man einen weiten Blick über London, und das alles, ohne direkt am Abgrund zu stehen, wie es in dem Glasgebäude der Fall war.

Das Sonnenlicht verschwindet langsam hinter der Metropole und macht der Nacht mit ihrer Dunkelheit Platz. Meine Armbanduhr verrät mir, dass es viel später ist, als ich vermutet hatte. Fünf Stunden sind seit dem Diner vergangen, angefühlt haben sie sich aber eher wie zwei. Die Zeit ging viel zu schnell vorbei.

»Lass uns unser Spiel weiterspielen«, schlägt Noah vor und geht auf die Bank zu, auf die ich mich jedes Mal, wenn ich hier bin, am liebsten setze.

Skeptisch und mit einem leichten Lächeln auf den Lippen bleibe ich vor der Bank stehen, während er sich auf sie fallen lässt. »Ich wusste gar nicht, dass wir ein gemeinsames Spiel haben.« Und doch weiß ich ganz genau, was er damit meint. Er scheint Gefallen an meinen absurden Fragen gefunden zu haben.

»Wovor hast du am meisten Angst?« Durch seine dichten Wimpern schaut Noah zu mir auf, und seine Stimme ist mit einem Mal so warm, dass sie sich wie eine schützende Decke um meine Schultern legt.

Ich mache es mir im Schneidersitz neben ihm auf der Bank bequem und betrachte meine rot lackierten Nägel. Am kleinen Finger beginnt die Farbe bereits abzusplittern.

Es gibt so unglaublich viele Dinge, vor denen ich Angst habe, dass ich gar nicht weiß, wo ich anfangen soll. Ich schäme mich für meine Ängste. Ich möchte unabhängig sein, stark sein, aufrichtig und immerzu ehrlich. Alles Eigenschaften, die mir nie beigebracht wurden, die in dem Umkreis, in dem ich aufwuchs, nie gelebt wurden.

»Eingesperrt zu sein«, antworte ich schließlich. »Nein, warte!« Ich erhebe meine Hand, als Zeichen, dass er darauf nichts sagen soll, denn ich bin alles andere als zufrieden mit meiner Antwort. »Das klingt merkwürdig. Ich meine damit nicht, dass ich Angst davor habe, in einem Raum eingesperrt zu sein. Es ist viel eher die Angst davor, in einem Leben festzustecken, das ich so nicht leben will. Ich habe Angst, irgendwann einen Job auszuüben, der mich nicht erfüllt. In einer Beziehung festzustecken, die mich einengt, anstatt mich grenzenlos glücklich macht. Angst davor, immer in derselben Stadt, demselben Land zu leben und nicht genug von der Welt zu sehen.«

Ich würde mir am liebsten die Augen zuhalten, um nicht sehen zu müssen, wie Noah auf meine Worte reagiert. Meine Wangen fangen leicht an zu glühen bei dem Gedanken daran, dass ich gerade mein Innerstes nach außen gekehrt habe. Etwas, was ich wirklich nur selten tue.

In seinem Gesicht rührt sich jedoch nichts, seine Lippen formen sich zu keinem Lächeln, seine Augenbrauen ziehen sich nicht nachdenklich zusammen, und selbst sein Blick lässt nicht darauf schließen, was er gerade von mir denkt.

»Freiheit scheint für dich eine ganz besondere Bedeutung zu haben.« Er löst seinen Blick von mir und schaut an mir vorbei in die Ferne. »Ich glaube, jeder wäre auf eine gewisse Art und Weise gerne frei. Aber deine Freiheit ist auch gleichzeitig deine größte Angst. Dabei ist sie etwas, das du selbst in der Hand hast und formen kannst und somit nichts, wovor du dich fürchten müsstest.«

Ganz am Anfang von Matthews und meiner Beziehung habe ich ihm fast das Gleiche erzählt. Ich habe ihm gesagt, wovor ich Angst habe. Und alles, was er darauf erwiderte, war nichts. Gar nichts. Die einzige Reaktion, die ich von ihm bekam, war ein Schmunzeln.

»Was ist deine größte Angst? Oder ist Tarzan furchtlos?«

Seine Augen finden wieder meine, und beim genauen Hinsehen fällt mir ein kleiner hellbrauner Fleck in seinem linken Auge auf, der die Farbe von Bernstein hat.

»Mir fällt wirklich nichts ein.« Er macht eine Pause und zieht die Augenbrauen zusammen, wobei sich eine tiefe Falte zwischen ihnen bildet, die mir mittlerweile unglaublich vertraut erscheint. »Ich war ein wirklich ängstliches Kind. Angst vor Spinnen, Angst vor der Dunkelheit, Angst vor großen Männern in dunklen Gassen, Angst vor Monstern unter meinem Bett. Alles, wovor man als Kind so Angst haben kann. Irgendwann wurde aus Angst Realität, und kurze Zeit später gab es nichts mehr, wovor ich mich gefürchtet habe.«

Seine Worte werfen in mir mehr Fragen auf, als sie beantworten. Doch noch bevor ich weiter nachhaken kann, hat er die nächste Frage parat. »Kannst du einen Purzelbaum schlagen?«

Es vergehen ein paar Sekunden, in denen ich Noah einfach nur anstarre. »Gute Frage. Das letzte Mal, dass ich einen gemacht habe, ist Jahre her. Wenn wir zu Hause sind, probiere ich es auf jeden Fall aus.«

Mir wird bewusst, dass es manchmal auch kleine Momente sein können, die einen Freiheit spüren lassen. Und dieser Moment ist einer davon.

Kapitel 9

In den letzten zwei Tagen habe ich herausgefunden, dass ich es nicht verlernt habe, Purzelbäume zu machen, dass ich acht Pringles auf einmal essen kann und dass Noah nicht nur ein nervender Mitbewohner ist. Er ist zu einem echten Freund geworden.

Ein frischer Melonenduft umgibt mich, so wie es die Werbung vom Duschgel versprochen hat, während ich aus dem Bad ins Wohnzimmer schlendere und mich auf das graue Sofa werfe, um es mir gemütlich zu machen.

Die große Duftkerze mit der Aufschrift Christmas Cookie habe ich vor dem Duschen angezündet, damit sich der herrliche Geruch im ganzen Raum ausbreiten kann. Kate wollte Noah unbedingt ins Fitnessstudio begleiten, wofür ich sie beinahe ausgelacht hätte. Kate und Fitness passen genauso gut zusammen wie Zoe und Fitness. Nämlich gar nicht.

Das Positive daran ist jedoch, dass Kate mir nun nicht den Kopf dafür abreißen kann, dass unsere ganze Bude im Sommer nach Weihnachten riecht. Bevor sie nach Hause kommen, wird einmal groß durchgelüftet, und schon ist es, als wäre nie etwas passiert.

In den letzten Tagen habe ich versucht, nicht an Samstag zu denken. Nicht daran zu denken, dass ich bald meine Eltern sehe. Doch jetzt, wo die Veranstaltung immer näher rückt, kann ich den Gedanken daran nicht mehr so leicht beiseiteschieben.

Es schnürt mir die Kehle zu, wenn ich mir das Gesicht meiner Mutter nur vorstelle und den eiskalten Blick meines Vaters. Wie sie über mein Outfit urteilen werden, mein Make-up, meine Frisur, meine beste Freundin, ihren Freund und das Nichterscheinen von Matthew.

Dabei sollte ich mir keine Sorgen machen. Solang Kate dabei ist, kann der Abend gar nicht so schlimm werden.

Richtig beschissen waren immer die Tage, an denen ich mit Matthew und ohne Kate bei meinen Eltern war. Er wollte ihnen nicht aus dem Weg gehen, nicht einmal für mich. Er suchte förmlich die Gespräche mit meinem Vater und hielt mich dabei im Arm wie eine Trophäe.

Bevor mich die Panik überrollen kann, starte ich eine Folge von *Friends* und möchte Kate gerade eine Nachricht schreiben, ob sie Sushi mitbringen kann, als plötzlich das Handy in meiner Hand zu klingeln beginnt.

»Zoe? Hier ist Lauren. Die Herausgeber waren sehr zufrieden mit deinem Artikel. Hast du Zeit, um noch einen für sie zu verfassen?«

»Lauren. Ich habe sowieso nichts zu tun. Urlaubssemester. Schon vergessen?«

»Kann ja sein, dass du trotzdem schwer beschäftigt bist.«

»Ja. Mit Lesen und Serienschauen«, erwidere ich, und wir beginnen zu lachen.

»Hervorragend. Dann lasse ich dir die Details heute oder spätestens morgen per Mail zukommen. Bis dann.«

Ich verabschiede mich von ihr, lege mein Handy zur Seite und bin gerade dabei, mich in eine weiche Decke zu kuscheln, als die Haustür aufgerissen wird.

»Das ist doch nicht dein Ernst«, höre ich Noah sagen, während Kate in die Wohnung gestampft kommt und mit einem lauten Knall ihren Schlüssel auf die Kommode schmeißt.

»Ich weiß überhaupt nichts über dich.« Ihre Stimme wird bei jedem Wort eine Oktave höher.

Keiner der beiden begrüßt mich, und ich frage mich, ob sie mich wirklich nicht sehen oder mich einfach ausblenden.

»Ich habe dir gesagt, dass ich meine Zeit brauche.« Noah geht Kate hinterher und legt seine Hand auf ihre Schulter, die sie aber sofort wegzieht.

Wie versteinert sitze ich auf dem Sofa, die Decke um den Körper geschlungen, und betrachte meine beste Freundin, deren Kopf gerade vor Wut rot anläuft. Mit lauten Schritten geht sie in ihr Zimmer und knallt die Tür hinter sich zu. Noah reißt die Tür wieder auf, folgt ihr und schmeißt sie dann ebenfalls zu.

Okay. Was war das denn bitte?

Auch wenn sie nicht schreien, reden sie trotzdem alles andere als leise miteinander, weshalb ich selbst durch die Wand hindurch alles mit anhören kann.

»Vertraust du mir nicht?«

»Das hat überhaupt nichts mit Vertrauen zu tun, Kate. Ich rede nun einmal nicht gerne über meine Vergangenheit.«

Wenn ich das richtig verstehe, scheint sie noch immer das Gefühl zu haben, er würde ihr etwas verheimlichen. Kate selbst ist eben ein offenes Buch, das nur schwer mit Verschlossenen umgehen kann.

»So kann es nicht weitergehen. Ständig weichst du mir aus. Ich habe dich nur nach diesen blöden Ringen gefragt. Tut mir leid, dass ich mich für meinen Partner interessiere und mehr über ihn wissen will. Du weißt schließlich auch alles über mich. Aber ich, ich kenne dich gar nicht. So was ist für mich keine Beziehung.«

»Du tust so, als müsste ich meine komplette Lebensgeschichte vor dir ausbreiten. Darf ich nicht selbst bestimmen, was ich wann sage?« Noah ist bei dem ganzen Gespräch definitiv der Ruhepol, und doch habe ich ihn noch nie so aufgebracht sprechen hören.

Irgendwas fällt zu Boden, und ich entschließe mich dazu, mich doch lieber in mein Zimmer zurückzuziehen.

»Ich weiß doch auch nicht. Es passt einfach nicht. Ich habe das Gefühl, selbst Zoe kennt dich besser, als ich es tue. Und anstatt glücklich zu sein, bin ich viel mehr damit beschäftigt, herauszufinden, wieso du nicht offen mir gegenüber sein kannst.«

Gerade als ich meine Tür hinter mir schließe, wird Kates geöffnet.

»Ich gehe jetzt. In einer Stunde muss ich sowieso arbeiten, und hier halte ich es nicht mehr aus.« Kate verlässt unüberhörbar unsere Wohnung.

Mit rasendem Puls stehe ich an das kalte Holz gelehnt. Ich fühle mich schuldig, weil ich alles mitbekommen habe, und gleichzeitig fühle ich mich hilflos, weil Kate abgehauen ist und ich mit ihr reden möchte, für sie da sein möchte.

Ich kann keinen klaren Gedanken fassen und weiß nicht, ob ich so tun soll, als wäre nichts passiert, oder ob ich zu Noah gehen soll, um mit ihm zu reden. Noch während ich das denke, schleiche ich intuitiv ins Wohnzimmer.

»Noah?«

Er steht vor dem großen Fenster und schaut nach draußen. Meine Nervosität bringt mich noch um, und wenn ich mich jetzt nicht hinsetze, werde ich wie ein wild gewordener Tiger durch die Wohnung laufen.

»Was ist passiert?«

»Hat man das nicht gehört? Wir haben uns gestritten«, antwortet er, ohne sich mir zuzuwenden.

»Sorry, blöde Frage. Darf ich noch eine blöde Frage stellen?« Damit scheine ich seine Aufmerksamkeit geweckt zu haben, da er mich nun ansieht und sich mir gegenüber in den gelben Sessel setzt.

»Nur zu.« Er spielt mit seinen Fingern an den silbernen Ringen und schaut sie sich an, als würde er etwas in ihnen lesen wollen.

»Offensichtlich gibt es Themen, über die du nicht mit Kate reden möchtest. Wieso? Sie ist eine gute Zuhörerin.«

»Es behauptet auch niemand, dass sie das nicht ist. Als du ungefähr drei Monate mit Matthew zusammen warst, hast du ihm da erzählt, wie es zu dem Verhältnis zwischen dir und deinen Eltern kam? Was alles vorgefallen ist?«

Seine Frage trifft mich unerwartet. Noah weiß nicht, was genau zwischen ihnen und mir passiert ist, aber es ist auch schwer zu glauben, dass ich sie einfach ohne Grund meide, weshalb er sich sicherlich einiges denken kann. Natürlich habe ich Matthew so früh nichts davon erzählt. Es gibt Dinge, die man lieber für sich behält. Manche erzählt man gar nicht und manche erst nach einer gewissen Zeit.

»Nein«, antworte ich ihm ehrlich.

»Siehst du. Und genauso wenig habe ich das Verlangen danach, Kate von meiner Vergangenheit zu erzählen.«

»Geht es denn nur darum? Ist sonst alles in Ordnung bei euch?« Ich kann Noah verstehen, und wenn es nur das ist, dann ist alles, was sie brauchen, Zeit.

Er lehnt sich nach hinten in den Sessel und macht die Beine lang. »Ja. Nein.« Noah sieht mir direkt in die Augen und wirkt gequält. »Keine Ahnung.«

Ich stehe auf, hole eines meiner hundert Notizbücher aus dem kleinen Schrank im Wohnzimmer und lege es auf den Couchtisch. »Manchmal, wenn ich unentschlossen bin, mache ich Pro- und Kontra-Listen. Ich bin mir sicher, wenn du eine über Kate machst, würde das Pro überwiegen.« Mit einem Lächeln schiebe ich das kleine Büchlein zu ihm.

»Es gibt also wirklich Leute, die so was machen?« Ein Schmunzeln stiehlt sich auf seine Lippen, und ich bin froh, dass er nicht mehr so mies gelaunt aussieht.

»Jetzt hör auf, dich über meine Methoden lustig zu machen. Los, fang an!« Ich werfe ihm den Kugelschreiber in den Schoß.

»Und du siehst mir dabei zu?«

Das würde ich tatsächlich gerne tun. Aber ich möchte ihm die Privatsphäre geben, die er braucht, um sich darüber klar zu werden, dass Kate die Richtige ist und es keinen Grund gibt, ihr seine Vergangenheit vorzuenthalten.

»Nein. Während du deine Liste schreibst, fange ich an, alles rauszusuchen, was wir gleich brauchen werden.«

»Wofür brauchen werden?« Mittlerweile hält er den Stift in der Hand und setzt ihn auf das blanke Papier im Notizbuch an.

»Ich finde, wir sollten Kekse backen. Das wird deinen Nerven, Kates Nerven und meinem Gaumen guttun«, antworte ich ihm, verschweige jedoch, dass wir Kates Lieblingskekse backen werden. Bevor er etwas auf meine Idee erwidern kann, gehe ich in die Küche. Wenn es etwas gibt, bei dem Kate immer schwach wird, dann sind das Chocolate Chip Cookies.

Backen ist etwas, dass ich erstaunlicherweise tatsächlich kann. Kochen hingegen ist so gar nichts für mich. Weshalb Kate und ich uns auch so gut ergänzen.

Es dauert eine gefühlte Ewigkeit, bis ich die große Schüssel gefunden habe, in der ich alles anrühren möchte. Mein Leben ist in allen Bereichen das reinste Chaos. Selbst in der Küche. Nie stelle ich etwas dahin zurück, wo es hingehört.

Ich bin gerade dabei, alles abzuwiegen, da kommt Noah in den Raum und schaut mir von der Seite dabei zu.

»Schon fertig?« Mein Blick fällt auf mein Notizbuch, das er festhält, und hätte ich gerade keine Butter an den Fingern, würde ich es ihm womöglich aus der Hand ziehen, um mir seine Punkte anzusehen. Meine Neugierde ist so groß, dass es mich fast wahnsinnig macht.

»Jetzt lass dir nicht alles aus der Nase ziehen, her damit.«

Er reißt die beschriftete Seite aus dem Büchlein raus und faltet den Zettel zusammen.

»Auf gar keinen Fall. Dürfte ich all deine Pro- und Kontra-Listen sehen? Wohl kaum.«

Ohne ihm zu antworten, wische ich mir blitzschnell die Hände an dem Küchentuch ab und mache einen Schritt auf ihn zu, um an das Blatt Papier zu gelangen. Doch er ist nicht nur schneller als ich, sondern auch noch größer. Er hält es einfach in die Höhe, und ich versuche verzweifelt, an seinem Arm nach oben zu springen.

Mit der anderen Hand greife ich, ohne hinzusehen, in die Mehldose hinein und schmeiße ihm ein wenig von dem weißen Pulver ins Gesicht. Er beginnt zu husten, während ich mir nur schwer das Lachen verkneifen kann.

Noah möchte gerade ebenfalls in die Mehldose greifen, da halten wir in der Bewegung inne. Die Haustür wird aufgeschlossen. Ruckartig steckt Noah den Zettel in seine Hosentasche und streicht sich, so gut es geht, das Mehl aus dem Gesicht.

Erschrocken und mit großen Augen trete ich aus der Küche und erkenne Kate, die sich wie wild durch die blonden Haare fährt. Es vergehen ein paar Sekunden, in denen ich sie beobachte und das Gefühl habe, dass sie mich gar nicht wirklich wahrnimmt. Sofort spüre ich, dass irgendwas nicht stimmt.

Auch Noah ist mittlerweile neben mich getreten.

Wie angewurzelt steht Kate noch immer im Türrahmen und starrt paralysiert auf den Fußboden. Ihre Schlüssel baumeln an ihren Fingern und erzeugen damit das einzige Geräusch in dieser gespenstischen Stille, bis sie ihr plötzlich aus der Hand gleiten und mit einem lauten Knall auf den Holzboden fallen.

Mit ein paar Schritten bin ich bei ihr und erkenne, dass ihre Wimperntusche vollkommen verschmiert ist. Sie weint. Die Erkenntnis trifft mich wie ein Schlag in die Magengrube, und sofort bekomme ich es mit der Angst zu tun.

Ich öffne gerade meinen Mund, um etwas zu sagen, da fällt sie mir schluchzend in die Arme. Ihre Tränen durchnässen innerhalb kürzester Zeit den Ärmel meines T-Shirts. Behutsam streiche ich ihr über den Rücken, kaum in der Lage, einen klaren Gedanken zu fassen.

»Süße …«, beginne ich meinen Satz und werde durch Noah unterbrochen, der direkt auf uns zukommt. Er sieht mich fragend an, und über Kates Schulter hinweg werfe ich ihm einen Blick zu, der ihm bedeuten soll, dass ich absolut keine Ahnung habe, was hier gerade los ist.

Sie fängt an, in meinen Armen zu zittern, und hätte ich mir nicht schon bei der ersten Träne auf ihrer Wange Sorgen gemacht, würde ich es spätestens jetzt tun.

»Komm, wir setzen uns hin«, flüstere ich ihr leise ins Ohr und führe sie sachte in Richtung des Sofas. Sie lässt sich, die Hände vor ihre Augen gepresst, auf das Polster fallen, und ich setze mich neben sie. Noah geht direkt vor ihr in die Hocke und beginnt damit, ihren Oberschenkel zu streicheln.

»Was ist denn los?«, fragt er sie sichtlich besorgt. »Ist es wegen unseres Streits?«

Doch anstatt ihm zu antworten, beginnt sie nur noch mehr zu weinen.

Nach ein paar Minuten, in denen ich meinen Arm um ihre Hüfte gelegt habe und sie ihren Kopf auf meine Schulter gesenkt hat, scheint sie sich etwas gefangen zu haben und beginnt mit heiserer Stimme zu erzählen.

»Ich ... ich habe einen Anruf bekommen, als ich auf dem Weg ins Café war. Es war mein Vater, und ...« Sie kneift ihre Augen so fest zusammen, dass es schmerzhaft aussieht. »Meine Tante ist gestorben.«

Sie sieht mich an, weil ich ganz genau weiß, was für eine enge Beziehung sie zu der Schwester ihrer Mutter hat, und sofort teile ich ihren Schmerz.

»Wir haben gestern Abend noch miteinander telefoniert, und heute soll sie nicht mehr am Leben sein? Ein Unfall, es war ein beschissener Unfall. Kannst du dir das vorstellen? Mum ist total am Ende, sie konnte es mir nicht einmal selbst sagen, deshalb hat Dad mit mir gesprochen. Er meinte, sie redet kein Wort mit ihm, ist seit Stunden nur am Weinen und hat sich im Schlafzimmer eingesperrt.«

Bei den Worten kullern nun auch wieder vermehrt Tränen über ihre Wange, und ich muss mich wirklich zusammenreißen, um nicht auch zu weinen.

Noah, der noch immer vor ihren Knien hockt, erhebt sich und zieht Kate in seine Arme. Einen Wimpernschlag lang verharren sie in dieser Position, bis sie sich abrupt von ihm löst und das Wohnzimmer auf und ab geht.

»Ich muss zu ihr. Ich muss bei meiner Mutter sein. Dad hat gesagt, er zahlt mir das Flugticket, und dann kann ich sofort kommen. Ich muss ... ich muss meine Sachen packen.«

»Süße, beruhige dich erst mal. Ich mache dir jetzt einen warmen Kakao, du setzt dich noch mal hin und kommst etwas runter. Ich werde deine Tasche packen und dir einen Flug raussuchen. Du weißt, ich würde sofort mit dir mitkommen, wenn du das möchtest, und ...« Bevor ich zu Ende sprechen kann, unterbricht mich Kate.

»Nein. Das ist lieb, aber du musst zu deinen Eltern, und ich glaube, es ist besser, wenn meine Familie erst mal unter sich ist.«

Ich lasse die beiden einen Moment für sich und mache wie versprochen einen warmen Kakao mit Sahne und Schokostreuseln. Als ich zurück ins Wohnzimmer gehe, sitzt Kate in sich gekehrt auf dem Sofa, und Noah steht am Fenster. Ich stelle das heiße Getränk auf dem runden Beistelltisch ab und beginne damit, online nach Flügen zu suchen.

»Es geht ein Flieger in drei Stunden oder erst wieder heute Abend um acht nach Edinburgh. Ich werde jetzt deine Tasche packen gehen und bringe dich, wann immer du möchtest, zum Flughafen.« Ich bin dabei, in ihr Zimmer zu gehen, als ihre Stimme mein Vorhaben unterbricht.

»Aber ich weiß doch selbst nicht mal, wie lange ich bleibe, wie sollst du da meine Tasche packen?«

»Hey, ich weiß ganz genau, was meine beste Freundin braucht.« Ich werfe ihr ein Zwinkern zu. Sie erwidert zögerlich mein Lächeln und formt mit ihren Lippen ein stummes *Danke*.

Den großen rosafarbenen Koffer ziehe ich unter ihrem Bett hervor und beginne damit, ihre Klamotten einzupacken. Kate hat recht damit, dass ich genauso wenig wie sie weiß, für wie viele Tage ich packen muss. Allerdings hat sie bei ihren Eltern die Möglichkeit ihre Sachen zu waschen, und wenn mich nicht alles täuscht, hat sie sogar noch ein paar alte Klamotten bei ihnen.

Da es in Schottland gerade tatsächlich wärmer ist als bei uns in London, entscheide ich mich für ein paar Kleider und ein paar luftige T-Shirts und Pullover. Ich weiß, wie ungern sie Schwarz trägt, doch in diesem Fall ist es wohl angebracht, sich etwas gedeckter zu kleiden. Trotzdem packe ich auch ein paar ihrer bunten Lieblingsteile in die Tasche. Ihre Ladekabel, ihren Laptop, ihr Make-up, ihre Waschsachen, ihr kleines Reisekissen und den kleinen Teddybären, der immer auf dem Nachttisch neben ihrem Bett liegt. Es ist einige Jahre her, dass wir auf den Jahrmarkt gegangen sind und ich beim Dosenschießen diesen Teddy gewonnen habe, den ich dann Kate als Glücksbringer für ihre Abschlussprüfung geschenkt habe. Seit sie ihre Prüfungsergebnisse bekommen hat, die wider Erwarten mehr als gut waren, behandelt sie das Stofftier als etwas Heiliges.

Das Einpacken ihrer Habseligkeiten lenkt mich weitestgehend ab, und doch gelingt es mir nicht, den ziehenden Schmerz in meiner Magengrube zu ignorieren. Es ist niemals leicht, einen Menschen leiden zu sehen, den man liebt, weshalb sich jede von Kates Tränen angefühlt hat wie ein Stich ins Herz.

»Ich möchte ganz gerne den früheren Flug nehmen, wir haben gerade das Ticket gekauft.« Kate steht an der Tür und schaut mir geistesabwesend dabei zu, wie ich den Reißverschluss ihres Koffers schließe und ihn vom Bett hebe. Noah steht neben ihr.

Ich kann die Blicke, die sie sich einander zuwerfen, nicht deuten.

»Noah? Kann ich vorher noch mal kurz mit dir reden?«, fragt Kate.

Ich schaue sie lächelnd an, in dem Wissen, dass sie sich jetzt vertragen werden, und entschließe mich dazu, aus ihrem Zimmer zu gehen und die Tür hinter mir zu schließen.

Nach ungefähr fünfzehn Minuten kehrt Kate wieder ins Wohnzimmer zurück. Allein.

»Und, alles wieder gut zwischen euch?«

»Wir haben uns dafür entschieden, uns vorerst zu trennen.«

Meinem Gesicht scheint man anzusehen, wie schockiert ich bin, denn sie setzt zu einer Erklärung an.

»Bevor ich den Anruf bekommen habe …« Sie beginnt wieder zu weinen und wischt sich mit dem Ärmel ihrer Bluse die Tränen von der Wange. »Davor habe ich mir die ganze Zeit schon Gedanken gemacht und mich gefragt, ob es nicht besser wäre, mich von Noah zu trennen. Ich habe das Gefühl, dass ich nicht über das Verknalltsein hinauskomme.«

Ich mache einen Schritt auf sie zu, immer noch unfähig, auch nur ein Wort zu sagen, als Noah zu uns tritt. Verwirrt schaue ich zwischen beiden hin und her.

»Noah kann hier erst einmal wohnen bleiben. Wenn ich wieder da bin, werden wir dann sehen, wie es weitergeht. Aber vielleicht hat er bis dahin auch eine eigene Wohnung gefunden.«

Ich weiß nicht mehr, wo oben und unten ist. Beim Reden hat sie gerade noch stärker angefangen zu weinen, als würde sie ihren Worten selbst keinen Glauben schenken. Wie soll ich es dann tun?

»Wenn du wieder da bist, sieht bestimmt alles ganz anders aus. Dann könnt ihr euch noch mal in Ruhe aussprechen«, schlage ich vor.

Als wir nach einer ruhigen Autofahrt endlich in der Schlange stehen, um Kates Gepäck am Schalter abzugeben, überkommt mich immer mehr der Wunsch, mit ihr zu reisen. Sie nicht allein zu lassen, obwohl ich ganz genau weiß, dass sie das in ihrer Heimat nicht sein wird.

Auch wenn ich selbst kein enges Verhältnis zu meinen Eltern habe, weiß ich dennoch, wie viel das Wort *Familie* Kate bedeutet. Meine Tante sehe ich wenn überhaupt nur einmal im Jahr zum Weihnachtsdinner. Ich kann mich nicht daran erinnern, dass irgendwer aus meiner Familie mich jemals gefragt hätte, wie es mir geht. Die einzige Ausnahme ist mein Großvater.

Kate war damit einverstanden, dass Noah mit zum Flughafen kommt, um sich von ihr zu verabschieden. Im Auto war es so still, dass ich kurzzeitig wirklich wütend geworden bin, weil ich gemerkt habe, dass Noah überhaupt nicht um ihre Beziehung kämpft. Doch irgendwann wurde mir bewusst, dass das wahrscheinlich der ungünstigste Moment wäre, um sie zu irgendetwas zu überreden.

Die beiden verabschieden sich kurz und knapp. Als er zurücktritt, weiß ich, dass es nun an der Zeit ist, dass auch ich mich von ihr verabschiede. Ich überlege fieberhaft, wann ich zuletzt mehr als drei Tage von ihr getrennt gewesen bin, und mir fällt beim besten Willen keine Antwort darauf ein.

Schon jetzt, obwohl sie noch vor mir steht, kriege ich Sehnsucht nach ihrem Himbeergeruch, ihrem schrillen Lachen, ihren wilden blonden Haaren und ihrem strahlenden Lächeln.

»Ich werde dich vermissen«, flüstert mir Kate ins Ohr, während wir uns fest in die Arme schließen. Ich streiche mit meiner Hand sanft über ihren Rücken und drücke sie gleichzeitig noch enger an mich.

»Du wirst mir unheimlich fehlen. Bleib stark, okay? Du schaffst das, du bist Kate. Du schaffst alles.« Ich gebe ihr einen dicken Kuss auf die Stirn. Sie beginnt wieder zu weinen, und auch ich kann meine Emotionen nun nicht mehr für mich behalten. Eine einsame Träne kullert mir die Wange hinunter.

»Und bitte mach Noah keine Vorwürfe«, flüstert sie mir ins Ohr. »Auch wenn wir schöne Momente hatten, passen wir nicht so gut zusammen, wie ich gedacht habe. Ich will nicht hören, dass du ihm meinetwegen die nächsten Tage zur Hölle machst.« Sie nimmt meine Hand und drückt sie kurz. »Nun geht schon.« Langsam löst sie sich von mir und schiebt mich von sich weg. »Ich muss zu der Sicherheitskontrolle, da könnt ihr sowieso nicht mitkommen.«

Nickend winke ich ihr zu, während sie mit schnellen Schritten davongeht.

Einen Moment lang stehen Noah und ich stumm nebeneinander und schauen ihr hinterher. Bis sie immer kleiner wird und irgendwann ganz in der Menschenmenge verschwindet.

»Wieso passiert so was immer den guten Menschen?«, frage ich ihn mit so leiser Stimme, dass ich mir nicht sicher bin, ob er mich überhaupt gehört hat.

Vorsichtig drehe ich meinen Kopf zur Seite und schaue nach oben, direkt in seine traurigen Augen. »Zoe? So was passiert jedem. Wirklich jedem. Da spielt es keine Rolle, ob du zu den Guten oder zu den Bösen gehörst. Das ist das Leben.«

Auf der Autofahrt hatte ich Noah darum gebeten, von meinem Handy aus Kates Chefin eine Nachricht zu schreiben. Keine zwei Minuten später kam eine Antwort. Voller Verständnis ließ sie mich wissen, dass es absolut in Ordnung ist, dass sich Kate eine Auszeit nimmt und sich meldet, sobald es ihr besser geht.

Zurück in der Wohnung, fühlt sich alles plötzlich falsch an. Es fällt mir schwer, diese Wohnung als Zuhause zu betrachten, wenn Kate nicht da ist. Diese vier Wände fühlen sich auf einmal viel zu leer an, auch wenn Noah neben mir im Wohnzimmer steht. In diesem Moment wird mir mal wieder bewusst, dass es nicht die vier Wände sind, die ein Zuhause ausmachen. Es sind die Menschen, die man liebt.

Es dauerte keine halbe Stunde, bis meine bestellte Pizza ankommt, mit der ich es mir auf dem Sofa gemütlich machen möchte. Auf meinen liebsten Lieferservice ist immer Verlass. Marco, der mich schon seit langer Zeit beliefert, kennt mich so gut, wie ich das komplette Angebot seines Arbeitgebers. An manchen Tagen hilft kein Spaziergang bei gutem Wetter, nur eine Pizza mit extra viel Käse.

Noch immer versuche ich, zu verdauen, was heute passiert ist. Erst der Streit zwischen Kate und Noah, dann die Nachricht, dass ihre Tante gestorben ist, und dann erzählt mir Kate, dass sie und Noah sich getrennt haben.

Auch wenn ich es nicht gerne zugebe, nagt ein schlechtes Gewissen an mir. Ich habe so viel Zeit mit Noah verbracht, dass ich ihnen vielleicht zu wenig Freiraum gelassen habe. Zu wenige Momente, die sie nur zu zweit verbracht haben. War es egoistisch von mir, Noah als Freund anzusehen? Ich war so froh, mich endlich mit einem von Kates Partnern zu verstehen, dass ich einfach nicht gemerkt habe, dass ich mich irgendwie zwischen sie gedrängt habe.

Ich greife nach dem Laptop, der vor mir auf dem Couchtisch liegt, um ein wenig im Netz zu surfen, als Noah ins Wohnzimmer tritt.

»Du bist ein echter Egoist«, wirft er mir an den Kopf und setzt sich in den senfgelben Sessel gegenüber.

»Wie bitte?« Für einen winzigen Augenblick habe ich Angst, dass meine Befürchtungen wahr werden und er mir nun an den Kopf wirft, dass ich für die Trennung zwischen ihm und Kate verantwortlich bin.

Noah beugt sich nach vorne und greift über den Tisch zu meiner Pizzaschachtel, um sich ungefragt ein Stück rauszunehmen.

»Ist dir noch nie in den Sinn gekommen, mich zu fragen, ob ich auch eine möchte, bevor du bestellst?«

Ich will ihm gerade eine schlagfertige Antwort entgegenschleudern, als mein Handy zu klingeln beginnt. Das aufleuchtende Bild meiner besten Freundin lächelt mich vom Display aus an. Mit meinem Ringfinger betätige ich den Lautsprecher, um das Handy nicht mit meinen fettigen Fingern anfassen zu müssen.

»Hey, Süße, bist du gut angekommen?«

»Der Flug war in Ordnung. Du weißt ja, ich fliege nicht gerne. Aber ich habe mich wieder etwas gefangen. Mum will immer noch mit niemandem sprechen, aber ich glaube, es war die richtige Entscheidung herzufliegen. Sie scheint mich wirklich zu brauchen. Weshalb ich dich aber eigentlich sprechen wollte ...« Im Hintergrund ertönt ein lautes Geräusch, als wäre etwas zu Bruch gegangen. »Was machst du denn nun am Samstag?«

Ich möchte ihr sagen, dass sie sich keine Gedanken um mich machen soll. Sie hat gerade genug eigene Probleme, wogegen meine gar keine sind. Am liebsten würde ich sie dafür rügen, dass sie mir diese Frage gestellt hat. Aber so ist sie nun einmal – fürsorglich. Trotzdem sollte sie sich jetzt nur auf sich selbst und ihre Familie fokussieren.

»Ich denke, ich werde meinen Eltern absagen«, antworte ich ihr schließlich. »Sie werden schon Verständnis dafür haben.«

Ein Rascheln ertönt durch den Lautsprecher. »Du willst ihnen absagen? Deinen Eltern? Mach keine Witze, Zoe. Wir beide wissen ganz genau, dass sie dafür absolut kein Verständnis hätten. Weißt du noch, als du das letzte Mal wegen starker Bauchschmerzen abgesagt hast? Du konntest nicht einmal richtig laufen, und ihnen war es egal. Sie haben dir kein Wort geglaubt und dir gedroht, dein Konto sperren zu lassen und ...«

Bevor sie weiter ausholen kann, falle ich ihr ins Wort. »Kate. Das ist mir egal. Ich werde da nicht ohne dich hingehen. Abgesehen davon, dass ich das nicht aushalte, habe ich dafür gerade auch keinen Nerv.«

Es wäre nicht das erste Mal, dass ich mich allein in die Höhle des Löwen wage, aber gerade jetzt, nach den letzten Ereignissen, möchte ich alles andere als zu meinen Eltern.

»Bitte geh hin. Ich möchte nicht, dass du dich meinetwegen mit deinen Eltern anlegst. Außerdem ist das auch nicht ganz uneigennützig. Schließlich kann ich uns beide nicht durchfüttern, wenn dein Vater dir plötzlich den Geldhahn zudreht.« Am anderen Ende der Leitung ist ein leises Kichern zu hören, und sofort empfinde ich Stolz meiner besten Freundin gegenüber. Dass sie trotz allem ihre Fröhlichkeit nicht verliert, ist wirklich bemerkenswert.

Noah, der aufmerksam unser Gespräch verfolgt und mittlerweile das dritte Stück meiner Pizza verdrückt hat, beugt sich gerade erneut vor und greift nach meinem Essen. Blitzartig reagiere ich und haue ihm auf die Finger. Ein breites Grinsen bringt seine Grübchen zum Vorschein, während er sich ungeniert und trotz meiner Warnung das vierte Stück nimmt.

»Nimm doch Noah mit. Dann bist du nicht ganz allein. Er hat sich so sehr auf die Spendengala deiner Eltern gefreut.« Der Sarkasmus in Kates Stimme ist nicht zu überhören.

»Und wie«, meint Noah neben mir. Für einen Moment herrscht Stille.

»Du hast den Lautsprecher an? Du Biest.«

»Schuldig im Sinne der Anklage«, gestehe ich ihr.

»Aber ehrlich, Zoe. Ich werde dir den Kopf abreißen, wenn du dich meinetwegen mit deinen Eltern streitest.« Plötzlich geht alles ganz schnell. »Ich melde mich die Tage. Hab dich lieb, Süße. Und Noah? Bitte zwing sie, wenn es sein muss.«

Sie hat aufgelegt. Einfach aufgelegt. Ohne dass ich mich überhaupt von ihr verabschieden konnte, geschweige denn ihr widersprechen konnte.

»Also, wenn es für dich in Ordnung ist, werde ich mitkommen«, meldet sich Noah plötzlich mit vollem Mund zu Wort.

Ich schaue auf den erbärmlichen Rest meiner Pizza hinab und muss feststellen, dass nicht mehr viel für mich übrig geblieben ist. Das ist dann wohl die Retourkutsche dafür, dass ich ihn nicht gefragt habe, ob er auch etwas bestellen möchte.

Meine Gedanken schwirren umher. Ich bin mir nicht sicher, ob es eine gute Idee wäre, Noah mitzunehmen. Auf der einen Seite weiß ich, dass Kate recht hat, und es graut mir auch davor, meinen Eltern abzusagen oder allein hinzugehen. Aber auf der anderen Seite ist es doch mehr als merkwürdig, mit dem Freund, korrigiere Ex-Freund, meiner besten Freundin auf eine Party zu gehen.

Noahs unverkennbares Lachen erfüllt den Raum, und mit einem großen Fragezeichen im Gesicht blicke ich ihn an.

»Was ist denn?«

»Wie machst du das?«, fragt er zwischen seinem Lachen und hält sich dabei den Bauch.

»Wie mache ich was?« Ich verstehe beim besten Willen nicht, was er von mir möchte. Er lässt sich mit dem Rücken gegen die Lehne fallen und betrachtet mich eingehend. Ein paar seiner dunklen Haarsträhnen hängen ihm leicht in die Stirn.

»Dass du Sachen laut sagst, ohne es zu merken. Dass du deine Gedanken laut aussprichst.« Noch immer grinst er mich breit an, versucht, sein Lachen zu unterdrücken, und hat sichtlich Spaß auf meine Kosten. Hat er etwa schon verdrängt, dass ihn seine Freundin vor ein paar Stunden verlassen hat?

Ich würde ihm gerne eine Antwort darauf geben. Wirklich. Doch ich habe keine. Manchmal glaube ich, ich bin so tief in meine Gedanken versunken, dass ich nichts mehr um mich herum wahrnehme. Dass mir Sachen rausrutschen, die ich lieber nicht hätte laut sagen sollen, ist mir schon im Alter von sechs Jahren passiert. Mehr als einmal brachte ich besonders meine Mutter damit in Verlegenheit. Es gab sogar eine Zeit, da hielt mich nicht nur meine Mutter für verrückt. Wenn du andauernd gesagt bekommst, dass mit dir etwas nicht stimmt, dann fängst du irgendwann an, es selbst zu glauben.

»Es ist nicht merkwürdig, mich mitzunehmen. Schließlich sind wir Freunde«, entgegnet mir Noah, als er bemerkt zu haben scheint, dass ich keine Antwort auf seine Frage habe.

»Freunde klauen sich garantiert nicht gegenseitig die Pizza.« Es ist das erste Mal, dass einer von uns laut ausgesprochen hat, dass wir nicht nur flüchtige Bekannte sind, sondern Freunde.

»Also eigentlich tun Freunde genau das.«

Wir beginnen beide zu lachen, und es dauert eine Weile, bis wir uns wieder eingekriegt haben. Ich weiß nicht, was es ist oder woran genau es liegt, aber in Noahs Nähe habe ich das Gefühl, ganz ich selbst sein zu können. Ich habe nicht das Bedürfnis, mich irgendwie zu verstecken oder vorzugeben, jemand zu sein, der ich nicht bin.

»Also geht es Samstag zu deinen Eltern?« Erwartungsvoll schaut er mir in die Augen.

Ich weiß es nicht, möchte ich sagen. Nein, möchte ich sagen. Und doch nicke ich zustimmend mit dem Kopf.

Kapitel 10

Seit zwei Stunden irre ich in der überfüllten Innenstadt Londons umher und laufe mir die Füße wund. Auf der Suche nach dem passenden Outfit für morgen Abend klappere ich ein Geschäft nach dem anderen ab. An einem Freitag in die Innenstadt zu gehen, war die schlechteste Idee seit Langem. An den Umkleidekabinen steht man zwanzig Minuten an, die Kassenschlangen reichen bis ins Unendliche, und auf den Straßen wimmelt es nur so von Touristen.

Als ich seufzend das neunte Geschäft verlasse, gebe ich die Hoffnung auf, ein Kleid zu finden, das Rebellion verkörpert, meinen Eltern aber gleichzeitig keinen Herzinfarkt verschafft. Es ist wirklich schwieriger als gedacht. Mit Kate an meiner Seite würde ich sicherlich mit einem breiten Grinsen auf den Lippen und drei Tüten in den Händen nach Hause stolzieren. Vielleicht ist es aber auch ganz gut, dass ich nicht unnötig Geld ausgegeben habe, wo in meinem Kleiderschrank doch noch der ein oder andere Designerfummel hängt. Meine Mutter würde mir wahrscheinlich sowieso nicht gestatten, etwas zu tragen, das unter fünfhundert Pfund kostet.

Einige Klamotten, die ich von meinen Eltern mitgenommen habe, habe ich verkauft und den Erlös anschließend an ein Obdachlosenheim gespendet. Dass ich wenige Teile behalten habe, liegt nur daran, dass ich nicht mit Jeanshose und T-Shirt in meinem früheren Zuhause aufkreuzen darf.

Ohne jegliche Ausbeute von meinem Shoppingtrip frage ich mich auf der Rückfahrt, was Kate wohl gerade treibt. Heute Morgen kam nur eine kurze Nachricht von ihr. Sie hat mich darüber informiert, dass ihre Mutter endlich aus dem Schlafzimmer gekommen ist, in dem sie sich, bis dato seit über vierundzwanzig Stunden, eingeschlossen hatte. Allerdings spricht sie noch immer kein Wort. Kate hat mir außerdem noch einen schönen Abend gewünscht und hofft, dass es bei meinen Eltern wenigstens ein wenig erträglicher wird, wenn ich mit Noah hingehe.

Zu Hause angekommen, ziehe ich mir sofort Shorts und ein T-Shirt in Übergröße an, um noch ein wenig entspannen zu können, bevor der Horror losgeht. Ich nehme auf der breiten Fensterbank im Wohnzimmer Platz, genieße die Sonnenstrahlen auf meiner Haut und schaue hinaus in den kleinen Innenhof. Der Sommer zeigt sich heute von seiner besten Seite. Am Morgen haben sie im Radio für den gesamten Tag Regen angesagt, doch noch ist der Himmel wolkenlos. Zwei kleine Mädchen, ich würde sie auf ungefähr acht Jahre schätzen, malen mit Kreide Blumen auf den Asphalt. Die Blonde mit den geflochtenen Zöpfen ist gerade dabei, eine Sonnenblume hinzuzufügen, als mir auf einmal ganz anders wird.

Ich schließe kurz die Augen, nehme meinen Puls viel zu deutlich wahr. So sehr, dass mir jeder Herzschlag auffällt, der nicht zum eigentlichen Rhythmus passt. Nicht jetzt. Bitte nicht jetzt. Als ich meine Augen wieder öffne, habe ich das Gefühl, dass mich der Sonnenschein zu erdrücken droht. Die Helligkeit, die ich eben noch als angenehm empfunden habe, fühlt sich plötzlich nach einer großen Last an. *Alles* fühlt sich mit einem Mal nach einer großen Last an und liegt schwer auf meinen Schultern. Die Angst vor dem heutigen Tag ist allgegenwärtig. Die Luft wird knapp, mein Kreislauf beginnt verrücktzuspielen, und alles um mich herum gerät ins Schwanken. Das Wohnzimmer, meine Gedanken, meine Welt.

Ich versuche, ruhig ein- und auszuatmen, meinen Herzschlag wieder zu regulieren und mir selbst immer wieder zu sagen, dass alles gut ist, dass es gleich vorbei sein wird.

Viel zu schnell stehe ich auf, um in mein Zimmer zu gelangen. Am Türrahmen halte ich mich einen Augenblick lang fest, bis ich glaube, wieder gerade gehen zu können. Mit nur wenigen Schritten bin ich an meinem Bett angelangt, auf das ich mich rücklings fallen lasse. Mit geschlossenen Augen zähle ich langsam immer wieder bis zehn. Doch es gelingt mir nicht, die Panik beiseitezuschieben. Stattdessen breitet sich die Angst immer weiter aus. Meine Fingerspitzen beginnen zu kribbeln, und spätestens jetzt wird mir bewusst, dass ich diese Panikattacke nicht mehr abwenden kann. Ich stecke schon mittendrin und kann sie nur noch über mich ergehen lassen.

Tränen schießen mir in die Augen, doch ich bin zu stolz, um sie laufen zu lassen. Krampfhaft versuche ich, sie zu unterdrücken. Reibe mit meinen Händen immer wieder über die Augen, wobei mir vollkommen gleichgültig ist, ob ich meine Wimperntusche verschmiere oder nicht.

Auch wenn ich weiß, dass es okay ist, zu weinen, möchte ich stark bleiben. Ich möchte mir nicht eingestehen, dass der Gedanke daran, heute Zeit bei meinen Eltern verbringen zu müssen, mich so sehr aus der Bahn wirft. Trotz all der Mühe spüre ich die Tränen langsam meine Wange hinabgleiten. Sie fallen links und rechts von mir auf mein Kissen und versickern in dem weißen Stoff.

Ich möchte schreien, weiß aber gleichzeitig, dass kein einziger Ton meine Lippen verlassen würde, sollte ich es versuchen. Wut steigt in mir auf. Womit habe ich das verdient? Das frage ich mich leider noch immer. Niemand verdient so etwas.

Für einen Moment übertönt mein Schniefen die Gedanken. Ich möchte gerade in der Schublade meines Nachttisches nach einem Taschentuch greifen, als ein leises Räuspern ertönt.

Erschrocken blicke ich in Richtung des Geräusches und richte mich auf. Noah steht an meiner Tür und schaut mich mit einem Ausdruck in den Augen an, der mir durch Mark und Bein geht. Eine Gänsehaut bildet sich auf meinen Armen, und alles, was ich möchte, ist, dass er mich nicht so sieht. Dass er einfach umdreht, die Tür hinter sich schließt und mich allein lässt. Doch das tut er nicht.

Ich schäme mich und möchte meinen Blick von ihm abwenden, ihm nicht mein verheultes Gesicht präsentieren und ihm erklären müssen, was los ist.

Denn wie erklärt man so etwas? Die meisten Menschen verstehen nicht, wie es ist, ohne ersichtlichen Grund weinen zu müssen. Sie denken, man sei zu sensibel. Sie verstehen nicht, wie es sich anfühlt, wenn das Herz so laut pocht, dass du es in den Ohren rauschen hörst. Sie verstehen nicht, was es bedeutet, das Gefühl zu haben, dass einem die Luft abgeschnürt wird. Sie verstehen nicht, woher das Gewicht kommt, das auf den Schultern lastet.

Ich wüsste nicht, ob ich es verstehen würde, würde ich es nicht am eigenen Leib erleben. Würde mein Herz nicht fast aus der Brust springen. Würde ich nicht selbst nach Luft schnappen. Würde ich nicht selbst unter dem Gewicht zu zerbrechen drohen.

Doch Noah sagt und fragt nichts. Kein Wort. Mit langsamen Schritten kommt er auf mich zu, doch bevor er mich erreichen kann, lasse ich mich wieder nach hinten auf mein Bett fallen. Ich schließe meine Augen, um ihn nicht sehen zu müssen und mir einreden zu können, dass er gar nicht hier ist, er mich nicht in einem so schwachen Moment sieht. Aber als ich plötzlich merke, wie er sich direkt neben mich legt, wird meine Hoffnung unweigerlich zerschlagen.

Seine Schulter berührt meine, und ohne Vorwarnung nimmt er meine Hand und umklammert sie mit seinen Fingern. Ich möchte mich seiner Berührung entziehen, und doch lasse ich sie zu. Ich lasse es zu, nicht allein zu sein. Ich lasse es zu, diesen Moment zu teilen. Eine wohlige Wärme breitet sich in meinem gesamten Körper aus, und während ich mit geschlossenen Augen einfach nur die Nähe genieße, versuche ich, mein Gedankenkarussell zum Stehen zu bringen. Und ganz plötzlich ist alles ruhig. Meine Lunge füllt sich wieder mit ausreichend Sauerstoff, meine Gedanken verkriechen sich in eine dunkle Ecke meines Gehirns, und auch das Rauschen in meinen Ohren verschwindet. Zurück bleibt nur mein Herz, das in einem völlig neuen Rhythmus schlägt.

Ich weiß nicht, wie viel Zeit vergeht, in der wir schweigend nebeneinanderliegen. Schulter an Schulter. Hand in Hand. Noahs kaum hörbare Atmung beruhigt mich und schenkt mir ein Gefühl von Geborgenheit. Sicherheit.

»Danke«, flüstere ich in seine Richtung und lege meinen Kopf auf die Seite, um ihn anschauen zu können. Seine Augen sind ebenfalls geschlossen, was mir kurz Zeit gibt, seine dichten Wimpern zu bewundern, die sich wie ein Fächer auf seine Haut legen. Seine Brust hebt und senkt sich langsam, und hätte er nicht gerade meine Hand ein wenig fester als zuvor gedrückt, würde ich glauben, er schliefe.

Ich erschrecke leicht, als er seine Augen öffnet und den Kopf ebenfalls zur Seite, auf meine weiche Decke, bettet, um mir direkt ins Gesicht sehen zu können. Ein kaum sichtbares Lächeln erscheint für den Bruchteil einer Sekunde auf seinen vollen Lippen.

»Panikattacken.« Ich weiß nicht, wieso ich ihm das sage, wieso ich es ihm erkläre, ohne dass er überhaupt gefragt hat. Zum ersten Mal habe ich das Bedürfnis, darüber zu reden.

Die Sonne scheint ihm durch das Fenster mitten ins Gesicht und bringt die kleinen bernsteinfarbenen Sprenkel in seinen grünen Augen zum Leuchten. Mit seinem Daumen beginnt er mir über den Handrücken zu streichen, fast so, als wäre es das Normalste auf der Welt, als hätte er das schon immer getan.

Ich kann ihm nicht weiter in die Augen schauen, nicht, ohne mich in ihnen zu verlieren, weshalb ich meinen Blick abwende und stattdessen auf das schlichte weiße T-Shirt starre, das er trägt. An manchen Stellen klebt es an seiner Haut, so als hätte er sich nach dem Duschen nicht abgetrocknet, bevor er sich angezogen hat.

»Zoe?« Mein Herz setzt einen Moment aus, und ich befürchte, dass sich eine erneute Panikattacke anbahnt, was allerdings nicht der Fall ist. »Du kannst mit mir darüber reden. Über alles. Wenn du magst.«

Ich atme hörbar aus. Es gehört nicht gerade zu meinen Stärken, über meine Ängste, meine Vergangenheit und meine Panikattacken zu sprechen.

»Ich wüsste gar nicht, wo ich anfangen soll.« Noch immer wage ich es nicht, ihm erneut in die Augen zu sehen.

»Erzähl mir all das, was du mir erzählen willst. Oder erzähl mir gar nichts. Mach das, womit du dich wohlfühlst.« Auch ohne ihn anzuschauen, weiß ich, dass er mir direkt ins Gesicht sieht und mich für keinen Moment aus den Augen lässt.

»Es war nicht schwer für mich, herauszufinden, dass meine Eltern mich nicht wollten. Zunächst war es nur meine Mutter, die täglich ihre Enttäuschung zum Ausdruck gebracht hat. Es fing mit kleinen Sticheleien an. Ich wollte nie so leben. Ich war nie glücklich darüber, mit einem goldenen Löffel im Mund geboren worden zu sein. Ich wollte normale Freunde, auf eine normale Schule gehen und Hobbys haben, die man als junges Mädchen eben so hat. Aber nichts durfte ich mir selbst aussuchen. Keine Klamotten, nicht mein Essen, meine Freunde, meine Schule, meine Hobbys, nichts. Irgendwann hat mein Vater die Aussagen meiner Mutter bekräftigt, und ich hatte ein für alle Mal das Gefühl, allein zu sein. Gott, das klingt so lächerlich.« Ein gezwungenes Lachen verlässt meine Lippen.

»Nein, das tut es nicht.« Noah streicht mir mit seiner freien Hand eine Strähne hinter das Ohr, die mir beim Reden ins Gesicht gefallen ist. Ich zucke vor seiner Berührung zurück und starre weiter auf den weißen Stoff seines T-Shirts.

»Meine Mutter hatte mich nach einem Streit in meinem Zimmer eingesperrt, und da bekam ich zum ersten Mal eine Panikattacke. Obwohl es in meinem Zimmer so vieles gab, mit dem ich mich hätte ablenken können, konnte ich den Gedanken nicht ertragen, gefangen zu sein. Ich hatte plötzlich so fürchterliche Angst, und das Gefühl, keine Luft mehr zu kriegen, hat mich glauben lassen, ich würde jeden Augenblick ersticken.«

»Ich weiß, wie sich das anfühlt.« Noahs Worte bringen mich dazu, meinen Kopf zu heben und ihn verwundert anzusehen. Er lächelt nicht. Und Noah nicht lächeln zu sehen tut weh. »Ich hatte zweimal in meinem Leben eine Panikattacke, und bevor mir bewusst wurde, was da gerade mit mir passierte, habe ich auch geglaubt, ich müsste sterben. Alles fühlt sich so verstärkt und real an.«

Mir fehlen die Worte. Nicht, weil ich geglaubt habe, der einzige Mensch mit Panikattacken zu sein, vielmehr, weil es etwas ist, das ich mir bei Noah nicht vorstellen kann. Wenn ich Noah beschreiben müsste, würde ich wahrscheinlich alle Synonyme für das Wort *fröhlich* aufzählen.

»Bitte glaub niemals, dass du damit allein klarkommen musst. Du kannst immer mit mir reden, ich hoffe, das weißt du«, erklärt er mir.

Wann habe ich angefangen, Noah so nah an mich heranzulassen? Ihm zu zeigen, wer Zoe wirklich ist?

Er lässt meine Hand los. Wäre es lächerlich, ihn festzuhalten? Mir und ihm einzugestehen, dass mich diese Berührung beruhigt hat, dass sie mir geholfen hat?

»Warte kurz! Nicht von der Stelle rühren«, sagt er mit einem verschwörerischen Lächeln auf den Lippen und verlässt mein Zimmer.

Ich nutze den Moment, setze mich aufrecht hin und wische mir die verschmierte Wimperntusche aus dem Gesicht. Noch bevor ich mich im Spiegel betrachten kann, ist Noah wieder da und bleibt, mit den Armen hinter dem Rücken verschränkt, vor mir stehen.

»Eventuell habe ich hier etwas für dich. Aber du bekommst es nur, wenn du lächelst.«

Ich bin viel zu neugierig, was er vor mir versteckt, um diese Chance verstreichen zu lassen. Auch wenn mir gerade nicht danach ist zu lächeln, gebe ich mein Bestes, damit es so glaubhaft wie nur möglich erscheint. Doch sein Gesichtsausdruck verrät mir, dass er es mir keine Sekunde abkauft.

»Richtig«, fordert er mich auf, woraufhin ich nur die Augen verdrehe und die Grinsekatze aus *Alice im Wunderland* spiele.

Noah beginnt zu lachen und streckt seine Arme direkt vor meiner Nase aus.

Ich blinzle ein paarmal, bis ich erkenne, was er mir hinhält. Es ist das Buch von Stephen King, das sich noch immer nicht in meinem Besitz befindet.

»Was soll ich damit?«

»Ich möchte, dass du es hast.«

Es fühlt sich an wie eine Ewigkeit, in der er mir das Buch hinhält und mir eindringlich in die Augen schaut. Wochenlang habe ich versucht, ihm das Exemplar zu stehlen, und es nie gefunden. Als ich mir das Objekt meiner Begierde in seinen Händen genauer angucke, fällt mir auf, dass es sich tatsächlich um das Buch handeln muss, das er mir in der Buchhandlung vor der Nase weggeschnappt hat, denn es weist dieselben kleinen Knicke am Umschlag auf.

Ich habe kurz geglaubt, er hätte mir eine neue Ausgabe besorgt, doch stattdessen möchte er mir seine geben. Das Buch, um das wir uns bei unserer ersten Begegnung regelrecht gestritten haben. Behutsam nehme ich es entgegen, wobei meine Finger über seine warmen Hände streifen und ich plötzlich wieder den Drang verspüre, seine Hand zu halten. So wie noch vor wenigen Minuten. So, als wäre es nie anders gewesen.

Ich schlage die erste Seite auf und starre sekundenlang auf die Unterschrift von Stephen King. Mir fehlen die Worte, und anstatt ihm zu danken, versuche ich, gegen die Tränen anzukämpfen, die sich langsam, aber sicher ansammeln.

»Als du neulich gesagt hast, du hättest dir das Buch selbst gekauft, war mir sofort klar, dass du gelogen hast. Deine Nase steckt fast ununterbrochen in Büchern, nur das Stephen-King-Buch habe ich nicht bei dir gesehen.« Seine Hände hat er inzwischen in den Taschen seiner schwarzen Jeans versteckt, und als ich meinen Kopf anhebe, um ihn ansehen zu können, beginne ich zu grinsen. Seine Augen scheinen an allem zu heften, nur nicht an mir. Aus irgendeinem Grund scheint ihm die Situation unangenehm zu sein.

Bevor ich darüber nachdenken kann, was ich tue, springe ich auf und schlinge meine Arme, noch immer mit dem Buch in der Hand, um ihn. Für einen kurzen Moment verkrampft er sich unter meiner plötzlichen Berührung. Doch eine Sekunde später nimmt er seine Hände aus den Hosentaschen und zieht mich enger an sich.

Meine Wange liegt an seiner Brust. Soeben habe ich noch mein eigenes Herz laut schlagen hören, doch jetzt wird es von Noahs übertönt. Ich möchte nicht, dass dieser Augenblick endet. Ich möchte mich nicht von ihm lösen müssen, weil ich Angst habe, mich dann sofort wieder verloren zu fühlen. Und doch siegt die Vernunft, die irgendwo in meinem Kopf anklopft und mir sagt, dass ich mich nicht so fühlen sollte. Nicht in seiner Gegenwart.

»Ich sollte mich wohl langsam frisch machen«, nuschle ich in sein T-Shirt. Ich lasse ihn los und warte sekundenlang darauf, dass er dasselbe tut.

»Wann müssen wir denn los?« Er tritt einen Schritt nach hinten, als müsste er einen Abstand zwischen uns schaffen, der es uns beiden ermöglicht durchzuatmen.

»Wir sollten in etwa einer Stunde losfahren, wenn wir pünktlich da sein wollen.« Meine Stimme wirkt distanziert, fast schon fremd. Ich gehe an Noah vorbei und öffne meinen Schrank, nur um gedankenverloren ins Leere zu blicken und so zu tun, als würde ich etwas zum Anziehen raussuchen.

»Dann sollte ich mir wohl auch etwas anderes anziehen.« Mit einem leisen Rums fällt die Tür ins Schloss, und ich atme tief durch.

Ein Kleid nach dem anderen ziehe ich aus meinem Schrank und befördere es auf mein Bett. Ich kann mich nicht entscheiden, und das liegt gewiss nicht daran, dass ich alle schön finde, ganz im Gegenteil. Ich finde die meisten dieser Kleider furchtbar spießig. Zu viel Spitze, zu viel Rüschen und zu viel Rosa.

Ich halte mir eines nach dem anderen an und begutachte mich im Spiegel. Doch auch wenn mir die Entscheidung schwerfällt, ist mir bewusst, dass ich eines dieser Kostüme anziehen muss. Heute Abend bin ich nicht die Zoe, die ein unglaubliches Fernweh verspürt und am liebsten mit einem Rucksack auf dem Rücken die Welt erkunden würde. Heute Abend bin ich eine schicke Vorzeigetochter in einem überteuerten Designerfummel.

Nach langem Hin und Her entscheide ich mich schlussendlich für das Kleid, das meine Eltern mir zu meinem letzten Geburtstag geschenkt haben. Wie jedes Jahr gab es auch im vergangenen Klamotten und Schmuck für mich. Mit diesen Geschenken wollen sie viel mehr sich selbst als mir eine Freude bereiten. Hauptsache, ich erscheine nicht in einem billigen Outfit von der Stange.

Nachdem ich frisch geduscht wieder in meinem Zimmer stehe, lege ich das Handtuch, das ich mir um den Körper gewickelt habe, ab und steige in das knielange Kleid. Ausnahmsweise haben sie mal etwas ausgesucht, das nicht ganz so grausam ist wie all die anderen Teile. Das dunkle Tannengrün passt perfekt zu meiner hellen Haut. Am Oberkörper besteht es aus feiner Spitze, ist eng anliegend und geschlossen. Dünne Träger halten das Kleid hinten zusammen und legen den gesamten Rücken frei.

Mit den offenen silbernen High Heels, bin ich gleich gute acht Zentimeter größer. Ich kann nur hoffen, dass meiner Mutter nicht auffällt, dass diese Schuhe weniger gekostet haben als ihr morgendlicher Kaffee.

Meine langen Haare lasse ich, wie sie sind. In leichten Wellen fallen sie mir über die Schultern. Geschminkt habe ich mich direkt nach dem Duschen. Etwas Wimperntusche, schwarzer Eyeliner.

Ein letzter Blick in den Spiegel verrät mir, dass ich dieses Mal nicht ganz so verkleidet aussehe, wie ich befürchtet habe. Schnell greife ich zu der silbernen Clutch, stecke mein Handy und ein wenig Bargeld hinein.

Jeder Schritt hinterlässt ein lautes Klacken auf dem Holzboden, während ich ins Wohnzimmer trete.

»Noah? Können wir los?«, rufe ich durch die Wohnung und warte geduldig auf eine Antwort. Meine Nervosität steigt ins Unermessliche. Zu wissen, dass ich gleich meine Eltern sehe, macht mich verrückt. Zu wissen, dass sie enttäuscht darüber sein werden, dass ich Matthew nicht dabeihabe, und empört darüber, dass ein fremder Mann an meiner Seite ist, trägt auch nicht gerade dazu bei, mich zu beruhigen.

Whatever It Takes von Imagine Dragons verstummt aus Kates Zimmer, als Noah kurz darauf durch die Tür kommt.

Mit großen Augen sehe ich ihn ungeniert an. Ich kann nur hoffen, dass mir der Mund nicht offen steht. Er sieht gut aus. Wobei das noch untertrieben ist. Noah hat immer eine attraktive Ausstrahlung, aber in diesem Anzug sieht er aus wie der heimliche Traum jeder Frau. Ich habe erwartet, dass er eine schwarze Jeans und ein weißes Hemd trägt. Womit ich nicht gerechnet hatte, ist dieser maßgeschneiderte Anzug, der sich perfekt an jede Kontur seines Körpers schmiegt. Das weiße Hemd liegt eng an. Die oberen Knöpfe sind offen, womit er definitiv aus der Masse herausstechen wird. So gut es auch aussieht, hoffe ich, dass er wenigstens noch einen Knopf mehr schließt, sodass man nicht mehr die Anzeichen seines Tattoos erkennen kann. Mir ist nur noch nicht klar, ob ich das möchte, damit mein Vater nicht empört aufschreit oder weil mir der Anblick besser gefällt, als er sollte.

»Können wir los?«, frage ich Noah erneut.

Sein Blick verweilt einen Moment in meinem Gesicht und wandert dann quälend langsam über mein Kleid, bis hin zu meinen Füßen, die in den unbequemsten Schuhen überhaupt stecken. Es scheint beinahe so, als hätte er mir gar nicht zugehört.

»Noah?«

»Ja?« Er schaut mir nun wieder direkt in die Augen.

»Ich hatte gefragt, ob wir loskönnen.«

»Klar.« Seine Antwort kommt wie aus der Pistole geschossen und klingt viel zu schrill für seine sonst so bedachte und tiefe Stimme. Wieder wandert sein Blick runter zu meinem Kleid. Vielleicht hätte ich doch lieber ein anderes wählen sollen.

»Zu meiner Verteidigung, ich habe mir dieses Kleid nicht selbst ausgesucht. Ich weiß, es könnte aus der Gardine meiner verstorbenen Großmutter genäht worden sein.« Ich versuche, die angespannte Stimmung mit meinem Spruch etwas aufzulockern, auch wenn ich das Kleid gar nicht mal so grauenvoll finde. Ich möchte mir nicht anmerken lassen, dass ich bis in die Zehenspitzen unter Spannung stehe. Also schnappe ich mir die Autoschlüssel von der Kommode und will gerade aus der Tür raus in den Hausflur, als Noahs Stimme mein Vorhaben für einen Moment stoppt.

»Ich bin mir sicher, dieses Kleid wäre auch eine schöne Gardine, aber an dir sieht es definitiv besser aus.«

Ich schaue nicht nach hinten. Ich drehe mich nicht um. Ich stehe wie angewurzelt auf der Stelle und richte meinen Blick starr auf das Treppengeländer vor mir. Hat er mir gerade wirklich ein Kompliment gemacht? Kein Spruch, um mich aufzuziehen, wie ich es sonst von ihm gewohnt bin?

Ich gebe wirklich mein Bestes, dagegen anzukämpfen, nicht zuzulassen, dass sich ein Lächeln auf meine Lippen stiehlt. Ohne auf seine Worte einzugehen und ohne ihm zu sagen, dass er verboten gut in diesem Anzug aussieht, erwache ich aus meiner Starre und trete ins kühle Treppenhaus. Hinter mir schließt Noah die Tür und folgt mir mit schweren Schritten die Stufen hinunter.

Kapitel 11

»Muss ich Angst vor deinen Eltern haben?« Noah durchbricht mit seiner Frage die Stille zwischen uns. Nach seinem Kompliment haben wir die bisherige Autofahrt über nicht miteinander geredet.

Ich weiß, dass seine Frage humorvoll gemeint war, und doch würde ich sie gerne mit einem Ja beantworten. Furchteinflößend sind sie definitiv, aber meistens nur hinter verschlossenen Türen.

»Das ist eine gute Frage.« Ich setze den Blinker und biege rechts in die kleine Straße ab, an der sich ein prunkvolles Haus an das nächste reiht. »Du wirst sie in ein paar Minuten kennenlernen, und dann kannst du dir dein eigenes Bild von ihnen machen.«

Mein Blick ruht wieder auf der Straße vor uns, und mit jedem Meter, den ich meinem Elternhaus näher komme, steigt auch die Nervosität in mir. Doch die Gewissheit, dass ich nicht allein bin, lässt mich lächeln.

»Du solltest das öfter tun«, sagt er und schaut dabei gebannt aus dem Fenster.

»Was sollte ich öfter tun? Autofahren? Ich liebe meinen Ford Edge, das müsstest du doch mittlerweile mitbekommen haben. Ich fahre nun wirklich genug mit dem Wagen. Selbst zum Supermarkt um die Ecke oder zur Uni.« Ich beginne zu lachen, sobald ich meine Rede über mein Fahrzeug beendet habe. Ob ich nervös bin? Quatsch, ich doch nicht.

»Ich meinte doch nicht, dass du noch mehr Auto fahren solltest, du solltest viel eher das Gegenteil tun und die Umwelt schonen. Ich meine lächeln.« Er macht eine kurze Pause. »Du solltest viel mehr lächeln.« Seinen letzten Satz spricht er so leise aus, dass ich ihn fast überhöre, durch die ruhige Musik, die aus dem Radio tönt.

Mein bis dato anhaltendes Lachen verstummt. Seine Worte sollten kein Kribbeln in meinem Bauch auslösen, und doch tun sie es.

Schon als Kind lief ich nur selten mit einem Strahlen auf den Lippen durch die Gegend. Es gab nur wenige Gründe, glücklich zu sein und es der Welt zu zeigen. Wenn ich meinen eigenen Gedanken so lausche, habe ich das Gefühl, ein ziemlicher Pessimist zu sein. Ich wünschte, jemand würde mich an die Hand nehmen und mir zeigen, was es bedeutet, richtig und unbeschwert zu leben. Es gab eine Zeit, da habe ich gehofft, dass Matthew es mir zeigen könnte. Bis ich begriff, dass wahrscheinlich nur ich allein die Person bin, die etwas an meiner Einstellung ändern kann.

»Kate hat uns für heute übrigens viel Spaß gewünscht«, erzähle ich, um das Thema zu wechseln.

»Wie geht es ihr?« Seine Frage klingt aufrichtig, und auch wenn ich bisher noch nicht die Chance gehabt habe, mit ihm über sie zu sprechen, bin ich mir sicher, dass sie ihre Beziehung noch retten können, dass sie noch nicht verloren ist.

»Den Umständen entsprechend, aber sie hat auf jeden Fall ihr Lachen nicht verloren.«

Meine Hände drücken sich fester um das Steuer, die Finger kralle ich ums Lenkrad. Die Anspannung in mir steigt bis ins Unermessliche, als ich durch das riesige goldene Tor in die Einfahrt fahre.

»Das ist aber nicht dein Ernst, oder? Bitte sag mir nicht, dass deine Eltern hier wohnen?« Kate und Matthew haben haargenau so reagiert, wie es Noah gerade tut. Voller Entsetzen und Staunen zugleich.

Wir scheinen nicht die Letzten zu sein, da ich noch einen der freien Parkplätze auf der riesigen Rasenfläche direkt neben dem Anwesen ergattern kann. Noah starrt perplex aus dem Fenster und drückt seine Nase dabei fast gegen das Glas, wie ein kleines Kind vor einem Schaufenster voller Spielwaren.

Auch ich halte einen Moment inne, atme tief ein und wieder aus.

Am liebsten würde ich den Motor sofort wieder starten und davonfahren. Einfach nur weg. Egal wohin.

»Ich weiß, es sieht aus wie ein verdammtes Hotel«, antworte ich ihm verlegen. Auch meine Augen wandern nun aus dem Fenster, hin zu dem Haus, in dem ich aufgewachsen bin und die meiste Zeit meines bisherigen Lebens verbracht habe.

Die Fassade der dreistöckigen Villa ist strahlend weiß. Es würde mich nicht wundern, wenn sie mal wieder nur für dieses Event einen frischen Anstrich bekommen hat. Vor den Treppen, die zum Hauseingang führen, befindet sich ein lächerlich großer Springbrunnen. Das Gelände drum herum erstrahlt in einem saftigen Grün. Mein Blick wandert zu den riesigen, bodentiefen Fenstern, hinter denen schwere dunkelrote Vorhänge mit goldenen Kordeln an der Seite befestigt wurden, um das Innenleben mit dem Sonnenlicht zu durchfluten, welches im Sommer wenigstens noch bis abends scheint. Dabei ist Dunkelheit so viel passender für dieses Haus. Auch der überdimensional große Balkon im ersten Stock, der von zwei massiven Säulen getragen wird, fällt mir direkt ins Auge.

»Das ist ein Schloss. Und ich dachte, meine Familie hätte viel Geld. Aber das hier, das ist unglaublich. Jetzt sag mir nicht, du bist eine Prinzessin oder so ein Quatsch.«

Bei Noahs Worten beginne ich sofort zu lachen, wofür ich ihm wirklich dankbar bin. Ich weiß, dass dieses Haus eher einer Villa gleicht, aber ein Schloss sieht dann doch etwas anders aus.

»Du hast anscheinend noch nie ein Schloss gesehen«, erwidere ich und öffne die Tür, um aus meinem Wagen direkt in die Hölle zu gelangen. »Na komm schon, oder willst du im Auto bleiben?«

»Irgendwie kann ich es nicht glauben, dass du hier groß geworden bist und trotzdem du werden konntest. Klingt das komisch?«

Mein Herz überschlägt sich, als ich sein Lachen höre. Noch immer scheint er aus dem Staunen nicht herauszukommen, aber wenigstens hat er die Funktionalität seiner Beine wiederentdeckt und folgt mir nun.

»Reichtum bedeutet gar nichts. Mein Zimmer in unserer schlichten

Dreizimmerwohnung gefällt mir besser als jeder einzelne Raum in dieser blöden Villa.« Noch nie habe ich mich dort wohlgefühlt. Sobald ich morgens aus dem Bett gestiegen bin, wurde es von einer unserer Haushälterinnen gemacht und mit unnötigen Seidenkissen bestückt, weshalb ich mich bis zum Abend nicht wieder ins Bett legen oder gar setzen durfte. Nur wenn meine Eltern nicht zu Hause waren, habe ich mich getraut, diese strikte Anweisung nicht zu befolgen.

»Es wundert mich nicht, dass du nicht in so einem Schloss leben willst. Es passt nicht zu dir. Ich finde es nur erstaunlich und mutig, dass dir das alles hier nichts bedeutet.«

Damit liegt er nicht so ganz richtig, denn es bedeutet mir durchaus etwas, nur eben nichts Positives. Es gibt nur eine Sache, einen Menschen, der mich hier hält. Mein Opa.

»Lass uns reingehen«, sage ich und hake mich unter Noahs Arm ein. Selbst mit meinen acht Zentimeter hohen High Heels überragt er mich deutlich. Gemeinsam gehen wir die Treppen zum Eingang hinauf, vorbei an einigen Menschen, die sich unterhalten. Neben der doppelflügeligen Tür steht ein breitgebauter Mann in einem schwarzen Smoking, der Noah ganz genau unter die Lupe zu nehmen scheint.

»Ihr Name?«, fragt er uns in einem strengen und herablassenden Ton.

»Wilson. Zoe Wilson. Ich bin die Tochter der Gastgeber.«

»Kommen Sie doch bitte rein.«

Wir stehen in der Eingangshalle, mein Blick ist auf die Treppen gerichtet, die links und rechts in einem Halbkreis nach oben führen. Familienbilder. Überall. Sie hängen in goldenen Rahmen an der Wand und belächeln mich. Ich als Baby. Ich bei meinen ersten Schritten. Ich bei meiner Einschulung. Weihnachtsbilder. Bilder, die eine intakte Familie zeigen. Doch keines dieser Bilder enthüllt, wie einsam meine Kindheit wirklich war. Sie dienen nur zum Schein.

Plötzlich neigt sich Noah zu mir hinunter, so nah, dass seine Haare meine Wange kitzeln, während er mir ins Ohr flüstert. »Ich komme mir vor wie bei *Downton Abbey*.«

Noch bevor ich darauf etwas sagen kann, stört mich eine grelle Stimme bei meinem Vorhaben und lässt mir eine unangenehme Gänsehaut über den Rücken gleiten, bei der sich mir die Nackenhaare aufstellen.

»Zoe, mein Liebling. Da bist du ja.«

In ihren schwarzen Louboutins stöckelt meine Mutter auf uns zu. Sie trägt ein eng anliegendes lilafarbenes Etuikleid, das ihre Knie bedeckt, und schließt mich in eine Umarmung, wobei mir der Duft ihres penetranten Chanel-Parfüms unangenehm in die Nase steigt. »Wer ist denn dein Begleiter?« Mit großen Augen schaut sie Noah an. »Sag bloß nicht, dass du nicht mehr mit Matthew zusammen bist?« Sie flüstert mir die Frage ins Ohr, sodass Noah es nicht mitbekommt, wobei ich mir sicher bin, dass sie nicht leise genug gesprochen hat und dass dies auch ihre volle Absicht war. Ihr Blick wandert über seinen Anzug und bleibt bei dem leicht aufgeknöpften Hemd hängen. Die Rechte ihrer perfekt, aber zu dünn gezupften Augenbrauen schießt unnatürlich in die Höhe.

»Mutter, das ist Noah. Kates Freund und unser neuer Mitbewohner. Kate konnte leider nicht kommen, und auch Matthew ist verhindert. Zwischen uns ist alles gut, keine Sorge.«

Dass ich Noah als Kates Partner vorstelle, liegt daran, dass sie ansonsten sofort hellhörig werden und mich als Flittchen bezeichnen würde. Außerdem lasse ich sie in dem Glauben, noch immer mit Matthew zusammen zu sein. Es ist feige von mir, ihr nicht mitzuteilen, dass wir getrennt sind, und das schon seit Monaten. Das weiß ich. Aber ich würde eine stundenlange Diskussion darüber, dass er der perfekte Schwiegersohn ist und ich alles immer nur vermassle, jetzt wirklich nicht ertragen.

Noah streckt meiner Mutter die Hand entgegen. »Freut mich, Sie kennenzulernen, Mrs Wilson. Mein Name ist Noah Murray.«

Sie lächelt und entblößt ihre strahlend weißen und gemachten Zähne.

»Die Freude ist ganz meinerseits, Mr Murray.«

»Wer ist denn der Mann an der Seite meiner Tochter?«, höre ich die

Stimme meines Vaters hinter uns. Sofort versteife ich mich und nehme eine unnatürlich gerade Haltung ein. Er trägt einen dunkelblauen Anzug mit Nadelstreifen und eine perfekt sitzende Krawatte. Seine Haare sind grauer, als ich sie in Erinnerung habe, und tiefe Falten haben sich in seine Stirn gegraben. Anders als meine Mutter lässt mein Vater selbst nichts an sich machen. Er liebt seinen Job als Schönheitschirurg mehr als alles andere, aber an sich selbst würde er niemanden Hand anlegen lassen.

»Das ist Mr Murray, der Freund von Zoes bester Freundin. Leider konnte Matthew nicht kommen«, teilt meine Mutter ihm sofort mit einer gewissen Wehmut in der Stimme mit. Ich bin kurz davor, die Augen zu verdrehen und genervt zu seufzen.

Das Einzige, das meinen Vater wirklich zu interessieren scheint, ist die fehlende Krawatte an Noahs Hals, was ich seinem abschätzenden Blick entnehmen kann.

»Wie schade. Ich hatte mich wirklich gefreut, den Jungen zu sehen und zu erfahren, wie sein Medizinstudium verläuft. Nicht mehr lange, und er hat es geschafft.«

Wäre es unangebracht, jetzt in lautes Gelächter auszubrechen? Womöglich. Daher lasse ich es lieber und schlucke die bittere Pille hinunter, dass meinen Vater das Studium meines Ex-Freundes mehr interessiert als das seiner eigenen Tochter.

»Wie dem auch sei, Kind. Wir müssen unsere Gäste begrüßen. Bitte entschuldigt uns«, richtet mein Vater sein Wort an uns und verschwindet mit meiner Mutter im Schlepptau.

Atmen. Endlich kann ich wieder frei atmen. Meine Haltung entspannt sich, und das bedrückende Gefühl in meiner Brust verschwindet.

»Deine Mutter kommt eigentlich ganz nett rüber, da kann man kaum glauben, was für ein Biest sie ist. Aber dein Vater, dem merkt man seinen Charakter an.« Noah verzieht schmerzlich das Gesicht. Fast schon wütend schaut er meinen Eltern hinterher. Nach dem was ich ihm von ihnen erzählt habe, scheint er sie besser einschätzen zu können, als Matthew es jemals konnte.

»Meine Mutter weiß einfach, wann sie ihr Hollywoodlächeln einsetzen muss, das übrigens unglaublich teuer war.« Mit diesen Worten schnappe ich mir dankbar zwei Gläser Champagner von einem der Kellner, der sie auf einem silbernen Tablett durch die Gegend trägt.

Noah will mir gerade ein Glas aus der Hand nehmen, als ich es hastig wegziehe und vor ihm in Sicherheit bringe. »Tut mir leid, aber ein Glas wird mir heute definitiv nicht reichen«, erkläre ich und beginne frech zu grinsen. Mit einem großen Schluck ist das erste Glas leer, woraufhin gleich das zweite folgt.

Nachdem wir uns das ein oder andere Häppchen am opulenten Buffet gegönnt haben, begeben wir uns, jeweils mit einem Glas goldenen Sprudelwassers in der Hand, in den Garten. Auf der riesigen Rasenfläche reiht sich ein weißer Pavillon an den nächsten, eine Liveband spielt beruhigende Musik auf einer kleinen Bühne direkt neben dem zwanzig Meter langen Pool. Auch hier wimmelt es nur so von fremden Menschen. Jede einzelne Frau, die mir über den Weg läuft, schaut makellos aus. Wo man auch hinguckt, sieht man gemachte Brüste, aufgespritzte Lippen, Botox, perfekt blondierte Haare, Designerklamotten, Smokings und Zigarren.

Mein Blick huscht wie von selbst zu dem Poolhaus, das, anders als der Name es vermuten lässt, nicht direkt am Pool liegt. In sicheren hundert Metern Entfernung steht das kleine weiße Haus mit den rechteckigen Kachelfenstern.

»Noah?« Ich bleibe stehen und sehe meiner Begleitung in die Augen.

Mit einer Spur Neugier in ihnen schaut er mich an. »Zoe?«

»Würdest du mit mir zu meinem Großvater gehen?«

Es war nicht geplant, dass ich Opa heute sehe, auch wenn ich enttäuscht darüber bin, dass er mit seiner Pflegerin Julia nicht wenigstens kurz auf der Party vorbeischauen möchte. Doch ich würde es bereuen, würde ich die Chance nicht nutzen, ihn zu besuchen, während meine Eltern beschäftigt sind.

Ein Lächeln stiehlt sich auf Noahs Lippen. Ein so echtes Lächeln, dass ich das Gefühl nicht loswerde, dass genau dieses Lächeln mein Verderben sein wird. So schnell wie mir dieser Gedanken kommt, so schnell schiebe ich ihn auch wieder beiseite.

Mit einer Kopfbewegung gebe ich ihm zu verstehen, wo wir hinmüssen, und während wir langsamen Schrittes auf das kleine Häuschen zugehen, fragt er mich nach meinem Opa.

»Sein Name ist William, aber alle nennen ihn Will. Bis vor ein paar Jahren hat er am Rande Londons gelebt, doch seit er seinen Unfall hatte, haben meine Eltern ihn im Poolhaus untergebracht, zusammen mit Julia, seiner Pflegerin. Zunächst wollten sie ihn in ein Pflegeheim geben, am anderen Ende Englands, weil es angeblich das beste im Land sein soll. Doch ich konnte sie mit meinem Betteln noch umstimmen.« Wut keimt in mir auf, wenn ich daran denke, wie meine Mutter ihren eigenen Vater abschieben wollte, so weit weg, dass ich ihn kaum mehr hätte sehen können. »Er ist mein Fels in der Brandung. Wenn er so von Oma erzählt, dann frage ich mich immer wieder, wie meine Mutter bei solch liebenden Eltern so verkommen konnte. Sie waren nicht reich, sie konnten ihr keine Markensachen bieten. Aber dafür haben sie ihre Tochter geliebt.«

Noahs Hand legt sich behutsam zwischen meine Schulterblätter, als wollte er mir den Halt geben, den ich so dringend brauche. Sofort entspanne ich mich wieder ein Stück weit.

Vor dem Haus mit der knallroten Tür angekommen, bleiben wir einen Moment stehen.

»Wieso hast du deinen Eltern nicht die Wahrheit über Matthew gesagt?«, möchte er plötzlich von mir wissen.

»Um einer Konfrontation aus dem Weg zu gehen? Um mir selbst etwas vorzumachen? Um heile Welt zu spielen?« Wahrscheinlich gibt es mehr als einen Grund dafür. Doch daran möchte ich jetzt nicht denken. Nicht an meine Eltern und auch nicht an Matthew.

Zweimal klopfe ich an die Tür, bevor ich Julias eilige Schritte höre und sie uns mit einem Strahlen hineinlässt. »Er wird sich so freuen, dich zu sehen«, teilt sie mir mit. Jedes Mal, wenn ich die Pflegerin meines Opas sehe, bin ich froh, dass er sie hat. Es gibt Tage, an denen ich mich wirklich schlecht fühle, an denen ich glaube, ihn irgendwie im Stich zu lassen. Am liebsten würde ich ihn jede freie Minute besuchen, doch nicht nur meine Eltern machen es mir schwer. Es ist auch sein Wunsch, dass ich nicht jeden Tag vorbeikomme. Er möchte sich nicht schlecht dafür fühlen müssen, mir Zeit zu stehlen, in der ich Abenteuer erleben könnte. Nichts wünscht er sich sehnlicher für mich als das Reisen. Irgendwie war es immer unser beider Traum, die Welt zu sehen. Als Großmutter noch gelebt hat, waren sie oft unterwegs. Auch ohne viel Geld haben sie sich traumhafte Urlaube ermöglicht.

Mit einer braunen Wolldecke auf dem Schoß sitzt er im Wohnzimmer auf dem Ledersessel und sieht fern. Bei seinem Anblick kann ich gar nicht anders, als zu lächeln. »Was machst du denn hier, Sonnenschein? Du schaust hinreißend aus, wie deine Großmutter, wenn sie ihre Haare offen getragen hat.«

Diese Momente, in denen man vor Freude platzen könnte. Das ist solch ein Moment. Sein Lächeln steckt an, und seine immer wieder neuen Kosenamen für mich sind alles, was ich brauche.

»Ach, die Spendengala deiner Eltern«, beantwortet er sich seine eigene Frage.

»Rotkäppchen? Trügen mich meine Augen? Habe ich Matthew falsch in Erinnerung?« Sein Blick gleitet an mir vorbei. Noah steht dicht hinter mir und möchte sich gerade vorstellen, als er unterbrochen wird. »Oh, hast du dich etwa endlich in den Richtigen verliebt?«

Sofort schießt mir die Röte ins Gesicht, und nahezu gleichzeitig beginnen Noah und ich uns stotternd zu erklären. »Wir sind nicht ...«, beginne ich meinen Satz.

»Ich bin nicht ihr ...«, versucht es Noah.

Opas Lachen erfüllt den Raum. »Da bin ich alter Mann wohl in ein Fettnäpfchen getreten. Ich bin Will. Setzt euch doch endlich hin.«

Bevor Noah der Bitte meines Opas nachkommt, geht er auf ihn zu, stellt sich ihm vor und macht deutlich, dass wir nicht mehr als Freunde sind.

»Kann ich euch etwas bringen?« Julia tritt zu uns, doch all ihre Aufmerksamkeit gilt Noah. Verlegen streicht sie sich ihre Haare hinters Ohr. Ich kann es ihr nicht verübeln.

»Julia, Engel, die beiden jungen Hüpfer können leider nicht lange bleiben. Die Pflicht ruft nach ihnen.« Opa zwinkert mir zu. »Du solltest dich nicht zu lange von der Feier fernhalten, das würde ihnen sicher auffallen.« Dass er recht hat, trübt meine Stimmung sofort. Wenn ich könnte, würde ich den ganzen Abend hier verbringen, im Poolhaus, in Opas vier Wänden, dem einzigen Ort, der mir hier Geborgenheit schenkt.

»Ich habe mit Matthew Schluss gemacht.« Ich möchte, dass er es weiß. Bei meinen letzten Besuchen habe ich ihm nicht davon erzählt, weil ich nicht wollte, dass er glaubt, ich könnte traurig sein. Dabei mochte Opa Matthew nicht einmal. Es ist nicht so, dass er ihn gehasst hätte, er fand nur immer, dass wir nicht zusammenpassen würden. Am Ende hat er recht behalten.

»Du weißt, mir ist nichts heiliger als dein Wohlergehen. Ich bin mir sicher, du hast die richtige Entscheidung getroffen, und dort draußen«, sein Blick huscht kurz zu Noah, der sich neben mich auf das kleine Sofa gesetzt hat, »läuft irgendwo deine große Liebe rum und wartet nur darauf, mit dir ein Abenteuer nach dem anderen zu erleben.«

Ich lege meine Hand auf seinen Handrücken. Kein Mensch weiß so sehr die richtigen Worte für mich zu finden wie er.

»Und du, mein Junge, du kommst nicht aus London. Woher stammst du?«

Noah beginnt, von Liverpool zu erzählen, seiner Highschool, seinen alten Freunden, dass er damals in einer Schwimmmannschaft war. Letzteres ist mir neu.

Ich lausche den beiden, und während sie sich so unterhalten, habe ich das Gefühl, als hätten sie nie etwas anderes getan. Es ist, als würden sie zum hundertsten Mal eine Unterhaltung führen, lachen, diskutieren und in Erinnerungen schwelgen.

»Zoe, mein Täubchen? Ihr solltet euch wieder unter die Leute mischen und den alten Herrn mit seiner Quizshow allein lassen. Ich würde euch ja zur Tür begleiten, aber ...« Er zeigt auf seine Beine und beginnt spitzbübisch zu grinsen. Dass Opa selbst nach seinem schweren Unfall seinen Humor nicht verloren hat, macht mich unglaublich stolz. Zu Beginn war es hart. Ich mag mir gar nicht ausmalen, wie es ist, von jetzt auf gleich seine Beine nicht mehr spüren und nutzen zu können. Doch Opa ist stark. Opa ist ein Held. Mein Held.

»Dann wollen wir dir mal nicht weiter auf die Nerven gehen«, sagt Noah.

Sie verabschieden sich mit einem festen Händedruck voneinander. Während Noah zur Tür geht, beuge ich mich vor und nehme Opa in den Arm.

»Wenn du mich fragst, Schätzchen, dann solltest du den Kerl an die Angel nehmen. Ist ein guter Fang.«

»Opa«, tadle ich ihn und hoffe inständig, dass Noah ihn nicht gehört hat. »Wir sind nur Freunde.«

»Deine Großmutter und ich waren auch Freunde. Freundschaft und Liebe kann miteinander einhergehen, sie sollten es sogar. Dein Partner sollte immer auch dein bester Freund sein.«

»Du und deine Weisheiten. Ich komme dich bald wieder besuchen, um mir anzuhören, dass du alle Fragen der Quizshow richtig beantwortet hättest, wenn du dort auf dem Stuhl sitzen würdest.«

Noah hält mir die Tür auf. Beim Anblick der Gäste, die sich in sicherer Entfernung tummeln, wird mir plötzlich wieder flau im Magen. Doch als ich Noahs Hand erneut zwischen meinen Schultern spüre und er mich sanft nach draußen dirigiert, beginnen sich meine angespannten Glieder ein wenig zu lockern.

Kapitel 12

Mittlerweile habe ich den Überblick darüber verloren, das wievielte Champagnerglas ich gerade in der Hand halte. Mein Gefühl sagt mir, dass ich das mit dem Alkohol lieber lassen sollte, doch mein Kopf glaubt, es sei eine gute Idee, um zu verdrängen, wo ich mich gerade befinde.

In den vergangenen zwei Stunden haben Noah und ich das Buffet mit den viel zu kleinen Häppchen fast im Alleingang geleert, uns über die ein oder andere misslungene Schönheitsoperation lustig gemacht und uns Kennlerngeschichten zu verschiedenen Paaren ausgedacht.

Nachdem mich der zweite, deutlich ältere Herr angesprochen hat, und das nicht unbedingt auf die feine Art, haben Noah und ich beschlossen, uns bei weiteren Anmachversuchen als Paar auszugeben. In den Kreisen, in denen sich meine Eltern bewegen, ist es ganz normal, dass ein Mann eine viel jüngere Frau an seiner Seite hat. Meine Eltern sind da wohl eine Ausnahme, was meinen Vater nicht daran hindert, mit Frauen ins Bett zu steigen, die noch jünger sind als ich. Einfach nur abartig.

Auch Noah wurde des Öfteren angesprochen, was mich bei seiner Erscheinung nicht wundert. Im Gegensatz zu mir haben jedoch attraktive junge Frauen Kontakt zu ihm gesucht.

Mit meinen Eltern habe ich seit unserer Begrüßung nicht mehr geredet. Lediglich ihre wertenden Blicke habe ich zwischenzeitlich auf mir gespürt. Während sie im Garten gerade auf der Bühne die Band ablösen und ihre Rede halten wollen, führe ich Noah durch das Haus. Vorbei an der riesigen Küche, hin zu den Treppen, die in die erste Etage führen. Vorbei am Arbeitszimmer meines Vaters, das so groß ist wie Kates und meine Wohnung, und vorbei an vier Gästezimmern. Vor uns liegt mein altes Zimmer, ganz am Ende des langen Ganges.

»Hier habe ich achtzehn Jahre meines Lebens verbracht. Es hat sich wirklich nichts verändert.« Ich öffne die Tür und lasse Noah hineintreten. Mein weißes Bücherregal ist im Gegensatz zu früher komplett leer. Mein riesiges Himmelbett steht noch immer mitten im Zimmer, davor die rosa gepolsterte Sitzbank. Hätten meine Eltern nicht genug Platz in dieser Villa, hätten sie mein Zimmer mit großer Wahrscheinlichkeit schon geleert. Doch sie brauchen es nicht. Sie haben ihr Fitnessstudio, ihre Sauna, ihre Arbeitszimmer, ihre unzähligen Gästezimmer, ihr Kinozimmer und ein Spielzimmer, in dem mein Vater früher jedes Wochenende mit seinen Freunden Poker gespielt hat. Wenn man es genau nimmt, braucht man diese Festung eigentlich nie verlassen. Nicht einmal zum Einkaufen, denn das übernehmen Angestellte für meine Familie.

»Es ist so anders als dein Zimmer in der Wohnung.« Noah sagt das, als würde es ihn wirklich überraschen. Als hätte er geglaubt, dass dieses Zimmer, in dem ich bisher die meiste Zeit meines Lebens verbracht habe, irgendetwas von mir widerspiegelt. Er geht zum leeren Bücherregal und lässt seine Hand über die weißen Regalböden gleiten. Vor den bodentiefen Fenstern bleibt er stehen und schaut in den Garten hinaus.

Anstatt Noah zu folgen, stehe ich noch immer wie angewurzelt im Türrahmen. Es ist, als würde mich irgendwas daran hindern einzutreten. Vielleicht ist es die Angst vor der Angst. Davor, von Gefühlen überrollt zu werden, die ich nicht fühlen will. Davor, in Erinnerungen zu schwelgen, die keine guten sind.

»Diese Wände sagen nichts über dich aus. Zu Hause ...« Er stockt bei seinem letzten Wort und dreht sich zu mir um, sodass er nun mit dem Rücken zum Fenster steht. Durch das hereinfallende Licht liegt sein Gesicht im Dunkeln, weshalb es mir schwerfällt, seine Pause zu deuten. »Bei dir und Kate in der Wohnung erzählt dein Zimmer eine Geschichte.

Es zeigt so viel von deiner Persönlichkeit und deinen Träumen. Hier hingegen lässt nichts darauf schließen, dass du Fotografien liebst, reisen möchtest, frei sein willst, dass du dir immer viel zu viele Gedanken machst, dass du ...« Wieder hört er abrupt auf zu reden, und vielleicht ist es auch besser so, denn plötzlich fühle ich mich nackt. So, als hätte er gerade mein Innerstes nach außen gekehrt.

Verletzt, als hätte ich meine Karten offengelegt, blicke ich auf seine angespannten Schultern.

Mit nur wenigen Schritten hat er die Distanz zwischen uns durchbrochen und steht nun unmittelbar vor mir. Ich erkenne die tiefe Falte zwischen seinen Augenbrauen, während er sie fragend zusammenzieht. Ich sehe die Unentschlossenheit in seinem Gesicht und die Neugier in den grünen Augen. Ich möchte etwas sagen, weiß aber nicht was. Also schweige ich.

Und so entsteht plötzlich eine Stille, die sich sanft über uns legt und mich in eine Art Trance hüllt. Ich möchte meinen Arm nach ihm ausstrecken, um zu wissen, dass ich gerade nicht träume. Denn die Situation fühlt sich surreal und unbeschwert an.

Noch bevor ich eine Dummheit begehen kann, gehe ich einen Schritt zurück und trete somit in den Flur. »Wir sollten wieder runtergehen«, ist alles, was ich sage, bevor ich meinen Blick von ihm löse und, ohne zurückzuschauen, den langen Gang entlanggehe, in Richtung der Treppen.

Ich brauche mich nicht umzudrehen, um zu wissen, dass mir Noah folgt, runter in den Wohnbereich, bis hinaus in den Garten. Gemeinsam setzen wir uns auf die letzten freien Stühle, die eine weiße Sitzfläche haben und goldene Beine. Vor uns erstreckt sich der riesige Pool, in dem ich als Kind immer geschwommen bin, um den Kopf frei zu kriegen. Obwohl wir im Keller ein beheiztes Schwimmbad haben, habe ich mich für den Outdoorpool entschieden. Ich mochte die beißende Kälte der Londoner Luft in Kombination mit der wohligen Wärme des Wassers.

Einer der Kellner möchte gerade an uns vorbeigehen, als ich aufstehe und mir zwei Gläser Champagner von seinem Tablett nehme. Dieses Mal reiche ich auch meinem Begleiter eins, wobei seine Finger so sanft wie eine Feder meine berühren. Für den Bruchteil einer Sekunde durchfährt mich ein warmer Schauer.

»Das wievielte Glas ist das eigentlich?«, möchte er von mir wissen.

Gute Frage. Das sechste? Oder habe ich doch schon sieben getrunken?

»Ich habe keine Ahnung. Aber eines steht damit wohl fest, entweder wir nehmen uns ein Taxi nach Hause, oder wir müssen laufen.« Wohl oder übel muss mein Baby dann die Nacht bei meinen Eltern verbringen, auch wenn ich mein Auto nur schweren Herzens allein lasse und noch mal zu diesem Horrorkabinett zurückkomme, um es abzuholen.

»Definitiv laufen.«

Ich sehe ihn verwundert an. Dabei hätte es mich nicht überraschen dürfen, Noah bevorzugt im Gegensatz zu mir immer den Weg zu Fuß.

»Laufen? Hast du dir mal meine Schuhe angeguckt?« Ich strecke ihm mein nacktes Bein entgegen und bewege die High Heels in kreisenden Bewegungen. Wir beginnen beide zu lachen, offenbar ein wenig zu laut, denn die Leute um uns herum schauen so, als wären wir Außerirdische, die sich nicht zu benehmen wissen. Dabei sind wir mit großer Wahrscheinlichkeit die einzigen Menschen auf dieser öden Veranstaltung, die wenigstens versuchen, ein wenig Spaß zu haben.

Noah lehnt sich nach hinten an die Stuhllehne, seine Beine sind ausgestreckt. Die Knöchel hat er dabei überkreuzt, und seine Hände liegen zusammengefaltet in seinem Schoß. In Gedanken versunken schaut er in den Himmel, der in den letzten Minuten deutlich dunkler geworden ist. Dass es im Sommer so lange hell bleibt, ist wirklich ein Segen.

Ich versuche, mir jedes noch so kleine Detail von Noahs Gesicht einzuprägen, während ich ihn unauffällig beobachte.

Seine grünen Augen, umrahmt von diesen dunklen Wimpern, strahlen förmlich, als würde sich die aufkommende Nacht mitsamt den Sternen in ihnen widerspiegeln. Er muss über irgendwas nachdenken, da er die dunklen Augenbrauen wieder leicht zusammenzieht. Eine Geste, die mir unheimlich vertraut erscheint. Die kleine Narbe auf seinem Nasenrücken hebt sich von seiner leicht gebräunten Haut ab. Ich habe noch nie einen Mann gesehen, der solche Wangenknochen hat, ohne dass es ihm etwas von seiner Männlichkeit raubt. Ich erkenne kaum sichtbare Bartstoppeln an seinem markanten Kiefer und dem Mund, auf dem sich ein leichtes Lächeln bildet. Mein Blick bleibt an seinen vollen, geschwungenen Lippen kleben.

Auf einmal wird aus dem zaghaften Lächeln eines, das kaum zu übersehen ist, und mir fällt auf, dass es womöglich das schönste Lächeln ist, welches ich je gesehen habe. Tiefe Grübchen graben sich in seine Wangen und lassen ihn sofort jünger wirken.

Mein dummes Herz beginnt wild in meiner Brust zu schlagen, als hätte es seinen üblichen Rhythmus vergessen. Ich schiebe dieses Symptom gekonnt auf den Alkohol und schüttle den Kopf, als könnte ich damit meine Gedanken vertreiben.

»Wieso starrst du mich immer so an?«, fragt er mich plötzlich, ohne seinen Blick von dem wolkenverhangenen Himmel zu nehmen.

Oh, verdammte Axt. Ich habe geglaubt, er wäre so sehr in Gedanken versunken, dass er es nicht mitbekommen würde.

»Wieso starrst du denn immer so?« An meiner Stimme erkenne ich, dass der Alkohol langsam Wirkung zeigt und ich meine Nervosität nicht vollends verstecken kann. Zugegeben, seine Frage hat mich aus der Bahn geworfen. Wer fragt so etwas auch geradeheraus?

»Schöne Frauen guckt man eben gerne an.«

»Das Gleiche gilt für attraktive Männer.« Sofort wird mir die Bedeutung meiner Wörter klar. Ich habe ihm nicht wirklich gesagt, dass ich ihn attraktiv finde? Um Gottes willen, ich muss sofort wieder nüchtern werden. Ich sollte doch ein paar Gläser Orangensaft trinken.

Schnell stehe ich auf und gehe auf den nächstbesten Kellner zu. Ich versuche, mit dem Saft den bitteren Beigeschmack meiner Worte runterzuspülen, nur um mit gekräuselten Lippen feststellen zu müssen, dass ich Orangensaft noch immer widerlich finde.

»Hallo, Perle«, höre ich eine unbekannte Stimme hinter mir. Ich drehe mich um, auch wenn ich mir nicht sicher bin, ob ich gemeint war. Aber mich würde schon interessieren, wer eine Frau so abwertend *Perle* nennt.

Ein Mann mittleren Alters in einem grauen Anzug, dessen Farbe wirklich unvorteilhaft ist, steht direkt vor mir und lächelt mich an. Um seinen Hals trägt er eine furchtbare Krawatte, die er sicherlich schon seit den Achtzigerjahren besitzt. Seine blonden Haare sind mit einer Tonne Gel nach hinten frisiert.

Ich lächle höflich und will mich gerade wieder umdrehen, als er erneut mit mir zu sprechen beginnt und seine Hand dabei auf meine Schulter legt. Wieso bin ich auf die Idee gekommen, dass ein freundliches Lächeln und das Wegdrehen ausreichen würden, um Desinteresse zu signalisieren?

»Ich bin Christopher, und Sie sind?« Er kommt mir so nahe, dass er den Armlängen-Abstand bei Weitem unterbietet. Anscheinend hat er noch nie etwas von Distanzzonen gehört. Sofort gehe ich einen Schritt zurück. Ich möchte ihm gerade meinen Nachnamen verraten, in der Hoffnung, dass er mich dann ganz schnell in Ruhe lässt, da höre ich Noahs Stimme.

»Sie gehört zu mir.« Er klingt ruhig, höflich und doch bestimmend. Die Anspannung in seiner Stimme, die anderen wahrscheinlich nicht einmal auffallen würde, kann ich deutlich heraushören. Ehe ich dazu komme, ihn anzuschauen, legt er seinen Arm um meine Taille und zieht mich eng an sich heran. Seine Wärme strömt auf mich über, und am liebsten würde ich mich seiner leichten Umarmung entziehen. Nicht, weil sie unangenehm ist, sondern weil sie viel zu viel in mir auslöst. Noahs Finger bewegen sich sanft an meiner Seite, reiben den Stoff meines Kleides und finden immer wieder meine nackte Haut dank des großzügigen Rückenausschnitts. Ein leises Seufzen, von dem ich hoffe, dass keiner der Männer es gehört hat, entfährt mir.

»Sicher? Sie sieht nicht gerade glücklich aus in deinen Armen«, sagt der Blonde und lacht spöttisch. Wie kann man so unverschämt sein und in so einer Situation zu diskutieren beginnen?

Ich zwinge ein Lächeln auf meine Lippen, sodass es den Anschein hat, als wäre dies alles überhaupt nicht unangebracht. Doch bevor ich dem Mann sagen kann, dass er verschwinden soll, neigt sich Noahs Kopf zur Seite, und seine Lippen berühren meine Schläfe.

Alles in mir kommt zum Stehen. Meine Atmung, das Blut, das durch meine Adern fließt, und mein Herz. Auch wenn Noahs Lippen nicht mehr auf meiner Haut liegen, kann ich sie noch immer deutlich spüren.

Mit einem spöttischen Schnaufen geht der Mann auf direktem Wege ins Haus hinein und lässt uns beide zurück.

»Du kannst mich loslassen«, bringe ich zögernd heraus. Obwohl der Mann nicht mehr in Sichtweite ist, hält mich Noah noch immer eng an seiner Seite fest. Ich schaue zu ihm hinauf und er zu mir hinunter. Ein Schweigen legt sich über uns, während er sich langsam von mir löst und zu Boden sieht.

Plötzlich ist mir kalt, und ich wippe von einem Bein auf das andere. Keiner von uns sagt etwas. Wir sehen uns nicht einmal an. Ich habe Angst, das Falsche zu sagen, weshalb ich lieber meinen Mund halte. Ich muss hier weg. Eilig bewege ich mich von der Stelle und möchte gerade die Treppen zur Terrasse raufgehen, als Noahs Hand meinen Arm umschließt und mich am Gehen hindert.

Erschrocken bleibe ich stehen und drehe mich in seine Richtung.

»Wohin gehst du?«

Er glaubt, etwas falsch gemacht zu haben, das erkenne ich nicht nur an seiner Stimme, auch der Schmerz in seinen Augen verrät es mir. Dabei hat er das nicht. Er hat nur das getan, worauf wir beide uns zuvor geeinigt hatten. Es war unsere Idee, die schon von der ersten Sekunde an falsch war.

»Zoe?«

Ich bin ihm eine Antwort schuldig. Mein Mund öffnet sich wie von selbst, schließt sich dann aber gleich wieder. Ja, wo will ich eigentlich hin? Das ist eine gute Frage.

»Toilette ... Also, ich muss mal. Aufs Klo. Für kleine Mädchen. Du weißt schon.« Ich lächle, um so zu tun, als wäre alles in Ordnung. Doch ich weiß, dass er hinter meine Fassade blicken kann, dass ich für ihn ein offenes Buch bin.

Er lässt meinen Arm los, und ich laufe auf direktem Wege zum WC.

Dort angekommen schließe ich die Tür hinter mir und stelle mich vor das riesige Marmorwaschbecken mit dem goldenen Wasserhahn. Mit den Händen stütze ich mich gegen das Becken, während ich mir fragend ins Gesicht schaue.

»Was ist nur los mit dir?«

Doch mein Spiegelbild verrät mir nichts, außer wie nahe mir seine Berührung gegangen ist. Dabei haben wir nur gemacht, was wir geplant hatten. Wir haben uns als Paar ausgegeben, um uns gegenseitig aus der Klemme helfen zu können, sollte uns jemand ansprechen. Noah hat mir geholfen. Dass wir uns dabei näherkommen, habe ich allerdings nicht bedacht. Noch weniger habe ich daran gedacht, was diese Nähe in mir auslösen könnte.

Kapitel 13

Es kommt mir wie eine kleine Ewigkeit vor, in der ich schon auf der Badewanne im Gästebad sitze und ins Leere starre. Noah muss denken, ich sei ohne ihn abgehauen. *Noah*. Allein an ihn zu denken fühlt sich falsch an.

Ich krame mein Handy aus der Clutch und beginne durch meine Kontakte zu scrollen. Bei Kates Namen halte ich inne. Sie wartet sicher sehnsüchtig auf einen Lagebericht. Wie sind meine Eltern heute drauf, wie macht sich Noah, wie viele Wichtigtuer sind bei diesem Event unterwegs. Mein Blick bleibt an dem Namen unmittelbar unter Kates kleben. Lee.

An: Lee
Gesendet: 21:29
Ich weiß nicht, ob du dich an mich erinnern kannst. Ich bin Zoe, aus dem Club »Pretty Place«. Sorry, dass ich mich nicht eher gemeldet habe. Wie geht's dir?

Ich drücke auf Senden und frage mich noch im selben Moment, weshalb ich ausgerechnet ihm eine Nachricht geschrieben habe. Dass ich mich tatsächlich bei der Bekanntschaft meines letzten Clubbesuchs melde, war eigentlich nicht geplant. Doch was läuft schon nach Plan? Mein Leben ganz sicher nicht.

Von: Lee

Empfangen: 21:31
Wow! Ich hätte nicht gedacht, noch mal von dir zu hören, lässt einen ja ganz schön zappeln. Mir geht es nach deiner Nachricht blendend, und dir?

Mit einer so schnellen Antwort hatte ich nicht gerechnet. Und nun? Möchte ich mich überhaupt mit ihm unterhalten, oder nutze ich ihn gerade nur als Ablenkung? Wäre Ablenkung so verkehrt?

Mit einem lauten Seufzer erhebe ich mich und schaue ein letztes Mal in den Spiegel. »Was mache ich hier?« Anstatt zu schmollen wie ein kleines Kind, sollte ich rausgehen und das gute Essen genießen. Schließlich bekomme ich nicht alle Tage ein solches Sterneessen, auch wenn es nur aus Häppchen besteht.

Mit hoch erhobenem Kinn gehe ich geradewegs in die Küche, wo sich die Kellner, Köche und Küchenhilfen aufhalten und für reichlich Nachschub sorgen.

»Entschuldigung? Sie dürfen hier nicht rein.« Vor mir steht ein Mann mit weißer Schürze.

»Das geht schon in Ordnung«, entgegne ich ihm mit einem Lächeln. »Ich bin die Tochter der Gastgeber und hier zu Hause.« Eine glatte Lüge. Dieses Haus ist nicht einmal annähernd ein Zuhause für mich. Ich stopfe mir eines der frischen Häppchen in den Mund und bin versucht, mir ein weiteres volles Glas Champagner zu nehmen. Aber die Vernunft siegt, denn ich habe heute schon mehr als genug von dem teuren Sprudelwasser getrunken.

Zurück unter den Gästen, tragen mich meine Füße die Treppen hinunter nach draußen, wo mein Blick sofort einen braunhaarigen und grünäugigen Mann findet. Ich fühle mich, als würde sich die Welt ein wenig zu schnell drehen, als fehlte mir Halt. Mit der Hand stütze ich mich auf das Geländer und halte einen Moment inne, bevor ich die restlichen Stufen nach unten steige.

Unmittelbar hinter Noah komme ich zum Stehen. Über all den Leuten liegt ein Duft von teurem Parfüm und Zigarren, und doch habe ich den ganzen Abend über nur seinen Geruch wahrgenommen. Es fällt mir schwer, zu beschreiben, wonach er riecht. Vielleicht nach einem sternenbehangenen Nachthimmel. Nach einem Regenschauer im Sommer. Nach Wärme und Geborgenheit.

Ich hebe meinen Arm und tippe mit dem Zeigefinger auf sein Schulterblatt, stärker, als ich es beabsichtigt habe. Mit einem schnellen Ruck dreht er sich zu mir um. Seine Augen beginnen zu leuchten, und ich frage mich, ob ich diesen Gesichtsausdruck schon einmal bei ihm gesehen habe. Noah sieht wütend und erleichtert zugleich aus, als würde ein gewaltiger Sturm in ihm toben.

»Wo hast du so lange gesteckt?«

»Ich habe drinnen mit ein paar Bekannten meiner Eltern geplaudert«, lüge ich ihm direkt ins Gesicht. Die Verbissenheit in seinem Blick löst sich auf, und er scheint sich ein wenig zu entspannen.

»Sicher, dass du nicht eher im Champagner gebadet hast?«, fragt er mich mit hochgezogenen Augenbrauen und beginnt zu lachen. »Ich habe mir zwischenzeitlich echt Sorgen gemacht. Ich war nicht sicher, ob du ins Klo gefallen oder aber mit einem der reichen Säcke durchgebrannt bist.«

Es ist, als wäre mir jegliches Zeitgefühl abhandengekommen. Noch bevor ich auf die Toilette geflohen bin, war es hell draußen, und nun erkenne ich schemenhaft die Sichel des Mondes hinter einer dunklen Wolke, die den Abendhimmel bedeckt.

Meine Finger schlingen sich wie von selbst um Noahs Handgelenk, und ich drehe seine Armbanduhr in meine Richtung, sodass ich das schwarze Zifferblatt sehen kann. Kurz vor zehn? Wann habe ich es das letzte Mal so lange bei meinen Eltern ausgehalten? Während mir jeder andere Abend hier wie die reinste Folter vorkam, flog die Zeit heute nur so dahin. Wenn man die letzten Ereignisse außer Acht lässt, war es sogar ein lustiger und entspannter Abend.

Plötzlich reißt mich Noahs lautes Räuspern aus meinen Gedanken. Er lässt seinen Blick zwischen seinem Handgelenk und meinem Gesicht hin- und herwandern.

Oh verdammt! Erst jetzt fällt mir auf, dass meine Finger seine Haut noch immer fest umklammern. Ruckartig ziehe ich meine Hand zurück, als hätte ich mich verbrannt, und starre verlegen auf meine Füße. Meine Wangen beginnen unkontrolliert zu glühen.

»Noah?«

»Mhm?«

»Können wir nach Hause gehen?«

»Klar«, ist alles, was er sagt, während sich ein Lächeln auf seine Lippen schleicht, welches mir das Gefühl gibt, dass es ihm nur darum geht, dass ich mich wohlfühle.

Es steht außer Frage, dass ich nicht gehen kann, ohne mich bei meinen Eltern verabschiedet zu haben. Ich würde ansonsten spätestens morgen einen genervten Anruf meiner Mutter kriegen. Als ich sie von Weitem in dem riesigen Wohnbereich stehen sehe, flüstere ich Noah auf Zehenspitzen zu: »So, und jetzt reißen wir uns kurz zusammen und sind so nüchtern, wie es uns nur möglich ist.« Ich kann keine Predigt meiner Eltern darüber gebrauchen, dass man auf so einer Veranstaltung nicht mehr als zwei Gläser Champagner zu trinken hat.

»Du meinst wohl, dass *du* dich jetzt zusammenreißen musst.«

»Tu nicht so, als hättest du nicht auch mehr Gläser getrunken, als du Finger an einer Hand hast.«

Bauch einziehen. Brust raus. Schultern gerade. Aufrecht und den Blick nach vorne gerichtet gehe ich auf meine Eltern zu.

Ich beginne zu sprechen, bevor sie mich überhaupt gesehen haben. »Mutter? Vater? Noah und ich, wir ...« Bei dem erschrockenen Gesichtsausdruck meines Vaters verschlucke ich mich an meinen eigenen Worten und beginne leise zu kichern. Er sieht mich an, als hätte er vergessen, dass seine Tochter auch noch da ist. Wieso legen sie überhaupt Wert auf meine Anwesenheit, wenn sie am Ende des Tages nichts weiter als eine Begrüßung und eine Verabschiedung für mich übrig haben?

»Wir werden jetzt aufbrechen. Es war schön, Sie kennengelernt zu haben. Auf Wiedersehen!«, beendet Noah meinen Satz und hilft mir damit aus der Klemme. Wie ein kleines Kind winke ich zum Abschied, bevor wir Reißaus nehmen.

Draußen angekommen, beginne ich sofort lauthals zu lachen. »Das war knapp«, bringe ich prustend heraus. »Verdammt knapp.«

»Was würdest du nur ohne mich machen?«

Wir haben eine sichere Entfernung zwischen uns und das Anwesen meiner Eltern gebracht und befinden uns mittlerweile auf der South Bank Promenade. Besonders am Abend ist dies einer der schönsten Orte Londons. Zwar ist man hier nie für sich – wo ist man das in London schon? –, aber bei dem Anblick vergisst man ganz schnell, dass auch noch andere Menschen um einen herum sind. Das Golden Eye liegt leuchtend in der Ferne, und auch der Big Ben erstrahlt vor dem dunklen Nachthimmel. Laternen erhellen nur spärlich den Weg an der Themse und geben diesem Ort eine gemütliche Wärme.

»Es sieht hier tatsächlich genauso aus wie in den ganzen Liebesschnulzen auf der Kinoleinwand«, stellt Noah fest. Er hat recht. Die South Bank Promenade ist Schauplatz vieler bekannter Filmszenen.

»Du guckst also Liebesschnulzen?« Ich stelle mir vor, wie er mit einer Tüte Popcorn in der Hand auf den Bildschirm starrt, während sich ein Paar unter Tränen die ewige und wahrhaftige Liebe schwört.

»Ich kann auch nichts dafür, dass ihr Frauen auf solche Filme abfahrt und uns Männer dazu zwingt, sie zu schauen.« Sanft stupst er mir in den Bauch und streckt mir die Zunge entgegen. Offenbar ist der Alkohol auch an ihm nicht spurlos vorbeigegangen.

»Hey! Verallgemeinere das nicht. Ich stehe mehr auf Thriller«, gebe ich schnippisch zurück. Ich mag diese typischen Klischees nicht. Nur weil man eine Frau ist, heißt es noch lange nicht, dass man nur Pink trägt und auf Liebesfilme steht. Und dasselbe gilt auch für Männer, nicht jeder, der Testosteron in sich trägt, steht automatisch auf Actionstreifen.

»Ach komm. Ich bin mir sicher, dass sich auf der Liste deiner Lieblingsfilme mindestens eine Schnulze befindet.« Er zwinkert mir zu, und seine Lippen formen sich wieder zu einem Lächeln, das einem freie Sicht auf seine strahlend weißen Zähne bietet.

Ich überlege einen Moment, welche Liebesfilme ich gesehen habe, und muss mir selbst eingestehen, dass es nicht wenige waren. Es gibt die ein oder andere Leinwandromanze, die ich wirklich gut finde. Doch nur eine von ihnen konnte mich so richtig mitreißen und begeistern.

»Auch wenn ich es nur ungern zugebe, ist *Wie ein einziger Tag* tatsächlich auf dieser besagten Liste. Ich könnte ihn zum hundertsten Mal schauen und würde trotzdem Rotz und Wasser heulen. Zu meiner Verteidigung muss ich aber auch sagen, dass ich niemanden kenne, dessen Augen bei diesem Film trocken bleiben.«

Während wir langsam immerzu geradeaus gehen und das Riesenrad vor uns immer größer wird, sehe ich aus dem Augenwinkel das zufriedene Grinsen auf Noahs Lippen.

»Außerdem ist Ryan Gosling absolut heiß«, füge ich hinzu.

»Also ist es das, was dir an diesem Film so gut gefällt? Ryan Gosling?«

Ich werde jetzt nicht zugeben, dass er die perfekte Besetzung für diese Rolle ist und definitiv seinen Teil dazu beigetragen hat, dass ich mich in diesen Film verliebt habe. Doch es ist nicht der Schauspieler, der mich jedes Mal zum Mitfühlen bringt. Es ist die Geschichte, die mein Herz auf brutalste Art und Weise in Stücke reißt. Beim Schauen des Films durchlebe ich jedes Mal eine Achterbahnfahrt der Gefühle. Freude. Trauer. Freude. Trauer. Ein ständiger Wechsel, der an meinem Nervenkostüm zerrt.

»Natürlich nicht. Er bildet nur die ansehnliche Spitze des Eisbergs. Die Storyline ist einfach perfekt. Wie sie sich kennenlernen, wie sie sich verlieben und wie sie vom Schicksal getrennt werden. Dass Allie die falsche Entscheidung trifft, ohne zu wissen, dass Noah immer irgendwie da war und alles in seiner Macht Stehende getan hat.« Ich mache eine Pause und habe das Gefühl, den Film gerade vor meinen Augen abspielen zu können. »Und trotz allem, was sie trennte, und allem, was zwischen ihnen stand, haben sie einander nie vergessen. Haben immer einen Platz im Herzen des anderen gehabt. Das ist dann wohl die wahre Liebe, von der so viele sprechen.«

Ich atme einmal tief durch.

So langsam wie Noah und ich vorankommen, scheint keiner von uns großen Wert darauf zu legen, so schnell wie möglich nach Hause zu gelangen. Im Gegenteil, wir genießen den Spaziergang an der frischen Luft und das leise Rauschen der Themse.

»Das ist mit Abstand die herzzerreißendste Liebesgeschichte, die es gibt. Insgeheim wünscht sich doch jeder so etwas. So eine bedingungslose, aufopfernde, ehrliche und nicht endende Liebe.«

Bei meinen Worten bleibe ich abrupt stehen, weil ich plötzlich meine beste Freundin vor mir sehe und mir eine Frage ganz arg auf der Zunge brennt. Ich halte Noah am Ärmel seines Sakkos fest und bringe auch ihn damit zum Stehen. Verwundert schaut er mit seinen großen Augen zu mir herab.

»Liebst du Kate auf diese Weise? Denn ich wünsche mir, dass es jemanden gibt, der sie so sehr liebt wie Noah Allie. Ich weiß, ihr macht eine Pause, habt euch getrennt, was auch immer. Es steht mir eigentlich auch nicht zu, dich so etwas zu fragen. Aber ...«

Aber was, Zoe? Was möchte ich ihm eigentlich sagen, und wieso um alles auf der Welt stelle ich ihm eine so intime Frage?

Doch auch wenn die Charaktere aus dem Film nicht real sind, lasse ich mir den Glauben nicht nehmen, dass es diese Liebe dort draußen irgendwo gibt. Und wenn sie eine verdient hat, dann ganz klar Kate.

Er grinst nicht. Er lächelt nicht einmal schwach. Seine Reaktion macht mich unruhig. Seine Augen wirken dunkel, beinahe schwarz in dem schwachen Licht der Laternen. Seine vollen Lippen öffnen sich einen Spaltbreit, nur um sich gleich wieder zu schließen.

Ich bin so auf seinen verbissenen und nachdenklichen Gesichtsausdruck fixiert, dass ich kaum merke, wie seine rechte Hand sich langsam auf meine legt, die noch immer den Ärmel seines Sakkos umklammert. Vorsichtig löst er meinen Griff, lässt meinen Handrücken jedoch auch dann nicht los, als meine Hand schon längst wieder an meinem Körper baumelt.

»Hast du Matthew auf diese Weise geliebt?«, fragt er mich wie aus dem Nichts.

Ich habe nicht mit dieser Frage gerechnet, auch wenn es irgendwie zu unserem Ding geworden ist, eine Frage mit einer Gegenfrage zu beantworten.

»Lenk nicht ab. Ich habe zuerst gefragt. Und Matthew ist dir egal, also kann es dir auch egal sein, wie meine Liebe zu ihm aussah. Aber Kate ist mir nicht egal.« Ich habe das Gefühl, den letzten Satz nicht nur ihm an den Kopf zu werfen, sondern zum großen Teil auch mir selbst.

Wie von einem Blitz getroffen entreiße ich meine Hand dem Mann, der der Ex-Freund oder vielleicht sogar bald wieder Freund meiner besten Freundin ist.

»Du bist betrunken, Zoe.«

Ein erneutes Ausweichmanöver, um meine Frage zu umgehen. Natürlich liebt er sie nicht auf dieselbe Art und Weise, wie Noah Allie liebt. Denn Noah und Allie existieren nicht, sie sind der Feder eines hoffnungslosen Romantikers entsprungen. Nicholas-Sparks-Filme sind einer der vielen Gründe, weshalb wir Menschen oftmals eine falsche Vorstellung von der Liebe haben. Wir – ich – hoffen auf etwas, das es womöglich gar nicht gibt.

In meinem Kopf dreht sich alles, und meine Gedanken scheinen sich selbst zu bekriegen. »Obwohl du auch etwas zu tief ins Glas geschaut hast, bist du noch immer sehr gut darin, Fragen auszuweichen«, zische ich.

So langsam wird es wirklich kalt, und ich beginne zu frösteln. Ich hatte nicht damit gerechnet, so lange bei meinen Eltern zu bleiben, weshalb ich mir nichts zum Überziehen mitgenommen habe. Ich mache einen Schritt zur Seite und stütze meine Ellenbogen am Geländer ab. Mein Kinn lege ich in meine Hände, und meine Augen sind geradewegs auf die Themse gerichtet und beobachten das Flackern der Nachtlichter im dunklen Wasser.

»Du frierst.« Ehe ich etwas dagegen sagen kann, legt Noah sein Sakko über meine Schultern. Als Dank und ohne jegliche Widerrede lächle ich ihn kurz an, um dann sofort wieder meinen Blick auf das Wasser zu richten. Alles ist besser, als in diese Augen zu sehen, von denen ich mal glaube, sie perfekt lesen zu können, und die ich dann wieder überhaupt nicht deuten kann. Noah ist für mich zu einem wirklichen Freund geworden. Ich war noch nie zuvor auf solch einer Ebene mit einem Mann, habe nie das Gefühl gehabt, alles sagen zu können, ehrlich sein zu können, und ich habe mich auch nie so sicher gefühlt.

Noah lehnt sich seitlich an das Geländer und blickt mich unverfroren an. Aus dem Augenwinkel kann ich erkennen, dass jeder Luftzug seine kurzen braunen Haare, die er oben etwas länger trägt, in sein Gesicht bläst. Auch meine langen Haare wehen mir über die Schulter hinweg nach hinten.

»Weißt du, was mein Lieblingsfilm ist?«, fragt er mich plötzlich. »Du wirst niemals draufkommen, und eventuell laufe ich Gefahr, dass du mich auslachen wirst.«

Er spürt die Schwere zwischen uns genauso sehr wie ich. Nur deshalb tun wir beide so, als hätten wir uns soeben nicht absolut absurde Fragen gestellt. Ich bin ihm dankbar dafür, denn ich weiß, dass er das nicht nur für sich, sondern auch für mich macht.

»Klar. *Tarzan*.«

»Sehr lustig. Nein. *10 Dinge, die ich an dir hasse*. Ich muss gestehen, ich war damals heimlich in die Schauspielerin verknallt. Außerdem fand ich Heath Ledger schon immer großartig, und es war der erste Film, den ich mit ihm als Darsteller gesehen habe.«

»Aber am meisten hasse ich, dass ich dich nicht hassen kann«, zitiere ich die berühmte Szene. »Wer kennt den Film nicht? Aber dass das dein Lieblingsfilm ist, hätte ich wirklich nicht gedacht.« Auch ich habe ihn damals zweimal gesehen und wollte immer so sein wie Kat. »Heath war wirklich ein fantastischer Schauspieler. Und wie großartig war er bitte in *Ritter aus Leidenschaft*?«

Ohne mir zu antworten, beginnt Noah zu lachen. Und mit einem

Mal wünsche ich mir zwei Dinge auf einmal. Dass er niemals aufhört, aus vollem Herzen zu lachen, und dass ich dieses Lachen niemals mehr hören muss, denn die Gänsehaut, die dabei über meinen Körper fährt, hat nichts mit der kalten Nachtluft zu tun.

Nachdem ich dem wohligen Klang gelauscht habe und er sich wieder eingekriegt hat, richtet er seinen Blick ebenfalls auf das Wasser vor uns. Wir stehen so dicht beieinander, dass meine Schulter kaum merklich die seine berührt. Minuten vergehen, in denen keiner auch nur ein Wort spricht. Minuten, in denen wir einfach nur dastehen und auf die Themse starren. Es ist mehr als erstaunlich, dass mich Noahs Nähe auf der einen Seite beruhigt und auf der anderen Seite total aufwühlt.

Vollkommen unerwartet spüre ich seine Hand, die meiner langsam näher kommt. Vorsichtig hebt er ein paar Finger an und streicht mit ihnen über meinen Handrücken. Es ist eine Berührung, die weder aufdringlich noch fordernd ist. Es ist eine Berührung, die schlagartig die Kälte vertreibt und meinen ganzen Körper in Flammen stehen lässt. Noch bevor mir wirklich bewusst wird, wie falsch diese Nähe ist, beginnt es wie aus dem Nichts in Strömen zu regnen.

»Mist! Das hat gerade noch gefehlt«, flucht Noah und zieht mich förmlich vom Geländer weg in Richtung einer roten Telefonzelle. Das Sakko, das eben noch über meinen Schultern lag, halten wir uns nun schützend über die Köpfe, wobei sich Noah ziemlich weit nach unten beugen muss.

»Bist du etwa aus Zucker?«, frage ich ihn, bin mir aber nicht sicher, ob er mich durch den tosenden Regen überhaupt hören kann.

Erleichtert schlüpft er in die Telefonzelle und hält mir die Tür auf. Doch ich denke gar nicht daran, mich in dieser kleinen Kiste vor dem Regen zu verstecken.

»Na komm schon. Du wirst noch ganz nass.« Er sieht mich beinahe flehend an, während einzelne Regentropfen an seinen schwarzen Wimpern abperlen.

Seine Warnung erweist sich schon nach wenigen Sekunden als hinfällig, denn während die Tropfen mit einem lauten Plätschern den Boden erreichen, merke ich bereits, wie mein Haar und auch mein Kleid komplett durchnässt werden. Der kalte Regen läuft an mir hinab und tropft mir von der Stirn ins Gesicht. Ich lege meinen Kopf in den Nacken und schaue mit geschlossenen Augen in Richtung Himmel.

Opa sagt immer, dass der Regen alles Negative wegspült und am Ende nur Sonnenschein übrigbleibt. So habe ich schon als kleines Kind gerne in unserem Garten die Regentropfen auf meiner Haut gespürt, in der Hoffnung, sie würden alles Negative verschwinden lassen.

»Ich will tanzen«, rufe ich Noah zu, der noch immer die Tür aufhält, sich jedoch unter dem Dach der Telefonzelle vor dem Regen schützt und für meinen Geschmack noch viel zu trocken aussieht.

»Tanzen? Du bist so was von betrunken. Komm jetzt hier rein.«

Ich bin mir nicht sicher, ob er nur aus dem Grund so laut spricht, weil sich seine Stimme einen Weg durch das Geplätscher bahnen muss, oder ob er sauer darüber ist, dass ich diese Situation genieße. Ich wünschte, er könnte fühlen, wie befreiend es ist, im strömenden Regen zu stehen.

»Wozu? Ich bin sowieso schon klitschnass. Hast du dich etwa noch nie freiwillig einem Regenschauer ausgesetzt?«

Ich lege meinen Kopf erneut in den Nacken und breite meine Arme aus. Immer und immer wieder drehe ich mich um meine eigene Achse. In diesem Moment bin ich glücklich. Ich denke an nichts außer an diese Sekunde, außer an das Hier und Jetzt. Alles andere ist unwichtig. Das habe ich mir schon früh zum Motto gemacht, denn in meiner Kindheit gab es solche unbeschwerten Augenblicke nur selten, und wenn ich sie einmal erleben durfte, dann hütete ich sie wie einen Schatz und sog jede Sekunde in mir auf.

Ich drehe mich mal nach links, dann wieder nach rechts. Mein dunkelgrünes Kleid, das durch die Nässe nun eher schwarz aussieht, fliegt dabei auf und ab.

»Noah. Jetzt komm schon. Sei nicht so eine Memme. Der Regen ruiniert zwar deine schönen Haare, aber da stehst du doch drüber«, necke ich ihn, in der Hoffnung, ihn damit aus seiner Komfortzone locken zu können.

»Du bist verrückt, weißt du das? Ich kenne keinen Menschen, der so verrückt ist wie du«, ruft er aus seinem Schutz heraus. Ich glaube, ihn lachen zu hören.

»Verrückt ist gut. Jeder sollte ein bisschen verrückt sein.« Als ich merke, dass er darauf nicht eingeht und mich stattdessen weiterhin aus dem Trockenen beobachtet, beginne ich ihn wieder zu provozieren. »Meine Güte, du bist ja ein richtiger Spießer. Dein wildes Aussehen spiegelt nicht gerade deinen Charakter wider. Hinter deiner aufgeschlossenen Fassade versteckt sich ein Langweiler.«

Nichts von dem, was ich sage, meine ich so. Er ist weder ein Spießer noch ein Langweiler. Doch ich weiß ganz genau, dass ich ihn damit herausfordere.

Ich gehe einige Schritte auf die Telefonzelle zu und stehe nur wenige Zentimeter vor ihm. Es muss wirklich skurril aussehen. Er, fast komplett trocken, steht geschützt vor dem herabfallenden Wasser. Ich, von oben bis unten durchnässt, stehe im strömenden Regen.

Seine Mundwinkel beginnen zu zucken, und in diesem Moment weiß ich, dass es funktioniert hat. Ich strecke ihm meine Hand entgegen, welche er, ohne zu zögern, umschließt.

Kapitel 14

Noah

Seit einigen Minuten tanzt Zoe im Regen, als wäre es das Normalste auf der Welt. Auf die Frage, ob ich schon einmal im Regen getanzt habe, kann ich definitiv mit Nein antworten. Wieso sollte ich auch?

Doch wenn ich ihr so dabei zusehe, wie ihre Arme in die Luft fliegen und sie sich lachend im Kreis dreht, verspüre ich das Bedürfnis, es ihr gleichzutun. Nur selten sieht sie so glücklich aus wie in diesem Moment.

Immer und immer wieder hüpft sie durch den strömenden Regen. Ihr Kleid ist komplett nass. Der Regen perlt an ihren Haaren herunter, die dadurch schwarz wirken und nichts mehr von dem wunderschönen, glänzenden Orange vermuten lassen. Einige der Haarsträhnen kleben ihr im Gesicht, wohingegen andere zu ihren Bewegungen wild in der Luft hüpfen.

Bevor es angefangen hat zu regnen, hat sie mich gefragt, ob ich Kate so sehr liebe oder geliebt habe, wie Noah Allie liebt. Ich habe den Film *Wie ein einziger Tag* gesehen, und ich hätte die Frage verneinen müssen. Doch ich wusste, dass das nicht die Antwort ist, die sie sich wünscht, die sie sich für Kate wünschen würde. Ich brachte es nicht übers Herz, es laut auszusprechen.

Es ist nicht so, dass ich für Kate nichts empfunden habe, denn dann wäre ich nicht mit ihr zusammen gewesen. Doch aus meinen Gefühlen für sie wurde keine Liebe. Wir haben uns auf der Geburtstagsparty einer ihrer alten Freundinnen in Liverpool kennengelernt. Dank ihrer aufgedrehten und lieben Art dauerte es nicht lange, bis ich mich bereit fühlte, Gefühle zuzulassen. Aber ich hatte kein Interesse daran, eine Beziehung zu führen. Denn eine Beziehung setzt voraus, dass man sich gegenseitig kennt und vertraut. Dass man über seine Vergangenheit spricht. Und das war etwas, wozu ich nicht bereit war. Wir hatten uns darauf geeinigt, es langsam angehen zu lassen, und genau das haben wir getan, nur um festzustellen, dass wir gemeinsam nicht funktionieren.

Dann habe ich Zoe getroffen. Ich sehe ihren vernarrten Gesichtsausdruck manchmal noch vor mir. Wie verbissen sie um jeden Preis die signierte Neuerscheinung von Stephen King haben wollte. Wie sie mich angestarrt hat, als wäre ich ihr größter Feind. Ihre Präsenz hat mich sofort angesprochen, aber im selben Moment hätte ich mich am liebsten gedanklich geohrfeigt, weil ich ja gerade auf dem Weg zu meiner Freundin war. Als ich Zoe dann bei Kate in der Wohnung wiedergesehen habe, wusste ich, dass ich ein Problem habe – ein ziemlich großes Problem sogar.

Ich wünschte, ich könnte einen Blick in ihre Gedanken werfen. Sie wirkt oft verloren, so als würde sie in ihrer eigenen kleinen Welt leben, in der sie andauernd auf der Suche ist – nur wonach weiß ich noch nicht. Es scheint mir fast so, als gäbe es etwas, das sie zurückhält. Etwas, das sie daran hindert, die beste Version ihrer selbst zu sein.

Manchmal erwische ich mich dabei, wie ich sie genauer betrachte. Wie ich jeden ihrer Gesichtszüge studiere, vor lauter Angst, ein wichtiges Detail übersehen zu haben. Wenn sich das Sonnenlicht in ihren Augen widerspiegelt, verwandelt sich das sonst so helle Braun in eine Mischung aus Gold und Grün. Unverwechselbar. Einmalig. Ihre vollen Lippen, die sie jedes Mal aufeinanderpresst, wenn ihr mal wieder ungewollt etwas rausgerutscht ist. Ich kann haargenau unterscheiden, ob sie aus tiefstem Herzen lacht oder nur oberflächlich so tut. Sie wirkte anfangs auf mich wie ein verschlossenes Buch, doch nach und nach durfte ich immer eine weitere Seite lesen, einen weiteren Teil ihrer Geschichte kennenlernen, einen weiteren Blick in sie hineinwerfen.

Ich kann nicht leugnen, dass ich mich zu ihr hingezogen fühle. Aber ich weiß auch, dass ich diese Gefühle nicht haben sollte, dass sie zu nichts führen werden. Ich weiß, wie falsch jede noch so winzige Berührung zwischen uns beiden ist. Wie falsch es ist, mich in ihren Augen zu verlieren. Wie falsch es ist, mir zu wünschen, der Klang ihres Lachens würde nie verstummen. Denn selbst wenn sie jemals dasselbe empfinden sollte, würde es nur in einer Sackgasse enden. Ich bin nicht dumm. Ich weiß, dass sie sich wünscht, Kate und ich wären immer noch zusammen. Ich weiß, dass ihr nichts wichtiger ist als ihre beste Freundin.

Während ich Zoe tanzend im Regen betrachte, habe ich das Gefühl, einen freien Vogel zu beobachten.

»Du bist verrückt, weißt du das? Ich kenne keinen Menschen, der so verrückt ist wie du«, rufe ich aus dem Schutz der Telefonzelle ins Freie. Genau das ist sie, verrückt. Auf eine wirklich besondere Art und Weise. Auf eine Art und Weise, die mich wünschen lässt, auch verrückt zu sein.

»Verrückt ist gut. Jeder sollte ein bisschen verrückt sein.« Und dann beginnt sie mich zu provozieren, sie scheint genau zu wissen, was sie sagen muss, um mich umzustimmen.

Auf einmal kommt sie auf mich zu, bis sie nur noch wenige Zentimeter von mir entfernt ist. Ich kann ihren warmen Atem auf meiner Haut spüren. Ihre Brust hebt und senkt sich in einem erschreckend schnellen Tempo.

Sie streckt mir ihre Hand entgegen, und ohne eine Sekunde darüber nachzudenken, ergreife ich sie. Ich lasse mich von ihr raus in den Regen ziehen, und innerhalb kürzester Zeit kleben mir meine Haare nass an der Stirn.

Meine Hand noch immer fest umklammernd, dreht sie sich ein paarmal unter meinem Arm hindurch. Ich kann nicht anders, als bis über beide Ohren zu grinsen, und ich schaffe es auch nicht mehr, damit aufzuhören. Vielleicht nie mehr.

Zögernd und sachte lege ich meine Hände um ihre Taille und beginne, mich mit ihr im Kreis zu drehen. Ich habe es nicht für möglich gehalten, dass es Spaß machen würde, klitschnass im Regen zu tanzen. Doch das tut es.

Vielleicht mache ich mir gerade etwas vor. Vielleicht stelle ich mir gerade vor, dass sie einfach nur eine junge Frau ist, die ich in einem Buchladen kennengelernt habe. Eine Frau, die nichts mit Kate zu tun hat. Eine Frau, die keine Hindernisse mit sich bringt und für die ich etwas empfinden kann, ohne ein schlechtes Gewissen haben zu müssen.

Nach einigen Minuten bleibe ich abrupt stehen, meine Hände liegen noch immer auf ihrer Hüfte. Schweigend schaue ich hinunter, direkt in ihr Gesicht. Wir sind uns so nah, dass sie den Kopf in den Nacken legen muss, um mich anzusehen. Mein Blick wandert von ihren Augen runter zu ihren vollen Lippen. Nichts würde ich gerade lieber tun, als sie zu küssen. Rein gar nichts.

Vorsichtig ziehe ich Zoe näher an mich. Sie legt ihre Hand auf meine Brust und hält inne. Für einen kurzen Augenblick habe ich Angst, dass sie mich von sich stoßen könnte und mir eine knallt, dafür, dass ich zu weit gegangen bin. Doch auch ihre Augen wandern zu meinen Lippen.

»Zoe ...« Nur noch wenige Zentimeter trennen unsere Gesichter voneinander, und ich vergesse alles um uns herum. Das Einzige, das ich wahrnehme, ist mein Herz, das wie verrückt gegen meine Brust hämmert.

Kapitel 15

Zoe

Seine Hände ruhen auf meiner Taille, und ich bin mir sicher, würde er mich dadurch nicht stützen, würde mich sein Blick in die Knie zwingen. Sanft zieht Noah mich näher an sich heran, sodass mein Becken seine Oberschenkel berührt. Er wartet. Darauf, dass ich mich von ihm wegdrücke. Darauf, dass ich wieder einen normalen Abstand zwischen uns bringe. Ich warte ebenfalls darauf. Doch anstatt nach hinten zu weichen, beginnt mein kompletter Körper zu kribbeln. Mich überkommt das Bedürfnis, meine Arme um ihn zu schlingen und ihn nicht mehr loszulassen. Doch das geht nicht. Das kann ich nicht tun.

»Zoe ...« Seine Stimme ist nicht mehr als ein Flüstern. Ein leiser Hauch voller Verunsicherung, Angst und Hunderten von Widersprüchen in einem einzigen Wort.

Noah sieht mir so tief in die Augen, dass sich sein Blick förmlich in meinen brennt, und mein Kopf ist mit einem Mal wie leergefegt. Ich höre mit allem auf. Höre auf, zu denken, zu grübeln, zu zweifeln, zu atmen.

Die Zeit tickt, sie tickt in meinem Kopf, zählt die Sekunden runter, bis alles explodiert, und das Kartenhaus, von dem ich nicht einmal wusste, dass es sich aufgebaut hatte, wird in sich zusammenfallen.

Ich habe meine Moral nicht über Bord geworden. Ich habe auch nicht vergessen, was richtig und was falsch ist. Das Ziehen in meiner Brust erinnert mich schmerzlich daran.

»Stopp!« Ich drücke meine Hände gegen seine Brust, um ihn von mir wegzuschieben. Ich muss nicht viel Kraft aufbringen. Noah versucht nicht, mich krampfhaft festzuhalten. Im Gegenteil. Sein Griff löst sich sofort, und wir gehen beide einen großen Schritt zurück, bringen nicht nur einen Abstand zwischen unsere Körper, sondern auch zu dem, was gerade passiert ist.

Was hat er sich dabei gedacht? Was habe ich mir dabei gedacht? Was haben wir uns gedacht?

Ich fahre mir nervös durch die nassen Haare. Einmal. Zweimal. Dreimal. Ich gehe vor seiner Nase auf und ab, versuche mir einen Reim auf alles zu machen. »Wir sind betrunken. Wir haben beide zu tief ins Champagnerglas geschaut und können nicht mehr klar denken.« Es ergibt keinen Sinn, so zu tun, als wäre eben nichts passiert, als wären wir uns nicht viel zu nah gewesen. Ich kann nur noch versuchen, mich irgendwie herauszureden. »Es ist nur der Alkohol und das Vermissen von ...« Vermisse ich überhaupt etwas? »... Nähe«, sage ich schließlich. »Wir haben beide in den anderen etwas projiziert, was gar nicht da war.« Ich rede mehr zu mir selbst als zu Noah. Meine Augen sind auf den Boden gerichtet, wo der Regen hart auf den Asphalt knallt und all den Charme verloren hat, den er vor wenigen Minuten noch versprüht hat. Plötzlich wirkt der Regen nicht mehr befreiend. Er lastet schwer auf meinen Schultern. »Wir sollten schnell nach Hause gehen, bevor wir uns noch eine Erkältung einfangen.« Ich ziehe meine High Heels aus und berühre mit meinen nackten Füßen den feuchten Boden. Zwar unterstreicht das nicht gerade mein Argument, aber ohne diese Schuhe bin ich einfach schneller.

Ohne auf eine Reaktion von Noah zu warten, gehe ich mit meinen Schuhen in der Hand die Promenade entlang. Wenn wir dieses Tempo beibehalten, könnten wir in zwanzig Minuten zu Hause sein. Doch wenn Noah sich nicht langsam auch von der Stelle rührt, werde ich wohl allein nach Hause gehen müssen.

Noch immer regnet es wie verrückt, und ich frage mich, wo die magische Wirkung geblieben ist, alles Negative wegzuwaschen. Denn genau das könnte ich gerade ganz gut gebrauchen. Ich möchte nur noch nach Hause, mich in mein Bett legen und beten, dass das alles ein böser Albtraum war. Dass ich gerade nicht beinahe den größten Fehler meines Lebens begangen hätte. Ich werde den Rest meines Lebens so tun, als hätte ich mich niemals zu dem Ex-Freund meiner besten Freundin hingezogen gefühlt.

»Dieser verdammte Alkohol«, nuschle ich vor mich hin, während ich Noahs Schritte hinter mir wahrnehme.

Sanft und doch fest genug, damit ich mich nicht aus seinem Griff lösen kann, packt er mich am Oberarm und zieht mich nach hinten. Ich wage es nicht, mich umzudrehen. Stattdessen stehe ich jetzt mit meinem Rücken an seiner Brust, spüre sein Herz schlagen. Ich kneife meine Augen fest zusammen, in der Hoffnung, dass er mich wieder loslässt. Ich traue mich nicht, etwas zu sagen, aus Angst, dass die falschen Worte meine Lippen verlassen. Also halte ich den Mund, unfähig, mich zu bewegen.

Ich spüre, wie er seinen Kopf herunterbeugt, mir die Haare zur Seite legt und sein Atem meinen Nacken kitzelt. In mir tobt ein Kampf. Es ist, als würde auf der einen Schulter der Engel sitzen und auf der anderen der Teufel, und beide flüstern mir unentwegt Sachen zu. *Nimm die Füße in die Hand und renn. Gib der Versuchung nach.*

Ich ziehe scharf die Luft ein, und mein Herz setzt für einen Moment aus, als ich seine Lippen sanft auf meiner Haut spüre. Sie streifen leicht meinen Hals. Es ist kein Kuss, nur eine sanfte Berührung, die ein Feuerwerk in meinem Körper entfacht.

Mit einer einzigen Bewegung dreht er mich zu sich um. Vor Schreck lasse ich meine Schuhe zu Boden fallen und halte die Luft an.

Tu das nicht, bitte, tu das nicht.

Er drückt mich fest gegen seine Brust, schlingt die Arme um meinen nassen Körper und legt sein Kinn auf meinem Scheitel ab. Sein Seufzer ist so laut, dass er den prasselnden Regen und die Geräusche des Straßenverkehrs übertönt.

Zögerlich öffne ich meine Augen, lasse seine Umarmung zu und lehne meinen Kopf gegen seine Brust. Es ist, als wäre es das Normalste der Welt, mit diesem Mann im Regen zu stehen und meine Arme um ihn zu schlingen. Als hätte ich das schon Hunderte Male getan, als wäre nichts daran falsch. »Noah ... was ...«, versuche ich einen ordentlichen Satz herauszubringen, werde jedoch durch seine warme Stimme unterbrochen.

»Bitte sag mir, dass du nichts fühlst. Sag mir, dass ich mir das nur einbilde. Sag mir, dass sich das hier nicht richtig anfühlt.« Er spricht die Worte so leise und behutsam aus, dass ich die Verzweiflung in seiner Stimme deutlich raushören kann. Ich habe mich noch nie zuvor in meinem Leben so hin- und hergerissen gefühlt.

»Sag du es mir«, antworte ich ihm. Denn ich kann nicht sagen, dass ich nichts fühle. Ich kann mir noch so sehr einreden, dass ich betrunken bin. Ich fühle mich nüchterner als jemals zuvor. Das alles ändert nichts an den Gefühlen, die in mir toben wie ein gewaltiger Sturm und die ich mir am liebsten aus dem Gedächtnis brennen würde.

Langsam löst er sich aus meiner Umarmung und schaut zu mir herab. Er blinzelt, und die Regentropfen perlen von seinen dichten Wimpern ab, bahnen sich ihren Weg über seine Wange, hinunter zu seinem Kinn und versickern anschließend in dem weißen Hemd. Seine Hände finden meine, nur um mich festzuhalten, als hätte er Angst, ich könnte davonlaufen, als wüsste er, dass ich das tatsächlich gerne tun würde.

Hat mich jemals zuvor jemand mit so viel Gefühl angesehen? Ich kann nicht genug von seinen grünen Augen bekommen, und gleichzeitig will ich nichts lieber als einen sicheren Abstand zwischen uns. Die Luft knistert. Mein ganzer Körper steht unter Strom. Mein Herz schlägt mir bis zum Hals.

Und dann passiert es. Unsere Lippen finden sich, und alles um mich herum verblasst. Die Lichter der Laternen, das Leuchten des Golden Eyes, das Geräusch des herabfallenden Regens, der Lärm der Autos, meine Gedanken. Alles wird mit einem Mal vollkommen still und friedlich.

Mein Kopf ist wie leergefegt, der Engel auf meiner Schulter ist verschwunden, und auch der Teufel zieht sich triumphierend zurück. Seine weichen Lippen bewegen sich im Einklang mit meinen, als wären sie genau dafür gemacht.

Seine Hand wandert über meinen Hals, hoch zu meinem Gesicht und hinterlässt auf jedem Zentimeter meines Körpers eine Gänsehaut. Ohne dass sich unsere Münder trennen, schiebt er mir die nassen Haarsträhnen aus dem Gesicht hinter das Ohr. Sanft streichelt er mit dem Daumen über meine Wange, während wir uns küssen, als hinge unser Leben davon ab.

Als seine Zunge meine streift, greife ich voller Verlangen nach seinem Hemd und ziehe ihn noch näher an mich heran. Alles, was ich spüre, ist der Regen, der auf unsere Köpfe prasselt, seine Lippen auf meinen, seine Hand auf meiner Haut und sein wilder Herzschlag.

Und in diesem Moment wird mir eines bewusst. Ich komme aus dieser Sache nicht mehr raus. Nicht ohne dass ein Herz bricht, zwei, vielleicht sogar drei Herzen.

»Noah, stopp ... das ... wir ...« Ich komme ins Stottern. Ruckartig flüstert mir eine Stimme in meinem Kopf immer wieder einen Namen zu. *Kate*. Das, was ich hier tue, ist nicht nur irgendein dummer Fehler. Ich bin gerade dabei, die wichtigste Person in meinem Leben zu hintergehen.

Schwer atmend lassen wir voneinander ab.

»Ich werde mir ein Taxi nehmen«, sage ich im selben Moment, in dem ich mich umdrehe und eines der vorbeifahrenden Taxis auf der Straße herbeiwinke. Ich schnappe mir meine Schuhe, die noch immer auf dem Boden liegen, und laufe auf das Auto zu.

Bevor ich einsteige, drehe ich mich noch einmal um. Noch immer steht Noah wie angewurzelt an derselben Stelle und schaut mir nach.

Nachdem ich einen letzten Atemzug der frischen Nachtluft in mich gesaugt habe, steige ich in das schwarze Auto ein und starre aus dem Fenster, hin zu dem jungen Mann, dem seine nassen Haare im Gesicht kleben, dessen Blick Bände spricht.

»Wo darf es denn hingehen?«, reißt mich der Taxifahrer aus meinen Gedanken.

»Können Sie einfach losfahren? Ich weiß selbst noch nicht wohin.«

Der Mann rückt seine Brille gerade und stellt keine weiteren Fragen.

Zwanzig Minuten lang beobachte ich nun schon die an mir vorbeirauschenden Lichter der Nacht. Die beleuchteten Wohnungen, in denen Familien gerade das Licht ausknipsen, um schlafen zu gehen.

Wie um alles in der Welt soll ich mich Noah gegenüber verhalten? Aber noch viel schlimmer: Wie soll ich Kate in die Augen schauen können, ohne ihr alles zu gestehen? Ich habe Kate noch nie angelogen. Natürlich gab es die ein oder andere belanglose Notlüge. Doch das hier ist etwas anderes.

Mir wird plötzlich bewusst, dass ich, solange meine beste Freundin nicht wieder da ist, mit Noah allein in unserer Wohnung bin. Am besten wäre es, wenn Noah endlich eine eigene Bleibe finden würde. Doch ich weiß selbst, wie hart umkämpft der Wohnungsmarkt in London ist und dass es besonders für einen alleinstehenden Mann nicht einfach ist, eine bezahlbare Wohnung zu finden.

Vielleicht sollte ich für die Zeit, in der Kate noch in Edinburgh ist, zu meinen Eltern gehen. *Nein. Dumme Idee.* Nie und nimmer ziehe ich zurück in diesen Eispalast. Ich könnte ein paar Nächte in einem Hotel schlafen. Oder vielleicht gibt sich Noah auch mit einem kleinen WG-Zimmer zufrieden und hat bei der Suche mehr Glück.

Ich hole mein Handy aus der Clutch und öffne meinen letzten Chatverlauf. Lees letzte Nachricht ist von mir nicht beantwortet worden, was unhöflich genug ist. Doch was ich gerade tue, ist womöglich noch unhöflicher.

»Hallo?« Er klingt überrascht. Immerhin habe ich mich erst wochenlang gar nicht gemeldet, ihm dann vor wenigen Stunden eine Nachricht geschrieben, auf seine Antwort nicht mehr reagiert, und nun rufe ich ihn an.

»Hi, hier ist Zoe. Ich dachte mir, ich melde mich mal auf diesem

Weg. Hättest du Lust, etwas trinken zu gehen?« Nicht, dass ich wirklich noch mehr Alkohol trinken will, aber etwas anderes ist mir gerade nicht eingefallen. Ich werde beim Wasser bleiben und noch etwas Vernünftiges essen.

Der Taxifahrer fährt mich noch immer ohne jegliches Ziel durch den Londoner Straßenverkehr. Während ich auf eine Antwort von Lee warte, spüre ich seinen Blick deutlich im Rückspiegel auf mir. Er muss denken, er kutschiert eine Verrückte durch die Gegend.

»Klar. Wann hättest du denn Zeit?« Es hört sich an, als würde er beim Reden lächeln, was mir sofort ein wenig von der Anspannung nimmt, die mich meinen unüberlegten Anruf gleich wieder bereuen ließ. Ich hätte es ihm nicht verübelt, würde er mich für genauso verrückt halten wie der ältere Herr am Steuer.

»Jetzt?«, frage ich zögerlich. *Oh, Zoe. Was tust du hier?*

»Jetzt?« Er macht eine kurze Pause, und ich würde am liebsten auf der Stelle auflegen. »Wo bist du denn?«

»In einem Taxi. Ich weiß ja nicht, wie weit weg du wohnst, aber kennst du das Hudsons House in Bloomsbury?«

Wenn mich nicht alles täuscht, müssten wir gerade im Stadtteil Farringdon sein. Als ich noch mit Matthew zusammen war, habe ich viel Zeit im Hudsons House verbracht, weil er nur wenige Häuserblocks entfernt wohnt. Die Pommes dort sind einmalig.

»Ich könnte in zwanzig bis fünfundzwanzig Minuten dort sein.«

Für einen Augenblick bleibt mir der Mund offen stehen, weil ich wirklich nicht damit gerechnet habe, dass er so spontan ist und an einem Samstagabend Zeit hat. »Okay. Ich warte dann so lange an der Bar auf dich. Bis gleich.«

Er verabschiedet sich von mir und legt auf. Als ich dem Taxifahrer endlich ein Ziel nenne, scheint er erleichtert zu sein. Dank der langen Fahrt und der Sitzheizung ist mein Kleid wieder so gut wie trocken. Meinen Haaren hingegen sieht man den Regenschauer noch immer an.

Meine Gedanken wandern zurück zu Noah. Er hat mich geküsst. Ich habe ihn geküsst. Ich könnte es einfach vergessen. So tun, als wäre es nie passiert.

Könnte ich das wirklich?

Ich habe mich noch nie zuvor zu jemandem hingezogen gefühlt, den auch Kate gut findet. Wir haben einen unterschiedlichen Geschmack. Doch bei Noah scheint das anders zu sein. Verdammt. Ich muss damit aufhören, ihn zu idealisieren, in ihm den perfekten Mann zu sehen, mir zu wünschen, dass er derjenige ist, der meine beste Freundin glücklich machen kann. Wäre er wirklich der Richtige für sie, dann hätte sie sich doch nicht von ihm getrennt, oder? Vielleicht lag es nur an den Umständen und nicht an ihm als Person. Vielleicht probieren sie es doch noch mal miteinander, und vielleicht wird es dann gut gehen. In meinem Kopf schwirren viel zu viele Vielleichts umher.

Während ich die teuerste Taxifahrt meines Lebens bezahle, bin ich froh darüber, dass es aufgehört hat zu regnen. Wenn Lee nicht sowieso schon denkt, dass ich nicht mehr alle Tassen im Schrank habe, dann denkt er es wahrscheinlich spätestens, wenn er mich mit nassen Haaren und in einem viel zu eleganten Kleid an der Bar sitzen sieht.

Wie zu erwarten war, ist es im Hudsons House alles andere als ruhig, es wimmelt nur so von Menschen. Die meisten sitzen an den Holztischen und trinken Cocktails, nur wenige haben sich um diese Uhrzeit noch etwas zu essen bestellt.

»Ein Mineralwasser bitte.« Die junge Frau, ich schätze sie auf mein Alter, lächelt mich höflich an und stellt mir innerhalb weniger Sekunden ein Glas vor die Nase. Ich mache es mir auf dem Hocker an der rot angeleuchteten Bar bequem.

Vom Alkohol werde ich den restlichen Abend definitiv meine Finger lassen. Ich lege mein Handy auf den Tresen. Ein Blick darauf verrät mir, dass Lee in ungefähr fünf Minuten hier sein müsste. Nervös streiche ich mir über das dunkelgrüne Kleid und fahre mehrmals durch meine Haare, um ihnen wenigstens ein bisschen Volumen zu verleihen und nicht ganz wie ein nasser Pudel auszusehen.

Würde ich Kate von diesem Abend erzählen, und wäre es nicht

Noah, sondern ein anderer Mann, den ich geküsst hätte, würde sie mir davon abraten, mich mit Lee zu treffen. Sie würde mich durchschauen, ihre dunkelbraunen Augen zu kleinen Schlitzen formen und mich dafür tadeln, dass ich einen Mann dafür benutze, um mich von einem anderen abzulenken. Obwohl ich wüsste, dass sie recht hätte, würde ich eine ewig lange Diskussion mit ihr führen. Es ist verkehrt, Lee zu benutzen, um nicht mehr an Noah zu denken. Aber vielleicht tut es mir auch gut, ihn näher kennenzulernen. Er war nett, höflich und hatte Humor. Was also spricht dagegen, mich mit ihm zu verabreden?

Mein Knie wippt nervös auf und ab, als ich einen großen Schluck Wasser trinke.

»Für einen kurzen Moment habe ich geglaubt, du verarschst mich.«

Erschrocken drehe ich mich um und schaue in die dunklen Augen von Lee. Ein freundliches Lächeln liegt auf seinen Lippen, und er nimmt neben mir auf dem freien Barhocker Platz. »Schön, dich zu sehen«, schiebt er noch hinterher.

Ich stelle mein Glas ab und lege mein Handy zurück in die Clutch. »Was soll ich sagen. Ich bin eben recht spontan.«

Lee trägt einen beigen, weiten Sweater, den er in eine dunkle Hose gesteckt hat, die einer Anzughose gleichkommt. Nur um einiges legerer und mit dünnen Streifen. »Gut, dass wir das beide sind«, entgegnet er mir und bestellt sich einen Moscow Mule.

Als er sich wieder zu mir dreht, sieht er sich mein Kleid an. »Du siehst hübsch aus. Aber sag mal, sind deine Haare nass?«

»Ich komme von einer etwas schickeren Veranstaltung, daher dieser Aufzug, und auf dem Rückweg hat mich der Regen leider voll erwischt.« Ich werde garantiert nicht erwähnen, dass es eine Gala bei meinen Eltern war.

»Und da dachtest du dir, wenn du schon mal so gestylt bist, dann rufst du mich an. Das ist nett von dir.« Er beginnt zu lachen, und ich bin mir plötzlich sicher, dass es gar nicht so verkehrt war, mich mit ihm zu treffen. Ich mag ihn.

Ich entschuldige mich dafür, dass ich mich wochenlang nicht gemeldet habe, und tue so, als hätte ich unglaublich viel mit der Uni zu tun gehabt. Dass ich gerade ein Urlaubssemester habe, lasse ich bei meinen Erzählungen aus.

»Und was studierst du?«, frage ich ihn, ehrlich interessiert.

»Gar nichts. Ich habe eine Ausbildung zum Grafikdesigner gemacht, und genau das bin ich jetzt auch.« Vielleicht bin ich davon ausgegangen, dass er studiert, weil mir meine Eltern nie einen anderen Weg gewiesen haben und es mir immer so vorkam, als gäbe es nur das Studium und keine andere Möglichkeit nach der Schule.

»Wow, das klingt interessant.«

Während er mir von seinem Job erzählt, beschließen wir, uns an einen der freien Tische zu setzen, da mich die Lust nach Pommes übermannt. Auch Lee bestellt sich eine Portion, nachdem ich von ihnen geschwärmt habe.

»Jetzt weiß ich schon einmal, was du beruflich machst. Aber ich weiß noch immer nicht, wer Lee ist.« Meine Pommes salze ich immer wieder nach, stopfe mir eine nach der anderen in den Mund und höre gebannt Lees Worten zu.

Es bleibt nicht aus, dass meine Gedanken zu Noah abschweifen, dass ich meinem Gegenüber zwar zuhöre, aber doch an den Kuss denken muss. Dass ich mich frage, was er wohl gerade macht, wie er über das Geschehene denkt, wie wir weiterhin miteinander umgehen. Die Ungewissheit quält mich.

In bin gut darin, wenig von mir selbst preiszugeben und trotzdem viel über mein Gegenüber zu erfahren. Alles, was er von mir weiß, sind mein Alter, meine Studienwahl und dass ich mit meiner besten Freundin und ihrem Ex-Freund zusammenlebe.

Lee lebt in einer WG zusammen mit zwei seiner Arbeitskollegen, mit denen er gut befreundet ist. Er ist locker drauf und bringt immer mal wieder ein wenig Humor in die Unterhaltung. Mich mit ihm zu treffen, war definitiv kein Fehler. Ich glaube zwar nicht, dass aus uns mehr werden könnte, und doch wäre ich gerne mit ihm befreundet, was bei mir wirklich selten vorkommt. Er hat sich für seinen Beruf entschieden, weil er schon von klein auf gerne zeichnete; am liebsten Comics und Illustrationen. Lee erzählt mir, dass er seit fünf Jahren Vegetarier ist, nachdem er eine herzzerreißende Dokumentation angeschaut hatte, und ein wenig beneide ich ihn um seine Disziplin, das von heute auf morgen so durchzuziehen. Selbst seinen größten Wunsch hat er mir verraten – nach New York auszuwandern und in einer noch größeren Firma als Grafikdesigner zu arbeiten.

Ich habe das Gefühl, nun alles über diesen Mann mit den rabenschwarzen Haaren und dunklen Augen zu wissen.

»Was glaubst du, wie lange wir hier schon sitzen?«, fragt er mich plötzlich, nachdem wir uns eine neue Portion Pommes bestellt und diese gemeinsam aufgegessen haben.

»Hm. Ich würde schätzen, eine Stunde.« Im selben Augenblick hält er mir sein Handy entgegen, dessen Sperrbildschirm eine Illustration von einer älteren Frau zeigt. Dem Aussehen nach zu urteilen, könnte es sich dabei um seine Mutter handeln. Erst auf den zweiten Blick schaue ich auf die Anzeige der Uhr und glaube kurz, dass sein Handy kaputt sein muss.

Es ist fast halb drei nachts. Das bedeutet, wir sitzen seit ungefähr drei Stunden hier. Die Zeit ist gerast. Noch immer erschrocken hole ich mein eigenes Handy aus meiner Tasche und stelle fest, dass Noah versucht hat, mich anzurufen, und ganze fünf Nachrichten hinterlassen hat.

Von: Noah
Empfangen: 0:24
Zoe? Wo bist du? Du müsstest längst zu Hause sein. N.

Von: Noah
Empfangen: 0:47
Kannst du mir bitte wenigstens schreiben, dass es dir gut geht? Ich mache mir wirklich Sorgen. Melde dich. Bitte. N.

Von: Noah
Empfangen: 1:02
Verdammt, Zoe! Wo steckst du? Ein »Alles gut« reicht. N.

Von: Noah
Empfangen: 1:29
Okay, hör zu. Es tut mir leid, dass ich dich geküsst habe. Das war falsch, und das weiß ich auch. Vergiss einfach, was passiert ist. Also bitte, Zoe, schreib mir zurück.

Von: Noah
Empfangen: 2:23
Ich kriege kein Auge zu. Ich war kurz davor, Kate anzurufen und sie zu fragen, wo du sein könntest. Aber wie hätte ich ihr das erklären sollen? Ich gehe jetzt einfach davon aus, dass du irgendwo in einem Imbiss steckst und eine Pizza verdrückst. Seit über zwei Stunden. Es tut mir leid, Zoe, wirklich.

Ich schaue von meinem Handy hoch, auf das ich viel zu lange gestarrt habe, ohne ein Wort zu sagen.

»Alles in Ordnung?«, fragt mich Lee.

»Ja, alles gut. Angesichts der Uhrzeit sollten wir nur langsam nach Hause gehen.«

Ich kann von Glück reden, dass er Kate nicht mitten in der Nacht angerufen hat. Sie hätte sich sofort Sorgen gemacht und sich erst beim zweiten Gedanken gefragt, weshalb Noah aufgrund meiner Abwesenheit beunruhigt ist. Dabei habe ich es alles andere als verdient, dass sich meine beste Freundin Sorgen um mich macht.

»Ich gehe dann mal an die Bar und bezahle«, sagt Lee und erhebt sich, bevor ich etwas dagegen einwenden kann.

Sollte ich Noah zurückschreiben? Seine letzte Nachricht ist jetzt zwanzig Minuten her. Ich entscheide mich dafür, es nicht zu tun, da ich sowieso gleich zu Hause bin.

»Erledigt.«

»Danke. Das war wirklich ein schöner Abend.« Ich möchte, dass er weiß, dass ich seine Gesellschaft genossen habe.

Wir treten aus der gemütlichen Lounge Bar hinaus ins Freie. Direkt an der Straße stehen drei Taxis. Ich lehne Lees Angebot, mich nach Hause zu bringen, dankend ab und verspreche ihm, mich diesmal nicht erst nach Wochen zu melden, bevor ich in eines der wartenden Autos steige.

Kapitel 16

Zwanzig Minuten später stehe ich im Treppenhaus und halte mich am Geländer fest. Ich bin mir nicht sicher, ob ich jeden Moment eine Panikattacke bekomme oder ob ich einfach nur so nervös bin, dass ich das Gefühl habe, mir würde mein Herz gleich aus der Brust springen.

Die ganze Taxifahrt über habe ich an nichts anderes gedacht als daran, was ich gleich zu Noah sagen soll. Wie ich das Gespräch beginnen soll. Wie ich alles erklären kann. Doch ich habe noch immer nicht den blassesten Schimmer, was mich gleich erwarten wird und wie ich selbst reagieren werde. Das macht mir Angst, mehr, als ich es mir eingestehen möchte. Fehler zu begehen ist leicht. Schwierig wird es dann, wenn man sie wieder ausbügeln muss.

Oben angekommen drücke ich ein Ohr gegen die Holztür. Es ist nichts zu hören. Aber was habe ich auch anderes erwartet, mitten in der Nacht?

Vorsichtig stecke ich den Schlüssel in das Schloss und trete mit leisen Schritten in die Wohnung. Mein Verhalten gleicht dem einer Einbrecherin, die sich vergewissern möchte, dass die Luft rein ist. Ein kurzer Blick auf die Kommode im Flur zeigt mir, dass Kates Schlüssel, die sie Noah gegeben hat, während sie in Edinburgh ist, nicht an ihrem üblichen Platz liegen. Ist er gar nicht hier? Ist er selbst rausgegangen, weil er nicht schlafen konnte?

Meine High Heels machen bei jedem noch so behutsamen Schritt ein lautes Geräusch auf dem Parkettboden, weshalb ich sie ausziehe und an die Seite stelle. Normalerweise liegen hier nur meine Sneakers und Boots.

Schnellen Schrittes tapse ich durch den Wohnbereich, um direkt in mein Zimmer zu gelangen. Abrupt bleibe ich stehen und atme tief ein. Ich möchte mich zwingen wegzusehen, einfach wie geplant in meinem Zimmer zu verschwinden – doch es funktioniert nicht.

Noah liegt auf dem Sofa. Er trägt eine dunkelgraue Jogginghose. Mehr nicht. Er liegt auf dem Bauch, den Kopf zur Seite in Richtung des Couchtisches gedreht, die Haare komplett zerzaust und die langen Beine ausgestreckt. Unser Sofa kam mir noch nie so klein vor wie in diesem Moment. Er füllt es mit jedem Zentimeter seines Körpers aus. Seine Füße hängen über dem Ende der Couch, sein linker Arm baumelt von der Seite, sodass seine Fingerspitzen den Fußboden berühren.

Meine Augen wandern wie von selbst seinen muskulösen Rücken entlang. Ich weiß, dass ich eigentlich in meinem Zimmer verschwinden sollte, doch alles in mir schreit danach, ihm näher zu kommen. Dies ist die perfekte Gelegenheit, um endlich den Schriftzug an der Innenseite seines Oberarms zu lesen, den ich bisher noch nicht entziffern konnte. Alles, was ich weiß, ist, dass er mit einem F beginnt. Gleichzeitig fällt mir ein Satz auf, der in einer kleinen Schrift neben seiner Wirbelsäule von oben nach unten geschrieben steht.

»Noah?«, flüstere ich, um sicher sein zu können, dass er auch wirklich schläft. Als keine Reaktion von ihm kommt, schleiche ich mich auf Zehenspitzen näher an ihn heran. Direkt vor dem Sofa gehe ich in die Hocke. Seine dichten Wimpern liegen wie ein ausgebreiteter Fächer auf seinen Wangen, und sein Gesicht sieht ein wenig zerknautscht aus, so wie er auf diesem kleinen und mit Sicherheit unbequemen Kissen liegt. Ich lausche seiner ruhigen und gleichmäßigen Atmung.

Ich lege meinen Kopf schief und rücke noch weiter heran, um das Geschriebene lesen zu können. *Forgiveness*. Vergebung? Meine Neugierde ist damit alles andere als gestillt. Was meint er damit? Wem hat er vergeben? Oder wem kann er nicht vergeben? Oder ist es nur ein Titel seiner Lieblingsband?

Ich strecke mich ein wenig, um den Satz auf seinem Rücken lesen zu können, der definitiv in Noahs Handschrift geschrieben steht. Die geschwungenen Buchstaben erkenne ich sofort. Viel zu oft habe ich mir seine Einkaufslisten angesehen und war erstaunt darüber, dass es wirklich Menschen gibt, die welche schreiben.

While we feel so much in our hearts – I feel your absence, the most, in my bones.

Wow. Damit habe ich nicht gerechnet. Ich dachte, da steht irgendein positiver Spruch. *You only live once*, oder etwas Ähnliches. Aber das, das tut weh. Ich möchte wissen, von welcher Abwesenheit er spricht. Ich möchte wissen, wann er sich diese Tattoos hat stechen lassen. Ich möchte alles wissen. Das liegt nicht nur daran, dass ich total neugierig bin. Anscheinend gibt es noch so vieles, das ich nicht über Noah weiß, und er, er weiß so viel von mir.

Das Intimste, das ich jemals mit jemandem geteilt habe, war meine Panikattacke am gestrigen Nachmittag. Noah war der Erste, der mich so erlebt hat.

Ich frage mich, was für Stürme Noah austrägt. Er ist immer gut gelaunt, doch hinter seinem ansteckenden Grinsen verbirgt sich irgendwas, das er nicht gerne zeigt. Ich spreche da aus Erfahrung, weshalb es für mich nicht schwer ist, hinter diese Fassade zu blicken.

Meine Hand wandert wie von selbst zu seinen Haaren. Sanft streiche ich sie ihm aus dem Gesicht. Ich sollte Abstand zwischen uns bringen, und doch möchte ich nichts mehr, als diesem Mann nahe zu sein. Mit zusammengebissenen Zähnen werde ich mir der Realität wieder bewusst.

Verdammt, Noah. Was machst du mit mir?

Ich möchte gerade aus der Hocke wieder aufstehen, wobei mein Gesicht seinem ziemlich nahe kommt, als mich plötzlich grüne Augen anstarren. Mit einem lauten Aufschrei falle ich nach hinten, mit dem Rücken direkt gegen den Couchtisch. Ein stechender Schmerz zieht sich durch meine Schulter, und mein Herz schlägt mir bis zum Hals.

Noah reibt sich seine verschlafenen Augen und unterdrückt ein

Grinsen, da nutze ich die Gelegenheit, um so schnell es geht ins Badezimmer zu flüchten.

Meine Hand umfasst gerade die kalte Türklinke, da hält mich Noahs Stimme zurück. »Hey, warte mal!«

Oh nein. Ich habe das nicht laut gesagt, oder? Bitte lieber Gott, lass mich keinen meiner Gedanken laut ausgesprochen haben.

Langsam drehe ich meinen Kopf in seine Richtung, halte meinen Blick aber auf den Boden gerichtet. Hat er bemerkt, dass ich ihn beobachtet habe, dass ich ihn berührt habe? *Dumme Frage, Zoe. Ganz dumme Frage. Natürlich hat er das. Er ist aufgewacht, und dein Gesicht prangte direkt in seinem Sichtfeld.*

»Hast du dir wehgetan?«

»Nichts passiert, alles bestens«, antworte ich ihm viel zu schnell.

»Wieso hast du mir nicht geantwortet? Geht es dir gut? Ich habe mir wirklich Sorgen gemacht.« Schön, dass Noah wissen möchte, wie es mir geht. Dann sind wir damit schon zu zweit. Ich weiß nämlich selbst nicht, mit welchem Wort ich meine Gefühlslage beschreiben soll.

»Entschuldigung, ich habe nicht auf mein Handy gesehen. Mir geht es gut.« Ich gehe ins Badezimmer und schließe die Tür hinter mir ab.

Minutenlang sitze ich auf dem Klodeckel und starre die Holztür nieder, als wäre sie mein größter Feind. Ich bin so wütend auf mich selbst, dass ich am liebsten auf einen Sandsack einprügeln würde. Ich bin wirklich großartig im Davonlaufen, aber meine Königsdisziplin scheint es zu sein, mich auf Toiletten vor Noah zu verstecken. *Sehr erwachsen, Zoe.*

Unter normalen Umständen würde ich jetzt Kate anrufen und ihr mein Herz ausschütten, versuchen, ihr das zu erklären, was ich mir selbst nicht richtig erklären kann. Ich vermisse sie so sehr. Und obwohl ich gerne ihre Stimme hören würde, würde mich gleichzeitig nichts mehr erschüttern. Schon jetzt ist dieses Gefühl von Verrat überall. In meinem Kopf, meinen Knochen, meinem Herzen, alles fühlt sich falsch und schmerzhaft an. Allein der Gedanke daran, was ich getan habe, was ich ihr angetan habe, ist unerträglich. Ich darf keine Minute länger mit Noah unter einem Dach leben.

Mit neuem Mut und fester Entschlossenheit stehe ich auf und stelle mich meiner Angst. Dabei habe ich es scheinbar so eilig, dass mir leicht schwindelig wird.

Als ich aus dem Badezimmer hinaustrete, sitzt Noah noch immer auf dem Sofa und schaut aus dem Fenster in die dunkle Nacht. Er sieht mich auch dann nicht an, als ich ihm näher komme und vor ihm stehen bleibe.

»Also, hör zu. Wir müssen miteinander reden.« Wenigstens das leichte Zittern meiner Stimme ist im Gegensatz zu vorhin verschwunden.

»Sehe ich genauso«, entgegnet er mir und wendet seinen Blick endlich vom Fenster ab. Mit der Hand fährt er sich durch die braunen Haare und rückt sie damit wieder ein wenig zurecht, wobei sich eine Strähne erneut nach unten verirrt und auf seiner Stirn landet. Er sieht mich an, und mit einem Mal ist all mein Mut verschwunden. Mein Herz gerät aus dem Takt, und nur mit großer Mühe bringe ich die nächsten Worte hervor.

»Wir können nicht zusammen wohnen. Das geht nicht. Was wir getan haben, war dumm und ein riesengroßer Fehler. Kate ist wie eine Schwester für mich, und der Gedanke daran, dass wir ... dass ich sie hintergangen habe, zerreißt mir das Herz. Sie darf das niemals erfahren, und deshalb ist es besser, wenn du dir eine eigene Wohnung suchst. Vielleicht auch erst mal ein WG-Zimmer. London ist voll von Wohngemeinschaften, es wird sicher auch eine passende für dich geben. Hauptsache, du findest schnell etwas.« Meine Nervosität bringt mich dazu, vor ihm auf und ab zu schreiten.

»Zoe? Beruhig dich. Ich weiß, dass wir einen Fehler gemacht haben. Ich kann mir nicht erklären, was da in mich gefahren ist. Dieser Kuss ...« Er macht eine kurze Pause. »Der hatte absolut nichts zu bedeuten. Ich kann mich ehrlich gesagt kaum mehr an ihn erinnern. Deshalb sehe ich das wie du, Kate muss davon nichts erfahren. Ich möchte eure Freundschaft auf keinen Fall kaputtmachen.«

Noah steht vom Sofa auf, kommt auf mich zu und legt seine Hände links und rechts auf meine Schultern, damit ich aufhöre, wie ein aufgescheuchtes Reh durch das Wohnzimmer zu wandern. Anscheinend mache ich damit nicht nur mich selbst ganz wuschig.

»Ich werde mich morgen sofort nach WG-Zimmern umsehen. Bis ich was gefunden habe, ist es einfach so wie zuvor, als wäre nie etwas passiert. Zoe, wir sind Freunde, und ich würde es wirklich schade finden, wenn wir das nach diesem Fehler nicht mehr sein können. Vergiss den Abend, so wie ich es auch getan habe.« Er lässt mich los.

Autsch. Ich weiß nicht, was mehr wehtut. Die Tatsache, dass er den Kuss schon vergessen hat, oder doch eher, dass dieser Stich in meinem Herzen ein weiterer Verrat an meiner besten Freundin ist.

Wir sind Freunde. Nicht mehr und nicht weniger. Ehrlich gesagt möchte ich den einzigen Freund, den ich neben Kate gewonnen habe, auch nicht so schnell wieder verlieren. Ich kann das. Ich bin stark. Ich werde den Kuss vergessen. Für Kate, für Noah und auch für mich.

»Also Freunde?« Ich strecke ihm versöhnlich meine Hand entgegen. Er ergreift sie und drückt leicht zu. Das Kribbeln auf meiner Haut und die Leere, sobald er meine Hand wieder loslässt, ignoriere ich gekonnt.

»Freunde«, erwidert er mit einem Lächeln. »Schlaf gut, Zoe.«

In meinem Zimmer falle ich, ohne mich vorher abgeschminkt oder ausgezogen zu haben, todmüde in mein Bett. Vielleicht finde ich im Schlaf ein wenig Frieden. Und vielleicht, wenn ich die Daumen drücke und ganz fest daran glaube, sieht morgen wieder alles ganz anders aus. Dann sind Noah und ich tatsächlich Freunde. Nicht mehr. Und nicht weniger.

Kapitel 17

Seit einer Woche ist Noah auf der Suche nach einem passenden WG-Zimmer. Ohne Erfolg. Es ist nicht so, dass er sich keine Mühe gibt, nicht täglich das Netz durchforstet oder noch auf keiner Besichtigung war. Im Gegenteil. Jeden Tag haben wir uns gemeinsam die Wohnungen angeschaut und Gespräche mit den Bewohnern geführt. Ich habe es nicht für möglich gehalten, dass man in sieben Tagen so viele merkwürdige Menschen treffen kann. Doch der heutige Termin hat alles in den Schatten gestellt.

»Ich kann es immer noch nicht glauben«, prustet Noah los und beginnt wieder zu lachen. »Er meinte es vollkommen ernst.« Während er sich wieder über David lustig macht, räumt er unseren Einkauf in den Kühlschrank. Für heute haben wir uns vorgenommen, mal kein Essen zu bestellen, sondern selber etwas zu kochen. Mein Vorschlag war es, Pizza zu machen, doch er hat darauf bestanden, dass wir etwas Gesundes essen. Gemüsepfanne. Meine Freude darüber hält sich ehrlich gesagt in Grenzen.

»Es gibt in London nur Verrückte. Tut mir leid, Noah, aber ich glaube, du musst zurück nach Liverpool. Hier wirst du nicht fündig.«

Die Wohnung, in der wir uns vor wenigen Stunden befunden haben, war perfekt. Die Zimmer waren groß und hell, es gab einen riesigen Wohnbereich mit offener Küche und sogar zwei Badezimmer. Wir haben wirklich geglaubt, endlich das Richtige gefunden zu haben. Selbst der Preis war perfekt, viel zu niedrig für Londoner Verhältnisse. Doch im Gespräch mit David, dem dreiunddreißigjährigen Apotheker, hat sich schnell herausgestellt, wieso solch ein Zimmer, in dieser perfekten Lage und zu diesem Preis, noch nicht vergeben war.

»Wer von euch Schnecken möchte denn hier einziehen? Ihr müsst wissen, ich gehe offen mit meiner Sexualität um und erwarte das auch von meinem Mitbewohner. Niemand sollte sich schämen, nackt zu sein und in seiner Wohnung unbekleidet rumzulaufen. Wer auch immer von euch beiden das Zimmer haben möchte, ihr könnt euch in der ganzen Wohnung frei entfalten. Prüde Menschen kann ich nicht brauchen. Mein letzter Mitbewohner kam mit meiner Freizügigkeit nicht zurecht, dabei haben wir doch alle dasselbe zwischen den Beinen baumeln, nicht wahr, Noah?«, hatte David uns, nur in einem Bademantel bekleidet, erklärt.

Danach haben wir das Weite gesucht und uns nicht mehr eingekriegt vor Lachen.

Noah legt mir eines der Schneidebretter und eine große Zwiebel auf den Tisch.

»Ich werde diese Zwiebel nicht schneiden. Zwiebeln sind der Endgegner, und glaub mir, du willst mich dann nicht sehen. Mein ganzes Gesicht wird rot, und ich sehe aus wie eine Feuerqualle.« Wenn ich ehrlich bin, habe ich gehofft, dass er unser Mittagessen allein zubereiten würde, während ich endlich meine Nase in das Stephen-King-Buch stecken kann, wozu ich bisher noch nicht gekommen bin.

Anfang der Woche war ich mit Noah im Park, wir waren in einer gemütlichen Buchhandlung, in der sich auch ein Café befunden hat, und wir haben eine Bootstour auf der Themse gemacht. An dem Tag waren wir auch auf dem London Eye, ich habe mich wie eine Reiseführerin gefühlt. Ich habe beinahe vergessen, was zwischen uns war und nicht war.

»Wettschulden sind Ehrenschulden«, erinnert mich Noah.

Im Supermarkt haben wir eine Frau und einen Mann gesehen, die für mich wie Geschwister ausgesehen haben, aber Noah war sich zu einhundert Prozent sicher, dass sie ein Paar sind. Da habe ich ihm eine Wette vorgeschlagen, und der Verlierer muss die Zwiebeln schneiden. Wie es aussieht, habe ich verloren, denn die zwei waren wirklich keine Geschwister. Fünf Minuten lang sind wir ihnen unauffällig durch den Supermarkt gefolgt, bis er irgendwann mit seiner Hand auf ihren Po gehauen hat. Mir fiel regelrecht die Kinnlade runter. Sie hätten auch Zwillinge sein können.

»Warte! Ich habe da eine Idee. Das habe ich mal in einer Fernsehsendung gesehen, und dort hat es funktioniert.« Bevor ich Noah genauer erkläre, was ich vorhabe, zeige ich es ihm einfach. Ich eile in mein Zimmer und ziehe die unterste Schublade meiner Kommode auf. Bikinis, Strandtücher, Sommerklamotten, ein großer Strandhut, Flip-Flops. Die komplette Schublade ist voll mit Sachen, die ich nur für die Europareise gekauft habe und für die ich nun erst einmal keine Verwendung haben werde.

Ich ziehe die hässlichste Taucherbrille zwischen den vielen Bikinis hervor, die es auf dem ganzen Planeten gibt. Sie ist neongelb mit kleinen Flamingos und hat einen pinken Schlauch zum Schnorcheln.

Mit dem klobigen Ding auf der Nase, das nicht nur meine Augen, sondern auch beinahe meine komplette Stirn verdeckt, gehe ich zurück in die Küche.

»Tada«, sage ich triumphierend.

Noah hört auf, die rote Paprika in kleine Würfel zu schneiden, und dreht sich in meine Richtung.

Er reißt die Augen auf, und für einen kurzen Moment ist es ganz still, bis er zu prusten anfängt und sich vor Lachen nicht mehr einkriegt. »Das«, bringt er zwischen seinen Lauten hervor. »Das ist nicht dein Ernst.«

»Wenn du denkst, dieser Anblick ist hässlich, dann kannst du froh sein, dass diese Brille dich davor beschützt, mein Ich-schneide-Zwiebeln-und-sehe-aus-wie-eine-Feuerqualle-Gesicht sehen zu müssen«, versuche ich ihm weiszumachen, nehme dann den Schnorchel in den Mund und beginne, die Zwiebel zu schälen.

Als ich die nackte Zwiebel in den Händen halte, fällt mir auf, dass Noah mit verschränkten Armen direkt neben mir steht und mich mit einem Grinsen, das seine tiefen Grübchen zum Vorschein bringt, beobachtet.

»Es funktioniert«, teile ich ihm stolz und etwas gedämpft durch den

Schnorchel mit. Die Schale ist ab, und ich habe noch keine Träne verdrückt.

Doch schon der erste Schnitt durch die Zwiebel lässt mich spüren, dass man nichts glauben darf, was man im Fernsehen sieht. Sofort beginnen meine Augen zu brennen, und als ich anfange, die Zwiebel in Scheiben zu schneiden, wird es von Mal zu Mal schlimmer. So schlimm, dass sich meine Tränen in der bescheuerten Taucherbrille ansammeln und ich vermutlich gleich in ihnen ertrinken werde.

Noah verzieht gespielt den Mund, um mir Mitleid vorzuheucheln. »Das war wohl nichts.«

Ich ziehe die Brille von meinem Kopf und hinterlasse ein Chaos in meinen Haaren. Schmollend bringe ich zu Ende, was ich angefangen habe. Auch Noah wendet sich wieder dem Gemüse zu und heizt die Pfanne vor.

Mit meinem Handrücken wische ich mir die Tränen aus dem Gesicht, die unaufhörlich meine Wangen hinunterrollen. »Ich heule unser ganzes Essen voll«, klage ich, als ich endlich fertig bin und das Messer demonstrativ auf die Arbeitsplatte knalle. »Und?«, frage ich ihn. »Wie sehe ich aus?« Ich kann förmlich spüren, wie mein ganzes Gesicht rot angelaufen ist.

»Also irgendwie nicht wirklich wie eine Qualle, eher ...« Er macht eine Pause und überlegt. »Kennst du Tomatenfrösche?«, fragt er mich schließlich und beginnt zu lachen.

»Idiot.« Ich haue ihm leicht gegen die Schulter.

Nachdem wir alles in die Pfanne gegeben haben, sitzen wir uns am Küchentisch gegenüber, mit jeweils einer Tasse Kaffee in der Hand.

»Du weißt aber schon, dass es nichts bringt, wenn du so etwas Gesundes isst, dann aber einen Kaffee trinkst, in dem mehr Zucker als Flüssigkeit ist, oder?«, frage ich ihn, amüsiert darüber, dass er sich nach jedem Schluck ein wenig mehr Zucker in die Tasse haut. Im Hintergrund ertönt aus dem Radio *Say You Won't Let Go* von James Arthur, einem meiner Lieblingskünstler.

»Erzähl mir von Matthew.«

»Ich habe doch schon mal von ihm geredet.« Ich erinnere mich an ein Gespräch, als Kate ihn erwähnt hatte und Noah wissen wollte, wer er sei. Daraufhin haben sowohl Kate als auch ich über Matthew gesprochen.

Er leckt sich über die Lippen, nachdem er seinen Becher ausgetrunken und auf den Tisch gestellt hat. »Ich weiß nur, wie ihr euch kennengelernt habt und wie lange ihr zusammen wart. Viel interessanter ist doch, weshalb es nicht geklappt hat.«

»Opa sagt immer, ich sei mehr in die Vorstellung verliebt, die Welt zu sehen, als in die Vorstellung, verliebt zu sein.« Ich blicke auf meine Einhorntasse und denke an das Gespräch mit ihm. Er sagt mir immer wieder, dass ich meine Träume nicht nur nachts im Schlaf leben darf. Doch wie soll ich meine Träume leben, wenn ich ihn dafür zurücklassen müsste? Nie und nimmer würde ich ihn bei meinen Eltern lassen, ohne ihn wenigstens besuchen zu können. Ich kann nicht den einzigen Menschen in meiner Familie allein lassen, der immer gut zu mir war.

»Du hast wahrscheinlich nur noch nicht die richtige Person getroffen. Du kannst beides lieben. Die Liebe und die Welt.«

»Matthew war auch nie die richtige Person für mich. Er ist das genaue Gegenteil von mir. Es war eben abzusehen, dass es nicht für immer ist. Unsere Wünsche vom Leben sind zu verschieden, und keiner von uns wollte Abstriche machen«, erkläre ich Noah, während ich meine Beine anwinkle, die Füße auf den Stuhl stelle und meinen Kopf auf meine Knie bette.

»Warst du glücklich?«

»Bist du glücklich?«, stelle ich ihm die Gegenfrage. Ein kurzes Lächeln stiehlt sich auf seine Lippen, bevor ich ihm seine Frage beantworte. »Manchmal. Aber was bedeutet schon Glück? Wahrscheinlich ist man nie vollends glücklich. Wir wollen immer das, was wir gerade nicht haben, und haben wir es, sind wir nur eine begrenzte Zeit damit zufrieden.«

»Glaubst du das wirklich? Das würde bedeuten, dass es nichts im Leben gibt, das einen bis zum letzten Atemzug glücklich machen kann.

Das ist eine traurige Vorstellung.« Er schaut mich an, als würde er darauf warten, dass ich meine Worte noch einmal überdenke.

»Zoe?« Ich schaue auf und blicke ihm direkt in die grünen Augen. »Es geht im Leben nicht um das Happy End. Es geht nicht um das Ziel. Es geht um die Reise dorthin. Nicht das Happy End erfüllt dich, sondern der Weg dahin. Meine Mutter hat mir mal gesagt, dass ich stets das tun soll, was ich tun will. Dass mein Herz und mein Verstand mich immer in die richtige Richtung leiten werden. Vielleicht hattest du nie jemanden, der es dir gesagt hat, aber ...« Er lächelt. Ich erstarre. »Du kannst dir vertrauen, und du kannst glücklich sein. Denk nicht darüber nach, was andere denken könnten, was andere sagen könnten, was andere tun könnten. Sei egoistisch. Und damit meine ich nicht, dass du ohne Rücksicht auf Verluste durch die Welt spazieren sollst. Sei einfach du selbst, denn du bist gut, so wie du bist, und denk an allererster Linie an dich.«

Seine Worte gehen tief. Sie bahnen sich ihren Weg in mein Innerstes und nisten sich dort ein.

Mir hat noch nie jemand gesagt, dass es gut ist, wie ich bin. Meine Mutter war nie stolz auf mich. Ich habe gute Noten geschrieben, es war ihr nicht gut genug. Ich habe ein neues Instrument gelernt, schon sollte ich zum Unterricht für das nächste. Ich habe für eine dritte Fremdsprache gebüffelt, ich sollte noch eine vierte und fünfte lernen. Ich würde meinen Eltern so gerne an den Kopf werfen, was sie alles falsch gemacht haben, ihnen sagen, dass sie lieber kein Kind hätten kriegen sollen, wenn sie nicht in der Lage dazu sind, es zu lieben. Und doch spiele ich immer wieder die Vorzeigetochter, wenn sie es von mir verlangen. Ich bin nicht ihr Kind – ich bin ihr Schoßhund.

»Danke«, kommt es mir schließlich über die Lippen.

Noah möchte gerade etwas sagen, da vibriert mein Handy.

Von: Lee
Empfangen: 13:39
Bleibt es bei Sonntag?

Auch Noahs Augen sind auf mein Smartphone gerichtet.

»Ein Freund«, sage ich schnell, als müsste ich mich dafür rechtfertigen, dass ich mich übermorgen mit jemandem treffe. Mein Gegenüber bleibt stumm, während ich Lee antworte, dass wir uns um zwölf Uhr treffen. Vor ein paar Tagen habe ich mich tatsächlich bei ihm gemeldet, woraufhin wir ein wenig hin- und hergeschrieben haben.

»Ich würde dich jetzt gerne über deine Ex-Freundin ausquetschen, aber leider weiß ich bereits alles über sie.«

»Du kennst sie besser, als ich sie jemals gekannt habe.« Noah lehnt sich nach hinten und dreht den silbernen Ring an seinem Mittelfinger.

»Wenn Kate wieder da wäre und dich darum bitten würde, es noch einmal mit ihr zu versuchen, würdest du es tun?« Diese Frage brennt mir seit einer gefühlten Ewigkeit auf der Zunge, doch ich habe mich aus Angst vor der Antwort nie getraut, sie zu stellen.

»Wieso möchtest du das so sehr? Du scheinst ganz versessen darauf zu sein, dass wir wieder zusammenkommen.«

»Du bist gut. Also, ich meine ...« Ich schiebe meine Haare mit einer Handbewegung auf die linke Schulter. Wie kann ich erklären, was ich denke? »Gut ist ein blödes Wort. Aber du bist das Beste, was Kate hätte passieren können. Außerdem wäre es einfach nur genial, wenn meine beiden besten Freunde ein Paar sind.« Ihm zu sagen, dass es mir dann leichterfallen würde, nicht mehr an ihn zu denken, verschweige ich.

»Deine beiden besten Freunde also. Wow, ich fühle mich, als wäre ich gerade zum Ritter geschlagen worden«, witzelt er herum und zwinkert mir frech zu.

»Bilde dir bloß nichts darauf ein. Du bist der einzige männliche Freund, den ich habe. Keine große Sache. Dementsprechend ist die Auswahl an besten Freunden eben gering.« Das entspricht zwar der Wahrheit, aber es ist nicht der Grund dafür, weshalb Noah zu einem Freund geworden ist. Es ist seine Art. Er kann mich zum Lachen bringen, mir Trost spenden, die richtigen Worte für mich finden, mich aufmuntern und mir das Gefühl geben, nicht allein zu sein.

Seine grünen Augen bohren sich in meine, und für einen Augenblick vergesse ich alles um mich herum.

»Scheiße!« Noah springt auf und nimmt die Pfanne vom Herd, die plötzlich angefangen hat, laut zu zischen. »Ich hoffe, du magst dein Gemüse knusprig.«

Die Zucchini ist mittlerweile nicht mehr grün, sondern braun. Die Zwiebeln sind Röstzwiebeln, und auch alles andere hat eine ziemlich ungesunde Farbe angenommen.

»Pizza?«, frage ich ihn und freue mich heimlich darüber, dass ich der Gemüsepfanne entkommen bin.

»Pizza.«

Während Noah die Küche sauber macht, nehme ich im Wohnzimmer meinen Laptop zur Hand und bestelle unser Essen. Heute ist einer der wärmsten Tage in dieser Woche. Der Sommer im letzten Jahr hatte nicht einmal annähernd so viele Sonnenstunden wie dieses Jahr. Eigentlich müsste man das Wetter ausnutzen und irgendwo ans Wasser fahren. Brighton, Dover oder Hastings. Ich hoffe, das Wetter bleibt so schön, bis Kate wieder da ist.

Seit wir uns kennen, sind wir jedes Jahr an meinem Geburtstag zum Strand gefahren, so wie wir an jedem von Kates Geburtstagen zelten gehen. Bei der Vorstellung, meinen zweiundzwanzigsten Geburtstag morgen ohne Kate verbringen zu müssen, bildet sich ein dicker Kloß in meinem Hals.

Nachdem Noah unsere Pizza bezahlt und die Tür geschlossen hat, kommt er mit zwei großen Schachteln auf mich zu. Er trägt eine kurze dunkle Hose und ein dunkelgraues T-Shirt. Mein Blick fliegt wie von allein zu dem Tattoo, das ich endlich entziffern konnte.

»Noah?«

Er setzt sich neben mich auf die Couch und legt mir meinen Pizzakarton in den Schoß. Der unwiderstehliche Geruch lässt mich beinahe vergessen, was ich ihn endlich fragen wollte.

»Was bedeutet dein Tattoo?«

»Da musst du etwas genauer werden, Zoe, ich habe mehr als eines«, sagt er und beißt in seine Pizza mit extra viel Käse.

»Das an deinem Oberarm. Forgiveness.« Er hört auf zu kauen und sieht mich an, als hätte ich etwas bemerkt, das ich nicht bemerken sollte.

»Ich rede eigentlich nicht darüber.«

»Du musst es mir nicht erzählen. Manchmal kann ich meine Neugierde nicht zügeln.« Schnell beiße ich in meine Pizza, um nichts mehr sagen zu müssen. Es ist mir unangenehm, dass ich etwas angesprochen habe, das so schlagartig seine Stimmung verändert.

»Ich würde es dir trotzdem gerne erzählen. Ich glaube nur, es ist gerade nicht der richtige Zeitpunkt.«

Wie ein Kamel kauend nicke ich zustimmend mit dem Kopf.

»Aber, Zoe?«

Ich schaue zu ihm auf und bekomme eine Gänsehaut.

»Wenn ich mit jemandem darüber reden möchte, dann bist das du. Nur nicht jetzt. Nicht heute.« Mehr braucht er nicht zu sagen. Seine Augen verraten mir die Aufrichtigkeit seiner Worte.

»Hast du Tattoos?«, fragt er mich, nachdem ich nichts mehr gesagt habe.

»Um Gottes willen, nein. Meine Mutter würde mich umbringen.«

Er lehnt sich ein Stück weit zur Seite, um mir näher zu kommen. »Was habe ich dir vorhin erklärt?«, sagt er so leise, dass es beinahe als Flüstern durchgehen könnte. Fragend schaue ich ihn an. »Sei egoistisch. Mach, was du willst. Dir sollte es verdammt noch mal egal sein, was deine Eltern darüber denken, was überhaupt irgendwer darüber denkt.«

»Es sind nicht nur meine Eltern. Ich habe auch furchtbare Angst vor Nadeln.«

»Ich auch. Als kleiner Junge habe ich mich immer vor meinen Eltern im Kleiderschrank versteckt, wenn ich wusste, es geht zum Impfen. Und wenn mir mal Blut abgenommen wurde, bin ich jedes Mal beinahe umgekippt.«

»Und trotzdem hast du so viele Tattoos?«, frage ich ihn entsetzt von der Vorstellung, dass jemand, der Angst vor Nadeln hat, so oft von einer gestochen wird.

»Das ist etwas ganz anderes.« Er streicht sich mit der rechten Hand über die Rose am Unterarm. »Zu meinem ersten Tattoo wurde ich von meinem Kumpel Brian überredet, und du kannst dir nicht vorstellen, was für eine Angst ich gehabt habe. Ich war achtzehn und habe mir trotzdem vor Angst fast in die Hosen gemacht«, erzählt er mir lachend. »Doch als es so weit war und die Nadel angesetzt wurde, habe ich nichts außer einem leichten Kitzeln gespürt. Das Beste an der Sache ist, dass man die Nadel nicht einmal sieht, ganz anders als beim Blutabnehmen. Es hat nicht lange gedauert, und ich habe mir mein zweites stechen lassen, und so ging es eben immer weiter.«

Ich denke an die Zeichnung, die ich in meiner Erinnerungsschachtel unter dem Bett habe. Würde ich mich jemals tätowieren lassen, dann wüsste ich schon ganz genau was.

»Es gibt da ein Motiv, das mir seit Jahren im Kopf herumschwirrt. Ich hätte es wirklich gerne auf meiner Haut, wäre ich nicht so ein großer Angsthase«, verrate ich Noah.

Während er seinen mittlerweile leeren Pizzakarton auf dem Tisch ablegt, vibriert mein Handy erneut. Kates Name blinkt immer wieder auf meinem Display auf, und voller Freude nehme ich ihren Videoanruf entgegen.

Sie sieht gut aus. Ihr blondes Haar strahlt sogar durch die schlechte Kamera ihres Smartphones, und ihr Lächeln ist so breit, dass sie dem Joker Konkurrenz machen könnte.

»Es tut so gut, dich zu sehen.« Sie wirft sich mit dem Rücken nach hinten auf ihr altes Bett.

»Es tut auch gut, dich zu sehen.« In den vergangenen Tagen hatten wir uns nur geschrieben.

»Was machst du?«, möchte sie von mir wissen, und ich drehe mein Handy so, dass sie Noah sehen kann.

»Noah und ich haben versucht zu kochen. Sagen wir es so, wir mussten am Ende leider doch Pizza bestellen.«

»Wenn du mich fragst, war das von Anfang an ihr Plan«, behauptet Noah und rückt näher an die Kamera heran.

»Und bei dir?«

»Es geht bergauf. Meine Mutter stresst sich im Moment ein wenig, wegen der Vorbereitungen für die Beerdigung. Leider hat sich da einiges verzögert, weil sie den Unfall- und Obduktionsbericht abwarten mussten. In einer Woche ist es endlich so weit. Ich weiß nicht, wie sie diesen Tag meistern wird.« Bei dem Gedanken daran, eine Beerdigung für seine eigene Schwester organisieren zu müssen, wird mir schlecht.

»Wie geht's euch denn?«, fragt sie Noah und mich. Wir antworten beide gleichzeitig mit einem schlichten »Gut«.

»Kannst du mich mal kurz mit Noah allein lassen? Ich würde gerne mit ihm sprechen.«

Ich wusste, dass Kate nicht wirklich mit Noah abgeschlossen hat, und obwohl ich mich darüber freuen sollte, breitet sich ein mulmiges Gefühl in meinem Magen aus. Ein Gefühl, für das ich mich gerne ohrfeigen würde. Ich frage mich, wo das alles noch hinführen soll, und gleichzeitig möchte ich die Antwort darauf gar nicht wissen.

Kapitel 18

Zweiundzwanzig.

Als ich sechzehn Jahre alt war, bin ich davon ausgegangen, dass ich mit zweiundzwanzig erwachsen bin, dass ich mit beiden Beinen im Leben stehe und genau weiß, was ich will. Stattdessen bin ich mir unsicher bei meiner Studienwahl, stecke noch immer in London fest und weiß nicht einmal, was mich glücklich machen würde.

Die erste Nachricht habe ich kurz nach Mitternacht von Kate bekommen, in einer Videobotschaft hat sie mir einen wunderschönen Tag gewünscht und dass all meine Träume in Erfüllung gehen. Beinahe hätte ich gelacht.

Langsam schlage ich die Bettdecke auf und stelle mich dem Tag. Die Sonne strahlt mir so sehr ins Gesicht, dass ich meine Augen zusammenkneifen muss, damit es erträglich ist.

Ich nehme mir ein frisches T-Shirt aus dem Schrank, welches so groß ist, dass es mir bis zu den Knien reicht, und ziehe es über. Bevor ich duschen gehe, brauche ich dringend einen Kaffee.

Mir rutscht das Herz in die Hose bei dem Anblick, der sich mir bietet. Auf dem Sofa sitzt Noah in sich zusammengesunken. Seine Augen sind geschlossen, und seine Brust hebt und senkt sich langsam. Vor ihm steht eine Schokoladentorte mit ganz viel Sahne. Um seinen Hals baumelt eine Luftschlange, und auf dem Tisch liegt eine Tüte buntes Konfetti.

Bevor ich ihn aufwecke, renne ich zurück in mein Zimmer und hole mein Handy. Mit einem leisen Knipsen schieße ich zwei Bilder von ihm. Dieser Anblick muss für die Nachwelt festgehalten werden.

Vom Geräusch der Kamera geweckt, öffnet Noah träge die Augen. Als er mich erblickt, springt er plötzlich auf, greift sich die Tüte Konfetti vom Tisch und wirft viel zu hektisch eine volle Hand in meine Richtung.

»Alles Gute zum Geburtstag«, trällert er und kommt mit noch mehr Konfetti in den Händen auf mich zu. Während er mich in eine enge Umarmung schließt, lässt er das Konfetti auf unsere Köpfe regnen. Hunderte von bunten Schnipseln landen auf dem Boden und verfangen sich in meinen Haaren.

»Danke«, flüstere ich gegen seine Brust und schmiege mich noch einmal an ihn, atme seinen frischen Geruch ein, bevor ich loslasse und einen Schritt zurücktrete. »Woher weißt du davon?« Im selben Moment dämmert es mir. Kate. Sie muss es ihm gestern erzählt haben. Als Noah mir mein Handy gebracht hat, habe ich fast eine Stunde versucht, ihn darüber auszuquetschen, ob er sich mit ihr ausgesprochen hat und was Kate denn gesagt hat. Doch ich habe rein gar nichts aus ihm rausbekommen, außer dass er immer wieder betont hat, dass ich nicht so neugierig sein soll und er nicht darüber reden möchte.

»Kate«, bestätigt Noah meine Vermutung. »Es tut mir übrigens leid, dass ich eingenickt bin. Ich wollte wach sein, wenn du aus deinem Zimmer kommst, und ganz laut *Überraschung* rufen. Aber nachdem ich dreißig Minuten gewartet hatte, muss ich irgendwie eingepennt sein. Ich bin um fünf aufgestanden, um direkt bei Ladenöffnung in der Konditorei zu stehen. Die erste hatte keine Schokoladentorte, die zweite nur mit Kirschen, und Kate hat mir ausdrücklich gesagt, ich solle darauf achten, dass keine Kirschen drauf sind, weil du die nicht magst. Also bin ich bis in die Stadt gelaufen und habe endlich die passende Torte gefunden. Wenn sie nicht schmecken sollte, sei so nett und tu so, als wäre sie das Beste, das du jemals gegessen hast, okay?«

Ich nicke nur mit dem Kopf, weil ich nicht in der Lage bin, etwas zu sagen. Ich muss mich wirklich zusammenreißen, damit mir keine Tränen in die Augen steigen. Auch wenn Kate ihn darauf aufmerksam gemacht hat, hätte Noah sich nicht diese Mühe für mich machen müssen. Ein Kaffee und ein einfaches *Happy Birthday* hätten gereicht.

Er tritt hinter mich und legt seine Hände auf meinen Rücken, um mich in Richtung Sofa zu schieben. Seine flüchtige Berührung jagt kleine, angenehme Funken durch meinen Körper. Als ich mich hinsetze, eilt er in die Küche und kommt mit einer Tasse, die mir fremd ist, wieder zurück.

»Es war gar nicht mal so leicht, eine Tasse zu finden, die deiner alten ähnlich ist.« Er reicht mir die Mopstasse, und für einen Moment verschlägt es mir die Sprache. Er hat sich gemerkt, welche Tasse er damals kaputt gemacht hat?

»Danke«, flüstere ich und starre auf den Kaffee in meinen Händen. Ich frage mich, wie es wäre, wenn Noah nicht Kates Ex-Freund wäre, sondern einfach jemand, den ich an einem warmen Sommertag kennengelernt habe.

»Bedank dich nicht zu früh. Ich habe für heute etwas geplant, das entweder total gut oder total mies wird.«

»Spann mich nicht auf die Folter. Was machen wir heute? Muss ich mich fertig machen?« Ich nehme einen großen Schluck von der schwarzen Brühe, aus Angst, ich könnte zu sehr trödeln.

»Du trinkst jetzt erst einmal langsam deinen Kaffee und genießt diesen verdammt überteuerten Kuchen.«

Schokoladentorte zum Frühstück. Kann es etwas Besseres geben?

Meine Geschmacksknospen explodieren beim ersten Bissen. Ich bin mir ziemlich sicher, dass überall an meinen Lippen Schokolade klebt, doch das ist mir egal. Viel zu sehr genieße ich dieses Festmahl, während Noah vor lauter Grinsen gar nicht zum Essen kommt. Er hält seinen Teller vor seine Brust und starrt mich an. Zu gerne würde ich wissen, was gerade in seinem Kopf vor sich geht.

Doch noch bevor ich seinen Blick deuten kann, klingelt es an der Haustür.

»Ich mach schon«, sagt er und geht zur Tür.

Die Stimme eines Mannes dringt an mein Ohr, doch was genau er sagt, kann ich nicht verstehen. Noah erwidert etwas, und nur kurze Zeit später fällt die Tür wieder ins Schloss.

Mit einem Paket in der Hand kommt er auf mich zu.

»Hast du etwas bestellt?«

Er legt den Karton mit dem Emblem einer Designermarke neben mich auf das Sofa. Ich brauche nicht groß darüber nachzudenken, von wem diese *Überraschung* stammt. Meine Eltern schicken mir seit meinem Auszug jedes Jahr meine Geburtstagsgeschenke per Kurier. Als Noah mir die beigefügte Karte vorliest, höre ich nur mit halbem Ohr zu, da es immer derselbe Text ist.

»Wir wünschen dir viel Erfolg zu deinem Geburtstag.«

Erfolg. Kein Glück, keine Gesundheit, keine Liebe.

»Möchtest du gar nicht wissen, was drin ist?«

»Du kannst es gerne für mich aufmachen.«

Seine Augen verraten mir, dass er die Gleichgültigkeit in meinen Worten herausgehört hat und dass er mitfühlt, auch wenn er liebende Eltern haben muss. Er redet zwar selten bis nie über sie. Doch wenn er mal seine Mutter erwähnt, dann mit Liebe in der Stimme und im Herzen.

»Hier ist noch eine Karte drin.« Er öffnet den goldenen Umschlag und liest sie vor. »Damit du bei deinem nächsten Besuch ordentliche Schuhe tragen kannst.«

Noah hält ein paar schwarz glänzende Louboutins mit ihrer typischen roten Sohle hoch, wie meine Mutter sie letzte Woche auf der Spendengala angehabt hat. Am liebsten würde ich diese Treter in die Tonne werfen, wenn sie nicht ein halbes Vermögen wert wären. Ich entschließe mich kurzerhand dazu, die Schuhe zu verkaufen, um einen Teil der Summe zu spenden und den anderen Teil für meine Reisekasse zu nutzen, auch wenn ich nicht weiß, wann ich jemals reisen werde.

»Deine Mutter ist ein echtes Biest. Entschuldige, wenn ich das so sage.« Noah legt mir seine Hand auf die Schulter und streicht mit dem Daumen über den Kragen meines T-Shirts. Ich möchte ihm gerne sagen, dass ich sein Mitleid nicht brauche, doch als ich in seine Augen schaue, erkenne ich nichts davon. Da ist kein Mitleid, doch was immer sich auch gerade in dem tiefen Grün widerspiegelt, ich kann es nicht deuten.

»Wann muss ich fertig sein?«, frage ich ihn, um schnell das Thema zu wechseln und nicht mehr an meine Eltern denken zu müssen.

»Wir müssen in ungefähr einer halben Stunde los.« Er steht auf und bringt unsere leeren Teller in die Spüle. Bei jeder seiner Bewegungen spannt sich das T-Shirt um seine muskulösen Schultern.

Entsetzt springe ich vom Sofa hoch. »Dreißig Minuten? Noah!«, rufe ich und laufe in mein Zimmer. Durch meine geöffnete Tür rede ich weiter mit ihm, während ich frische Sachen aus meinem Kleiderschrank fische. »Wo gehen wir denn überhaupt hin? Muss ich mich schick machen? Was für Schuhe brauche ich? Dreißig Minuten. Du spinnst doch.«

Ich hole das Kleid aus meinem Schrank, das ich zuletzt anhatte, als Noah und ich uns zum ersten Mal in der Buchhandlung begegnet sind. Vielleicht ist ein kurzes Kleid aber nicht die richtige Wahl. Ich habe schließlich absolut keine Ahnung, was wir machen werden. Also werfe ich es über meine Schulter nach hinten, wo es auf meinem ungemachten Bett landet.

»Du kannst anziehen, was du willst. Worin auch immer du dich wohlfühlst«, ertönt Noahs Stimme direkt neben mir. Irgendwie hat er es geschafft, unbemerkt an die geöffnete Tür meines Schrankes heranzutreten.

Schlussendlich greife ich zu einer hoch geschnittenen Jeansshorts, die unten durch die Fransen wirkt, als hätte ich sie selbst abgeschnitten, und zu einer senfgelben Sommerbluse, die so locker sitzt, dass sie immer mal wieder von der Schulter rutscht. Das Oberteil passt perfekt zu meiner leicht gebräunten Haut. Zwischen den ganzen Wohnungsbesichtigungen der letzten Tage haben Noah und ich jede freie Minute draußen verbracht, weshalb ich nicht mehr so blass bin wie zuvor.

In Windeseile hüpfe ich unter die Dusche. Meine Haare müssen mit Trockenshampoo auskommen. Mir bleiben nur noch zwanzig Minuten, um zu duschen und mich anzuziehen.

Zu dieser Jahreszeit sind die Sommersprossen auf meinem Nasenrücken und auf den Wangen besonders deutlich zu sehen. Als ich noch klein war, habe ich sie immer als Makel empfunden und fand sie sogar regelrecht hässlich. Mittlerweile kann ich es mir gar nicht ohne sie vorstellen.

Nach dem Duschen schlüpfe ich in die Klamotten, kämme mir die Haare und zaubere mit Hilfe des Trockenshampoos zusätzliches Volumen in sie.

»Fertig.«

»Wow, du hast sogar noch fünf Minuten übrig«, scherzt Noah und schiebt sich ein Stück der Schokoladentorte in den Mund. Er hält mir den fast leeren Teller hin. »Iss noch einen Bissen. Ich glaube, für das, was dich jetzt erwartet, musst du gestärkt sein.«

Dass er mir mit seinen Worten Angst macht, verrate ich ihm nicht. Genauso wenig, dass ich mich auf den heutigen Tag mit ihm freue.

Wieso Noah darauf bestanden hat, meinen Wagen fahren zu dürfen, ist mir ein Rätsel. Hätte er mir die Straße genannt, und ich wäre gefahren, hätte ich trotzdem nicht gewusst, wo er mit mir hinmöchte.

»Noah. Langsam werde ich nervös.« Ohne auf meine Worte einzugehen, treibt er mich weiter die Kings Cross Road entlang, bis er zum Stehen kommt. Ich brauche einen Moment, um zu realisieren, was wir hier wollen, bis mein Herz plötzlich viel zu stark gegen meine Rippen hämmert.

»Oh nein. Du spinnst doch. Das kannst du so was von vergessen«, sprudelt es aus mir heraus. Wir stehen vor einem Tattoo-Studio.

»Ich habe gestern mindestens zwanzig Studios angerufen, bis ich ein gutes gefunden habe, das so spontan noch einen Termin für uns frei hat.«

»Ich glaube das nicht.«

»Du willst ein Tattoo, also kriegst du ein Tattoo. Hör auf, Angst zu haben, und noch viel wichtiger, hör auf, dich zu fragen, was andere davon halten werden.« Meine Angst und die Meinung anderer bestimmen mein Handeln. Ich denke an die beschissenen Schuhe, die mir meine

Eltern zum Geburtstag geschenkt haben, an all die überteuerten Geschenke der letzten Jahre. *Verdammt.* Was soll's. Dann ist heute eben der Tag gekommen, an dem ich mache, was ich, nur ich, will.

Im Studio werden wir von einer jungen Frau begrüßt, die von oben bis unten tätowiert ist. Und ich meine wirklich von oben bis unten. Sie hat bunte Motive am Hals, an den Armen, auf der Brust, an den Beinen und auch an den Füßen, wie ich dank ihrer Sandalen erkennen kann. Wenn sich jemand so viele Stunden seines Lebens einer Nadel aussetzt, dann werde ich es wohl auch für eine begrenzte Zeit hinbekommen.

»Ich bin Nici. Habt ihr eure Motive ausgewählt?« Sie spricht offensichtlich uns beide an, ihre Augen sind dabei jedoch einzig und allein auf Noah gerichtet.

»Ihr?« Verwirrt blicke ich zu Noah.

»Ich habe mir gedacht, du hast weniger Angst, wenn ich mir auch etwas stechen lasse. Du kannst entscheiden, ob du erst einmal bei mir zugucken möchtest oder ob du anfängst«, antwortet er mir mit dem niedlichsten Lächeln, das ich jemals bei ihm gesehen habe. In seinem Gesicht spiegelt sich ein Hauch Verunsicherung.

»Ist es möglich, dass ich mein Motiv selber zeichne?«, frage ich Nici. Hätte ich gewusst, dass wir heute hierherkommen, hätte ich es mitgebracht. Ich habe es unzählige Male gemalt. Das erste Mal, als ich vierzehn Jahre alt war. Alle Zeichnungen von ein und demselben Motiv liegen in der kleinen Schachtel unter meinem Bett. Opa hat mal zu mir gesagt, ich sei ein gefangener Vogel, der lernen muss zu fliegen. Seither lässt mich das Motiv nicht mehr los.

Nici drückt mir einen Zettel und einen Stift in die Hand. »Natürlich, damit nimmst du mir ein bisschen Arbeit ab.« Danach wendet sie sich Noah zu: »Und du, mein Hübscher? Was darf ich dir stechen?«

Ich höre die beiden miteinander reden, während ich es mir auf der braunen Ledercouch bequem mache und dabei bin, mit der schwarzen Farbe die erste Linie zu zeichnen. Ich beginne mit dem Käfig. Es ist ein klassischer Vogelkäfig mit rundem Boden, dünnen Gitterstäben und oben leicht spitz zulaufend. Ich verziere den unteren Rahmen ein wenig, und auch die Spitze kriegt eine kleine Krönung. Die Tür des Käfigs steht offen, das geöffnete Schloss befindet sich unmittelbar unter ihr, als würde es gerade herabfallen. Die kleine Schwalbe, die mit weit ausgebreiteten Flügeln aus ihrem Käfig ausbricht und in Richtung Himmel fliegt, zeichne ich zuletzt.

Ich betrachte das Ergebnis und muss sagen, dass dieses Bild nicht mehr mit dem zu vergleichen ist, das ich mit vierzehn gezeichnet habe. Damals war der Käfig schlicht und wirkte steril. Heute ist er edel und verziert. Zu Beginn hätte man den Vogel noch für eine Taube halten können, doch nun erkennt man ganz deutlich, dass es sich um eine Schwalbe handelt.

Stolz zeige ich Nici mein Motiv, und auch Noah bekommt es zum ersten Mal zu sehen. Seine Augen wandern vom Bild direkt hoch zu meinem Gesicht, und ich blicke ihn erwartungsvoll an. Das Lächeln, das er mir schenkt, ist Bestätigung genug. Es ist das perfekte Motiv für mein erstes Tattoo.

»Es ist wunderschön«, lässt er mich mit leiser Stimme wissen, als würde er nicht wollen, dass auch Nici seine Worte hört.

»Ich könnte mir hier«, sagt sie und deutet unten links auf den Käfig, »und hier oben rechts ganz gut eine Blüte vorstellen. Sollen wir das mal ausprobieren?«

Ich willige in ihren Vorschlag ein, und während sie mit meiner Zeichnung nach hinten verschwindet frage ich Noah, ob er sich schon für etwas entschieden hat.

»Bis gerade eben noch nicht. Hättest du etwas dagegen, wenn ich mir hier eine Schwalbe tätowieren lasse?«, möchte er von mir wissen und zeigt auf seinen Unterarm, direkt zwischen die Rose und die zwei Theatermasken, von denen eine lacht und die andere weint.

»Fragst du mich das gerade wirklich? Es ist ja nicht so, dass die Schwalbe nicht eines der gängigsten Motive für Tattoos ist und ich mit meiner Zeichnung etwas Neues erfunden hätte«, erwidere ich auf seine Frage und schiebe ein kurzes Lachen hinterher.

Nici erscheint wieder und zeigt uns das fertige Bild. Es sieht wirklich schön aus. Durch die beiden Blüten, die ich als Pfingstrosen erkenne, wirkt das Ganze abgerundet. Nun fehlt mir nur noch die passende Stelle. Da ich niemals geglaubt habe, mir irgendwann mal etwas stechen zu lassen, habe ich mir auch nie Gedanken darüber gemacht, an welche Stelle meines Körpers ich eines haben will. Die Arme sind für mich ausgeschlossen. Dieses Tattoo soll nur für mich sein. Ich möchte es irgendwo haben, wo nicht jeder es sofort sehen kann. Nicht, weil ich mich dafür schäme. Es ist nur etwas sehr Intimes, das ich nicht mit jedem teilen will.

»Geht diese Stelle?«, frage ich Nici und zeige auf die Seite, neben meiner rechten Brust. Wahrscheinlich ist es eine eher ungünstige Stelle, da direkt darüber der BH liegt, aber mir würde das Tattoo dort am besten gefallen.

»Klar, das kriegen wir hin. Ich würde das Tattoo am Ende abkleben, und du müsstest deinen BH danach bitte locker tragen, sodass es nicht reibt. Oder du lässt ihn gleich ganz weg, wie du magst. Aber bitte achte darauf, dass du das zwei Wochen durchziehst, damit es schön abheilen kann.«

»Hast du dich nun für ein Motiv entschieden?« Mit ihren schätzungsweise ein Meter sechzig muss Nici ihren Kopf ganz schön in den Nacken legen, um Noah in die Augen schauen zu können.

»Ich hätte gerne eine Schwalbe, ihr habt sicherlich ein paar Vorlagen da, oder?« Der Gedanke, dass Noah sich irgendeine Schwalbe tätowieren lässt, die unzählige Menschen haargenau so auf ihrem Körper haben, ist mir zuwider. Er kann doch nicht in ein Vorlagenbuch schauen und es eins zu eins übernehmen.

»Ich könnte dir eine zeichnen, wenn du willst«, schlage ich ihm vor und komme dabei Nici zuvor, die gerade eines der Vorlagenbücher holen wollte. Mein Angebot ist übertrieben. Warum sollte er sich etwas auf der Haut verewigen, das ich gezeichnet habe? Das war eine wirklich absurde Idee von mir. Was habe ich mir nur dabei gedacht? Ich kann doch nicht ...

»Gerne. Ich fände es schön, wenn du die Schwalbe zeichnest.«

Bevor ich ihm sagen kann, dass das eine überstürzte Idee von mir war, reicht mir Nici erneut ein leeres Blatt Papier. »Während du dabei bist, werde ich dein Tattoo schon einmal vorbereiten, damit wir nach ihm direkt mit dir weitermachen können.«

Wie von selbst fährt meine Hand über das Papier, und innerhalb weniger Minuten bin ich fertig. Die Schwalbe wirkt angriffslustig. Ihre Flügel sind nach oben gerichtet und weit ausgebreitet. Die Federn sind detailliert, und alles in allem ist es mir wirklich gut gelungen.

Noah hat mir die ganze Zeit über die Schulter geguckt und zieht mir nun das Ergebnis unter der Nase weg, um es sich auf den Arm zu halten. »Das ist perfekt. Danke, Zoe«, murmelt er vor sich hin und gibt das Blatt Papier an Nici weiter.

Kurze Zeit später sitzt er auch schon auf der schwarzen Liege, und Nici rasiert ihm die Haare von der Stelle. »Die Rose ist echt cool, wo hast du sie machen lassen?«

»In Liverpool, das Studio gibt es allerdings nicht mehr«, antwortet er ihr knapp und sieht mich an. Ich habe auf einem kleinen Hocker direkt neben der Liege Platz genommen und schaue gespannt dabei zu, wie Nici die schwarze Tinte in kleine Behälter kippt, eine noch verpackte Nadel aus ihrer Schublade zieht und diese auf ihre Maschine setzt.

»Es geht los.« Sie hält mit der linken Hand Noahs Unterarm so, dass er passend positioniert ist, und mit der anderen beginnt sie, die feinen blauen Linien nachzuzeichnen, die sie zuvor auf seine Haut gebracht hat.

Ohne groß darüber nachzudenken, ergreife ich Noahs Hand, die frei auf der Liege liegt, und drücke zu. Ein schiefes Lächeln umspielt seine Lippen, und sofort wird mir bewusst, wie dumm das war. Als ob ihm so ein kleines Tattoo etwas ausmachen würde. Wenn hier jemand Beistand braucht, dann wohl eher ich. Ich möchte meine Hand zurückziehen, doch Noah lässt sie nicht los.

Mit dem Hocker rutsche ich etwas näher an das Geschehen heran und folge gespannt jeder von Nicis langsamen Bewegungen, während die kaum sichtbare Nadel über Noahs Haut fährt und sie mit schwarzer Farbe füllt. Es fasziniert mich, wie diese kleine Maschine etwas so Wunderschönes auf seinen Arm zaubern kann.

Mit einem Mal habe ich keinerlei Angst mehr. Ehrlich gesagt freue ich mich sogar darauf, dass wir gleich die Plätze tauschen und ich an der Reihe bin.

»Tut es weh?«, frage ich ihn und streife mit meinem Daumen kurz über seinen Handrücken.

»Gar nicht.«

Schneller, als ich es mir vorgestellt habe, ist Nici fertig und wischt ein paarmal über die mittlerweile etwas gerötete Stelle. An den Flügeln, wo sie etwas stärker schattiert hat, sickert langsam, aber sicher ein wenig Blut durch. Normalerweise würde ich jetzt sofort das Weite suchen und abhauen. Stattdessen wird die Freude auf mein eigenes Tattoo immer größer.

Ich lasse mich tätowieren. Ich mache das wirklich. In Kürze wird ein Motiv auf meinen oberen Rippen prangen, welches mich für immer begleiten und auf ewig an meinen Opa und seine Worte erinnern wird. *Du bist ein gefangener Vogel, mein Schatz. Lern zu fliegen und flieg davon.*

»Du musst dich bitte auf die linke Seite legen und deinen BH öffnen.« Nici deutet auf die Liege, und Noah und ich tauschen unsere Plätze. Im Gegensatz zu ihm kann ich nicht im Sitzen tätowiert werden. Langsam steigt mein Puls. Nicht vor Angst. Vor Vorfreude. Ist das nicht verrückt? Wie ich bis heute immer Angst gehabt habe bei der Vorstellung, tätowiert zu werden? Nun liege ich hier und kann es kaum noch abwarten.

»Kann ich loslegen?« Die Maschine beginnt zu summen.

»Ja.«

Bevor ich überhaupt irgendwas auf der Haut spüre, umklammert Noah mit beiden Händen meine Hand, die neben mir über die Liege baumelt. Diese Berührung ist mir mittlerweile so vertraut, dass ich seine Hände wohl blind von anderen unterscheiden könnte.

Als Nici mit der Nadel ansetzt, öffne ich meine Augen und verziehe schmerzvoll das Gesicht. Noah sitzt nicht auf dem Stuhl, wie ich es erwartet hatte. Er hat sich auf den Boden gehockt, um mit mir auf Augenhöhe zu sein.

»Bei dir sah es so schmerzlos aus.« Ich versuche, so leise wie möglich zu sprechen, um mich nicht zu bewegen.

»Ich bin ja auch hart im Nehmen.«

Er lächelt mich an.

Aufrichtig.

Ermutigend.

Warmherzig.

Verständnisvoll.

Mit einem Mal ist jeglicher Schmerz vergessen, und ich konzentriere mich nur noch auf sein Gesicht.

Die grünen Augen, die jede meiner Regungen im Gesicht verfolgen.

Die dunklen, ausdrucksstarken Augenbrauen.

Die einzelnen Haarsträhnen, die ihm wie so oft in die Stirn fallen.

Die kleine Narbe auf seinem Nasenrücken, von der ich noch immer nicht weiß, woher sie stammt.

Die Wangenknochen, die seinem Gesicht Anmut schenken.

Die vollen, geschwungenen Lippen, die noch immer lächeln.

»Dafür geht es bei dir schneller. Sind nur Outlines. Glaub mir, Schattierungen tun am meisten weh.« Seine leise Stimme ist Balsam für meine Seele.

Er drückt sich aus der Hocke hoch und schaut auf meine nackte Haut. »Fast fertig.«

Ich kann nur hoffen, dass er nicht lügt, um mich zu beruhigen. Es ist nicht so, dass man den Schmerz nicht aushalten kann, es ist viel eher ein unangenehmes Gefühl, und ich bin mir einer Sache sicher: Dies ist und bleibt mein letztes Tattoo.

Am liebsten würde ich es gleich Opa zeigen. Er wüsste sofort, dass er mich dazu inspiriert hat, und im Gegensatz zu meinen Eltern würde er es lieben. Vielleicht komme ich in den nächsten Tagen dazu, ihn zu besuchen. Ich wäre heute gerne bei ihm, aber er meinte, es sei keine gute Idee, da meine Eltern zu Hause sind. Sie arbeiten heute nicht und können mich trotzdem nicht anrufen, um mir zum Geburtstag zu gratulieren. Stattdessen schicken sie mir Schuhe. Ich habe mich gewundert, weshalb Mutter nichts zu den Schuhen gesagt hat, die ich auf der Veranstaltung getragen habe, und angenommen, sie hätte es einfach nicht bemerkt. Aber natürlich hat sie das. Wahrscheinlich erschnüffelt sie Billigware, wie ein Drogenhund das Kokain aufspürt.

»Fertig.« Nicis Stimme erlöst mich und lässt mich laut und tief durchatmen. »War doch halb so schlimm, oder?«, fragt sie mich, während Noah meine Hand loslässt und ich dabei bin, mich aufzurichten.

Als ich behaupte, dass ich fast gar nichts gespürt habe, grinst Noah nur frech.

»Schau es dir einmal dort im Spiegel an, und dann packe ich es dir ein, damit du dich wieder anziehen kannst.«

Meine auf halb acht sitzende Bluse halte ich zusammen mit dem geöffneten BH fest an die Brust gedrückt, während mir Noah folgt. Als ich mir mein Tattoo ansehen möchte, wandern meine Augen im Spiegel automatisch zu ihm. Er steht direkt hinter mir und sieht sich die frische Tinte unter meiner Haut genau an. »Es passt so gut zu dir.«

Ich verrate ihm nicht, dass mir diese Worte mehr bedeuten, als würde er mir sagen, es sei schön. Ohne dass er die Worte von Opa kennt, versteht er die Bedeutung dahinter – versteht mich.

»Ich gehe bezahlen und warte vorne auf dich, dann kannst du dich in Ruhe einpacken lassen.« Er möchte gerade gehen, da halte ich ihn auf.

Ohne darüber nachzudenken, dass ich hier mit geöffnetem BH vor ihm stehe, drücke ich mich gegen seine Brust und umarme ihn. Ein tiefes Seufzen kommt über seine Lippen. »Danke«, sage ich und wiederhole das Wort noch dreimal, bis Noah sich von mir löst.

»Jetzt hopp, hopp! Wir müssen weiter.« Seine Augen strahlen. Er sieht so glücklich aus, wie ich mich fühle.

»Weiter? Wohin?«, frage ich überrascht.

»Der Tag ist doch noch lange nicht vorbei.« Das ist alles, was er sagt, bevor er den Raum verlässt und nach vorne an die Theke geht, um mir mein bisher wahrscheinlich persönlichstes Geburtstagsgeschenk zu bezahlen. Ob er weiß, was er mit meinen Gefühlen und meinem Leben anrichtet? Ob er weiß, dass es mir immer schwererfällt, in ihm nur einen Freund zu sehen?

Kapitel 19

»Sehen wir uns jetzt Fische an?«, frage ich ihn, als wir vor dem atemberaubenden Gebäude des Londoner Aquariums in der Westminster Bridge Road zum Stehen kommen.

»So ähnlich.« Er blickt auf sein Handy und schaut sich anschließend hektisch nach links und rechts um.

»Komm mit.« Noah nimmt meine Hand und zieht mich hinter sich her durch die Menschenmenge. Wir bleiben vor einem Mann mit grauen Haaren und grauem Schnauzer stehen. Er hält ein Schild in die Höhe, auf dem steht: *Wild Life Drawing*.

Der ältere Herr strahlt uns an, während er sich als Gregory vorstellt. »Sehr schön, dann sind wir nun vollzählig. Dieses Mal sind wir eine kleine Truppe mit nur drei Zweierpärchen. Ich habe das gezielt so ausgewählt, da ihr heute alle das gleiche Tier zeichnen werdet und wir mit einer großen Gruppe keine Glasfront blockieren können.« Während wir an der langen Schlange beim Einlass vorbeigehen, da Gregory einen speziellen Ausweis vorzuweisen hat, erzählt er uns noch ein wenig über das Konzept dieser Veranstaltungen. Anscheinend gibt es einmal die Woche einen Kurs, in dem er den Menschen etwas über das Tier, welches gezeichnet wird, beibringt. Es geht nicht darum, perfekt zu zeichnen, sondern viel eher, sich ein Tier haargenau anzuschauen, jede Bewegung einzufangen und mehr darüber zu lernen. »Ihr werdet hier keine Picassos, aber dafür glänzt ihr nach den zwei Stunden mit einem fundierten Wissen über den Zebrahai.«

Noah und ich sind die Jüngsten in dieser kleinen Truppe, und obwohl ich niemals damit gerechnet hätte, dass wir *so was* unternehmen, kann ich es kaum erwarten loszulegen. Wir laufen nebeneinanderher und bestaunen den gläsernen Tunnel, der es einem ermöglicht, überall um einen herum Fische zu sehen.

»Noah?«, flüstere ich und rücke dabei ein wenig näher an ihn heran, um die Gruppe nicht zu stören. Fragend sieht er zu mir herab. »Wie ist Kate auf diese Idee gekommen?«

»Glaubst du, es war Kates Idee, zum Tätowierer zu gehen?«, fragt er mich, gibt mir jedoch keine Möglichkeit, um zu antworten. »Kate hat mir nur gesagt, dass ich dir eine Schokoladentorte besorgen soll. Alles andere ist auf meinem Mist gewachsen. Gefällt es dir nicht?«

»Und ob es mir gefällt. Danke.« Ohne groß darüber nachzudenken, hake ich mich bei ihm unter und drücke mich an seinen Arm. Ich weiß nicht, wie oft ich mich heute bei Noah bedankt habe. Und dennoch fühlt es sich so an, als wäre es nicht einmal ansatzweise genug. Ich hatte damit gerechnet, mit einer Packung Eis auf dem Sofa zu versauern und mein Leben zu bejammern. Stattdessen war ich heute so mutig wie schon lange nicht mehr. Ich habe mir ein verdammtes Tattoo stechen lassen. Das hätte ich mir niemals zugetraut, und wäre Noah nicht gewesen, wäre es auch niemals dazu gekommen. Und jetzt laufe ich neben dem womöglich besten besten Freund, den es nur geben kann, her und bin drauf und dran, einen Zebrahai zu zeichnen.

»Bitte nehmt euch zu zweit jeweils eines dieser Bullaugen und macht es euch bequem.« Gregory deutet auf die riesigen runden Bullaugen, die in das Glas hineinreichen und breit genug sind, um sich hineinzusetzen. Während sich die anderen beiden Paare ganz normal hinsetzen, entscheiden wir uns dafür, uns gegenüberzusetzen. Noah auf der rechten Seite, ich auf der linken. Unsere Schuhsohlen berühren sich, und mit unseren Rücken lehnen wir uns an den Rand des Bullauges. Damit haben wir den perfekten Blick auf die riesige Glasscheibe, hinter der viele kleinere Fische, aber auch majestätische Zebrahaie schwimmen.

Unser Kursleiter reicht jedem von uns einen Block mit weißen Blättern und jedem Paar ein Etui mit verschiedenen Bleistiften. »Bei den meisten Tieren nutze ich am liebsten Acrylfarben oder Buntstifte. Doch bei den Haien gefällt mir eine reine Zeichnung mit Bleistift am besten. In eurem Etui befinden sich verschiedene Härtegrade, probiert aus, was euch am ehesten liegt. Denkt dran, es geht nicht darum, den Zebrahai detailgetreu zu zeichnen. Es geht darum, das Tier besser kennenzulernen. Das Zeichnen ist hierbei nur Nebensache.«

Noah lässt Gregory gar nicht erst ausreden, da beginnt er schon die Tiere zu studieren und den Bleistift auf das leere Blatt Papier anzusetzen.

»Ein Zebrahai kann bis zu 360 Zentimeter lang werden. Im Durchschnitt werden sie jedoch eher 230 Zentimeter lang, wobei ihre Schwanzflosse dabei überproportional groß ist. Achten Sie darauf, wie er sie bei jeder Bewegung unter Wasser führt.«

Während Noah nur Augen für den Hai hat, habe ich nur Augen für ihn und mit welcher Faszination er das grazile Tier im Wasser beobachtet. Am liebsten würde ich aufstehen und einen Blick auf sein Blatt werfen. Dadurch, dass wir uns mit angewinkelten Beinen gegenübersitzen, ist er gute zwei Armlängen von mir entfernt. Es ist hier so dunkel, dass die Aquarien das meiste Licht spenden und ich gerade so die Linien sehen kann, die ich zu zeichnen versucht habe. Doch anstatt den Zebrahai zu beobachten, wie alle anderen es tun, finden meine Augen immer wieder ihren Weg zu Noah. Das Wasser spiegelt sich in seinem Gesicht, und die Lichtschatten tanzen auf seiner Haut.

»Woher stammt deine Narbe?« Ich wollte diese Frage schon lange stellen, seit sie mir das erste Mal aufgefallen ist. Und doch habe ich es nie getan.

Er legt seinen Zeigefinger auf die Nase. »Diese hier?« Eine tiefe Falte bildet sich zwischen seinen Augenbrauen, als er sie zusammenzieht, als würde er selbst überlegen müssen, woher sie stammt. »Ich war ein dummer Junge, der dumme Entscheidungen getroffen hat und an die falschen Freunde geraten ist.«

»Oh.« Ich will gerade meinen Blick abwenden, weil ich das Gefühl habe, dass er nicht darüber reden möchte, da legt er den Block beiseite und atmet tief durch.

»Ich bin gerade vierzehn geworden, als uns die Nachricht erreicht und unsere Welt ins Wanken gebracht hat. Wir waren perfekt. Eine Bilderbuchfamilie.« Noah reibt sich mit beiden Händen über das Gesicht. In jedem Ton höre ich, wie schwer es ihm fällt, darüber zu sprechen. »Darmkrebs. Nur durch einen Zufall haben die Ärzte ihn bei meinem Vater entdeckt. Meine Mutter war am Boden zerstört, mein Vater hat wochenlang nur geweint, und ich habe versucht, stark zu bleiben. Ich habe geglaubt, ich dürfte nicht weinen, habe gedacht, dass es meiner Mutter nur noch mehr Schmerzen bereiten würde, ihr einziges Kind weinen zu sehen. Sie haben mir damals nicht gesagt, wie weit der Krebs fortgeschritten ist, wie hoch die Chancen stehen, was für Therapien gemacht werden. Sie haben versucht, vor mir zu verheimlichen, wie schlimm es schon zum Zeitpunkt der Diagnose war. Und ich habe sie dafür gehasst.«

Er wendet seinen Blick ab und schaut in das riesige Aquarium. Mein Herz blutet bei der Vorstellung, wie Noah sich zu der Zeit gefühlt haben muss.

»Ich war so sauer, so voller Wut. Ich habe mich von meinen alten Freunden distanziert. Habe meine alten Hobbys aufgegeben. Das Schwimmen und das Zeichnen. Habe mich zu Zeiten draußen rumgetrieben, zu denen kein Vierzehnjähriger allein unterwegs sein sollte. Das Verhältnis zwischen meinem Dad und mir war immer locker und freundschaftlich. Eines Abends habe ich ihn angefleht, mir die Wahrheit zu sagen. Ich wusste, dass sie mich anlügen. Sie taten so, als würde alles wieder gut werden, und doch wussten sie, dass es nie wieder gut wird. Er hat es mit einer Chemotherapie versucht, doch der Krebs hatte bereits gestreut. An dem Abend ...« Er lehnt sein Kopf gegen das Glas und schließt die Augen. »An dem Abend hat er mir zum ersten Mal gesagt, wie viel Zeit ihm noch bleibt.«

Meine Augen brennen bei dem Versuch, meine Tränen zurückzuhalten. Wer bin ich, dass ich über seinen Verlust trauern darf, wenn er selbst doch so stark zu sein scheint?

»Acht Monate«, sagt er schließlich. »Acht verdammt beschissene Monate. Als ich realisierte, und ich meine wirklich realisierte, dass mein Vater bald stirbt, da brach etwas in mir zusammen. Das Schlimmste an der ganzen Sache war ich selbst. Ich hatte eine Mauer um mich herum aufgebaut. Ich hatte mich von meinen Eltern distanziert, immer weniger Zeit mit ihnen verbracht und Leute kennengelernt, die ich niemals hätte kennenlernen sollen. Zwei Monate später habe ich das erste Mal Alkohol getrunken. Seit der Zeit, bevor ich von der Krankheit meines Vaters erfahren hatte, hatte ich mich nicht mehr so gut gefühlt. Innerlich war ich taub, doch der Alkohol ließ mich für wenige Stunden vergessen, zu was für einem Scherbenhaufen mein Leben geworden war und wie unerträglich jeder Tag ohne meinen Vater sein wird. Um auf deine eigentliche Frage zurückzukommen …« Noah lacht. Schmerzerfüllt. »Ich habe mich oft geprügelt. Es gab so viele Jungs, die aus den unterschiedlichsten Gründen mindestens genauso wütend auf alles und jeden waren wie ich. Einmal wurde mir die Nase gebrochen, und seither trage ich diese Erinnerung mit mir herum.« Er zeigt auf die kleine Narbe und fährt mit dem Finger drüber.

»Noah, ich – ich wollte nicht …« Ich habe absolut keine Ahnung, was ich sagen soll. »Es tut mir so leid.« Ich beuge mich leicht nach vorne, um ihn wenigstens am Bein berühren zu können. Am liebsten würde ich aufstehen und ihn in den Arm nehmen. Aber ich sehe ihm an, dass er keine große Sache daraus machen will, obwohl es genau das ist.

»Ist schon in Ordnung. Du hast mir so viel über deine Vergangenheit erzählt, da ist es nur fair, dass du auch mehr über mich erfährst, auch wenn ich nicht stolz auf die Dinge bin, die ich getan habe.« Er legt seine Hand für den Hauch einer Sekunde auf meine, die noch immer auf seinem Knie ruht. Gregory nehmen wir beide nicht mehr wirklich wahr, und er scheint auch nichts dagegen zu haben. Munter erzählt er weiter Fakten über das Meer und seine Bewohner.

»Er wurde so schwach, Zoe. Es war bis zu diesem Zeitpunkt das

Grausamste, was ich mit ansehen musste. Er hat zwanzig Kilo abgenommen, seine Haut ist so bleich geworden, und er war nur noch ein Schatten seiner selbst. Auch meine Mutter war nicht mehr wiederzuerkennen. Jeden Tag habe ich in ihren Augen die pure Angst gesehen und ein stummes Flehen. Ich bereue es so sehr.« Eine einzelne Träne läuft seine Wange hinunter. »Am Ende hat er drei Monate länger gelebt, als die Ärzte es ihm prognostiziert hatten, und ich bin in den gesamten elf Monaten nicht wirklich für ihn da gewesen, geschweige denn für meine Mutter. Es tut verdammt weh zu wissen, dass man die Zeit, die einem geschenkt wurde, nicht genutzt hat, und ich hasse mich selbst für mein dummes jugendliches Ich.«

While we feel so much in our hearts – I feel your absence, the most, in my bones. Das sind die Wörter, die auf seinem Rücken stehen. Nun weiß ich auch, was für eine Bedeutung sie für ihn haben. Jeder hat seine Vergangenheit, doch Noahs ist schmerzlicher, als ich gedacht habe. Man merkt jetzt absolut nichts mehr von dem wütenden Jungen, der er einst gewesen sein muss. Er verurteilt sich selbst für das, was das alles mit ihm gemacht hat. Aber ich kann es verstehen. Er hat seine Gefühle abgeschirmt, und das Einzige, das in ihm brodelte, war die Wut auf das, was seine Familie durchmachen musste.

»Du sagst es selbst, du warst jung. Niemand lehrt einem, mit solchen Dingen umzugehen, und du hast es auf deine Art getan. Sei nicht sauer auf dich selbst.«

»Es ist schwer, nicht sauer auf sich selbst zu sein, wenn man sich wie ein Arschloch verhalten hat und man niemals die Möglichkeit bekam, sich zu entschuldigen.« Noah sieht mich an, und ich sterbe tausend Tode. »Das Letzte, was er zu mir sagte, war, dass er mir nicht böse ist, dass er mich mehr liebt als alles andere, dass ich glücklich werden und für meine Mutter da sein soll.«

Bitte sei glücklich, Noah. Sag mir, dass du auf ihn gehört hast und glücklich bist.

»Zeig mir deinen Hai«, fordert er mich plötzlich auf und ist mit einem Mal wie ausgewechselt. Doch er kann mir nichts vormachen. Er verdrängt seine Wehmut. Also spiele ich mit.

»Nein, erst wenn er fertig ist.« Dass ich nach einer Stunde nur einen Strich auf meinem Blatt Papier habe, verschweige ich ihm. In dieser Zeit hat er wahrscheinlich jeden einzelnen Zebrahai aus dem Aquarium gezeichnet.

»Die Tiere sind besonders häufig in Korallenriffen zu finden und leben dort am Meeresgrund. Ernähren tun sie sich von Garnelen, kleinen Fischen und Krabben. Im Übrigen nennt man Zebrahaie auch Tigerhaie. Im Laufe ihres Wachstums werden ihre Streifen nämlich immer mehr zu Punkten.« Gregory zupft sich am Schnauzer und schaut bei jedem aus der Gruppe auf die bisherigen Zeichnungen. Mein Puls steigt, und ich fühle mich in meine Schulzeit zurückversetzt, als der Lehrer rumgegangen ist, um zu kontrollieren, wer seine Hausaufgaben auch wirklich gemacht hat. Er bleibt bei mir stehen und legt seinen Kopf schief. Ich möchte mich gerade erklären, da höre ich ihn kurz auflachen, bevor er weitergeht.

»Wow. Dein Bild muss echt furchtbar aussehen«, sagt Noah und beginnt zu lachen.

»Ich möchte deine Strichmännchen erst gar nicht sehen«, lüge ich ihn an und strecke ihm die Zunge entgegen.

Eine halbe Stunde sitzen wir uns noch gegenüber, die Rücken an der runden Wand des Bullauges, die Beine angewinkelt und die Schuhsohlen gegeneinandergepresst. Meine Augen wandern immer wieder wie von allein von dem Blatt Papier hoch zu Noah. Ich erwische ihn dabei, wie auch er das ein oder andere Mal anstatt der Tiere mich beobachtet.

»Meine Damen und Herren, es hat mir eine große Freude bereitet, Ihnen den Zebrahai etwas näherzubringen. Die Stifte und den Block dürfen Sie gerne behalten, und keine Sorge, Sie müssen niemandem Ihr Ergebnis zeigen. Die Hauptsache ist, dass Sie Spaß hatten, und wer weiß, vielleicht sehen wir uns ja bald mal wieder. Nächste Woche gehen wir auf einen Pferdehof und …« Ich höre Gregory gespannt zu, als mir plötzlich der Block aus den Händen gerissen wird.

»Hey!«, protestiere ich und möchte mit allen Mitteln verhindern, dass Noah mein leeres Blatt sieht.

»Zoe. Du hast ja gar nichts gemalt.«

Zu spät. Ich merke, wie ich rot anlaufe. Kann sich bitte ein Loch unter meinen Füßen auftun, in dem ich unbemerkt verschwinden kann?

»Die Tiere waren so interessant, ich konnte mich überhaupt nicht auf das Zeichnen konzentrieren«, versuche ich mich rauszureden. Nachdem sich Gregory von uns allen verabschiedet hat, stehe ich auf und ziehe Noahs Block aus seinen Händen.

»Hey!«, protestiert er nun.

Mein Lachen ist so laut, dass sich ein älteres Paar zu mir umdreht und sie mich mit ihren Blicken strafen. Doch das Lachen vergeht mir sofort, als ich auf die Zeichnung in meinen Händen blicke.

Wow. Manchmal fühlt man sich, als würde man jeden Moment platzen, weil man so überwältigt ist. Genau so fühle ich mich gerade.

Noah hat seine Aussicht gemalt. Man sieht die Hälfte des Bullauges. Man sieht jede Pflanze im Wasser, jeden noch so kleinen Fisch, jedes Detail der Haie, jede Bewegung im Wasser. Und mich. Mein Gesicht ist nur von der Seite zu sehen. Meine Haare sind auf der Seite hinters Ohr gelegt, weshalb man einen guten Blick auf meinen Gesichtsausdruck hat. Und verdammt, ich sehe glücklich aus. Er muss diesen Moment eingefangen haben, noch bevor er mir von seinem Vater erzählt hat

»Das ist …« Mir fehlen wirklich die Worte. Zum einen, weil es so atemberaubend schön aussieht, und zum anderen, weil er nicht der Aufgabenstellung gefolgt ist und nur den Hai gezeichnet hat, er hat einen Moment festgehalten. Einen Moment, den ich einrahmen möchte.

Auch Noah ist mittlerweile aufgestanden und schiebt sein Handy in die Hosentasche.

»Darf ich es behalten?«

»Natürlich.« Er macht einen Schritt auf mich zu. Sein angenehmer Duft steigt mir in die Nase und vernebelt meine Sinne. Wie angewurzelt stehe ich mit wild pochendem Herzen vor ihm, als er sich zu mir runterbeugt, mir einen hauchzarten Kuss auf die Stirn gibt und sagt: »Happy Birthday, Zoe.«

Kapitel 20

»Danke für diesen wunderschönen Tag. Das alles hättest du nicht tun müssen, Noah. Wirklich nicht.« Wir haben die letzte Stunde noch im Aquarium verbracht und uns all die anderen Unterwassertiere angeschaut. Ich war zuvor noch nie in einem Aquarium, möchte es aber definitiv wiederholen. Dieser Ort hat etwas Magisches.

»Der Tag könnte noch schöner werden«, sagt Noah, als wir am Auto ankommen und ich mich direkt hinter das Steuer setze, in der Annahme, dass der Tag langsam endet und keine Überraschungen mehr folgen.

»Mit einer Pizza von Luigi?« Der Straßenlärm verstummt, als er die Autotür hinter sich zuzieht und nur noch sein Lachen das Wageninnere erfüllt.

»Du und deine Pizza. Nein. Lass uns zu deinem Opa fahren.«

»Das geht nicht. Meine Eltern sind da. Sie würden mich nicht zu ihm lassen, nicht ohne eine Diskussion.«

»Aber du hast heute Geburtstag. Ich finde, du solltest Will sehen, und er würde sich sicherlich auch freuen, dich zu sehen.«

Resigniert schüttle ich nur den Kopf.

»Ruf ihn an«, fordert er mich auf.

»Was? Wieso?«

»Es wird ja wohl einen Weg geben, wie wir hinten in das Poolhaus kommen, ohne dass deine Eltern es bemerken.«

»Du möchtest also in das Anwesen meiner Eltern einbrechen?«

»Wenn es sein muss.«

»Du bist verrückt.«

»Es gibt da eine Person, die mir mal gesagt hat, dass jeder ein bisschen verrückt sein sollte.«

»So was sagen nur Verrückte«, sage ich und beginne zu lachen. Ich versuche mit meinen Gedanken im Hier und Jetzt zu bleiben und nicht an jenen Abend zurückzudenken. Denn sonst wäre ich nur einen Hauch davon entfernt, mir einzugestehen, dass ich fast täglich an unseren Kuss denken muss.

Noch bevor ich weiß, wie mir geschieht, nimmt sich Noah mein Handy und ruft bei Opa an. Ehrlich gesagt, ist mir das sogar lieber, denn so kann er sich der Standpauke stellen.

Er schildert die Situation, und alles, was ich noch wahrnehme, ist: »Großartig. Dann bis gleich.«

»Wenn wir ankommen, sollen wir anrufen. Julia geht dann in den Garten, schaut, ob die Luft rein ist, und lässt uns durch das Tor.«

»Okay, wir warten hier.« Ich lege auf und stecke mein Handy zurück in die Tasche meiner Jeansshorts. Die Sonne scheint auf uns herab, und selbst in meinem luftigen Outfit ist mir noch immer zu warm.

Julia tritt an das Tor und lässt uns hinein. »Alles Gute zum Geburtstag, Bonnie«, sagt Julia und umarmt mich. »Clyde«, sagt sie an Noah gerichtet.

»Sehr witzig. Das ist nicht auf meinem Mist gewachsen, es war seine Idee«, erkläre ich ihr und zeige mit dem Finger auf Noah.

Er umfasst meine Hand und drückt meinen Arm leicht nach unten, sodass er nicht mehr in der Luft vor seiner Nase schwebt. »Ich habe eben die besten Ideen.« Das hat er wirklich.

»Lasst uns bitte um das Haus herumgehen, ich möchte kein Risiko eingehen, ihnen über den Weg zu laufen.«

Auf dem Grundstück, auf dem ich laufen gelernt habe, auf dem ich groß geworden bin, fühle ich mich nun wie eine Einbrecherin. Doch die Vorfreude, Opa gleich in den Arm nehmen zu können, überwiegt, und das verdanke ich Noah. Alles, was heute passiert ist, verdanke ich ihm.

Schnellen Schrittes laufen wir an dem riesigen, weiß gestrichenen Gebäude entlang, vorbei an dem Wintergarten und der Terrasse, vorbei an dem Pool, an den Rosensträuchern meiner Mutter, bis hin zu Opas Poolhaus. Nun gut, wohl eher dem Poolhaus meiner Eltern.

Mit einem Strahlen im Gesicht renne ich durch den kleinen Eingangsbereich direkt ins Wohnzimmer. Er sitzt in seinem Sessel, ausnahmsweise läuft mal keine Quizshow im Fernsehen, stattdessen sind seine Augen auf mich gerichtet.

»Ach, Kindchen«, sagt er und breitet seine Arme aus. Ich bücke mich zu ihm hinunter und nehme ihn in eine feste Umarmung. »Ist das denn schon *mein* Geburtstag? Habt ihr jungen Hüpfer heute denn nichts Besseres zu tun, als deinen alten Großvater zu besuchen?«

Dass dies eine rhetorische Frage ist, merke ich spätestens, als er mich von sich drückt und Noah die Hand hinhält. »Mein Junge, ich danke dir für deinen Anruf.«

Mein Herz geht auf, wenn ich die beiden so zusammen sehe. Noah ergreift Opas Hand und legt seine andere noch schützend darüber. Wo hat dieser gute Mensch nur all die Jahre in meinem bisherigen Leben gesteckt?

»Du wirst mir nicht glauben, was wir heute gemacht haben«, sage ich, während wir auf dem Sofa Platz nehmen. Julia ist in der kleinen Küche verschwunden, um uns allen einen Kaffee zu machen. Ich bin wirklich froh darüber, dass meine Eltern keinen Hausdrachen, sondern diese liebevolle Frau als Opas Pflegerin eingestellt haben. Sein Leben wäre ohne sie wahrscheinlich nur noch grauer. Seit Oma gestorben ist, sagt er mir immer wieder, dass sie die Farbe in seinem Leben war und mit ihrem Tod nur noch ein blasses Grau zurückgeblieben ist. Der einzige Farbklecks, den er noch hat, sei ich.

Gespannt auf seine Reaktion schlüpfe ich mit einem Arm aus meiner Bluse und öffne meinen BH, um ihm mein Tattoo zeigen zu können.

»Ich dachte, Noah sei nur irgendein Freund, und jetzt darf er dich schon nackt sehen?«, meint Opa fröhlich und klopft Noah dabei entschuldigend auf das Knie.

Und dann ist es still. Beide scheinen wie gebannt von der Tinte unter meiner Haut. Trotz der Folie, die über dem Tattoo klebt, ist es deutlich zu erkennen.

»Mein Vögelchen, bist du etwa gerade dabei, fliegen zu lernen?«

Ich bin mir nicht sicher, ob Noah die Bedeutung seiner Worte versteht, aber dafür tue ich es umso mehr. Opas Blick wandert zu dem Mann, der neben mir auf dem Sofa sitzt, und vielleicht hat er recht. Vielleicht lerne ich gerade, zu fliegen. Vielleicht habe ich nur jemanden gebraucht, der mich an die Hand nimmt und mir zeigt, wie man seine Flügel ausbreitet. Vielleicht habe ich Noah gebraucht.

»Es sieht perfekt aus. Hat es denn wehgetan?«, möchte er wissen.

»Überhaupt nicht«, lüge ich ihn an.

Die nächsten zwanzig Minuten unterhalten wir uns darüber, wie es Kate geht, über Noahs Studienwahl Kunstgeschichte, unseren heutigen Tag und wie Noah mich überrascht hat.

Unmittelbar nachdem ich meinen Kaffee ausgetrunken habe, möchte er auch schon wieder aus mir heraus. »Ich gehe mal für kleine Mädchen.«

Damit, dass wir jetzt tatsächlich noch bei Opa sind, habe ich wirklich nicht gerechnet, doch es rundet den Tag perfekt ab. Ich kann mir keinen schöneren Geburtstag vorstellen, und wenn ich ganz ehrlich zu mir selbst bin, hatte ich auch noch nie einen so schönen.

Mit dem, was Noah heute von sich mit mir geteilt hat, hat er mir ein Vertrauen entgegengebracht, das ich zu ihm schon länger habe. Seit ich ihm von meinen Panikattacken erzählt habe, fühle ich mich ihm viel verbundener als zuvor, und nach dem heutigen Tag bin ich mir sicher. Jeder braucht einen Noah in seinem Leben.

»Oh, mein Junge. Glaub mir. Ich kenne sie schon ihr ganzes Leben lang«, höre ich Opa sagen, als ich aus dem Bad trete und den Flur entlanglaufe. Ich möchte nicht lauschen, und trotzdem mache ich es. »Du tust ihr gut. Sie hat ihre letzten zweiundzwanzig Jahre nicht richtig gelebt. Nicht so, wie es ein junges Mädchen tun sollte. Und du, mein Lieber, du kannst ihr beibringen, wie das geht. Ich weiß nicht, was das zwischen euch ist, und vielleicht seid ihr tatsächlich dazu bestimmt, einfach nur gute Freunde zu sein. Aber mein altes Herz wünscht sich, dass du ihre Amelie bist.«

»Amelie?«, fragt Noah.

»Meine Frau. Sie war zweiundzwanzig, als ich sie kennengelernt habe, und ich war fünfundzwanzig. Sie war mein Licht – meine Farbe, und wer weiß, vielleicht bist du Zoes Licht – ihre Farbe.«

Das Atmen fällt mir mit einem Mal schwer, als hätte ich vergessen, wie es funktioniert. Ich würde gerne in das Zimmer stürmen und laut *Nein* rufen. Noah darf nicht meine Amelie sein. Egal, wie sehr ich mir wünschen würde, dass die Umstände anders wären. Sie sind es nicht. Und das wird sich auch nicht ändern.

»William, ich …«, setzt Noah an, doch bevor er weitersprechen kann, mache ich mich bemerkbar.

»Möchte jemand noch was zu trinken?«, rufe ich, als wäre nie etwas gewesen.

Da niemand Durst zu haben scheint, gehe ich auf direktem Weg zurück ins Wohnzimmer und setze mich mit einem aufgesetzten Lächeln wieder neben Noah.

»Wir haben uns gerade über deine Großmutter unterhalten. Julia, bist du so nett und holst die Fotoalben?« *Fotoalben*. Dass er den Plural gewählt hat, ist mir nicht entgangen. Das bedeutet dann wohl, dass wir uns heute zum gefühlt hundertsten Mal alte Hochzeitsfotos anschauen. Doch das macht mir nichts aus. Um sein Strahlen zu sehen, würde ich mir die Fotos den Rest meines Lebens jeden Tag angucken.

»Sieht sie nicht aus wie meine kleine Honigbiene?«

»Opa«, tadle ich ihn. Nicht, weil er mich mit Oma vergleicht. Viel eher, weil er mich Honigbiene nennt. Ich kenne es nicht anders, er hat immer die verrücktesten Spitznamen für mich, aber er muss sie ja nicht unbedingt alle vor Noah raushauen.

»Die Ähnlichkeit ist wirklich verblüffend.« Noah blickt von dem Foto zu mir. Sie sieht mir wirklich unglaublich ähnlich. Auf den Hochzeitsbildern ist sie nur zwei Jahre älter als ich jetzt. Meine Großeltern haben schnell geheiratet, sie kannten sich gerade mal zwei Jahre, bevor sie sich das Jawort gegeben haben.

Es ist so rührend, Opa in Erinnerungen schwelgen zu sehen. Ich kann es ihm nicht verübeln, dass er Noah die Bilder zeigen möchte, die er sonst immer nur mir und Julia vor die Nase hält. Auch Matthew hat sie einmal zu Gesicht bekommen, doch er war nicht einmal ansatzweise so interessiert daran wie Noah. Ich kann nicht anders, als bis über beide Ohren zu strahlen.

Es dauert fast eine ganze Stunde, bis wir mit allen Alben durch sind. Auf jeder Seite hat Opa eine neue Geschichte erzählt, und während er von früher sprach, sah Noah mich an und lächelte.

»Ich bringe euch noch zur Tür«, sagt Opa, als es langsam Zeit wird für uns zu gehen. Ein Blick zu Julia reicht, und sie ist zur Stelle, um ihn in den Rollstuhl zu heben. Was diese Frau jeden Tag leistet, ist alles andere als selbstverständlich. Ich habe vollen Respekt vor ihr und bin ihr zutiefst dankbar.

Als sie ihn gerade hochheben möchte, eilt Noah ihr zu Hilfe, und ich könnte schwören, mein Herz hört für einen Moment auf zu schlagen. Regungslos stehe ich da, komme mir dumm vor, wie ich ihnen dabei zusehe, anstatt selber zu helfen. Noahs Eltern haben zweifellos einen guten Job geleistet.

Wir verabschieden uns von Julia, die sich anschließend zurückzieht.

»Es ist so schön, dass ihr vorbeigekommen seid. Ich hoffe, bei deinem nächsten Besuch wirst du diesen Gentleman wieder mitbringen, mein Täubchen.«

»Opa. Er hat nicht so viel Zeit und …«

»Ist das eine Einladung? Freu dich nicht zu früh, Will. Ich kann ganz schön lästig sein«, fällt mir Noah ins Wort, und alles, was mir übrig bleibt, ist, ihn mit weit geöffneten Augen anzustarren.

»Dem kann ich nur zustimmen«, sage ich schließlich, als ich mich wieder gefangen habe.

»Ich nehme dich beim Wort. Lässt du mich einen Augenblick mit ihr allein, mein Junge?« Zur Verabschiedung beugt sich Noah nach unten und nimmt Opa in den Arm. Er tritt vor die Tür und geht ein paar Schritte, um uns einen Moment nur zu zweit zu geben.

»Es tut mir leid, dass ich kein Geschenk für dich habe.« Seine Worte brechen mir das Herz. Wie kommt er auf die Idee, dass mir so etwas wichtig ist? Ich brauche keine Geschenke von ihm, um zu wissen, was ich ihm bedeute.

»Achtung. Kitsch«, warne ich ihn vor. »Dein Lächeln ist Geschenk genug.«

Daraufhin schenkt er mir ein so breites Grinsen, dass es wehtun muss. Seine Lachfalten werden dadurch besonders stark betont.

»Achtung. Noch mehr Kitsch«, meint er. »Weißt du, was das schönste Geschenk ist, mein Kind?« Ich schüttle den Kopf und habe aus irgendeinen Grund Angst vor seinen Worten. »Jemanden zu finden, den es wirklich interessiert, was in deinem bezaubernden Köpfchen vor sich geht.« Er blickt an mir vorbei. Ich weiß, was er meint oder, besser gesagt, wen er meint.

»So ist es nicht, Opa. Wir sind nur Freunde.«

»Wieso glaubst du, ich könnte denken, ihr wärt mehr als gute Freunde?« Ich fühle mich ertappt und laufe rot an. »Auch Freunde können sich für einen interessieren. So richtig meine ich. Nicht dieses oberflächliche *Wie geht es dir?* Ich meine die Art von Freunden, die einem in die Seele blicken wollen.«

Ich lasse seine Worte sacken, drücke ihm einen dicken Kuss auf die Wange und verspreche, mich ganz bald wieder bei ihm zu melden. Dann laufe ich raus zu Noah.

»Danke, danke, danke. Ich weiß, das habe ich heute so oft zu dir gesagt, dass du wahrscheinlich schon total genervt von mir bist. Aber das war der beste Tag, den ich seit Ewigkeiten gehabt habe. Und das habe ich nun einmal alles dir zu verdanken.« Ich springe von hinten auf Noah zu und gebe ihm einen leichten Schubser, der ihn kurz ins Stolpern bringt.

Die Sonne geht langsam unter und versteckt sich hinter den hohen Baumkronen. Die Abenddämmerung taucht das Anwesen in ein gemütliches Licht, und wenn ich meinen Blick so über den riesigen Garten wandern lasse, wird mir ganz anders. Dies könnte ein so magischer Ort sein, man könnte hier so glücklich sein.

Die Familie meines Vaters war schon immer wohlhabend, zumindest so weit der Stammbaum zurückreicht. Er kennt es nicht anders, für ihn ist es das Normalste auf der Welt. Aber wieso es das auch für meine Mutter ist, habe ich noch nie verstanden. Gerade sie sollte es zu schätzen wissen, was sie hier hat. Dieses Haus, die Bediensteten, dieses Anwesen. Oma und Opa waren einfache Arbeiter, konnten ihrer Tochter keine Diamanten bieten, geschweige denn ein teures Kleid für den Abschlussball. Doch dafür haben sie so viel Liebe für sie übrig gehabt. Und der Dank dafür, für das Wertvollste, was man einem Menschen entgegenbringen kann, ist ihre Kaltherzigkeit. Das Leben mit meinem Vater muss sie komplett verbittert haben.

»Also waren meine Ideen gut?« Er klingt verunsichert, als würde er nicht glauben, dass ich dank ihm einen schönen Tag gehabt habe.

»Deine Ideen waren nicht gut. Sie waren großartig, phänomenal, perfekt«, trällere ich vor mich hin, während ich gut gelaunt über den Rasen hüpfe, wie ein kleines Kind, das nichts als Freude empfindet.

»Also so wie ich?«, spaßt er und zwinkert mir zu.

»Spinner.« Ich gebe ihm erneut einen Schubser, den er diesmal nicht auf sich sitzen lässt.

»Hör auf, gewalttätig zu sein.« Er lacht und schubst mich leicht zurück. So leicht, dass ich kaum etwas davon spüre.

Ich möchte gerade auf seinen Rücken springen, da räuspert er sich und deutet mit dem Kopf in Richtung Terrasse. Mir wird schwindelig, als ich meine Mutter mit verschränkten Armen dort stehen sehe. Noch ist sie so weit entfernt, dass ich ihr nicht direkt in die Augen blicken kann.

»Zoe? Was ...« Ich lasse Noah nicht aussprechen.

»Lass mich reden. Halb so wild«, versichere ich, weniger um es ihm weiszumachen als mir selbst.

Als wir vor ihr zum Stehen kommen, hat sie sich keinen Zentimeter von der Stelle gerührt. Nur ihre Augen wandern abwertend an mir und Noah auf und ab.

»Was wird das hier?« Sie macht einen Schritt auf mich zu und bleibt unmittelbar vor mir stehen. Noah würdigt sie keines Blickes mehr. Ganz so, als wäre er überhaupt nicht anwesend. Als wäre er es nicht wert, begrüßt zu werden, genauso wenig wie ich.

»Wie oft soll ich dir noch sagen, dass du William nicht unangekündigt besuchen sollst?« *William*. Sie nennt ihren eigenen Vater beim Vornamen.

Ich wusste, dass das passieren würde. Ich wusste, wir hätten nicht herkommen sollen. Doch ich lasse mir von ihr diesen Tag nicht kaputtmachen.

»Es ist mein Geburtstag. Da werde ich meinen Opa ja wohl noch besuchen dürfen?« Die Antwort darauf ist simpel, und ich kenne sie. *Nein*. Seit ich mich offiziell gegen das Medizinstudium entschieden habe, darf ich genau das nicht, weil sie weiß, dass dies die größte Strafe für mich ist. Eine Zeit lang habe ich sie angelogen, nur um Opa besuchen zu dürfen. Ich wurde damals an der Universität angenommen, weshalb ich es mit einer Lüge probiert habe. Ich habe behauptet, dass ich das Medizinstudium angetreten hätte, aber es hat keine Woche gedauert, da hat mein Vater einen Anruf getätigt und meine Lüge entlarvt.

»Nein, das darfst du nicht. Du hast dich gefälligst vorher bei uns anzumelden. Das Recht, hier rein- und rausspazieren zu dürfen, wie es dir passt, hast du verspielt.« Ihre Stimme ist schrill und hart. »Und wie läufst du überhaupt rum?«, fragt sie mich und fasst mir mit ihren frisch manikürten Nägeln in die Haare. »Habe ich dir nicht oft genug gesagt, dass du bei deinen Sommersprossen Make-up tragen musst, und deine Haare stehen in alle Richtungen ab. Du siehst verwahrlost aus.«

Ich merke, wie Noah sich neben mir anspannt, ein Blick in seine Richtung zeigt mir, dass seine Zähne so fest aufeinandergepresst sind, dass sein Kiefer mahlt.

»Noah, gehst du bitte schon mal zum Auto«, fordere ich ihn auf. Er muss sich das nicht antun. Er muss sich nicht meiner Mutter aussetzen, die nur darauf wartet, auch etwas Giftiges über ihn sagen zu können.

»Nein, das werde ich nicht tun.«

»Was hast du dir da nur angelacht, Zoe? Ist es also doch aus zwischen dir und Matthew? Ist das wirklich ein adäquater Ersatz für ihn?« Sie sieht Noah an. Ihre giftigen Augen wandern vom Haaransatz bis hinunter zu seinen Schuhen.

Mir fällt keine schlagfertige Antwort ein. Mir bleibt aber auch nicht die Zeit, mir irgendwelche Worte zurechtzulegen, denn sie feuert sofort nach.

»Bist du deshalb wie eine Nutte gekleidet?« Sie wedelt mit ihren Händen vor meinem Outfit herum. Sie tut gerade so, als würde ich nackt herumlaufen. Ich habe eine ganz normale Jeansshorts an und eine Bluse, die nicht einmal einen Ausschnitt hat.

»Entschuldigung?«

Mein Kopf dreht sich wie von selbst zu Noah, und ich sehe, wie die Wut in ihm zu lodern beginnt.

»Ich habe nicht mit Ihnen gesprochen«, lässt meine Mutter ihn wissen, ohne ihre Augen dabei von mir zu nehmen. Das hier ist ein Desaster. Ich hasse sie. Ich hasse sie so sehr, und ich hasse es, dass ich meinen Mund nicht aufbekomme.

»Mir ist egal, ob Sie mit mir sprechen oder mit sonst irgendwem. Hören Sie sich eigentlich auch mal selbst zu? Diese bezaubernde junge Frau ist Ihre Tochter, die nebenbei gesagt heute Geburtstag hat und bloß ihren Großvater sehen wollte, und Sie beleidigen sie? Was fällt Ihnen ein?«

Sie beginnt zu lachen. Es hört sich irre an, vollkommen irre. Ich wünschte, ich könnte auch lachen, doch stattdessen füllen sich meine Augen mit Tränen.

»Was ist nur aus dir geworden?«, fragt mich meine eigene Mutter, ohne Noahs Worten Beachtung zu schenken. »Dein Vater und ich haben geglaubt, mit Matthew an deiner Seite würde sich alles noch zum Guten wenden. Doch jetzt. Du bist eine Schande für die Familie.«

Noah tritt einen Schritt nach vorne und stellt sich schützend vor mich, sodass ich meine Mutter wenigstens nicht mehr ansehen muss. Mein Blick gleitet stattdessen auf den Boden unter meinen Füßen, und ich glaube, jeden Moment den Halt zu verlieren. Meine Tränen kullern nun ungehemmt mein Gesicht hinunter und verschwinden irgendwo im Rasen, irgendwo, wo ich auch gerne verschwinden würde.

»Wissen Sie was? Es ist ein Wunder, dass Ihre Tochter trotz solcher Eltern zu so einer starken Frau herangewachsen ist. Und Schande bringen Sie nur selbst über Ihre Familie.« Noah streckt seinen Arm nach hinten und greift nach meiner Hand. »Komm, Zoe, wir gehen.«

Er zieht mich hinter sich her, und ich klammere mich an den einzigen Halt, der mir bleibt. Ich höre, meine Mutter noch irgendetwas rufen, nur ihre Worte verstehe ich nicht.

Ich kann nicht glauben, dass sie es doch geschafft hat.

Ich kann nicht glauben, dass sie meinen Tag so enden lässt.

Als wir im vorderen Bereich des Hauses ankommen, bleibt Noah stehen und sieht mir zum ersten Mal, seit er sich schützend vor mich gestellt hat, in die tränenüberfluteten Augen. Er lässt mich los, nur um gleichzeitig seine Hände an meine Wangen zu legen und mein Gesicht festzuhalten. Mit den Daumen wischt er mir die Tränen weg. »Hör mir jetzt gut zu, Zoe. Du bist besser. Besser als dein Vater. Besser als deine Mutter. Und es braucht verdammt viel Kraft und Mut, um das durchzustehen, was du durchstehst. Du bist nicht schwach, weil du weinst. Du bist stark. So viel stärker als sie alle zusammen.«

»Aber ich hätte meinen Mund aufmachen müssen, ich hätte was sagen müssen. Sie hat dich beleidigt.« Ich beginne noch mehr zu weinen. Dieser Schmerz ist nicht zu beschreiben. Es ist nicht die Tatsache, dass meine Mutter so mit mir geredet hat. Ich habe so was jahrelang jeden Tag gehört. Es ist die Tatsache, dass ich noch immer nicht Konter geben kann, dass ich mich noch immer gedemütigt fühle und den Schwanz einziehe.

Er zieht mich eng an sich und legt schützend die Arme um mich. Sein Herz rast.

»Du hättest gar nichts tun *müssen*. Sie ist einfach nur furchtbar. Ich kann nicht glauben, dass William ihr Vater ist und du ihre Tochter. Was sie gesagt hat …« Ein tiefes Seufzen verlässt seine Lippen. »Nichts davon ist wahr. Du bist wunderschön. Von innen und von außen. Lass dir niemals etwas anderes einreden.«

»Hätte ich dich schon in meiner Kindheit gekannt, dann wäre ich jetzt sicherlich stark genug gewesen, um ihr meine Meinung zu geigen«, behaupte ich schniefend und zugleich lachend.

»Wir können gerne noch mal zurückgehen, und dann zeigst du es ihr so richtig«, schlägt Noah vor und lässt mich frei.

»Auf gar keinen Fall. Lass uns endlich von hier verschwinden.«

Ich wische mir die Tränen aus dem Gesicht, zeige meinem Elternhaus den Mittelfinger, hake mich bei Noah unter und verlasse mit ihm gemeinsam das Gelände.

»Zu Hause wartet eine unglaubliche Schokoladentorte auf uns, und du darfst gleich den Film aussuchen, ohne jeglichen Kommentar meinerseits. Versprochen.« Er lächelt mich an, und ich vergesse sofort alles, was gerade passiert ist. Alles außer dem Guten, und davon gab es heute eine Menge.

Kapitel 21

Ich atme tief durch, während ich mein Auto vor unserer Wohnung parke.

Lee hat mich heute angerufen und gefragt, ob ich spontan Zeit hätte. Also sind wir gemeinsam was trinken gegangen. Heute Morgen war Noah so in Trance, dass er mich gar nicht bemerkt hat, als ich die Küche betreten und ihm einen guten Morgen gewünscht habe. Ich habe zum ersten Mal erlebt, dass er das Geschirr, das er benutzt, nicht gleich abwäscht. Er hat kein einziges Mal gelächelt, was wirklich untypisch für ihn ist. Auf meine Frage, ob alles in Ordnung sei, nickte er nur geistesabwesend mit dem Kopf.

Ich habe wirklich versucht, zu ihm durchzudringen, doch egal was für Dummheiten ich gemacht habe, um ihn zum Lachen zu bringen, oder was ich gesagt habe, um etwas aus ihm herauszubekommen – er blieb mürrisch und stumm.

Die erste Reaktion des Tages bekam ich von ihm, als ich mich verabschiedete und gesagt habe, dass ich mich jetzt mit Lee treffe. Mit großen Augen hat er mich vom Sofa aus angesehen, sekundenlang nichts gesagt und mir dann einen schönen Abend gewünscht.

Noah wirkte den ganzen Tag über so traurig, dass ich während der Verabredung mit Lee an nichts anderes denken konnte. War es falsch, ihn allein zu lassen? Doch vielleicht wollte er genau das – allein sein.

Mein Geburtstag ist drei Tage her, und wir haben kein einziges Mal mehr über das Erlebnis mit meiner Mutter gesprochen. Es gab dazu auch nichts mehr zu sagen, sie war kurz davor gewesen, meinen Geburtstag zu ruinieren, doch Noah hat es geschafft, den Tag noch positiv ausklingen zu lassen, sodass ich mich kaum mehr an den Moment erinnere, der mich so wütend gemacht hat. Wir haben einen Actionfilm nach dem anderen geguckt, während wir uns mit Schokoladentorte den Bauch vollgeschlagen haben.

Am Morgen danach habe ich Kate angerufen und mich für die Torte bedankt. Ich habe ihr von dem Tag erzählt, ohne mein Tattoo zu erwähnen. Viel lieber möchte ich ihren Gesichtsausdruck sehen, wenn ich sie damit überrasche.

Im Treppenhaus ist es mucksmäuschenstill. Es ist kurz vor Mitternacht, weshalb ich mich auch über Noahs Nachricht gewundert habe. Vor ungefähr einer Stunde hat er mir geschrieben, dass ich heute nicht mehr mit ihm rechnen soll und wir uns morgen früh oder am Nachmittag wiedersehen würden. Ich habe ihm noch zurückgeschrieben und gefragt, wo er denn hingeht, doch bis jetzt keine Antwort von ihm erhalten.

Träge steige ich die Stufen nach oben und freue mich darauf, gleich ein Bad zu nehmen und mich dann in mein frisch bezogenes Bett zu legen – es gibt doch nichts Schöneres.

Das Licht im Treppenhaus geht in dem Moment aus, in dem ich meinen Schlüssel in das Schloss stecke und die Wohnungstür aufschließe. Es ist so dunkel im Flur, dass ich die kleine Stehlampe anmache, um meinen Schlüssel dort abzulegen, wo er immer liegt; neben dem eingerahmten Foto von Kate und mir. Das Bild ist vor zwei Jahren an ihrem Geburtstag entstanden. Die Sonne strahlt mit uns um die Wette, und ich frage mich, wie wir diesen Tag wohl dieses Jahr verbringen werden.

Ich möchte gerade meine Jeansjacke an die Garderobe hängen, als ich glaube, einen Schatten im Wohnzimmer auszumachen. In der kompletten Wohnung brennt kein Licht, und eigentlich kann auch niemand hier sein, schließlich war die Tür verschlossen. Auch wenn ich mir sicher bin, dass ich mir das eben nur eingebildet habe, schnürt mir die Angst beinahe die Kehle zu.

Als ich glaube, ein Geräusch aus dem Wohnzimmer zu hören, greife ich nach dem Stockregenschirm, der hinter der Tür steht. Wie ein schützendes Schild halte ich ihn mir vor die Brust. Auf Zehenspitzen schleiche ich mich an und werfe einen vorsichtigen Blick in das Zimmer.

Das Erste, was ich sehe, ist ein zerbrochenes Glas, das neben dem Couchtisch auf dem Parkettboden liegt. Mein Herz beginnt wild in meiner Brust zu schlagen, als ich erkenne, dass auch einige meiner Bücher auf dem Boden verteilt sind. Ich möchte gerade mein Handy aus der Hosentasche ziehen, um den Notruf zu wählen, als ich Noah zusammengekauert in der Ecke sitzen sehe.

Mit dem Rücken lehnt er an der Wand, seine Beine sind angewinkelt, und mit den Händen fährt er sich immer und immer wieder durch die dunklen Haare. Ich gehe einen Schritt auf ihn zu und erkenne, dass er total unter Anspannung zu stehen scheint. Er greift sich so doll ins Haar, dass die Adern an seinen Händen hervortreten.

»Noah«, flüstere ich und lege den Regenschirm auf den Boden, darauf bedacht, kein zu lautes Geräusch von mir zu geben. Mit einem Mal ist all die Angst in mir verschwunden. Zurück bleibt nur noch die Sorge. Was ist passiert? Ich dachte, er sei unterwegs?

Ich hocke mich hin. Überlege, ob ich ihn berühren soll, doch entweder hat er mich wirklich noch nicht bemerkt, oder aber er will mir keine Beachtung schenken. Erneut flüstere ich seinen Namen und lege meine Finger um seinen Arm. Seine Haut steht in Flammen. Er ist so warm, dass ich mir Sorgen mache, er könnte krank sein.

»Hey, sprich bitte mit mir.«

Seine Hände liegen nun direkt auf seinem Gesicht, das dem Boden zugewandt ist. Mir fällt eine Flasche Whiskey auf, die halb geleert neben ihm steht. Welche Dämonen quälen ihn so sehr? Irgendwie passt es nicht zu Noah, sich eine Flasche Whiskey zu kaufen, um sich volllaufen zu lassen. Ich habe ihn zwar das ein oder andere Mal Alkohol trinken sehen, aber immer nur so viel, dass er nicht betrunken war. Er schien seine Grenzen immer zu kennen und war bedacht darauf, nicht mehr zu trinken, als er vertragen würde.

»Noah, bitte.«

Er nimmt die Hände aus dem Gesicht und hebt langsam seinen Kopf. Die Lampe, die noch immer im Flur brennt, wirft nur einen kleinen Lichtkegel ins Wohnzimmer, doch es ist hell genug, um den Schmerz in seinem Gesicht erkennen zu können. Ich habe geglaubt, ihn traurig gesehen zu haben, als er von seinem Vater gesprochen hat. Doch was ich jetzt erblicke, ist so viel mehr als Trauer. Mit rot unterlaufenen Augen schaut er mich direkt an.

So habe ich ihn noch nie gesehen, so verletzlich, wütend und gebrochen. Als gäbe es nichts mehr, das ihn retten könnte. Sein Schmerz ist so greifbar, dass mir die Tränen in die Augen schießen.

Mit zusammengepressten Lippen lege ich meine Hand an sein Gesicht. Ich möchte irgendwas sagen. Ich möchte irgendwas tun. Irgendwas, damit es ihm besser geht. Doch alles, was ich tue, ist, sein Gesicht zu halten, während er sich gegen meine Hand lehnt.

»Es tut mir leid.« Ich rieche den Alkohol in seinem Atem und höre den Schmerz in seiner Stimme. Wie lange sitzt er hier schon? Wie lange trinkt er schon? Wie lange weint er schon?

Ich bereue es sofort, gegangen zu sein. Ich habe ihn allein gelassen, obwohl ich wusste, dass irgendwas nicht stimmt. Mir wird übel bei dem Gedanken, nicht für ihn da gewesen zu sein, als er offensichtlich jemanden gebraucht hat.

»Alles ist gut«, versuche ich ihm einzubläuen.

»Nichts ist gut.« Er hebt seinen Kopf und löst sich damit aus meiner Berührung.

Ich nehme die Whiskeyflasche, trinke einen großen Schluck der brennenden Flüssigkeit und stelle die Flasche dann aus unserer Reichweite, um mich anschließend direkt neben Noah zu setzen. Seite an Seite hocken wir mit dem Rücken an die Wand gelehnt da.

»Ich wollte weg sein, wenn du kommst. Ich wollte nicht, dass du mich so siehst. Es tut mir leid.« Ich bemerke ein leichtes Lallen.

»Dir muss gar nichts leidtun«, protestiere ich.

»Du hast gesagt, du wärst gerne stark«, erinnert er mich an meinen

Geburtstag. »Und ich wollte auch stark sein. Als ich re-realisiert habe, dass ich das heute nicht sein kann, wollte ich nur weg. Ich wollte nicht, dass du mich schwach siehst. Doch ich wusste nicht wohin, ich wusste einfach nicht wohin.«

Bevor ich etwas sagen kann, legt er seinen Kopf auf meine Schulter.

»Wir haben alle mal Momente, die uns in die Knie zwingen. Das bedeutet noch lange nicht, dass du schwach bist.« Ich lehne meinen Kopf gegen seinen und starre auf das zerbrochene Glas am Boden. »Was ist passiert, Noah?«

»Ich möchte nach Hause. Fährst du mit mir nach Hause, Zoe?«

»Jetzt?«

»Sei nicht albern. Nicht jetzt«, lallt er. Dass meine Frage nicht wirklich ernst gemeint war, scheint ihm nicht gänzlich klar zu sein.

»Mein bester Freund Brian, er hat mich zu sich eingeladen. Eigentlich habe ich ihm abgesagt, weil, verdammt ...« Er gähnt mitten in seinem Satz, und ich höre, dass er immer müder wird. »Ich will da nicht mehr hin. Ich wollte nie wieder zurück. Doch wenn wir zusammen fahren, dann-dann ist Liverpool vielleicht nicht mehr ganz so hässlich.«

Ich bin mir nicht sicher, ob Noah überhaupt versteht, was er da sagt. Doch ich bin mir sicher, dass ich ihn jederzeit begleiten würde, wenn es das ist, was er will. Er war so oft für mich da, dass es für mich keinen einzigen Grund gäbe, nicht auch für ihn da zu sein.

»Sag mir wann, und ich bin dabei. Aber vorher solltest du deinen Rausch ausschlafen«, antworte ich ihm.

Ein viel zu kurzes Lachen ertönt, bevor es wieder so still wird, dass man eine Stecknadel fallen hören könnte.

»Hättest du – hättest du mich wirklich gerne früher kennengelernt?«, fragt er mich zögerlich. Ich erinnere mich daran, wie ich gesagt habe, dass ich jetzt vermutlich der stärkste Mensch wäre, wenn ich Noah schon in meiner Kindheit kennengelernt hätte. Und ja, das wäre schön gewesen. Ich stelle mir vor, wie wir als Kinder Freunde gewesen wären. Wie wir gemeinsam Abenteuer erlebt hätten. Manchmal ist mir gar nicht wirklich bewusst, dass ich Noah erst seit einigen Monaten kenne. Manchmal kommt es mir so vor, als würden wir uns schon eine Ewigkeit kennen.

»Ja, das hätte ich.«

»Dann wären wir jetzt mehr als nur Freunde.«

Ich schließe meine Augen. Vielleicht wären wir das. Vielleicht aber auch nicht. Es tut weh, zu realisieren, dass dieser Gedanke bedeutungslos ist, dass wir nicht mehr als Freunde sein könnten. Niemals.

»Lass uns schlafen gehen, und morgen machen wir uns einen Plan für Liverpool«, schlage ich ihm vor, um nicht auf seine Worte eingehen zu müssen.

»Ich will nicht schlafen gehen.« Noah klingt so trotzig wie ein kleines Kind.

»Aber es ist schon spät.«

»Aber ich will nicht allein sein. Ich kann nämlich nicht garantieren, dass ich dann nicht wieder zur Whiskeyflasche greife und noch ein paar deiner Bücher aus dem Regal schmeiße. Tut mir übrigens echt leid. Morgen räume ich alles wieder auf. Versprochen. Indianerehrenwort.« Er hebt seinen Kopf von meiner Schulter und schaut sich das Chaos, das er verursacht hat, an.

»Du kannst bei mir schlafen, wenn du möchtest.«

»Auf dem Boden.«

»Auf dem Boden«, bestätige ich.

Zehn Minuten später habe ich mich umgezogen, abgeschminkt und liege unter meiner dicken Decke, die ich mir bis zum Hals hochgezogen habe. Ich starre die Tür nieder und warte darauf, dass Noah in mein Zimmer tritt. Vermutlich war es eine blöde Idee. Nicht nur vermutlich. Es war definitiv eine blöde Idee. Aber was sollte ich machen? Es hat sich richtig angefühlt, und das tut es noch immer. Ich würde ihn nicht allein lassen, wenn er das nicht möchte.

»Bist du angezogen?«, ruft er durch die geschlossene Tür, und ich kann mir ein leises Kichern nicht verkneifen. Dank des Alkohols klingt er so unsicher. Und alles, was ich gerne machen möchte, ist, ihn in den Arm zu nehmen. Ich möchte ihm sagen, dass er stark ist. Selbst in schwachen Momenten. Jeder von uns braucht mal eine Schulter, an die er sich anlehnen kann, an der er all seinen Gefühlen freien Lauf lassen kann. Er soll keinen Augenblick glauben, dass es schwach ist, Gefühle zu zeigen und aufrichtig zu sein. Keinen einzigen Augenblick.

»Ja«, rufe ich.

Er tritt in mein Zimmer, die riesige Decke und zwei Kissen fest an seinen Körper gepresst. Direkt vor meinem Bett lässt er alles fallen und macht es sich auf dem Boden bequem.

Ich schließe meine Augen, und nur das Rascheln des Stoffes verrät mir, dass er versucht, eine bequeme Position zu finden. So weit wie möglich habe ich mich von der Bettkante weggelegt, als müsste ich einen Sicherheitsabstand zwischen uns bringen, obwohl ich sowieso weit über ihm liege.

Als ich meine Augen wieder öffne, muss ich mich erst einmal an die Helligkeit gewöhnen. Mein Zimmer hat keine Vorhänge und auch kein Außenrollo. Da gegenüber von meinem Fenster nur Bäume zu sehen sind, habe ich nie einen Grund gesehen, mich hinter irgendwas zu verstecken.

Der Mond erhellt mein Zimmer. Alles wirkt wie in ein helles Grau getunkt. Fast wie in einem Schwarz-Weiß-Film.

»Noah?«

Ich rücke bis an den Rand des Bettes. Doch ich wage es nicht, nach unten zu sehen. Stattdessen starre ich nach oben ins Nichts.

»Zoe?«

»Möchtest du darüber reden?«

»Worüber?«

»Über das, was dich so traurig macht. Du musst nicht, wenn du nicht willst. Ich möchte nur, dass du weißt, dass ich für dich da bin. Das weißt du doch. Oder?«

»Ja, das weiß ich. Aber solange du mir nicht den Whiskey bringst, glaube ich nicht, dass ich jetzt darüber reden möchte.«

»Oh. Okay«, antworte ich und möchte gerade wieder wegrücken, da hält seine Stimme mich von meinem Vorhaben ab.

»Zoe?«

»Noah?«

»Danke. Ich ...«

Ich wage es, über den Rand meines Bettes zu sehen, und schaue auf Noah hinab. Er liegt auf dem Rücken, seinen linken Arm so angewinkelt, dass er den Kopf auf den Unterarm stützen kann. Die Decke ist nur bis zu seiner Hüfte hochgezogen. Seine Augen sind geschlossen, und doch sieht er gequält aus. Als eine Träne seine Wange hinabrollt, bricht es mir erneut das Herz.

»Komm zu mir«, bitte ich ihn

Er zögert keine Sekunde. Ich rücke zur Seite, mache ihm so viel Platz, dass noch fast ein Meter Abstand zwischen unseren Körpern liegt. Ich spüre, wie die Matratze unter seinem Gewicht ein wenig nach unten sackt, und kurz halte ich den Atem an.

»Es gibt Menschen, die wollen nur das Gute in einem sehen. Sie blenden alles andere aus. Verschließen ihre Augen vor dem, was ihnen Angst macht, vor dem, was sie nicht in ihrem Leben wollen. Negativität. Und dann gibt es Menschen, die wollen alles sehen. Ich glaube, so ein Mensch bist du. Du hast keine Angst davor, das große Ganze zu sehen. Ich glaube, in der Hinsicht sind wir uns sehr ähnlich.«

Jedes Wort geht mir unter die Haut. Ja, wir sind uns ähnlich. Und das macht mir Angst.

»Du bist so was von besoffen«, versuche ich die Situation wieder etwas zu lockern.

»Damit könntest du recht haben.«

Mein Herz hört in dem Moment auf zu schlagen, in dem Noah meine Hand nimmt und sie näher in seine Richtung zieht. Er liegt am einen Ende des Bettes und ich am anderen. Nur unsere Hände treffen sich in der Mitte. Und alles, was ich will, ist, nicht mehr loszulassen.

»Du bist so gut, und du merkst es nicht einmal«, flüstert er.

Noah dreht sich zur Seite, und unsere Blicke treffen sich, und meine Welt steht still.

Er hebt seinen Arm, und ohne dass er etwas sagen muss, verstehe ich. Ich sollte nicht näher rücken, und ich sollte mich auch nicht an seine Brust schmiegen. Und doch tue ich es.

Kapitel 22

Der Geruch von einem Regenschauer im Sommer schwebt mir noch immer in der Nase. Fast so, als wäre es kein Traum gewesen, als hätte ich nicht von einem blühenden Frühling und einer klaren Nacht geträumt, sondern hätte sie erlebt.

Es fällt mir schwer, die Augen zu öffnen, was durchaus an dem grellen Sonnenlicht liegen könnte, das durch mein Fenster scheint. Mit meiner Hand fahre ich über den Stoff meiner Decke, die sich ungewöhnlich hart anfühlt.

Ein Seufzen, das definitiv nicht meins ist, durchbricht die Stille.

Blitzartig reiße ich meine Augen auf und stelle fest, dass ich mich nicht an meine Decke gekuschelt habe. Ich habe mich an Noah gekuschelt. Mein Kopf liegt an seiner Brust, so nahe an seinem Herzen, dass ich es laut und deutlich schlagen höre. Meine Hand liegt auf seinem Bauch, und sein Arm ist um meine Taille geschlungen. Mit geschlossenen Augen versuche ich, alle Bedenken zu verdrängen, und genieße für einen kurzen Augenblick seine Nähe.

Doch die Wirklichkeit holt mich schnell wieder ein. Ohne ihn aufzuwecken, entziehe ich mich seinem Griff und stehe auf. Wahrscheinlich kann er sich dank des Whiskeys kaum an den gestrigen Abend erinnern.

Nahezu geräuschlos schaffe ich es aus meinem Zimmer und atme erst einmal tief durch. Ich brauche eine Tasse Kaffee und Noah ein Glas Wasser und eine Kopfschmerztablette.

Als ich ins Wohnzimmer trete, die Tasse in der linken und das Glas in der rechten Hand, steht Noah in meinem Türrahmen und legt die Hand in den Nacken. »Guten Morgen.«

Mit ausgestreckter Hand gehe ich auf ihn zu und halte ihm seine Medizin hin. Noah sieht müde aus. Müde und gleichzeitig viel zu gut.

Er nimmt mir die Tasse aus der Hand, und ohne ihn anzusehen, versuche ich, mich um ihn herumzumanövrieren. Als mir der Duft aus meinem Traum in die Nase steigt, halte ich die Luft an. Wieso riecht er immer so verdammt gut?

Hastig mache ich einen Schritt nach links, im selben Moment, in dem er einen Schritt nach rechts macht, weshalb wir uns noch immer gegenüberstehen, diesmal nur noch näher. Ich weiche nach rechts aus, er nach links. Verdammt, das kann doch jetzt nicht wahr sein. Als ich es endlich an ihm vorbeischaffe, atme ich so laut aus, dass es Noah nicht entgangen sein kann. Er lacht.

»Danke.« Er dreht sich zu mir um und schaut mir direkt in die Augen.

»Jederzeit«, entgegne ich und schließe die Tür zu meinem Zimmer.

Als ich mich umdrehe, muss ich schmunzeln. Noahs Sachen sind verschwunden, und mein Bett ist ordentlicher, als ich es jemals zuvor gesehen habe.

Mein Spiegelbild zeigt mir eine müde Zoe, doch als ich mein T-Shirt anhebe, bleibt mir gar nichts anderes übrig, als zu lächeln. Jeden Tag schaue ich mir mein Tattoo an und kann nicht glauben, dass ich das wirklich getan habe, dass ich mich wirklich habe tätowieren lassen. Der offene Käfig und der Vogel, der davonfliegt, werden nun auf ewig auf meiner Haut prangen, und ich liebe es.

»Oh Gott, ich vermisse dich.« Das sind die ersten Worte meiner besten Freundin, als sie mein Gespräch entgegennimmt.

»Ich dich auch. Wie geht es dir?« Mit einem leichten Sprung nach hinten lasse ich mich auf mein Bett fallen und drehe mich zur Seite, um die Bilder an meiner Wand anzustarren. Als ich vor Jahren mit Kate auf der Suche nach passenden Bildern dafür war, haben wir uns tagelang auf Pinterest rumgetrieben. Ich schaue auf das Zitat von Atticus. *She was afraid of heights, but she was much more afraid of never flying.*

»Ehrlich gesagt recht gut. Klingt es grausam, wenn ich sage, dass ich froh bin, dass morgen endlich die Beerdigung ist? Das hat sich alles so sehr verzögert, dass es meine Mutter verrückt gemacht hat.«

»Nein. Ich glaube, das ist der Moment, in dem man endgültig Abschied nimmt.«

»Anderes Thema. Erzähl mir von deinem Date mit diesem Schnuckelchen Lee«, fordert Kate mich auf.

»Es war schön. Ich mag ihn. Er ist nett.«

»Nett ist nicht unbedingt das, was ich gehofft habe zu hören. Ich wollte eher so etwas wie *heiß* oder *unwiderstehlich* hören.«

Ich würde Lee jetzt nicht unbedingt als heiß bezeichnen, aber attraktiv ist er allemal. Nur sehe ich ihn nicht so. Ich verstehe mich wirklich gut mit ihm, aber über Freundschaft wird es wohl nicht hinausgehen.

»Habt ihr euch schon geküsst?«

Ich beginne zu lachen. Nicht, weil ich ihre Frage lustig finde. Viel eher, weil sie sich am Handy aufgeregter anhört, als ich es vor dem Treffen mit Lee war.

»Hallo? Wie lautet die goldene Regel? Erst nach dem dritten Date wird geküsst«, spaße ich.

»Seit wann hältst du dich an Regeln?« Nun ist es meine beste Freundin, die in Gelächter ausbricht. »Aber dann wird es jetzt mal Zeit für das dritte Date.«

»Kate ... Ich habe gar keine Lust, etwas mit jemandem anzufangen.«

»Zoe«, äfft sie mich theatralisch nach. »Es ist jetzt fast ein halbes Jahr her, dass du dich von Matthew getrennt hast, und seitdem hast du nicht einmal rumgeknutscht, ganz zu schweigen von all den anderen schönen Dingen. Es sagt doch keiner, dass du Lee heiraten sollst, aber ein wenig Spaß wäre sicher nicht verkehrt.«

Mein Magen verkrampft sich, und mein Herz beginnt zu rasen. Ich kann Kate aus vielerlei Gründen nicht sagen, dass mein letzter Kuss gar nicht so lange her ist. Doch wenn ich ihr das für immer vorenthalte, dann wird mich die Schuld von innen auffressen.

»Du weißt doch, dass ich so was nicht kann. Für mich macht das Ganze nur Spaß, wenn Gefühle mit im Spiel sind.«

»Wenn ich wieder da bin, ziehen wir um die Häuser und finden für uns beide die perfekten Typen.« Ich freue mich, dass meine beste Freundin bald endlich wieder nach Hause kommt, aber ich freue mich garantiert nicht auf ihr Vorhaben.

»Ich wollte dich mit dem Thema wirklich nicht nerven, weshalb ich mich bisher zurückgehalten habe. Aber hast du dir mal Gedanken um Noah gemacht?«

»Ach, Zoe. Ich weiß nicht, ob es Sinn machen würde, es noch mal mit ihm zu versuchen, oder ob ich überhaupt noch etwas für ihn empfinde. Ich werde einfach abwarten, wie es ist, wenn ich wieder in London bin.«

»Okay.« Mehr bringe ich nicht über die Lippen, weil ich nicht weiß, was ich dazu sagen soll. Ich fühle mich so verdammt schuldig.

»Wieso ist es dir so wichtig, dass ich mich mit Noah ausspreche?«

»Er ist einer von der guten Sorte, Kate. So jemanden kann man nicht so schnell aufgeben. Ich glaube, er könnte dich wirklich glücklich machen«, wiederhole ich die Worte, die ich schon einhundertmal gedacht habe.

»Wenn du ihn so toll findest, solltest du ihn dir vielleicht schnappen. Beste Freunde scheint ihr ja schon zu sein.«

Autsch.

»Entschuldige. Ich bin ein wenig gereizt durch den Stress der letzten Tage. Ich finde es ja gut, dass du dich dazu entschlossen hast, deinen Freundeskreis zu erweitern. Es ist nur ein wenig komisch, dass die Wahl dabei ausgerechnet auf meinen Ex-Freund fällt. Aber hab du jetzt erst mal dein drittes Date mit Lee, und wir reden noch mal über Noah, sobald ich wieder da bin. Ich muss jetzt Schluss machen, Süße.«

Nachdem wir uns voneinander verabschiedet haben, bleibe ich noch minutenlang reglos auf meinem Bett liegen. Doch bevor meine Gedanken zu der gestrigen Nacht abschweifen können, entscheide ich mich dafür, Kates Rat anzunehmen, und melde mich bei Lee.

»Bist du oft hier?«, möchte Lee von mir wissen, während er sein Fahrrad neben sich herschiebt. Als er am Handy gesagt hat, dass er gerade im Hyde Park ist, habe ich mich sofort in mein Auto gesetzt und bin hingefahren. Noah hat sich mit seinem Kater hingelegt, weshalb ich ihm nur einen Zettel hinterlassen habe, dass ich spätestens heute Abend zurück sein werde.

»Oft ist relativ. Ich mag es hier«, antworte ich ihm, ohne vom Kyoto Garden zu sprechen, den ich Noah damals gezeigt habe.

Es vergehen fast zwanzig Minuten, in denen er mir von einem neuen Jobprojekt erzählt und ich ihm gebannt zuhöre, während wir die langen Wege entlanglaufen. Ich versuche, so gut es geht, die vielen Menschen um uns herum auszublenden, und mich nur auf ihn zu konzentrieren.

»Und du lebst zusammen mit deiner besten Freundin ... wie hieß sie noch gleich?« Lee lehnt sein Fahrrad gegen eine freie Bank, auf der wir beide Platz nehmen.

»Kate. Ja, wir wohnen seit einigen Jahren in einer hübschen Dreizimmerwohnung. Es war Liebe auf den ersten Blick. Sowohl zwischen Kate und mir als auch mit unserer Wohnung«, erkläre ich ihm mit einem Schmunzeln auf den Lippen. »Im Moment ist sie in Edinburgh bei ihren Eltern und hat mich mit ihrem Freund ... Ex-Freund allein gelassen.« Da der Wind von hinten kommt, landen meine Haare immer wieder in meinem Gesicht und fliegen nur so durch die Luft. Mit dem Gummi an meinem Handgelenk mache ich mir schnell einen hohen Pferdeschwanz.

»Was denn nun? Freund oder Ex-Freund?«, möchte Lee genauer wissen.

Während ich ihm von Noah erzähle, schaut er mich mit seinen dunklen Augen aufmerksam an und folgt jedem meiner Worte.

Ich erzähle ihm, wie Noah und ich uns kennengelernt haben, noch bevor ich überhaupt gewusst habe, dass er der Freund meiner besten Freundin ist. Ich erzähle ihm, wie skeptisch ich Noah gegenüber zu Beginn war und wie wir dann doch zu guten Freunden geworden sind. Ich erzähle ihm, wie er mir mehr als einmal eine große Hilfe war, ohne dabei ins Detail zu gehen. Ich erzähle ihm so viel über Noah, dass es mich selbst nervt.

Mit zusammengepressten Lippen schaue ich Lee an. »Tut mir leid. Das ist jetzt ein bisschen ausgeartet.« Ich wende meinen Blick von ihm ab. Peinlich berührt schaue ich einer Gruppe Kindern zu, wie sie sich gegenseitig einen roten Ball zuwerfen.

»Dieser Noah muss echt ein feiner Kerl sein, wenn du nur Gutes über ihn zu sagen hast.« Lee folgt meinem Blick, und so sitzen wir nebeneinander, ohne uns anzusehen. »Und du bist sicher, dass deine Freundin die Beziehung mit ihm führt und nicht du?«

Schockiert reiße ich meine Augen von den Kindern los und schaue Lee an, der ein schiefes Grinsen auf den Lippen hat. Ich brauche ein paar Sekunden, um zu realisieren, was er mich soeben gefragt hat.

»Ja. Ja, natürlich. Noah und ich sind nur befreundet. Das ist alles. Was anderes ist da nicht zwischen uns. Nur Freundschaft.«

»Hör mal, Zoe. Du kannst ruhig ehrlich zu mir sein. Wann hast du schon mal die Chance, mit jemandem zu sprechen, der so unbefangen ist, wie ich es bin? Ich kenne weder Noah, noch kenne ich Kate. Und dass wir hier kein Date mit Aussicht auf eine gemeinsame Zukunft haben, ist uns, glaube ich, beiden bewusst.«

Es beruhigt mich, zu wissen, dass er nicht erwartet, dass wir mehr als Freunde werden. Doch mit dem, was er sagt, könnte Lee recht haben. Wie oft habe ich mir gewünscht, mit Kate über das sprechen zu können, was passiert ist, oder darüber, wie ich mich fühle? Ich könnte mit Opa über alles reden, das weiß ich, und das habe ich bisher auch immer getan. Aber wie sich herausgestellt hat, hat er schon eine ganz klare Meinung zu Noah und würde deshalb auch Partei für ihn ergreifen.

Also fange ich an zu erzählen. Und ich erzähle ihm wirklich alles, ohne auch nur ein wichtiges Detail auszulassen. Dabei ist es mir egal, dass Lee von meinen Panikattacken erfährt. Viel zu lange schon wollte ich mir alles von der Seele reden.

»Wo genau liegt das Problem?«, fragt er mich, nachdem ich endlich zum Punkt gekommen bin.

»Hast du mir nicht zugehört?« Ich beginne zu lachen. Ich habe jetzt hoffentlich keine fünfzehn Minuten einen Monolog gehalten, nur um mich noch mal wiederholen zu müssen.

»Doch, das habe ich. Aber ich verstehe das Problem nicht.«

»Das Problem ist, dass ich Angst habe, Gefühle für den Ex-Freund meiner besten Freundin zu entwickeln.«

»Zoe? Tut mir leid, dir das sagen zu müssen, aber die hast du schon längst.«

»Nein«, protestiere ich vehement.

»Belüg dich ruhig selbst.« Er beobachtet einen Golden Retriever, der gerade an uns vorbeiläuft. Ich weiß, dass er es nicht böse meint, und doch werde ich wütend, aber nicht auf Lee. Er hat sich meine Geschichte angehört und ist nicht einmal ansatzweise genervt von mir. Ich werde wütend, weil ich seine Worte nicht glauben möchte. Es schockiert mich, dass jemand, der mich kaum kennt, so eine Aussage über mich treffen kann.

»Lass uns die Geschichte mal weiter ausführen. Behaupten wir doch mal ...« Er gestikuliert mit seinen Armen in der Luft. »... dass du dir eingestehst, dass du verknallt bist und Noah dasselbe für dich fühlt. Wenn wir es ganz kompliziert machen wollen, behaupten wir noch, dass auch Kate immer noch in Noah verliebt ist. Was dann?«

»Was dann? Das wäre eine verdammte Katastrophe. Ich weiß ja nicht, in welcher Welt *du* lebst, aber in meiner ist es ein absolutes No-Go, in den Freund der besten Freundin verliebt zu sein.« Dass ich mir ziemlich sicher bin, dass das jeder Mensch so sieht, behalte ich an dieser Stelle für mich. Ich möchte Lee nicht vor den Kopf stoßen, aber ich kann mir beim besten Willen nicht vorstellen, wer so etwas in Ordnung findet.

»Aber wenn Noah doch nicht in Kate, sondern in dich verliebt ist?

Glaubst du, deine beste Freundin würde euch im Weg stehen wollen? Ich verstehe, was du meinst. Wir Menschen sprechen immer von Moral. Aber ist es moralisch vertretbar, sich dem Glück anderer in den Weg zu stellen? Ich weiß, meine Frage ist kontrovers. Aber würdest du deiner besten Freundin ihr Glück verweigern? Würdest du wollen, dass sie nur deinetwegen nicht mit der Person zusammen sein kann, die sie wirklich liebt?«

Er stellt mir so viele Fragen, man sollte meinen, ich könnte ihm wenigstens eine davon beantworten. Doch das kann ich nicht. Ich weiß nicht, wie Kate reagieren würde. Ich weiß nicht, wie ich reagieren würde. Mein Kopf qualmt, wie ein brodelnder Vulkan, der zu explodieren droht.

»Ich habe keine Ahnung. Aber ich bin nicht in Noah verliebt und er auch nicht in mich. Ich fühle mich einfach nur wohl in seiner Nähe. Ich kann gut mit ihm reden, wir haben denselben Humor und verstehen uns. Männer und Frauen können sich verstehen, auch ohne Gefühle füreinander zu entwickeln.« Daran glaube ich ganz fest. Vielleicht ist es schwieriger, aber es ist mit Sicherheit nicht unmöglich. Dafür gibt es viele gute Beispiele. Black Widow und Hawkeye von den Avengers. Also wenn die mal nicht ein Paradebeispiel für die Freundschaft zwischen Frau und Mann sind, dann weiß ich auch nicht.

»Hast du mit ihm mal über eure Gefühle gesprochen?«, fragt mich Lee und sieht mich ausdruckslos an.

»Ja. Nein. Also nicht wirklich. Wir haben uns darauf geeinigt, dass der Alkohol an unserem Kuss schuld gewesen ist und wir einfach nur Freunde sind.« Ich spiele an dem Ärmel meines Kapuzenpullis herum. So sonnig dieser Tag auch ist, im Gegensatz zu den vergangenen Tagen ist es heute eiskalt.

Mit jeder Sekunde, die vergeht, wird mir bewusst, dass ich mich wirklich in Noah verliebt habe. Doch selbst wenn, ich darf diesen Gefühlen keinen Raum geben. Wenn ich mir oft genug einrede, dass ich nichts für ihn empfinde, dann wird aus dieser Wunschvorstellung vielleicht Realität.

Mit einem Mal wird es düster, die Wolken ziehen sich zusammen, und zurück bleibt kein einziger Sonnenstrahl mehr. Es sieht aus, als würde es jeden Augenblick zu regnen beginnen, weshalb wir uns dazu entscheiden, langsam aufzubrechen. Lee nimmt sein Fahrrad, und gemeinsam gehen wir den Weg zurück, den wir gekommen sind. Unser Schweigen ist nicht von langer Dauer.

»Wenn Kate und Noah noch ein Paar wären, dann würde ich dich verstehen. Wenn sie wirklich glücklich miteinander wären, dann hättest du kein Recht, dieses Glück zu zerstören. Aber sie sind ja noch nicht einmal mehr zusammen, Zoe. Deine beste Freundin hat sich von ihm getrennt.«

Ich nehme den ersten Tropfen auf meiner Nasenspitze wahr. »Sie war traurig und verwirrt und hat mit Sicherheit nicht richtig über ihre Entscheidung nachgedacht. Die Trennung wirkte auf mich überstürzt, und ich kann mir nicht vorstellen, dass sie Noah nicht mehr liebt.«

Das schiefe Grinsen muss in seinem Gesicht festgemeißelt worden sein.

»Guck nicht so«, fordere ich ihn auf.

»Du redest dir verzweifelt ein, dass sich beide noch lieben. Das ist süß und traurig zugleich. Merkst du nicht, dass du dich daran festklammerst? Du möchtest die einfache Lösung, ohne zu wissen, dass sie auch nicht einfacher wäre.«

Ja, ich klammer mich an den Gedanken fest, dass Kate und Noah wieder zusammenfinden werden. Weil ich so eine klare Linie ziehen kann.

Kurz bevor wir mein Auto erreichen, beginnt es in Strömen zu regnen. Mein Pferdeschwanz wird durch die Nässe in den Haaren gleich doppelt so schwer, und meine Jeans klebt klamm an meiner Haut.

»Soll ich dich mit dem Auto mitnehmen? Das Fahrrad kriegen wir gut hinten rein«, biete ich Lee an, weil ich den Gedanken nicht ertragen kann, wie er mit dem Fahrrad durch den Monsun fährt, während ich mich gemütlich in meinem Auto aufwärmen kann. Doch er lehnt dankend ab.

»Ich werde dir jetzt einen gut gemeinten Rat geben.« Er legt seine Hand auf meine Schulter, während er mit der anderen sein Fahrrad festhält. »Sei einfach ehrlich. Zu dir selbst, zu Noah und zu Kate. Werde dir deiner Gefühle bewusst, und sollte Noah dieselben Gefühle für dich haben, dann verbiete dir nicht, glücklich zu sein. Scheiß auf die Moralansichten anderer Menschen. Niemand hat das Recht, über die Liebe zweier Menschen zu urteilen, und ich bin mir sicher, dass deine beste Freundin sich nichts mehr wünscht, als dass es dir gut geht. Genau so, wie du auch nur das Beste für sie willst.«

Die komplette Autofahrt über denke ich immer wieder an Lees Worte. Sie wollen mir nicht mehr aus dem Kopf gehen.

Es sind keine zehn Schritte bis zum Schutz unseres Hauses, und doch bleibe ich einen Moment stehen und genieße den hinabfallenden Regen. Ich breite meine Arme aus, und auch wenn alles schwer an mir klebt, wird es doch mit einem Mal ganz leicht. Ich atme tief durch und genieße den frischen Duft des Regens, der sich mit den blühenden Dahlien vor unserer Haustür vermischt.

Bei meinem nächsten Atemzug stehe ich im Treppenhaus. Eine Stufe nach der anderen steige ich nach oben. Obwohl ich mir soeben noch absolut frei vorgekommen bin, fühle ich mich nun einfach nur elend.

Eine unsichtbare Hand klammert sich um meinen Kehlkopf und drückt quälend langsam zu. Mein Magen fühlt sich an, als würde er Hunderte Steine tragen, und mein Herz rast so sehr, dass ich mein Blut in den Ohren rauschen höre. Es gibt keinen Auslöser, und doch ist sie da. Panik. Sie bahnt sich langsam ihren Weg durch meinen Körper, zerrt an meinen Nerven. Ich versuche, mich einzig und allein auf meine Atmung zu konzentrieren. Doch es funktioniert nicht.

Mit einem festen Griff umklammere ich das Treppengeländer und merke erst jetzt, dass meine Hand leicht zu zittern beginnt. Der Drang danach, mich in mein Bett zu legen, wird riesengroß. Ich haste die Stufen nach oben und möchte gerade den Schlüssel ins Schloss stecken, als die Tür aufgerissen wird.

Mit einem Handtuch in den Händen lächelt er mich an, sodass ich mich nur noch auf seine Grübchen konzentrieren kann.

»Ich habe dich im Regen stehen sehen, Sommersprosse. Du bist eine echte Wassernixe, weißt du das?« Seine Stimme lässt das Rauschen in meinen Ohren verstummen. Seine Berührung, als er mir das Handtuch um die Schulter legt, erstickt mein Zittern.

»Komm rein. Ich habe gerade Kaffee gekocht.«

Ich klammer mich an die Sicherheit, die mir diese Wohnung bietet. Doch noch viel mehr klammer ich mich an die Sicherheit, die Noahs Nähe verspricht. Und ich weiß, sobald ich einen Schritt auf ihn zu mache, wird alles wieder gut.

Kapitel 23

»Du bist ein verdammt miserabler Autofahrer. Hat dir das schon mal jemand gesagt?« Ich schaue Noah entnervt von der Seite an, während seine Augen wachsam auf der Straße liegen. Ich würde nicht von mir behaupten, dass ich die Beste hinter dem Steuer bin, aber so, wie er fährt, sind wir erst bei Sonnenuntergang in Liverpool. Die Stadt liegt nördlich von England, und bei normalem Tempo würden wir vier Stunden brauchen, bei meinem Tempo wären es drei, und wenn Noah so weiterfährt, sind es acht Stunden.

Gestern haben wir uns spontan dazu entschlossen, übers Wochenende zu Brian, Noahs bestem Freund, zu fahren.

»Wir haben ausgemacht, dass ich hinfahre und du zurückfährst. Das war sogar dein Wunsch, also beschwer dich jetzt nicht«, antwortet er mir.

Ich war noch nie in Liverpool, weshalb ich zähneknirschend Noah das Lenkrad überlassen habe, und zwar für das komplette Wochenende. Am Sonntag werde ich dann zurückfahren und ihm zeigen, in welch einer Zeit man diese Strecke hinter sich lassen kann, ohne dabei gegen Gesetze zu verstoßen.

»Sommersprosse?«

Seit unserem letzten Besuch bei Opa zieht er mich ständig mit diesem Wort auf und begründet es damit, dass Opa schließlich nicht der Einzige sein kann, der mir Spitznamen gibt.

»Tarzan?« So habe ich ihn eine lange Zeit nicht mehr genannt. Wenn man es genau nimmt, passt der Name auch nicht mehr zu ihm. Die kurzen Haare haben ihm seinen Dschungelcharme geraubt.

»Wenn du nur in ein einziges Land reisen dürftest, welches würdes du wählen?«, möchte er wissen. Die bisherige Fahrt über haben wir un immer wieder Fragen gestellt. Ich weiß nun, dass sein Lieblingsesser als Kind Spaghetti waren. Ich weiß, dass Noah keine Lieblingsfarbe ha (schließlich zählt Schwarz nicht als Farbe), aber an mir Rot am schönsten findet. Ich weiß, dass er früher der absolute Mädchenschwarm ar seiner Schule war, was ich mir schon hätte denken können. Und icl weiß, dass er mindestens genauso gerne wie ich die Welt erkunder möchte.

»Das ist eine echt schwierige Frage. Ich möchte unbedingt mal nacl Kanada, Neuseeland und Südafrika. Aber müsste ich mich wirklich entscheiden, dann würde meine Wahl auf Neuseeland fallen. Und du? Wc möchtest du am liebsten hin?«

Die Klimaanlage in meinem Auto läuft auf Hochtouren. Wir haber heute die Dreißig-Grad-Marke erreicht, weshalb mir selbst in dem kurzen, luftigen Kleid noch viel zu warm ist. Im Gegensatz zu Noah, de mal wieder ein weißes T-Shirt und schwarze Jeansshorts trägt, bin ich etwas bunter unterwegs. Irgendwann werde ich all seine Klamotter durchwühlen, um mich zu vergewissern, dass er wirklich nur farblose Sachen besitzt.

Als er mich heute Morgen angesehen hat, muss er gedacht haben, ich sei auf dem Weg zu einem Strandurlaub. Mein Kleid hat einen herzförmigen Ausschnitt, dünne Träger, ist hellblau und fällt locker bis zur Mitte meiner Oberschenkel. Meine Haare reichen in leichten Wellen bis über meine Schultern, und auf dem Kopf trage ich einen großen Strohhut.

»Nach Kanada möchte ich auch unbedingt. Aber ich würde mich für Mexiko entscheiden.«

Fieberhaft suche ich in meinem Kopf nach einer Frage, die ich Noah stellen kann, doch mir will einfach nichts einfallen. Stattdessen starre ich länger als nötig auf seine Arme und Hände, die das Lenkrad halten.

Die Sonne scheint ins Wageninnere, sodass die Härchen auf seinen Armen sich von seiner Hautfarbe absetzen und im Licht golden leuchten. Unweigerlich fällt mein Blick auf sein neuestes Tattoo. Die von mir gezeichnete Schwalbe. Irgendwie erscheint es mir, als wäre dieses Motiv schon immer auf seiner Haut gewesen, als würde es genau dorthin gehören. Ich frage mich, wie Kate darauf reagieren wird, wenn sie mein Tattoo zum ersten Mal sieht. Die Tatsache, dass es ein Geschenk von Noah war, werde ich ihr nicht verheimlichen. Ich habe schon genug Geheimnisse vor ihr, die mich innerlich zerreißen.

»Beschreib mich in drei Worten«, fordere ich ihn auf.

»Wie bitte?« Für einen winzigen Augenblick löst er seine Augen von der Straße und schaut mich grinsend an. Verdammt, diese Grübchen gehören verboten.

»Mir ist nichts anderes eingefallen«, gestehe ich und zwirble an dem Saum meines Kleides.

»Herzlich ...«

»Was ist denn herzlich bitte für eine Beschreibung?«, falle ich Noah ins Wort, bevor er überhaupt ausreden kann, und beginne zu lachen.

»Stark«, fügt er hinzu.

Ein ungläubiges Schnauben meinerseits ertönt, womit ich mir einen bösen Blick von Noah einfange. Mit diesem Wort würde ich mich nun wirklich nicht beschreiben.

»Unordentlich.«

»Unordentlich? Du spinnst doch. Ich bin nicht unordentlich.«

»Und ob du das bist. Auf deinem Schreibtisch türmen sich Bücher, die du entweder ausgelesen hast oder noch lesen möchtest. Du könntest sie auch zurück in das dafür vorgesehene Bücherregal legen. Aber nein. Unordentlich. Du stellst Sachen nie sofort weg, manchmal finde ich auf dem Wohnzimmertisch eine Tasse, die du vor zwei Tagen benutzt hast. Unordentlich. Dein Schreibtischstuhl dient als zweiter Kleiderschrank. Unordentlich. Wenn du Sachen aus der Kommode holst, legst du sie anschließend nicht wieder in die Schublade zurück, du legst die Sachen auf die Ablagefläche. Unordentlich. Du ...«, möchte er fortfahren, doch ich habe genug gehört. Ich greife über die Mittelkonsole und halte ihm meine Hand vor den Mund. Dann bin ich eben unordentlich. Das war Sigmund Freud auch, und aus ihm ist trotzdem etwas geworden.

»Das nennt man kreatives Chaos, Noah. Mehrere Studien haben ergeben, dass Ordnungsfanatiker nicht so produktiv arbeiten wie Menschen mit einem gesunden Chaos.«

Lachend schüttelt er seinen Kopf, nachdem ich meine Hand von seinen Lippen genommen habe.

»Was ist daran so lustig?« Glaubt er mir etwa nicht? Ich kann es gerne googeln, ich habe diese Studien nicht erfunden, die gibt es tatsächlich.

»Es ist einfach süß, wie du dich selbst verteidigst und rechtfertigst. Ich sage ja, du bist stark. Wobei stur auch ganz gut passen würde.«

Nach einem kurzen Schweigen, währenddessen ich dem Song im Radio lausche, fordert mich Noah auf, auch ihn mit drei Worten zu beschreiben.

»Aufgeschlossen. Warmherzig. Lustig.« Dass ich noch mindestens zehn weitere Wörter parat habe, behalte ich lieber für mich.

»Lustig? Wenn nett die kleine Schwester von scheiße ist, dann ist lustig der kleine Bruder.«

Für einen Moment schaue ich ihn an, während er todernst nach vorne sieht, und beginne dann aus vollem Herzen zu lachen. Wenn das so weitergeht, kann ich nur hoffen, dass Noah langsam mal ein bisschen Gas gibt, sonst komme ich mit Muskelkater im Bauch in Liverpool an und bin für nichts mehr zu gebrauchen.

»Du bist unglaublich, weißt du das?« Nur mit Mühe bekomme ich die Wörter aus meinem Mund, da ich mich noch immer nicht eingekriegt habe.

»Unglaublich wäre ein Wort, mit dem ich zufrieden gewesen wäre«, entgegnet mir Noah und muss nun selbst anfangen zu lachen.

Manchmal frage ich mich, was es ist, das alles so leicht zwischen uns macht. Alles fühlt sich richtig an. Und aus irgendeinem, mir unerklärlichen Grund, fühle ich mich frei. In diesem Moment, in meinem

Auto, in dem ich schon Hunderte Male saß, auf dem Weg in Noahs Heimatstadt – genau jetzt fühle ich mich frei wie ein Vogel.

»Wieso biegst du hier ab?«

»Weil wir hier die Ausfahrt nehmen müssen.« Seine Antwort klingt viel mehr nach einer Frage, was mich daran zweifeln lässt, ob Noah ohne jegliche Navigation wirklich den richtigen Weg kennt.

»Wir hätten auf die M62 abbiegen müssen«, erkläre ich ihm.

»Quatsch. Wir müssen hier die Landstraße nehmen und dann auf die A49.« Er klingt jetzt deutlich überzeugter von dem, was er sagt. Auch wenn ich zu einhundert Prozent weiß, dass er falschliegt. Heute Morgen habe ich zur Sicherheit noch mal die Strecke gegoogelt. Man fährt die ganze Zeit nur die M6 hoch und biegt dann definitiv auf die M62 ab.

»Noah? Wie oft bist du schon von London nach Liverpool gefahren?«

Während er immer weiter geradeaus fährt, werden es immer weniger Autos um uns herum. Wo eben noch ganz viel Beton war, ist jetzt nur noch strahlendes Grün. Links und rechts von uns erstrecken sich weite Felder. Kein einziges Haus ist weit und breit zu sehen. Würde ich nicht mit Noah im Auto sitzen, sondern einem Fremden, würde ich spätestens jetzt denken, dass ich in eine abgelegene Hütte entführt werde.

»Noch gar nicht«, antwortet er mir nach einer gefühlten Ewigkeit.

»Was?«, schreie ich förmlich. »Wieso bist du dir dann so sicher, dass wir hier lang müssen? Ich habe heute Morgen nachgeschaut, und dies ist definitiv die falsche Strecke.« Mit meinen Händen fahre ich mir durch die Haare, nachdem ich den Hut abgesetzt und auf die Rückbank geworfen habe. Ich wusste es. Wir werden erst in hundert Jahren an unserem Ziel ankommen.

»Dann hast du falsch geguckt. Ich habe gestern auch nachgeschaut, und es war definitiv von dieser Landstraße die Rede«, verteidigt er seinen Standpunkt, doch seine Stimme verrät mir, dass er langsam unsicher wird.

Die Straße vor uns scheint endlos zu sein, und alles, was ich sehe, ist Grün.

»Wir müssen umdrehen, Noah.«

»Wir sind mitten auf der Fahrbahn, ich kann hier nicht wenden.«

»Wir sind die einzigen Menschen hier. Es interessiert keine Sau, ob du mitten auf der Straße wendest oder nicht. Du bist offiziell der schlechteste Autofahrer, den ich kenne.« Ich glaube es einfach nicht, dass er sich tatsächlich weigert zu wenden. Zu meinem Übel muss ich auch noch auf die Toilette, und noch immer ist weit und breit nichts zu sehen. Dass wir hier auf eine Raststätte treffen, wage ich zu bezweifeln.

»Verdammt, ich muss aufs Klo, Noah. Wenn du nicht sofort wendest, mache ich mir in die Hosen. Willst du das etwa?«, versuche ich ihn zu provozieren und stemme die Hände in die Hüften. Mit dem Ellbogen stoße ich dabei schmerzhaft an die Autotür und beginne zu schmollen.

»Ist doch dein Wagen.«

Mit offenem Mund schaue ich ihn an. Am liebsten würde ich diesem schmunzelnden und doch schönen Gesicht eins überziehen.

»Noah, bitte«, flehe ich ihn an. Ich hole mein Handy aus dem kleinen Rucksack und möchte die Route ermitteln, um ihm zu beweisen, dass wir auf dem falschen Weg sind, doch leider habe ich hier in der Pampa absolut keinen Empfang.

»Ich. Muss. Wirklich. Ganz. Dolle. Aufs. Klo.« Jedes Wort spreche ich einzeln aus, in der Hoffnung, dass er dadurch den Ernst der Lage versteht.

»Groß oder klein?«

»Das hast du mich gerade nicht wirklich gefragt?«

»Doch, habe ich. Klein riecht zwar auch unangenehm, aber groß wäre dann doch etwas problematischer.« Er spricht, als würde er mir ein Kuchenrezept erklären. Und dieser Mann betitelt mich als verrückt? Ich glaube, ich spinne. Wenn einer von uns das ist, dann er.

»Wenn du es genau wissen möchtest, ich muss pinkeln«, gebe ich ihm die Antwort, auf die er sehnsüchtig zu warten scheint.

Plötzlich fährt er an die Seite und hält halb auf der Straße und halb auf der Wiese an. »Dann los«, fordert mich Noah ernsthaft auf.

Mir bleibt nichts anderes übrig, als ihn verdattert anzusehen. Meint er das gerade ernst, oder möchte er mich verarschen? Ich soll hier – im Nichts – für kleine Mädchen gehen? Ganz sicher nicht.

»Ich weiß nicht, ob du es wusstest. Aber bei Frauen ist das nicht ganz so einfach wie bei euch Männern.«

»Hock dich dort hinter den Baum.« Noah lehnt sich zu mir rüber und zeigt aus dem Fenster zu dem einzigen Baum, der hier steht. Von unserem Standpunkt aus kann man sich gut dahinter verstecken, weil er wirklich breit ist. Aber sobald ein Auto angefahren kommt, wird mich der Fahrer dort sehen können.

»Du bist so niedlich, wenn man dir deine Gedanken ansehen kann«, sagt er plötzlich, und ich reiße meinen Kopf ein wenig zu schnell in seine Richtung. Er lehnt sich mir noch immer entgegen, weshalb unsere Gesichter sich nun viel zu nahe sind. Das Grün seiner Augen leuchtet im Sonnenlicht, und seine Wimpern wirken unendlich lang durch den Schatten, den sie auf sein Gesicht werfen. Gott, hat er schöne Augen.

»Ich werde auch weggucken, und ich verspreche dir, dass ich danach wenden werde. Ich wollte es zwar nicht zugeben, aber ich glaube, du hast recht«, gesteht er und entlockt mir dadurch ein triumphierendes Lächeln.

»Nur für das Protokoll. Erstens bleibt das hier unter uns. Zweitens werde ich nur hinter den Baum gehen, damit du wendest. Und drittens bist du echt bescheuert.«

»Was sind deine Lieblingsorte in Liverpool?«, frage ich Noah, als wir die Stadt endlich erreicht haben und ich gespannt aus dem Fenster schaue. Ich finde es immer wieder unglaublich, dass jede Stadt ihren eigenen Charme hat und sich von anderen unterscheidet.

Dass wir pünktlich angekommen sind, gleicht einem Wunder, an das ich nicht mehr geglaubt habe.

»So richtige Lieblingsorte, an die ich immer wieder zurückkehre, habe ich gar nicht.«

Bei seinem Schwärmen löse ich meinen Blick vom Fenster und schaue mir stattdessen sein Profil an. Seine Augen strahlen, und er sieht unfassbar glücklich aus. Schon bei unserem ersten Aufeinandertreffen hat er eine selbstsichere Ausstrahlung gehabt. Er wirkt immer wie ein Mann, der weiß, was er will, der mit sich im Reinen ist und weiß, was es bedeutet, glücklich zu sein. Davon sollten sich viele Menschen eine Scheibe abschneiden – und ich ganz besonders.

»Wir sind gleich da. Bitte wunder dich nicht, dass es bei Brian noch ein wenig chaotisch zugeht. Er ist erst vor Kurzem in das kleine Haus eingezogen.« Noah fährt in eine freie Parklücke und kommt zum Stehen.

»Chaos ist mein zweiter Name«, erinnere ich ihn.

Er dreht seinen Kopf in meine Richtung, und unsere Blicke treffen sich. Für den Bruchteil einer Sekunde glaube ich, nicht nur mein Herz laut schlagen zu hören. Die Spannung, die plötzlich in der Luft liegt, ist greifbar, und mit einem Mal ist mir heiß. Ohne überhaupt darüber nachzudenken, was ich hier tue, komme ich ihm ein Stück weit näher, und auch er beugt sich leicht über die Mittelkonsole. Als unsere Gesichter nur noch wenige Zentimeter voneinander entfernt sind, verdunkelt sich das Grün seiner Augen.

Noah hebt den Arm, und ich warte darauf, dass seine Haut meine berührt. Ich schließe meine Lider, weil mir sein Blick die Luft zum Atmen raubt, und als seine Finger sanft meine Wange streifen, während er meine Haarsträhne hinter das Ohr schiebt, verliere ich jeglichen Halt unter den Füßen. Seine Berührung fühlt sich an wie ein endloser Fall ins Ungewisse; aufregend und überwältigend.

Er seufzt. »Wir sollten reingehen.«

Ich reiße meine Augen auf und stelle fest, dass Noah schon dabei ist, die Wagentür zu öffnen. Mit hängenden Schultern folge ich ihm.

Wir stehen vor einer Häuserreihe aus roten Ziegelsteinen und dunklen Dächern. Die Gegend ist wirklich schön. Brian ist fünfundzwanzig und somit ein Jahr älter als Noah. Er arbeitet als Makler bei einer großen Firma und scheint dabei ganz gut zu verdienen.

Als uns nach dem Klingeln ein junger Mann mit blonden Haaren und braunen Rehaugen die Tür öffnet, bin ich etwas überrascht. Er sieht deutlich jünger aus als Noah, ich würde ihn viel eher auf mein Alter schätzen, was an seinen feinen, fast kindlichen Gesichtszügen liegen könnte.

Ein breites Lächeln erscheint auf seinen Lippen, und sein Blick wandert von mir zu dem großen Mann neben mir. Die Freude steht ihm ins Gesicht geschrieben.

»Es ist viel zu lange her«, sagt Brian, gibt seinem besten Freund einen Handschlag und zieht ihn anschließend in eine kurze Umarmung.

»Brian, das ist Zoe. Zoe, das ist Brian.«

Ich halte ihm die Hand hin, doch anstatt sie zu schütteln, zieht er auch mich in eine Umarmung.

»Wo sind eure Sachen?«, fragt er uns, und Noah antwortet ihm mit einem Nicken in Richtung meines schwarzen Ford Edges.

Die Männer holen unser Gepäck aus dem Kofferraum, während ich zögernd das Haus betrete. Der Flur ist lang und kahl. Links davon scheint das Wohnzimmer zu sein. Ein großes Sofa steht mitten im Raum, und der Fernseher befindet sich auf einem dunklen Sideboard. Ansonsten ist das Zimmer bis an die Decke mit Kisten gefüllt. Vom Wohnzimmer aus hat man einen direkten Blick auf die offene Küche. Wenn mich nicht alles täuscht, hat er noch nicht einmal die Folie von den weißen Schränken gezogen, dabei ist das doch das Beste an neuen Möbeln.

»Du bist dann also unsere reizende Begleitung für den Karaokeabend? Das wird bestimmt lustig.«

Ich drehe mich in die Richtung der Stimme und schaue Brian erschrocken an. Habe ich das gerade richtig verstanden? Karaoke? Noah hat gesagt, wir würden heute Abend in eine Bar gehen. Wie es aussieht, hat er ein wichtiges Detail ausgelassen.

»Keine Sorge, ich werde eine stille Beobachterin sein. Mich kriegen nämlich keine zehn Pferde auf die Bühne, das kann man den Menschen nun wirklich nicht antun«, gestehe ich und hoffe, dass die beiden Männer sich damit schon einmal die Vorstellung aus dem Kopf schlagen, dass sie mich heute singen hören werden. Ich werde mich gerne über ihre Gesangseinlagen lustig machen, aber ich gebe keinem die Möglichkeit, mich mit Eiern zu bewerfen, denn das würde jeder mit gesunden Ohren tun.

»Das sagst du jetzt. Nach ein paar Gläsern Bier sieht das Ganze wieder anders aus«, meint Brian.

Noah legt die Tasche mit meinen Sachen auf den Boden und kommt mit strahlendem Gesicht zu uns. Es ist unglaublich, wie lang seine Haare wieder geworden sind. Sie haben zwar noch nicht ihre Ursprungslänge erreicht, und er ist auch noch weit davon entfernt, sich einen Zopf machen zu können, aber oben ist sein Haar schon so lang, dass er es sich immer wieder aus der Stirn streichen muss.

»Es ist übrigens echt schön, dich endlich kennenzulernen.« Brian klopft Noah auf die Schulter. »Ich wusste, dass mein Kumpel einen guten Geschmack hat; dass seine Freundin *so* hübsch ist, hat er mir dann aber doch vorenthalten.«

Mit weit aufgerissenen Augen merke ich, wie mir die Röte ins Gesicht schießt. *Freundin.* Er hält mich für Kate. Ich möchte die Situation klarstellen, bekomme jedoch kein vernünftiges Wort aus meinem Mund.

»Zoe ist nicht meine Freundin, ich wohne nur bei ihr. Kate ist meine ... Ex-Freundin. Sie wohnt auch dort, ist aber gerade bei ihren Eltern«, kommt mir Noah zur Hilfe. Erleichtert atme ich aus, während Brian nur ein großes Fragezeichen im Gesicht steht. »Guck nicht so. Ich weiß, es ist kompliziert«, fügt Noah lachend hinzu.

»Oh Mist, mein Fehler. Zoe und Kate. Die beiden Namen kann man schon mal verwechseln. Aber du hast mir auch gar nicht erzählt, dass du wieder Single bist.« Offenbar ist nicht nur mir die Situation unangenehm, auch Brians Gesicht läuft an wie eine Tomate.

»Wo ist denn das Badezimmer?« Ich muss mir unbedingt ein wenig kaltes Wasser ins Gesicht spritzen, sonst kann es noch Ewigkeiten dauern, bis meine Haut wieder eine gesunde Farbe angenommen hat.

»Den Flur entlang und dann die letzte Tür rechts.«

Was mache ich hier? Und was wäre im Auto passiert, hätte sich Noah nicht von mir abgewendet?

Die Wassertropfen perlen an meinem Gesicht ab, während ich mich im Spiegel anschaue.

Als ich die weiß lackierte Tür öffne und gerade wieder in den schmalen Flur treten möchte, halte ich inne. Noah und Brian scheinen sich gerade über mich zu unterhalten. Warum um alles in der Welt kriege ich es immer mit, wenn über mich gesprochen wird?

»Du wohnst mit ihr und deiner Ex-Freundin zusammen? Das ist eine wirklich merkwürdige Konstellation. Wobei du damit wahrscheinlich den Jackpot gezogen hast, du darfst immerhin mit zwei hübschen Frauen unter einem Dach wohnen.« Brian beginnt zu lachen, und ich warte nur, bis auch Noah mit einstimmt, doch das passiert nicht. »Also ich könnte meine Finger garantiert nicht bei mir behalten. Oder warte …« Er macht eine Pause. »Hast du etwa …«

Bevor er noch mehr sagen kann, fällt Noah ihm ins Wort. »Brian! Nicht jeder ist so ein Aufreißer wie du. Abgesehen davon, werde ich auch nicht mehr lange dort wohnen. Ich bin schon dabei, mir was Eigenes zu suchen, aber das ist in London wirklich schwerer als gedacht.«

»Also wenn das so ist, kannst du mir Zoe gerne etwas näher vorstellen.«

An dieser Stelle sollte ich mich wohl in Bewegung setzen, denn langsam wird es unangenehm. Doch alles, was ich tue, ist, wie versteinert im Flur zu stehen.

»Vergiss es!«

»Wieso? Hat sie einen Freund?«

»Nerv mich nicht, Brian.« Als einen Moment Stille herrscht, entscheide ich mich endlich dafür, ins Wohnzimmer zurückzukehren.

»Wieso bist du nicht schon früher gekommen? Du solltest sie besuchen. Wann warst du das letzte Mal bei ihr?«

Der plötzliche Themenwechsel lässt mich aufhorchen. Von wem spricht Brian? Ich halte mich an zwei aufeinandergestapelten Kisten fest und bleibe kurz vor der Tür zum Wohnzimmer stehen.

»Können wir bitte über etwas anderes sprechen?«

Ich brauche Noah nicht zu sehen, um zu wissen, welch eine Finsternis sich gerade auf seinem Gesicht ausbreitet. Der Klang seiner Stimme verrät alles.

»Du wirst es eines Tages bereuen«, wirft Brian noch hinterher. Nur eine Sekunde später ertönt ein lauter Knall, als wäre etwas runtergefallen.

»Wenn du mich nur eingeladen hast, um mich zu belehren, kann ich auch gleich wieder gehen.«

Es ist nicht das erste Mal, dass ich Noah wütend erlebe. Als meine Mutter mich beleidigt hat, hat sich all meine Wut in seinem Gesicht widergespiegelt. Doch dies ist anders. Noch wütender. Noch verletzter.

Ich kann nicht länger im Flur stehen und lauschen, weshalb ich mit meinem besten Pokerface zurück in das Wohnzimmer trete und so tue, als wäre nie etwas passiert. Für den Bruchteil einer Sekunde lässt mich Noah sein finsteres Gesicht sehen, das total auf Brian fixiert ist. Doch als er meine Anwesenheit bemerkt, weicht der harte Ausdruck in seinen Augen einem warmen Lächeln, das meine Haut kribbeln lässt.

»Ich ziehe mich kurz um, und dann können wir los. Ich verdurste schon«, sagt Noah, greift nach seiner Reisetasche und läuft an mir vorbei in Richtung Badezimmer.

Kapitel 24

Die Karaokebar erinnert mich an eine typisch irische Kneipe. Das Backsteingebäude hat eine rote Außenfassade und ein tannengrünes Schild mit der Aufschrift *Peace Bar 21* über dem Eingang und der Fensterfront, die mit verschnörkeltem Holz verziert ist. Alte Laternen zieren den Eingang, und die halbe Mauer ist von Efeu bedeckt.

Da es noch immer angenehm warm ist, habe ich mich nicht umgezogen und trage nach wie vor mein Kleid. Nur den Strohhut habe ich bei Brian in der Wohnung gelassen. Ich streiche den Stoff meines Kleides glatt, als wir die Kneipe betreten.

Die hölzerne Bar ist meterlang, und doch ist jeder der dunkelgrünen Hocker belegt. Ich lasse meinen Blick durch die Menschenmenge wandern und kann weit und breit keine Bühne erkennen. Ganz abgesehen davon, ist es hier so voll und so laut, dass ich bezweifle, dass man überhaupt die Möglichkeit hat, jemandes Gesang zu lauschen. Nicht nur der Tresen ist belegt, auch an den Tischen kann ich keinen freien Platz für uns ausmachen. Die komplette Inneneinrichtung besteht aus Möbeln mit beschichtetem Holz, und von der Decke hängen alte Kronleuchter.

»Komm mit«, raunt mir Noah ins Ohr, damit ich ihn über die Geräuschkulisse hören kann. Sein Atem kitzelt meine Haut. Seine Hand legt sich sanft um meinen Unterarm, während er mich durch das Gedränge zu einer Treppe führt.

Brian öffnet uns eine dunkelgrüne Tür, und mit einem Mal umgibt uns eine ganz andere Atmosphäre. Es ist ruhiger. So ruhig, dass ich eine Frauenstimme vernehme, die gerade angefangen hat zu singen. Hier unten ist es nicht einmal halb so voll wie im oberen Bereich der Kneipe. Die Theke ist um einiges kleiner, und es gibt auch weniger Sitzmöglichkeiten, da einer Bühne in der Form eines Halbkreises die meiste Aufmerksamkeit zugutekommt. Ein sanftes rotes Licht beleuchtet einen Barhocker, auf dem eine junge Frau mit einem Mikrofon in der Hand sitzt. Während sich einige Menschen unterhalten und mit ihren Biergläsern anstoßen, hören ihr andere gespannt zu.

Vor der Bar bleiben wir stehen und bestellen bei einem älteren Herren drei Bier. Die schwarzhaarige Frau hinter der Theke, die gerade dabei ist, irgendein Mischgetränk zuzubereiten, fixiert Noah mit ihrem Blick.

»Dass du dich hier noch einmal blicken lässt, hätte ich im Leben nicht geglaubt.« Die Frau mit den Haaren bis zum Po tritt zu uns und lehnt sich so weit über die Theke, dass ich befürchte, ihre Brüste könnten jeden Moment aus ihrem hautengen Oberteil springen.

Die beiden besten Freunde, die sich soeben noch unterhalten haben, drehen sich nun um. »Hallo, Chrissy«, begrüßt Noah sie. Ihr Lächeln, das gerade eben noch freundlich ausgesehen hat, wird nun verführerisch.

Ich lenke meine volle Konzentration darauf, ihr nicht in den Ausschnitt zu schauen, was beinahe unmöglich ist. Bevor noch ein Wort zwischen ihnen gewechselt wird, nimmt Brian die drei Gläser von der Theke, die der Mann mit dem grauen Bart abgestellt hat, und wir entfernen uns von der Frau.

Gemeinsam gehen wir an einen freien runden Tisch und lassen uns auf die mit schwarzem Leder überzogene Sitzecke fallen.

»Was war das denn?«, frage ich die beiden Männer neben mir.

»Das war Christine. Ich habe dir doch erzählt, dass ich mal in einer Bar gearbeitet habe«, erinnert mich Noah, und da macht es plötzlich Klick. Er hat *hier* gearbeitet? Mit dieser Chrissy-Christine?

»Nicht so zimperlich, Kumpel«, Brian schlägt Noah auf die Schulter und wendet sich dann an mich. »Das ist seine Ex-Kollegin und so was wie seine Ex-Freundin.«

»Mein Gott, Brian, wir waren nie ein Paar.«

Auf einmal macht der Blick Sinn, mit dem sie ihn bedacht hat. Ich kann mir die beiden gut zusammen vorstellen. Sie sieht wirklich wunderschön aus. Chrissy wirkt wild und stark. Wie eine Frau, die weiß, was sie will, und damit wahrscheinlich das perfekte Gegenstück zu Noah ist.

Vielleicht ist sie der Grund, weshalb er sich noch einmal umgezogen hat, bevor wir hergekommen sind. Diese Erkenntnis versetzt mir einen kleinen Stich, den ich sofort zu verdrängen versuche.

Noah trägt eine enge schwarze Hose und ein schwarzes Hemd, welches sich ebenfalls ziemlich eng an seinen definierten Oberkörper schmiegt. Wie immer, wenn er Hemden trägt, sind die oberen Knöpfe geöffnet, sodass man den Ansatz seines Tattoos auf der Brust erkennen kann.

Kein Wunder, dass Chrissy ihn so angesehen hat. Ich erwische mich ja selbst dabei, wie ich jeder Bewegung seiner Lippen folge, während er sich mit Brian unterhält. Aus irgendeinem Grund komme ich mir vor, als wäre ich in einer dieser Filmszenen gefangen, in der alles auf einmal in Zeitlupe abgespielt wird und jede Bewegung des Gegenübers einem magisch erscheint.

»Überlegst du, welchen Song du gleich singen wirst?«, fragt Brian und reißt mich aus meiner Trance.

»Glaub mir, du möchtest mich nicht singen hören. Und damit ich euch beide dabei ertragen kann, brauche ich etwas Stärkeres.« Ich nehme einen großen Schluck von meinem Bier und stehe auf.

Mit voller Absicht steuere ich die linke Seite der Theke an, um der schwarzhaarigen Schönheit aus dem Weg zu gehen und bei dem Mann mit Vollbart zwei Margaritas zu bestellen. Meine Augen wandern immer wieder zu Chrissy. Bei jeder Bewegung schwingt ihr glänzendes Haar mit, und obwohl ich selbst lange Haare habe, beneide ich sie. Vielleicht beneide ich sie aber auch nicht nur darum.

Nicht einmal zwei Minuten später habe ich die zwei Gläser in der Hand und gehe damit auf direktem Wege zurück in unsere kleine Nische, die ziemlich weit hinten ist, einem aber dennoch eine gute Aussicht auf die Bühne bietet. Ich meide meinen vorherigen Platz zwischen den beiden und setze mich nun neben Brian und weg von Noah.

»Ist irgendwas?«, möchte ich wissen, nachdem mich beide niederstarren.

»Das bin ich schon gewohnt«, sagt Noah mehr zu Brian als zu mir.

»Was genau? Dass sie am Ende des Abends total betrunken ist oder dass sie zu faul ist, um zweimal zu gehen?«

»Beides«, antwortet Noah Brian, und sie beginnen zu lachen.

»Entschuldigung? Ich bin anwesend und kann euch hören.« Ich werfe Noah ein finsteres Lächeln zu.

Möchte ich mir mit diesem Ausflug beweisen, dass Noah und ich Freunde sein können, ohne dass mein Herz in seiner Gegenwart viel schneller schlägt, als es sollte? Falls ja, bin ich dabei zu scheitern.

Jetzt, wo ich hier sitze, meine Ellbogen auf den Tisch abstütze und meinen Kopf in beide Hände lege, um den beiden beim Reden zuzuhören, fällt mir auf, dass ich nicht einmal ansatzweise so willensstark bin, wie ich es gehofft habe. In meiner Vorstellung war es leicht, so zu tun, als wäre nichts gewesen und als würde mich dieser junge Mann mit den markanten Wangenknochen und den grünen Augen komplett kaltlassen. Ich muss damit aufhören. Ihn so anzusehen, so über ihn zu denken. Das muss ein für alle Mal aufhören.

Doch bevor ich mir weiter darüber Gedanken machen kann, kommt Chrissy auf uns zustolziert. Und ich meine wirklich stolziert. Ihre Beine, die in einer schwarzen Lederhose stecken, sind endlos lang, und bei jedem Schritt schwingt sie ihre Hüften mit. Sie beachtet niemanden von uns. Niemanden außer Noah.

»Na, Jungs, kann ich euch noch etwas bringen?« Chrissy wirft ihr schwarzes Haar über die Schulter und stützt sich mit den Händen auf unserem Tisch ab, was ihr Dekolleté nur noch mehr in den Vordergrund rückt.

»Nein danke«, antwortet ihr Noah genervt. Bei seinem Tonfall schleicht sich ein zufriedenes Lächeln auf meine Lippen. Ohne ein weiteres Wort macht sie kehrt und geht zurück an den Tresen.

»Wird man hier etwa an den Tischen bedient?«, frage ich mehr zum Hohn, als dass ich es ernst meine.

»Eigentlich nicht.« Noah sieht mich an und nippt an seinem Bier.

»Ich werde dir mal einen Song aussuchen gehen, Kumpel.« Brian schlängelt sich vorbei an den vielen Tischen, bis hin zu einem großen Mann, der neben der Bühne steht. Wie es aussieht, muss man sich vorab bei ihm anmelden.

Nun, da Brian weg ist, verwende ich all meine Anstrengung darauf, nicht zur Seite zu sehen. Ich beobachte Brian, als wäre es total interessant, was er dort vorne treibt. Noahs Blick spüre ich dabei jede Sekunde auf mir. Ich versuche, dem Drang zu widerstehen, mich zu ihm zu drehen. Denn das Letzte, was ich jetzt sehen möchte, sind diese grünen Augen. Von Sekunde zu Sekunde werde ich nervöser und bete innerlich, dass Brian jeden Moment zurückkommt.

»Ich bestelle mir noch etwas zu trinken, möchtest du auch was?«, frage ich schließlich, als ich die Anspannung nicht mehr aushalte. Mit einem großen Schluck trinke ich auch mein zweites Glas leer, nur, um dieser Situation entfliehen zu können. Trotz meiner direkten Ansprache schaue ich Noah noch immer nicht an.

»Du solltest es bei zwei Margaritas belassen, Zoe.« Seine Stimme ist noch tiefer als sonst. Ich warte vergebens darauf, dass er zu lachen beginnt. Er scheint es wirklich ernst zu meinen.

»Ich glaube, ich bin alt genug, um zu entscheiden, wann für mich Schluss ist. Also, willst du etwas oder nicht?«, frage ich ihn patzig und sehe ihn endlich an. In seinen Augen lodert so vieles, was ich nicht deuten kann, doch ich bemühe mich, standhaft zu bleiben.

Mit einem Kopfschütteln antwortet er mir.

Als ich am Tresen ankomme, stelle ich entsetzt fest, dass nur noch Chrissy bedient. Ich möchte gerade wieder umdrehen, da unterbricht sie meinen Fluchtversuch.

»Was darf ich dir bringen?« Mit hochgezogenen Augenbrauen, die mich stark an meine Mutter erinnern, sieht sie mich an. »Bist du seine Freundin? Oder kann ich dich noch vor diesem Troublemaker warnen?«

»Ich hätte gerne ein Wasser, und wenn du Noah meinst ... wir sind nur Freunde.«

Chrissy dreht sich kurz um und holt ein neues Glas von den Holzregalen. »Dann pass auf, dass das auch so bleibt. Ich kann dir nur sagen, dass Noah früher oder später Ärger bedeutet, und wenn er nur noch ansatzweise so ist wie damals, dann sollte man lieber die Finger von ihm lassen.« Entweder möchte sie mich belehren oder aber sie versucht, mir Angst zu machen. Doch alles, was ich empfinde, ist Wut.

»Ich habe keine Ahnung, wie Noah früher war. Aber deinem Blick nach zu urteilen, möchtest du alles andere als deine Finger von ihm lassen. Schönen Dank auch.« Ich greife mir das kühle Glas und verschwinde.

Sobald Noah das Wasser in meiner Hand erblickt, lächelt er triumphierend. Brian sitzt mittlerweile wieder an seinem Platz, und die Gewissheit, dass er nun wieder als Puffer zwischen uns fungiert, führt dazu, dass mein Herz wieder in seinem normalen Rhythmus schlägt.

»Worüber habt ihr gesprochen?«, möchte Noah von mir wissen, nachdem ich mich hingesetzt habe.

»Über nichts.«

»Das war aber ein langes Nichts.«

»Wow, fahrt mal einen Gang runter, ihr Zicken«, mischt sich Brian ein.

»Noah Murray«, ertönt die Stimme eines Mannes, noch bevor ich auf Brians Aussage reagieren kann. Mit einem Kopfschütteln steht Noah auf und trinkt den letzten Schluck seines Bieres.

»Das ist dein Stichwort.« Brian nickt Noah zu. »Danach werden dir alle Frauen zu Füßen liegen.«

»Nicht jeder möchte, dass ihm alle Frauen zu Füßen liegen, Brian. Mir würde eine schon reichen«, höre ich Noah sagen, unmittelbar bevor er auf die Bühne zugeht. Das Hemd spannt sich bei jedem Schritt über seine breiten Schultern.

»Hast du ihn mal singen hören?«, reißt mich Brian aus meiner Starre.

Ich verneine seine Frage und schaue zurück zur Bühne. Noah setzt sich mit einer Selbstverständlichkeit auf diesen Barhocker, als wäre es für ihn wie Nach-Hause-Kommen.

Das rote Scheinwerferlicht wirft einen leichten Schatten auf sein verboten schönes Gesicht. Es betont seine vollen Lippen, die dunklen Wimpern, die Wangenknochen und seinen Kiefer. Ein Bein winkelt er an, das andere berührt den Boden. Ich kann verstehen, wieso alle ihn anschauen. Er sieht aus wie ein Gemälde. Wie etwas, das nur durch die Hand eines Künstlers geschaffen werden kann.

Mit den Fingern fährt er sich durch das volle Haar, bevor er sie am Mikrofon platziert und die ersten Töne aus den Boxen erklingen. Mit einem Mal steht der komplette Raum unter Strom, und mein Herz hämmert verräterisch gegen meine Brust.

Ich erkenne den Song sofort. Es ist ein Lied aus den Neunzigerjahren, und in meinen Gedanken suche ich fieberhaft nach der Interpretin. Doch als Noah die Augen schließt, mit dem Fuß zum Takt der Musik wippt und die ersten Klänge aus seinem Mund ertönen, ist es mir plötzlich vollkommen egal, wie die Interpretin heißt.

»I thought I saw a man brought to life ...«

Mir stockt der Atem. Seine Stimme ist rau, beinahe kratzig und gleichzeitig unglaublich warm. Es fühlt sich so an, als würde sie meine Haut streicheln, mich einhüllen und in eine Trance gleiten lassen.

Langsam nähert er sich dem Refrain, und plötzlich finden seine Augen meine. Mir wird heiß, und doch bildet sich von Kopf bis Fuß eine Gänsehaut auf meinem Körper. Verdammt, was mache ich hier? Ich möchte weg. Denn mit jedem Wort, mit jeder Zeile, bricht mein Herz. Ich fühle so viel, dass mir beinahe schwindelig wird, und gleichzeitig weiß ich, dass ich nichts von alldem fühlen darf.

Während Noah weitersingt, durchbricht Brian diesen magischen Moment. »Scheiße, jetzt liegst du ihm auch zu Füßen.«

Erschrocken blicke ich zur Seite. Ich hatte komplett vergessen, dass ich hier nicht allein bin. »Du spinnst«, entgegne ich ihm so gelangweilt wie möglich, um mich nicht zu verraten. Denn ja, es hat vielleicht die letzten Wochen funktioniert, mich selbst zu belügen, doch ich bezweifle, dass ich diese Lüge noch lange aufrechterhalten kann.

Mein Herz macht einen Sprung, als die Musik verstummt. Die Leute klatschen begeistert, während Noah mit schweren Schritten zu uns zurückkommt.

Er setzt sich direkt neben mich auf die gepolsterte Bank, und ich zucke leicht zusammen. Seine Schulter streift für den Hauch einer Sekunde meine. Der Stoff seiner Jeans liegt an meinem nackten Oberschenkel, und sofort rücke ich ein wenig von ihm weg, so als würde ich mich an ihm verbrennen.

»Und?«, fragt mich Brian, als würde er darauf warten, von mir zu hören, wie ich Noahs Gesangseinlage fand.

»Es war ...« Ich sehe Noah an. Er sieht mich an. »... schön.«

»Brian McDonald«, ertönt eine laute Stimme.

»Ich habe dir dein Lieblingslied rausgesucht«, versichert Noah seinem besten Freund. Doch sein Zwinkern verrät mir, dass dies mit großer Wahrscheinlichkeit nicht der Wahrheit entspricht.

»Ich werde sie alle vom Hocker hauen.« Und mit diesen Worten lässt mich Brian allein zurück. Allein mit Noah.

Wenige Sekunden später rückt er näher an mich heran, und als plötzlich die Töne von Katy Perrys *I Kissed a Girl* ertönen, kann er sich ein schadenfrohes Lächeln nicht mehr verkneifen. Er lächelt so breit, dass seine Grübchen zum Vorschein kommen, und am liebsten würde ich ihn anschreien, dass er damit aufhören muss. Dass mir sein Lächeln die verdammte Luft zum Atmen nimmt. Dass er mein Verderben ist. Vielleicht ist er der Teufel. Die pure Versuchung, die mich tiefer und tiefer ins Verderben stürzt, so als hätte er die Absicht, mein Leben durcheinanderzubringen und es anschließend zu ruinieren. *Gott, Zoe! Bist du gerade wirklich wütend auf ihn, weil er lächelt?* Ich brauche noch einen Drink.

»Das glaube ich kaum«, sagt Noah und sieht mich mahnend an, während er seine Stirn in Falten legt.

Mein Herz bleibt stehen. »Habe ich das gerade laut gesagt? Stopp!

Was genau habe ich gesagt?«, frage ich ihn entsetzt, als mir bewusst wird, was ich soeben gedacht habe.

»Na, dass du noch einen Drink brauchst. Was denn sonst?«

Doch noch bevor ich ihm antworten kann, steht plötzlich wieder Chrissy vor unserem Tisch. Ich könnte schwören, dass sie eben noch keinen roten Lippenstift getragen hat.

»Du hast es nicht verlernt. Ich bin mir sicher, du hast einiges nicht verlernt.« Wow. Wieso reißt sie ihm nicht gleich die Klamotten vom Leib und bespringt ihn?

Als wäre ich überhaupt nicht anwesend, setzt sie sich seitlich auf Noahs Schoß und legt ihre Hand in seinen Nacken, um ihm etwas ins Ohr zu flüstern. Ich rutsche demonstrativ von Noah weg und sehe die beiden fassungslos an.

Mein Puls hat sich mit einem Mal verdoppelt, und obwohl ich sehe, dass Noah gerade etwas sagen möchte, kann ich meine bescheuerte Klappe nicht halten. »Solltest du nicht lieber arbeiten?«

»Mit dir hat keiner gesprochen«, antwortet sie mir, ohne mich eines Blickes zu würdigen. Und wenn mein Puls eben auf hundertachtzig war, so ist er jetzt auf gefühlten zweihundertachtzig.

»Steh auf«, fordert Noah Chrissy auf, während er ihre Hand von seinem Nacken schiebt.

»Ach was, Quatsch. Ich störe euch einfach nicht weiter«, schlage ich ihnen voller Zorn vor und erhebe mich.

»Zoe«, ruft mir Noah nach. Ich höre, dass auch Chrissy irgendwas vor sich hin redet, doch ich schenke den beiden keine weitere Sekunde Beachtung. Stattdessen verlasse ich mit angehaltenem Atem die Karaokebar. Erst, als ich an der frischen Luft bin, atme ich wieder aus, nur um sofort nach der kühlen Nachtluft zu schnappen.

Wenige Laternen beleuchten die Straße in der Dunkelheit. Ein paar Meter vom Eingang entfernt kann ich eine Brücke erkennen, auf die ich zugehe.

»Sommersprosse, was ist los?« Noahs Stimme ist so leise, dass sie fast in dem gedämpften Lärm, der aus der Bar kommt, untergeht. Er kommt langsam auf mich zu, lehnt sich schließlich lässig mit dem Rücken an das Geländer. Den Kopf legt er in den Nacken und schaut in den dunklen Himmel, der so klar ist, dass man den Mond sehen kann.

»Nichts. Geh einfach wieder zurück zu deiner Chrissy.«

»Meiner Chrissy? Was meinst du damit?« Er drückt sich vom Geländer weg und stellt sich direkt in mein Blickfeld.

»Was ich damit meine? Ich bin doch nicht blind, Noah. Sie drückt dir ihre Brüste ins Gesicht und setzt sich auf deinen Schoß. Sie steht auf dich, und das nicht gerade unauffällig.«

»Bist du etwa eifersüchtig?« Das zaghafte Grinsen auf seinen Lippen lässt meine Wut erneut aufkochen.

»Fragst du mich gerade wirklich, ob ich eifersüchtig bin? Natürlich nicht.« Ich bin so wütend. Auf Chrissy. Auf Noah. Und vor allem auf mich selbst. »Wieso um alles in der Welt sollte ich auf sie eifersüchtig sein?« Mit jedem Wort wird meine Stimme lauter, und gleichzeitig begreife ich, wie kindisch ich mich gerade verhalte.

»Zoe ...« Noah macht einen Schritt auf mich zu und hebt seinen Arm. Doch bevor er mich berühren kann, weiche ich zurück.

»Ich bin wirklich müde. Kannst du bitte Brian holen? Ich warte hier.«

»Das ist vermutlich eine gute Idee.« Mit zusammengekniffenen Augenbrauen sieht er mich an. »Nur für den Fall, dass du doch eifersüchtig sein solltest ... Dafür gibt es keinen Grund«, fügt er hinzu, dreht sich um und geht auf die Bar zu.

Keine Ahnung, was schlimmer ist. Dass ich Chrissy und auch Noah angezickt habe oder dass ich mich wie eine eifersüchtige Furie verhalten habe. Aber genau das bin ich. Eifersüchtig.

Ich habe mir immer wieder eingeredet, dass Noah und ich nur befreundet sind, dass ich nicht mehr für ihn empfinde, als ich es sollte. Doch das tue ich. Ich bin verliebt. Verliebt in Noah. Es schockiert mich selbst. Opa hatte recht damit, dass Noah meine Amelie sein könnte. Ich habe das Gefühl, den richtigen Mann gefunden zu haben. Nur leider zur falschen Zeit.

Das gleichmäßige Zirpen der Grillen beruhigt mein klopfendes

Herz und bringt mich wieder etwas runter, während ich langsam auf die Bar zugehe, durch deren Tür genau in diesem Moment Noah und Brian treten.

Noah lächelt mich an, und es ist, als würde ich ihn zum ersten Mal so richtig anschauen. Mit der Gewissheit, verliebt zu sein. Es tut weh. Weil ich ihn gerne umarmen würde, weil ich ihm gerne sagen würde, was er mir wirklich bedeutet, weil ich ihn gerne küssen würde. Doch all das kann ich nicht – all das darf ich nicht.

»Es tut mir leid«, sage ich so leise wie möglich, damit Brian mich nicht hört, während er gerade dabei ist, in sein Auto zu steigen.

»Nein, mir tut es leid«, entgegnet er.

»Ich wüsste nicht, was dir leidtun sollte. Etwa, dass ich mich kindisch verhalten habe? Dass ich zickig war? Oder doch eher, dass ich zu einer eifersüchtigen Furie mutiert bin?« Habe ich gerade ausgesprochen, dass ich wirklich eifersüchtig war? Scheiße. Fieberhaft überlege ich, was ich noch hinterherschieben könnte, um meine Worte etwas abzumildern, und gleichzeitig würde ich gerade gerne wissen, was er denkt.

Es macht mich fast verrückt, nicht zu wissen, was ihm gerade durch den Kopf geht. Doch als er seinen Mund öffnet, nur um ihn Sekunden später wieder zu schließen, wird mir mit einem Mal bewusst, dass auch er nicht weiß, was er sagen soll.

Kapitel 25

Seit einer Stunde drehe ich mich immer wieder von der einen auf die andere Seite und finde keine Ruhe. Noah und ich haben kein Wort mehr miteinander gewechselt, weder als Brian uns zu ihm gefahren hat, noch als ich nach oben in das Gästezimmer gegangen bin, um mich schlafen zu legen.

Ich – Zoe Wilson – bin verliebt in Noah. Dieser Gedanke lässt mich nicht mehr los und hindert mich daran, in den Schlaf zu fallen. Meine Lider sind schwer, doch mein Kopf lässt mir keine Ruhe, und auch mein Herz hört nicht auf, wie wild in meiner Brust zu schlagen.

Wie konnte ich nur so blind sein? Ich habe mir immer wieder gesagt, dass Noah der perfekte Mann für Kate ist, dass er sie glücklich machen kann und sie zusammengehören. Dabei stimmt das nicht. Er konnte Kate nicht glücklich machen. Mich könnte er es dafür umso mehr.

Mit einem genervten Seufzer schlage ich die Bettdecke beiseite und berühre mit meinen nackten Füßen den Teppichboden. Mein Hals ist trocken, und mein Magen knurrt.

Brians Schlafzimmer liegt direkt nebenan, weshalb ich auf Zehenspitzen an seiner Tür vorbei- und die Treppen hinuntergehe. Unten angekommen, brauche ich einen Moment, um mich zu orientieren. Nur dank des Lichts der Straßenlaternen erkenne ich leichte Umrisse und finde den Weg in den offenen Wohnbereich.

Es ist mucksmäuschenstill, nur der Kühlschrank summt leise vor sich hin. Die Fliesen unter meinen Füßen sind eiskalt. Ich ziehe leicht an der Tür des Kühlschranks und öffne ihn einen kleinen Spalt. So weit, dass ich dank des Lichts ein Glas finde, aber nicht zu weit, um die komplette Küche zu beleuchten. Mein Gesicht halte ich näher an den Spalt, um etwas Essbares zu entdecken. Doch außer Bier, Margarine und Käse befindet sich rein gar nichts im Kühlschrank. Unzufrieden mit dieser Ausbeute ziehe ich mir zwei Scheiben Käse aus der Packung.

Ich drehe mich um und möchte ihn gerade in den Mund schieben, da entfährt mir ein kurzer Schrei. Noah steht plötzlich vor mir und sieht mich mit einem breiten Lächeln an. Für einen Augenblick sind wir beide ganz still, aus Angst, dass mein Schrei Brian geweckt haben könnte, doch oben bleibt alles ruhig.

»Hunger?«, fragt er mich und nimmt sich die verbliebenen Scheiben Käse aus dem Kühlschrank.

»Und Durst«, antworte ich ihm.

Ich wende mich von Noah ab, um mein leeres Glas mit Wasser zu füllen. Er greift über mich hinweg und nimmt sich ebenfalls eines aus dem Regal, wobei mir sein unverkennbarer Duft in die Nase steigt und mein Herz höherschlagen lässt.

»Kannst du auch nicht schlafen?«

»Irgendwie nicht.«

»Wollen wir uns hinsetzen und in Ruhe unseren Käse genießen?« Er knipst ein kleines Licht über der Spüle an und deutet auf das Sofa.

Gemeinsam lassen wir uns darauf fallen und starren in die Dunkelheit, die uns umgibt. Es ist so surreal, wie wohl ich mich in seiner Nähe fühle und wie viel Geborgenheit mir seine bloße Anwesenheit schenkt. Doch gleichzeitig habe ich auch Angst. Angst, dass meine Gefühle unserer Freundschaft schaden und irgendwann der Grund dafür sein werden, dass unsere Wege sich trennen. Denn wenn ich ehrlich zu mir selbst bin, dann kann ich es mir nicht mehr vorstellen, ohne Noah zu sein.

Nach einer schier endlosen Stille, in der keiner von uns so richtig weiß, was er sagen soll, fängt Noah plötzlich an zu sprechen.

»Weißt du, was für mich schon immer schwer war? Entscheidungen zu treffen. Darin war ich noch nie gut. Mit fünf Jahren musste ich mich zwischen Schwimmen und Fußball entscheiden. Mit sieben Jahren war es dann Klavier oder Gitarre. Mit zehn Jahren musste ich mich entscheiden, ob ich lieber mit Pascal oder Lucas befreundet sein möchte, weil sich beide auf den Tod nicht leiden konnten. Und es ging immer so weiter. Dabei wollte ich immer alles haben. Ich wollte Fußball spielen und schwimmen, wollte Klavier spielen lernen, aber auch Gitarre. Ich wollte mit Lucas *und* Pascal befreundet sein. Leider wurde mir schnell klar, dass es bei vielen Dingen kein und gibt, sondern nur ein oder.« Er lächelt verkrampft und seufzt. »Täglich muss man irgendwelche Entscheidungen treffen. Fällt es dir leicht, Entscheidungen zu treffen, Zoe?«

Ich bin mir nicht sicher, worauf er hinauswill, geschweige denn, weshalb er ausgerechnet jetzt mit mir über seine Vergangenheit spricht. Vielleicht liegt es an Liverpool, an der Stadt, in der er aufgewachsen ist. Vielleicht bringt sie Erinnerungen in ihm hoch, und seinem bedrückten Gesichtsausdruck nach zu urteilen, welchen ich dank der spärlichen Beleuchtung aus der Küche erkennen kann, sind es keine guten Erinnerungen.

»Ja. Wobei ...« Ich mache eine Pause und denke über meine Antwort nach. »Nein, das war gelogen. Wichtige Entscheidungen fallen mir nicht leicht.«

»Lass uns ein Spiel spielen«, schlägt Noah vor.

»Was denn bitte für ein Spiel?«

Er senkt seinen Kopf und schaut mich nun nach einer gefühlten Ewigkeit mal wieder an. »Dies oder Das. Ich will sehen, wie leicht oder schwer dir Entscheidungen fallen.«

»Dann schieß mal los.«

»Einhörner oder Möpse?« Ich weiß genau, dass er damit auf meine zwei Lieblingstassen anspielt.

»Möpse«, antworte ich ihm schnell und füge meine Frage hinzu. »Hunde oder Katzen?«

»Hunde. Lieber unglücklich, aber gesund oder glücklich, aber ungesund?«

»Glücklich und ungesund. Unglücklich sein führt sowieso irgendwann dazu, dass man krank wird. Filme oder Serien?«

»Filme. Blond oder Braun?«, fragt er mich.

»Das ist eine ziemlich oberflächliche Frage. Aber spontan würde ich sie mit Braun beantworten. Süßes oder herzhaftes Essen?«

»Herzhaftes. Eine gute Party oder ein gemütlicher Abend zu Hause?«

Diese Frage ist für mich wirklich nicht leicht zu beantworten. »Kommt ganz auf meine Stimmung an. Vermutlich eher der gemütliche Abend. Gefällt dir die Nacht besser oder der Tag?«

»Die Nacht. Für gewöhnlich sind die Menschen nachts ehrlicher.« Der Blick, mit dem er mich bedenkt, wird intensiver.

»*Die Simpsons* oder *Family Guy*?«, fährt er fort.

»*Family Guy*.« Ich lehne mich gemütlich nach hinten und lege die Beine seitlich auf das Sofa. Noah sitzt so dicht neben mir, dass unsere Schultern sich berühren, und ich würde gerade nichts lieber tun, als meinen Kopf auf seiner auszuruhen. »Marvel oder DC?«

»Marvel. Sommer oder Winter?«

»Frühling und Herbst«, antworte ich stattdessen. »Wofür bist du in deinem Leben am dankbarsten?«, frage ich ihn, obwohl es keine Dies-oder-Das-Frage ist.

»Dafür zu leben.« Seine Antwort ist simpel und doch aussagekräftig. »Glaubst du an Liebe auf den ersten Blick?«

»Wow, die Fragen werden immer tiefgründiger. Aber ich glaube nicht, nein.« Gähnend stelle ich das mittlerweile leere Glas auf den Couchtisch und lehne mich anschließend wieder nach hinten. Noah greift nach einem Kissen und legt es sich in den Schoß. Ich verstehe das als eine Einladung und mache die Beine auf dem Sofa lang, um meinen Kopf auf das Kissen zu betten. »Und du?«, frage ich schließlich und sehe hoch in sein Gesicht.

»Ich glaube, dass man sich auf den ersten Blick zu jemandem hingezogen fühlen kann, aber Gefühle entwickelt man nicht, weil jemand einfach nur eine tolle Ausstrahlung hat. Da gehört dann doch ein wenig mehr dazu.« Sanft streicht er mir immer wieder durch das offene Haar.

Ich schließe meine Augen und lausche seiner Stimme, während er mir davon erzählt, wie seine Eltern sich kennengelernt haben und seine Mutter immer wieder beteuerte, dass es bei ihr Liebe auf den ersten Blick war.

Sein Vater war mit seinen Freunden in Italien und hat den Junggesellenabschied seines besten Freundes gefeiert. Seine Mutter hat dort einen Wellnessurlaub gemacht, und eines Abends sind sie sich in einem Lokal begegnet. Während Noah weiter in Erinnerungen schwelgt, nehme ich nur noch seine warme Stimme wahr und merke, wie ich langsam, aber sicher in den Schlaf gleite.

Am Morgen wurden Noah und ich von Brian aus dem Schlaf gerissen. Wir sind beide auf dem Sofa eingeschlafen und wurden ruckartig wach, als Brian aus Versehen irgendwas fallen ließ. Brian hat sich über unseren Anblick herzhaft amüsiert, und nachdem wir frühstücken waren, haben wir den restlichen Tag am Hafen verbracht. Die meiste Zeit habe ich den beiden beim Reden zugesehen. Sie haben Späße gemacht, über die Vergangenheit gesprochen und gelacht. Der Anblick hat mich glücklich gemacht, und obwohl ich mir nun selbst eingestanden habe, dass ich in Noah verliebt bin, versuche ich den letzten Tag in Liverpool zu genießen. Die Realität wird mich früh genug einholen, spätestens dann, wenn wir wieder in London sind.

Liverpool ist wirklich wunderschön, und ich wünschte, ich könnte noch mehr von dieser Stadt sehen. Doch wenn wir nicht erst mitten in der Nacht zu Hause ankommen wollen, müssen wir uns langsam auf den Weg machen.

Wir gehen gemütlich zum Parkhaus, in dem wir mein Auto abgestellt haben, und schmieden Pläne für ein nächstes Zusammentreffen.

»Das nächste Mal kommst du aber uns besuchen«, wirft Noah ein. Bei dem Wort *uns* macht mein Herz einen kleinen Freudensprung. Das hört sich gut an. *Uns. Wir.*

»Auf jeden Fall, Kumpel«, antwortet Brian und zieht mich daraufhin in eine kurze Umarmung. »Es war wirklich schön, dich kennengelernt zu haben, Zoe. Lass dich nicht zu sehr von Noah ärgern, und kommt gut nach Hause.«

Ich bedanke mich bei ihm für seine Gastfreundschaft. Auch wenn ich sein Gästezimmer nicht wirklich genutzt habe, so habe ich dennoch seinen Scheibenkäse weggegessen. Mit einem Grinsen im Gesicht verabschiede ich mich von ihm und öffne die Beifahrertür.

Ich beobachte aus dem Augenwinkel, wie sich die beiden Männer voneinander verabschieden.

»Es hat wirklich gutgetan, mal wieder hier zu sein«, gesteht Noah.

»Du bist jederzeit bei mir willkommen, das weißt du.«

»Mach's gut.« Mit diesen Worten kommt Noah auf mich zu und steigt auf der Fahrerseite ein.

Eigentlich wollte ich den Rückweg übernehmen, doch als Noah mitbekommen hat, dass mein Nacken durch die Nacht auf dem Sofa verspannt ist, hat er darauf bestanden zu fahren. Auch wenn er es abgestritten hat, bin ich mir sicher, dass auch er Schmerzen hat. Im Sitzen zu schlafen kann nur unbequem sein.

Eine ältere Dame, die an einer pinkfarbenen Leine einen weißen Pudel führt, überquert gerade den Zebrastreifen vor uns. Noah nutzt die Gunst der Stunde und neigt seinen Kopf in meine Richtung. Sein Lächeln verschlägt mir für einen Moment die Sprache, und mir wird plötzlich bewusst, dass ich gar nicht nach Hause will. Denn zu Hause wird mir nur wieder vor Augen geführt, dass ich nichts für diesen Mann empfinden darf. Mein Magen beginnt zu knurren und unterbricht den magischen Moment.

»Wollen wir uns Pizza auf die Hand holen, und ich zeige dir, wo ich groß geworden bin?«

»Sehr gerne.« Als hätte er meine Gedanken gelesen und wüsste, dass ich noch gar nicht wegmöchte. Hinter uns beginnt es zu hupen, da die ältere Dame schon lange auf der anderen Straßenseite angekommen ist.

»Seit ich dort nicht mehr wohne, war ich nicht mehr da, und ich habe ehrlich gesagt auch nicht geglaubt, noch mal hinzugehen. Doch irgendwie möchte ich es dir zeigen«, erzählt er mir.

Noah biegt in eine Seitenstraße ein und kommt nur wenige Minuten später vor einem kleinen, unscheinbaren Laden zum Stehen. Wir parken an der Seite und steigen aus. Ich muss gestehen, dass dieses Lokal nicht meine erste Wahl wäre, um mir etwas zu essen zu holen. Es wirkt nicht nur unscheinbar, sondern auch ein wenig gruselig.

»Der Laden ist nicht schön, aber dafür haben sie die beste Pizza in der Stadt. Sehr fettig, aber auch sehr lecker.«

Ich vertraue ihm, und kurze Zeit später schlendern wir, mit einer Pizzaschachtel in Noahs Händen, durch die Straßen Liverpools.

Die Pizza ist perfekt. Sie ist fettig, aber nicht triefend. Fluffig, aber nicht zu weich. Knusprig an den Enden, aber nicht zu hart oder verbrannt. Es dauert nicht lange, da haben wir die komplette Schachtel geleert, woran hauptsächlich ich schuld bin.

Vor einem kleinen Einfamilienhaus bleibt Noah plötzlich stehen. Es ist wunderschön und erinnert mich an die Holzhäuser aus alten amerikanischen Filmen. Die Fassade ist in einem dunklen Royalblau gestrichen. Die Fensterrahmen erstrahlen in einem klaren Weiß, genauso wie das Dach und die Eingangstür. Es sieht nach einem gemütlichen Zuhause aus, einem, in dem man sich wohlfühlt.

»Ist das …?«, beginne ich meine Frage.

Wir stehen Seite an Seite vor dem kleinen Vorgarten und haben unsere Blicke geradeaus gerichtet.

»Mein Elternhaus«, beendet er meinen Satz. Er klingt, als würde es ihm schwerfallen, diese Worte auszusprechen.

Hier ist Noah aufgewachsen. In diesem Garten hat er laufen gelernt und auf dieser Straße das Fahrradfahren.

Hier hat er Partys gefeiert, Freunde eingeladen, das erste Mädchen geküsst.

Alles Dinge, die ich über Noah weiß, weil er sie mir erzählt hat, über die wir stundenlang gesprochen haben, ohne dass es langweilig wurde.

»Wohnt deine Mutter noch immer hier?«

Seine Schulter berührt meine, und ich wage es nicht, ihn anzusehen. Ob es ihm genauso geht? Denn ich erkenne aus dem Augenwinkel, dass auch er sich nicht von der Stelle bewegt und geradewegs auf die Eingangstür schaut.

»Nein.«

Noah hat noch nie viel über seine Eltern gesprochen. Wir haben immer über seine Freunde, seine Jugendlieben, seine Schulzeit geredet. Ich weiß, was für einen Schicksalsschlag seine Familie erleiden musste und dass diese Zeit furchtbar schwer für sie war. Aber ich weiß nicht, wie sein Verhältnis mittlerweile zu dem Rest seiner Familie ist, geschweige denn zu seiner Mutter.

»Lass uns klingeln und schauen, wer dort wohnt.« Ich mache einen Schritt nach vorne und trete in den leicht verkommenen Vorgarten. Ich bin so fixiert auf meine Idee, dass ich voller Tatendrang auf die Tür zulaufe. Was für Leute wohl in diesem wunderschönen Haus wohnen? Ob es eine liebevolle Familie ist? Oder ein altes Ehepaar, das sich hier zur Ruhe gesetzt hat?

Kurz bevor ich die Tür erreiche, hält mich Noah sanft am Arm fest. Seine Berührung löst sofort ein Kribbeln auf meiner Haut aus. »Ich glaube nicht, dass das die richtige Uhrzeit dafür ist.«

Er hat recht. Ich weiß, dass er recht hat, und doch schreit irgendwas in mir danach, zu klingeln und Hallo zu sagen. Doch die Vernunft siegt, und ich drehe mich mit herunterhängenden Schultern wieder um.

»Lass uns zurückgehen. Wir haben noch eine lange Fahrt vor uns.« Seine Stimme ist mit einem Mal so düster wie die Nacht, die über uns hereinbricht.

Kein Auto befährt die Straße, an der wir entlanggehen, und auch kein Mensch ist weit und breit zu sehen. Es ist so still, dass man das Zirpen der Grillen hören kann, die es sich in der Dunkelheit bequem gemacht haben. Irgendwo in der Ferne beginnt ein Hund zu bellen.

»Wie viele Sterne siehst du am Himmel?«, fragt er mich.

Ich lege den Kopf in den Nacken und schaue in das dunkle Schwarz. »Keine«, antworte ich ihm wehmütig.

Unsere Schritte verlangsamen sich, während wir nun gemeinsam in den Himmel blicken.

»Weißt du, wieso du keine siehst? Die Städte leuchten heutzutage selbst nachts so hell, dass wir die Sterne gar nicht mehr richtig wahrnehmen können.« Ich lausche seiner sanften Stimme. »In Europa gibt es kaum mehr Länder und Städte, in denen man überhaupt noch die Milchstraße oder den Großen Wagen sehen kann. Ist das nicht traurig?« Er fährt sich mit der Hand durch das Haar.

»Die Sterne faszinieren so viele Menschen, jeder findet sie schön, jeder will sie sehen. Doch was tut der Mensch? Er beleuchtet alles. Denkmäler, Ladenschilder, Geschäfte, Lokale, die Straßen, den Park, einfach alles. Wenn man in Europa einen richtigen, unverfälschten Sternenhimmel sehen möchte, dann muss man nach Schottland, Norwegen oder Schweden. Das bedeutet, dass manch ein Mensch niemals einen richtigen, echten Sternenhimmel sieht. Sein ganzes Leben lang nicht.«

»Dann müssen wir nach Schottland«, sage ich und versuche die Stimmung ein wenig aufzulockern.

»Meine Mutter wurde in Schottland geboren. In Inverness. Als ich klein war, sind wir oft dort gewesen.«

Wir kommen vor meinem schwarzen Ford Edge zum Stehen, und bevor er auf die Fahrerseite geht, schaut er mir tief in die Augen. So tief, dass ich am liebsten die Distanz zwischen uns überwinden würde, um mich an seine Brust zu schmiegen. »Die Sterne dort sind atemberaubend, Zoe.«

Drei Buchstaben. Mein Name hat nur drei Buchstaben. Man braucht nicht einmal eine Sekunde, um ihn auszusprechen. Und doch klingt es jedes Mal so, als würde Noah meinen Namen eine halbe Ewigkeit lang auf der Zunge tragen, bevor er sich in etwas Wunderschönes verwandelt und seine Lippen verlässt.

»Ich würde sie dir gerne zeigen – die Sterne.«

»Ich würde sie gerne sehen.«

Wir steigen gleichzeitig in das Auto ein, und während Noah den Motor startet, betrachte ich ihn von der Seite.

»Manchmal möchte ich einfach abhauen. Mich in mein Auto setzen und so lange fahren, bis ich finde, wonach ich suche.« Ich weiß nicht, wieso ich diesen Gedanken mit Noah teile, ich weiß nur, dass ich mich danach irgendwie leichter fühle.

»Wonach suchst du denn?«

»Wenn ich das nur selbst wüsste. Vielleicht nach dem Sinn hinter allem. Vielleicht nach einem Neustart. Vielleicht aber auch nur nach einem klaren Sternenhimmel.«

Noahs Hand löst sich von dem Lenkrad. Etwas blitzt in seinen Augen auf, als er mich ansieht, mich erwischt, wie ich ihn von der Seite beobachte. Für eine Sekunde glaube ich, er wird mich berühren, die Hand nach mir ausstrecken. Doch er tut es nicht. Stattdessen schließt er die Augenlider, als wären sie aus Blei, und richtet seinen Blick wieder auf die Straße.

Es fällt mir so leicht, mit ihm über meine Vergangenheit zu sprechen, mit ihm über meine Eltern und meine Panikattacken zu reden. Manchmal bin ich in seiner Gegenwart so schonungslos ehrlich, dass es mich selbst erschreckt.

»Ich halte hier kurz an. Würdest du im Wagen auf mich warten? Es dauert auch sicher nicht länger als zehn Minuten«, versichert er mir und bringt das Auto zum Stehen.

»Natürlich«, antworte ich ihm, ohne die Frage zu stellen, die mir gerade auf der Zunge brennt. Was zur Hölle möchte er hier?

Kapitel 26

Ich habe nicht auf die Uhr geschaut, als Noah das Wageninnere verlassen hat und in die dunkle Nacht hinaustrat. Ich habe keine Fragen gestellt, als er mich darum bat, im Auto zu warten. Ich war einfach nur still, sah ihm hinterher, als er durch den kleinen Torbogen des Friedhofs ging.

Wenn ich meinem Bauchgefühl vertrauen kann, dann sitze ich nun seit mindestens zwanzig, vielleicht sogar dreißig Minuten im Auto und warte sehnsüchtig darauf, dass Noah wieder zurückkommt. Seit mittlerweile fünf Minuten überlege ich fieberhaft, ob ich nach ihm sehen soll oder nicht. Er wollte, dass ich im Auto auf ihn warte. Er wollte aber auch in spätestens zehn Minuten wieder da sein.

Ich atme einmal ganz tief ein und wieder aus, bevor ich die Wagentür aufmache und in die Kälte trete. Das Wetter in Liverpool unterscheidet sich nicht wirklich von dem in London. Gestern war es noch so heiß, dass ich es nur in einem Sommerkleid ausgehalten habe, und heute trage ich wieder eine Jeans und einen dünnen weißen Pullover, der weich auf meiner Haut liegt.

Sobald mich die Nachtluft umgibt, schlinge ich die Arme um meinen Körper und gehe durch den Friedhofseingang. Unter meinen Schuhsohlen knirscht der Kies bei jedem meiner Schritte. Die Wege sind so schlecht beleuchtet, dass ich kaum weiter als fünf Meter schauen kann. Wenn ich nicht wüsste, dass sich Noah ganz in der Nähe aufhält, würde ich es jetzt mit der Angst zu tun bekommen. Ich glaube nicht an Geister oder an irgendwelche anderen übernatürlichen Wesen.

Und trotzdem ist es nachts auf einem Friedhof nicht unbedingt angenehm. Doch mit jeder Sekunde, die verstreicht, dringt eine ganz andere Angst zu mir durch. Die Angst davor, was ich vorfinden werde.

Noch bevor ich mich weiter in diesen Gedanken hineinsteigern kann, sehe ich ihn, und alles in mir verstummt.

Noah kniet mit dem Rücken zu mir vor einem länglichen Grabstein. Das schwarze T-Shirt spannt sich eng um seine Schultern, und sein Blick ist starr geradeaus gerichtet. Das Licht der wenigen Laternen erleuchtet einige Stellen in einem warmen Gelb und lässt andere vollkommen im Dunkeln. Mit einem lauten Donnern kündigt sich ein Gewitter an.

»Noah?« Ich flüstere seinen Namen, damit er sich nicht erschreckt, und gehe einen Schritt auf ihn zu. Unmittelbar hinter ihm bleibe ich stehen. Mit der Hand berühre ich seine Schulter und streife sanft über den Baumwollstoff. Die ganze Zeit über ist mein Blick nur auf Noah gerichtet, bis ich es endlich wage, mir den Grabstein genauer anzusehen.

Mir stockt der Atem. Ich habe mit dem Namen seines Vaters gerechnet, geglaubt, er würde sein Grab besuchen wollen, wenn er schon mal hier in seiner Heimat ist. Und der Name steht dort auch. *Christopher Murray*. Doch was mich so schockiert, ist der Name, der sich direkt daneben befindet, und als ich ihn erblicke, wird mir klar, dass Noah noch viel mehr durchgemacht haben muss, als er mir offenbart hat. *Melody Murray*.

Stumm gehe ich neben ihm in die Hocke. Seine Augen sind geschlossen, und die Hände sind zusammengefaltet, fast so, als würde er beten. Wie von selbst legt sich meine Hand um seine. Er strahlt so viel Schmerz aus, dass es mich beinahe zerbricht. Ich kann mir gar nicht ausmalen, was gerade in ihm vor sich geht.

»Ich wollte dich nicht so lange warten lassen. Ich …« Seine Stimme bricht, und als er endlich die Augen öffnet, tobt ein gewaltiger Sturm in dem sonst so strahlenden Grün. Er sieht mich mit gläsernem Blick an. Nur wenige Zentimeter trennen unsere Gesichter voneinander, und ich erkenne so vieles in seinen Augen. Wut. Verzweiflung. Trauer. Scham.

Kapitel 27

Noah

Es ist Jahre her, seit ich das letzte Mal hier war. Um genau zu sein, seit ihrer Beerdigung. Auf dem Grab liegen frische Blumen, und ich frage mich unweigerlich, von wem sie wohl sind. Gleichzeitig bin ich wütend, dass ich keine dabeihabe. Nicht einmal das kriege ich hin.

Ich hatte nicht geplant, auf den Friedhof zu gehen; im Gegenteil. Ich habe mir von vornherein immer wieder gesagt, dass ich diesen Ort nicht betreten werde. Aber als Zoe und ich vor meinem einstigen Zuhause standen, überkam mich das Verlangen, sie doch zu besuchen. Meine Eltern zu besuchen.

Heute ist ihr Hochzeitstag. Heute vor genau siebenundzwanzig Jahren haben sie geheiratet. Diese Erkenntnis hatte ich den ganzen Tag im Hinterkopf. Und trotz all dieser Erinnerungen war es kein schlimmer Tag. Kein Tag, an dem mich die Trauer wie sonst immer aufgefressen hat. Weil sie an meiner Seite war. Doch jetzt, ganz plötzlich, übermannt mich alles. Die Schuldgefühle, weil ich meiner Mutter eine größere Last als Hilfe war. Die Zweifel daran, ob es nicht auch hätte anders kommen können, und vor allem der Hass auf mich selbst.

Ich spüre Zoes Hand, die sie vor einigen Sekunden behutsam über meine gefalteten Hände gelegt hat. Ich öffne die Augen und sehe sie direkt an.

»Es tut mir so leid«, sagt sie und legt ihre Hand nun auf meine Wange.

Dies ist der richtige Zeitpunkt, um ihr alles zu erzählen, um ihr zu offenbaren, dass ich nicht der bin, für den sie mich hält. Ich bin ein Monster. Jemand, der kein Glück verdient.

Zoe weiß mittlerweile mehr über mich als sonst jemand. Es war so leicht, mit ihr über meinen Vater zu sprechen. Doch es wird nicht leicht sein, ihr von meiner Mutter zu erzählen. Und vielleicht wird es auch das letzte Mal sein, dass sie überhaupt etwas von mir wissen möchte. Sie wird mich gleich mit anderen Augen sehen – so, wie ich mich selbst sehe.

Ich schaue zurück zu dem Grabstein. Unter dem Namen meiner Mutter steht in kursiver Schrift: *Das Sichtbare vergeht, doch das Unsichtbare bleibt ewig.* Sie hat mir genau das immer und immer wieder nach Dads Tod gesagt. Niemals hätte ich gedacht, dass ich es irgendwann unter ihren Namen setzen muss.

Daneben stehen der Name meines Vaters und die Worte: *Es ist viel dunkler, wenn ein Stern erlischt, als es sein würde, wenn er nie gestrahlt hätte.* Es war meine Mutter, die diesen Satz ausgesucht hat, weil mein Vater schon immer die Sterne geliebt hat. Als ich noch klein war, haben wir sie gemeinsam von unserem Dachfenster aus beobachtet. Alles, was ich über sie weiß, weiß ich von ihm.

Ich bereue es, dass ich jahrelang nicht mehr hier war. Dass ich diesen Ort Tag für Tag gemieden habe. Es ist, als würde mir der Anblick ihres Grabs jetzt umso mehr wehtun. Alles tut weh, wenn ich an meine Eltern denke. Jeder einzelne Knochen, jede Sehne, jeder Nerv, jedes Atom in meinem Körper. Alles schmerzt. Es gab eine Zeit, da habe ich diesen Schmerz genossen, habe ihn sogar heraufbeschworen, weil ich geglaubt habe, und es zum Teil auch noch immer glaube, dass ich diese Schmerzen verdient habe.

Erneut schließe ich meine Augen, versuche, gegen die Tränen anzukämpfen, die ich seit Minuten zurückhalte. Ich habe mir meine Zukunft immer anders vorgestellt. Habe geglaubt, dass meine Eltern mitbekommen, wie ich mein Studium abschließe, bei meiner Hochzeit anwesend sind, dass sie bei der Geburt meines ersten Kindes dabei sind und mich noch Jahrzehnte begleiten. Doch so ist es nicht. So wird es nie sein.

Und dann beginne ich zu erzählen.

»Als ich dir gesagt habe, dass ich nach dem Tod meines Vaters in ein Loch gefallen bin, war das noch untertrieben. Alles in meinem Leben hat plötzlich an Bedeutung verloren, und ich meine wirklich alles. Selbst das, was mir noch geblieben ist. Anstatt mich auf meine Mutter zu konzentrieren, ihr in der Zeit beizustehen, die nicht nur für mich schwer war, bin ich um die Häuser gezogen. Jeden. Beschissenen. Abend.«

Die Erinnerung daran zuzulassen und darüber zu sprechen, ist die reinste Folter. Brian weiß, dass meine Eltern nicht mehr leben und dass ich eine schlimme Zeit durchgemacht habe. Aber er kennt nicht die Details. Es ist das erste Mal, dass ich sie ausspreche.

Zoe scheint nicht länger in ihrer hockenden Position verweilen zu können, weshalb sie sich auf den Boden setzt, ohne mich dabei aus den Augen zu lassen. Als ich mich neben sie setze, rückt sie näher an mich heran. Einen Atemzug später hat sie sich an meine Brust gelegt. Ich klammere mich förmlich an sie, weil ihre Geborgenheit mir selbst in dieser Situation ein wenig Frieden schenkt.

»Ich war jeden Abend betrunken, manchmal sogar tagsüber. Ich bin nicht mehr zur Schule gegangen, habe mich nicht um meinen Abschluss gekümmert und zog mit Leuten um die Häuser, die mich immer weiter in den Abgrund gezogen haben.«

Zoe drückt sich noch enger an mich, und ich genieße jede Sekunde. Wer weiß, ob es nicht die letzten sind, in denen ich ihr so nah bin.

»Es ist hart auszusprechen, was für ein Versager ich doch bin«, gestehe ich ihr. »Meine Mutter war eine so starke Frau; wunderschön, mutig und klug. Und sie hat den besten Schokoladenkuchen auf dem ganzen Planeten gebacken. Du hättest ihn geliebt.« Ein verzweifeltes Lachen kriecht meine Kehle hoch und hinterlässt einen bitteren Beigeschmack in meinem Mund.

Ich betrachte meine freie Hand und die beiden silbernen Ringe, die an meinen Fingern stecken. »Das«, ich deute auf den Ring an meinem Mittelfinger, »ist der Ehering meines Vaters. Seit seinem Tod hat meine Mutter diesen Ring in einer kleinen Schachtel aufbewahrt, zusammen mit ihren Hochzeitsbildern. Und dieser hier an meinem kleinen Finger ist der Ring meiner Mutter. Nach ihrem Tod hat man mir alles in einer blöden Plastiktüte übergeben, was sie bei sich trug. Zunächst habe ich ihren Ehering, den sie nie abgelegt hat, auch in die Schachtel zu Dads getan. Aber das hat sich falsch angefühlt, also habe ich sie angesteckt und seither nie wieder abgelegt.«

Zoe schmiegt ihr Gesicht an meine Brust, und ich bin mir sicher, dass sie mein wild pochendes Herz hören kann. Mit meiner Hand streiche ich über den weichen Stoff ihres Pullovers. Habe ich jemals zuvor einem Menschen so sehr vertraut wie ihr?

»Was ist passiert?«, fragt sie mich schließlich.

Und plötzlich bin ich wieder da. Mitten in dieser Septembernacht, die mir den Boden unter den Füßen weggerissen hat. Die mich tiefer fallen ließ als jemals zuvor.

»Der Tag fing wirklich gut an. Ich habe zum ersten Mal seit Monaten gemeinsam mit meiner Mutter am Tisch gesessen und gefrühstückt. Wir haben uns zu der Zeit oft gestritten. Welche Mutter sieht gerne dabei zu, wie sich ihr einziges Kind fast jeden Tag mit Alkohol volllaufen lässt? Doch an diesem Samstag war es anders, fast schon harmonisch. Sie bat mich darum, am Abend mit ihr gemeinsam den Dachboden zu entrümpeln. Etwas, was sie seit Ewigkeiten tun wollte. Dass ich ihr versprochen habe, ihr dabei zu helfen, hat uns beide überrascht.«

Ich sehe ihr Lächeln vor mir. Wie ihre Augen angefangen haben zu strahlen, weil sie gar nicht glauben konnte, dass ich den Abend mit ihr gemeinsam verbringen wollte. Sie hat endlich den Funken Hoffnung bekommen, den sie vermisst hatte. Hoffnung, dass ich wieder der Alte werde.

»Dads Tod war mittlerweile vier Jahre her. Vier Jahre, Zoe. Ich war vier Jahre lang ein absolutes Arschloch. Es ist nicht so, dass ich nie versucht hätte, aus dieser Abwärtsspirale rauszukommen. Brian hat versucht, mir dabei zu helfen. Aber genau wie meiner Mutter gegenüber war ich auch ihm gegenüber abweisend. Aus irgendeinem Grund hatte ich mit meinem alten Leben abgeschlossen – meinem alten Ich abgeschworen. Und genau an dem Tag, an dem sie glaubte, dass wir uns wieder annähern würden, genau an diesem Tag musste sie sterben.« Ich wische mir mit dem Handrücken die Tränen aus dem Gesicht, die mir die Wangen hinunterlaufen.

»Am Nachmittag war ich mit meinen sogenannten Freunden unterwegs. Einer von ihnen erzählte mir von einem Straßenkampf, sagte mir, dass ich mir das mal anschauen sollte. Man könne gutes Geld dabei verdienen, hat er mir erzählt. Ich wollte mitmachen. Nicht des Geldes wegen, das war mir scheißegal. Ich wollte endlich etwas fühlen. Ich war so taub. Der Schmerz und die Wut, die ich nach Dads Tod gespürt hatte, verblassten irgendwann, und zurück blieb ein riesiges, dunkles Nichts. Also bin ich mitgegangen. Habe meiner Mutter nichts weiter als eine SMS geschickt, dass ich es heute Abend nicht schaffen würde. Mehr nicht.«

Ich höre Zoe schniefen, und ich frage mich, ob sie um meinen Schmerz oder den meiner Mutter weint. Sie sagt nichts, wartet einfach nur darauf, dass ich weitererzähle. Ich bin ihr dankbar dafür, dass sie nicht viele Fragen stellt oder mich unterbricht.

»Es war spät, als ich nach Hause kam. Zwei Uhr in der Nacht. Ich habe geglaubt, dass meine Mutter schlafen würde, weil sie jeden Tag früh ins Bett ging. Nur in dieser Nacht brannte noch immer das Licht in unserem Flur, was ich durch die Fenster unseres Hauses sehen konnte.«

Als Zoe und ich vorhin vor genau diesem Haus gestanden haben, haben mich viele gemischte Gefühle übermannt. Es hat sich nach Heimat angefühlt und gleichzeitig nach dem schlimmsten Ort auf Erden.

»Die Tür war zu, aber nicht verschlossen. Was untypisch für meine Mutter war, sie schloss immer die Haustür ab. Als ich in den Flur trat, wusste ich sofort, dass hier etwas nicht stimmt. Ich fand das reinste Chaos vor. Jacken waren von der Garderobe gerissen, Schubladen standen offen und ... da war Blut. Es waren nur vereinzelte Tropfen. Während ich den Notruf gewählt habe, bin ich immer weiter ins Haus gegangen, bis ich im Wohnzimmer zum Stehen kam.«

Ich erinnere mich an den Anblick, als wäre es gestern gewesen. Wie soll man solch ein Bild auch jemals aus seinem Gedächtnis bekommen? Es wird mich begleiten. Für immer und ewig. Ich erspare Zoe die Details. Ich erzähle ihr nicht, dass ich meine Mutter auf dem Boden liegend vorgefunden habe. Ich erzähle ihr nicht, dass man gesehen hat, dass sie sich gewehrt hat, dass sie bis zum Schluss eine Kämpferin war. Ich erzähle ihr nicht, dass ich noch nie in meinem Leben so viel Blut gesehen habe. Und ich erzähle ihr auch nicht, dass ich mich nicht von der Stelle rühren konnte, nicht mal als der Notruf meinen Anruf entgegennahm. Ich fiel auf die Knie. Ich konnte nicht weinen. Ich konnte nicht schreien. Ich konnte gar nichts. Bis die Einsatzkräfte eintrafen, kniete ich vor meiner Mutter und wartete darauf, aus diesem Albtraum zu erwachen.

»Ich hätte da sein müssen. Ich hätte ihr nicht absagen dürfen. Wäre ich zu Hause gewesen, wäre ich bei ihr gewesen, dann wäre es niemals dazu gekommen. Dann hätte sie nicht auf diese grauenvolle Art und Weise sterben müssen. Sie hatte doch schon so viel durchgemacht. Mit Dad. Mit mir.«

Ich kann mich nicht mehr zurückhalten und kämpfe nicht mehr gegen meine Tränen an. Wo gerade noch nur vereinzelt Tränen geflossen sind, fließen sie nun unaufhaltsam, und ich wage es nicht, Zoe anzusehen.

»Ich habe ihm versprochen, immer auf sie aufzupassen. Und ich habe versagt.«

»Noah ... ich ... das ...« Ihr fehlen die Worte. Jetzt weiß sie, wer ich wirklich bin. Jetzt weiß sie alles von mir. Die dunkelsten Stunden, Tage, Wochen, Monate, Jahre.

»Noah.« Sie löst sich von mir und legt ihre Hände um mein Gesicht. Mit den Daumen wischt sie auf beiden Seiten meine Tränen fort. Es tut so gut, dass sie bei mir ist. »Du bist nicht schuld. Du bist nicht das Monster in dieser Geschichte. Du warst ein gebrochenes Kind, das nicht mit dem Verlust seines Vaters umgehen konnte. Niemand kann dir das übel nehmen. Dein Vater hat es nie getan und auch deine Mutter nicht. Sie haben dich trotz allem über alles geliebt.«

Ich möchte mich aus ihrem Griff winden, den Kopf wegdrehen, um ihr nicht in die Augen sehen zu müssen. Um ihr diesen Anblick zu ersparen.

»Was du durchgemacht hast, beweist nur, wie stark du bist. Und ich bin mir sicher, dass deine Eltern diese Stärke an dir bewundern würden.«

»Das nennst du stark?«, frage ich sie spöttisch.

»Stark zu sein bedeutet nicht, keine Schwächen zu haben. Die hast du, die hat jeder von uns. Aber wenn deine Mutter sehen könnte – wenn deine Eltern sehen könnten –, was aus dir geworden ist, dann wären sie verdammt stolz auf dich. Sie haben einen so tollen Mann großgezogen, der lustig ist, liebevoll, offen, tolerant, verständnisvoll. Ja, vielleicht wäre es anders gekommen, wenn du andere Entscheidungen getroffen hättest. Vielleicht aber auch nicht. Vielleicht wärst du dann auch nicht mehr hier. Und egal, was du auch glauben magst, das würde deine Mutter nicht wollen.«

Mein Kopf ist so leer, da sind nur noch ihre Worte, die mir Kraft schenken wie nichts anderes. Ich werde mir immer die Schuld daran geben, das wird sich niemals ändern. Aber mit einem hat sie recht. Meine Eltern haben mich geliebt, bedingungslos. Und ich habe sie geliebt. Ich liebe sie noch immer. Auch wenn sie nicht mehr da sind, werden sie immer ein Teil von mir bleiben.

»Mein Tattoo. *While we feel so much in our hearts – I feel your absence, the most, in my bones.* Das habe ich mir kurz nach ihrem Tod stechen lassen. An dem Tag habe ich mir geschworen, nie wieder die Kontrolle über mich und mein Leben zu verlieren.«

Während wir in unseren Herzen so viel fühlen – fühle ich eure Abwesenheit am stärksten in meinen Knochen.

»Danke, Zoe. Für alles.«

»Wenn sich jemand bedanken muss, dann bin ich es. Du hast mir in den letzten Monaten aus so vielen Situationen herausgeholfen. Du hast mir Mut zugesprochen und hast immer in den richtigen Momenten das Passende gesagt, um mich wieder aufzubauen. Du hast mir Vertrauen entgegengebracht, und ich konnte dir vertrauen. Weißt du noch, als ich an meinem Geburtstag gesagt habe, dass ich dich gerne früher kennengelernt hätte?«

Ich nicke.

»Es stimmt. Ich würde so vieles dafür geben, dass wir uns schon viel früher begegnet wären.« Sie hält mein Gesicht noch immer zwischen den Händen, kommt mit jedem Atemzug näher und legt ihre Stirn gegen meine.

Sie möchte gerade etwas sagen, da beginnt es plötzlich zu regnen. Den ganzen Tag lagen dunkle Wolken über Liverpool, und ausgerechnet jetzt entlädt sich der Himmel.

»Oh, so ein Mist«, stöhnt sie und lässt mich los.

»Geh schon mal zum Wagen, ich komme sofort.«

»Sicher?«, fragt sie, als hätte sie Angst, dass ich es mir anders überlegen könnte.

»Sicher.«

Zoe dreht sich um und rennt über den nassen Kies. Ich löse meinen Blick von ihr und sehe noch mal zu dem Grabstein meiner Eltern.

»Ich habe nie die Möglichkeit gehabt, euch zu sagen, dass ich euch liebe. Oder doch, ich hatte sie. Ich habe sie nur nicht genutzt. In mir tobte so viel. Ich hätte euch gerne so vieles gesagt. Und trotzdem tat ich es nicht. Es tut mir so leid, dass ich keine einzige Chance ergriffen habe, um euch zu sagen, was ihr mir bedeutet. Ich denke jeden Tag an euch. Wenn ich den Duft von einem frischen Schokoladenkuchen rieche. Wenn ich einen Stern am Nachthimmel entdecke. Wenn ich in den Spiegel schaue. Ich sehe jedes Mal euch.« Ein letztes Mal berühre ich den kalten und nassen Grabstein, bevor auch ich mich umdrehe und Zoe folge.

Anstatt im Auto auf mich zu warten, steht sie vor der Beifahrertür und beobachtet jeden meiner Schritte.

Ich sage nichts. Ich denke nichts. Ich komme vor ihr zum Stehen, nehme ihr Gesicht in meine Hände und drücke meine Lippen auf ihre. Ich möchte keine Chancen mehr verstreichen lassen, und vielleicht spiele ich mit dem Feuer, vielleicht empfindet sie tatsächlich nicht dasselbe für mich, was ich für sie empfinde. Aber ich werde kein Feigling mehr sein.

Zoe weicht nicht zurück. Sie drückt mich nicht von sich. Sie erwidert meinen Kuss, der von Sekunde zu Sekunde stürmischer wird. Ihr Mund öffnet sich, und als unsere Zungen sich berühren, kann ich nicht mehr an mich halten. Ich ziehe sie enger an mich und drücke sie gleichzeitig gegen den Wagen. Ihre Hände wandern an meinen Armen nach oben, bis sie sich in meinen Haaren festkrallen.

Kapitel 28

Zoe

Mein Körper steht in Flammen. Mein Herz tanzt in meiner Brust.

Ich weiß nicht, ob ich jemals zuvor so geküsst wurde. Obwohl doch. Ich weiß es. Ich weiß, dass das hier einzigartig ist. In Filmen oder Büchern hört man immer wieder von den berühmt-berüchtigten Schmetterlingen im Bauch. Ich habe diese Metapher nie verstanden. Weil ich nie dieses Kribbeln im Bauch gespürt habe. Bei niemandem; außer bei Noah.

Ich spüre die Kälte durch die Autotür an meinem Rücken, und ich weiß nicht, ob sie für die Gänsehaut an meinem Körper verantwortlich ist oder die Wärme, die von Noah ausgeht.

Kann man sich ein zweites Mal in eine Person verlieben? Denn ich glaube, genau das passiert gerade. Ich verliebe mich noch mal – noch mehr – in Noah.

Seine linke Hand streicht meinen Hals entlang und hinterlässt auf jedem Zentimeter meiner Haut ein Kribbeln. Mit seinen vollen Lippen fährt er die Konturen meines Kiefers entlang und tastet sich quälend langsam zu der anderen Seite meines Halses vor.

Ich habe mich nach seiner Nähe gesehnt, habe mir vorgestellt, wie es wäre, ihn erneut zu küssen. In keiner meiner Vorstellungen war es auch nur ansatzweise so perfekt.

Ich löse meine Hände aus seinen Haaren und gleite mit ihnen über seine Schultern, bis hin zu seinem Rücken. Das T-Shirt ist mittlerwei komplett nass und fühlt sich auf meinen Fingerspitzen an wie Seide.

Plötzlich blitzt es direkt über unseren Köpfen, sodass wir beide z sammenzucken und unsere Lippen voneinander lösen. Unser Ate geht schwer, während wir uns tief in die Augen schauen. Als ein laut Donnern ertönt, beginnt Noah zaghaft zu lächeln. Der Regen perlt vo seinen Haaren und bahnt sich einen Weg über sein verboten schön Gesicht.

»Ich glaube, wir sollten einsteigen, bevor wir noch von einem Bli getroffen werden«, flüstere ich, mit dem Wissen, dass mich scho längst ein Blitz erwischt hat.

Im Auto schalte ich sofort die Sitzheizung an und mache es mir a dem Beifahrersitz bequem. »Wir sollten uns was Trockenes anziehen Ich deute auf unsere Taschen, die auf der Rückbank liegen.

Ohne zu antworten, beugt sich Noah nach hinten und zieht aus se nem Rucksack einen schwarzen Pullover.

Regungslos beobachte ich jede seiner Bewegungen, wie sich d nasse Stoff um seine Muskeln spannt und wie er das T-Shirt schließlic über den Kopf zieht und seine gebräunte Haut entblößt. Ich sollte we sehen, doch ich tue es nicht. Stattdessen fahre ich mit den Augen jede einzelnen Zentimeter seiner Haut nach. Ich beiße mir auf die Unte lippe und muss mich wirklich zusammenreißen, um nicht meine Han auszustrecken und ihn zu berühren. Ich habe das Gefühl, die Temper tur ist gerade um dreißig Grad gestiegen.

Noah erwischt mich beim Starren. Sein breites Grinsen offenba seine tiefen Grübchen. Ich spüre, wie meine Wangen an Farbe gewi nen, bevor ich meinen Blick abwende.

»Möchtest du dir nicht auch etwas anderes anziehen?«

»Oh. Ja, natürlich«, bringe ich nur stotternd heraus und fische au meiner Tasche ein Bandshirt in einem verwaschenen Grau.

Doch anstatt mir den nassen Stofffetzen vom Körper zu ziehe schaue ich zögerlich auf das T-Shirt in meinen Händen. »Könnte du …« Ich sehe ihn an und komme erneut ins Stottern. »Also vielleicht … könntest du dich vielleicht wegdrehen?«

Mit einem Kopfnicken wendet er sich von mir ab.

Die Luft zwischen uns steht unter Strom, als bräuchte es nur einen kleinen Funken, um alles in Brand zu setzen. Das merke ich auch dann noch, als wir bereits seit einer halben Stunde unterwegs sind, ohne miteinander gesprochen zu haben.

Ich starre aus dem Fenster und beobachte die Scheinwerfer der uns entgegenkommenden Autos. Vermutlich müsste ich mich schlecht fühlen. Mich darüber ärgern, dass ich meinen Gefühlen freien Lauf gelassen habe. Aber alles, was ich empfinde, ist Glück und Sehnsucht.

»Ich habe mir selbst versprochen, mich nicht in dich zu verlieben«, gestehe ich plötzlich und durchbreche damit die Stille zwischen uns. Sein Blick ist noch immer auf die Fahrbahn gerichtet. Mir fällt es leichter, die Wahrheit zu sagen, wenn ich ihm dabei gerade nicht in die Augen sehen muss. »Mit jedem Lächeln von dir brach mein Versprechen immer mehr. Und jetzt sind wir hier. An einem Punkt, an dem wir nicht sein sollten. An einem Punkt, an dem es nicht weitergehen darf. Ich habe mich noch nie zuvor so verstanden gefühlt und …«

»Zoe …«

»Nein, warte. Wenn du jetzt etwas sagst, verlässt mich mein Mut, und ich werde vielleicht nie aussprechen, was ich wirklich denke und fühle.« Mein Herz rast. Mein Gewissen sagt mir, dass ich den Mund halten sollte. Doch ich scheiße auf mein Gewissen. »Du hättest mir niemals so viel bedeuten sollen. Ich hätte niemals diese Gefühle für dich aufbauen dürfen. Aber es ist nun mal passiert. Es bringt nichts, meine Augen vor der Wahrheit zu verschließen. Ich bin glücklich in deiner Gegenwart. So glücklich, wie ich es vermutlich noch niemals war. Und ich weiß nicht mal, ob du dasselbe für mich empfindest, und wahrscheinlich ist es auch besser so. Was haben wir schon, Noah? Einen Moment? Einen Tag? Eine Woche? Ich würde so gerne meine Augen vor den Tatsachen verschließen. Denn das, was wir sein könnten, werden wir niemals sein. Du weißt so gut wie ich, dass wir kein Happy End haben werden.

Denn unser Happy End würde gleichzeitig das Ende meiner Freundschaft mit Kate bedeuten.«

Ich habe die letzten zwei Tage kaum an sie gedacht, weil all meine Aufmerksamkeit bei Noah lag, weil ich mich meinen Gefühlen hingegeben habe. Ich wollte wenigstens ein paar Stunden vergessen. Doch jetzt, wo ich an ihr Lächeln denke und daran, wie sehr ich sie vermisse, tut es umso mehr weh.

»Ich weiß.« Er atmet tief ein. Ein verzweifeltes Seufzen verlässt seine Lippen. Noah dreht seinen Kopf zur Seite und sieht mich an. Die Zärtlichkeit in seinem Blick brennt sich tief in meine Seele. »Ich weiß, dass du Kates Glück immer über dein eigenes stellen wirst. Ich würde niemals wollen, dass wegen mir eure Freundschaft zerbricht. Trotzdem möchte ich nicht die Chance verstreichen lassen, dir zu sagen, dass ich mich in dein Lächeln, deine Zerbrechlichkeit und deine Stärke verliebt habe.«

Wie kann es möglich sein, Glück und Verzweiflung im selben Atemzug zu spüren? Seine Worte sind wunderschön und gleichzeitig so traurig, dass es wehtut. Ich schließe die Augen und unterdrücke die Tränen.

Noah legt seine Hand auf meine und drückt sanft zu.

»Es wird alles gut. Irgendwie wird alles gut.« Er klingt, als wäre er selbst nicht von seiner Aussage überzeugt. Doch ich belasse es dabei, weil ich einfach keine Worte mehr finde.

Die restliche Autofahrt über schweigen wir. Keiner von uns sagt etwas, weil wir viel zu sehr mit unseren Gedanken beschäftigt sind. Es tut verdammt weh, neben dem Mann zu sitzen, den man liebt, und sich gleichzeitig seine Gefühle zu verbieten. Wir haben uns alles gesagt, was es zu sagen gibt. Ich habe immer an das Schicksal geglaubt, gedacht, dass alles aus einem Grund passiert. Und vielleicht ist es auch so. Vielleicht sind manche Menschen dazu bestimmt, sich ineinander zu verlieben, aber nicht dazu, auch zusammen zu sein.

Mein Handy vibriert und reißt mich aus meiner Gedankenwelt. Julia, Opas Pflegerin, hat mir eine Nachricht geschrieben. Dabei müsste Opa um diese Uhrzeit schon schlafen. Sofort beginnt mein Herz zu rasen, und eine unangenehme Nervosität macht sich in meinem gesamten Körper breit. Als ich ihre Nachricht öffne, atme ich erleichtert aus. Sie teilt mir nur mit, dass meine Eltern morgen beide außer Haus sind und ich Opa besuchen könnte. So machen wir es meistens. Wenn ich nicht selbst gerade mit Opa telefoniere, dann schreibt mir Julia, wann ich vorbeikommen könnte.

»Alles in Ordnung?«, erkundigt sich Noah und ergreift wieder meine Hand. Wahrscheinlich hat man mir meine Angst ansehen können. Er streicht leicht über meine Haut und schenkt mir damit sofort das Gefühl von Sicherheit.

»Julia hat mir nur geschrieben, dass ich morgen zu Opa kann.«

»Das sind doch schöne Nachrichten.« Er lässt mich wieder los.

Ich stimme ihm nickend zu, obwohl ich weiß, dass seine Augen auf die Fahrbahn und nicht auf mich gerichtet sind.

»Können wir gleich zum Parliament Hill, bevor wir nach Hause gehen?« Ich würde so gerne die frische Nachtluft einatmen. Und ich möchte noch für einen Augenblick so tun, als wäre alles in Ordnung. Ich möchte nicht zurück in die Realität, in der es für mich und Noah keine Zukunft gibt.

Er stimmt meinem Vorschlag lächelnd zu, und eine halbe Stunde später sind wir dabei, den Hügel nach oben zu gehen. Kein Mensch tummelt sich um diese Uhrzeit noch hier herum. Es ist alles wie leer gefegt. Die Wege sind nur spärlich beleuchtet.

»Darf ich dich etwas fragen?«

»Nur zu«, antworte ich Noah, während wir langsam auf die Bank zugehen, auf der wir es uns schon einmal bequem gemacht hatten, als ich ihm diesen Ort als einen meiner liebsten in London vorgestellt habe.

»Warum machst du die Europareise nicht allein?«

Ich beginne zu lachen, weil er sich haargenau so anhört wie Opa, der mich das auch schon mehrere Male gefragt hat. »Ich weiß es nicht. Die meiste Zeit über glaube ich, dass ich Angst davor habe. Dabei kann ich dir nicht einmal sagen wovor. Ich will reisen, ich will so viel sehen, und das kann ich natürlich auch allein, aber irgendwas hält mich immer wieder zurück. Mir fehlt dieser kleine Tropfen Mut, der mich dazu verleitet, zu sagen: So, jetzt mache ich es einfach. Doch das ist nicht der einzige Grund. Ich traue mich nicht, Opa allein zu lassen. Wenn ich wirklich sechs Monate unterwegs wäre, dann könnte ich nur mit ihm telefonieren, und er versteht mich immer so schlecht über das Telefon. Niemand kann mir sagen, wie viel Zeit mir noch mit ihm bleibt.« Ich will mir gar nicht vorstellen, wie es irgendwann ohne ihn ist.

Wir setzen uns auf die Bank und schauen in die Ferne. Die Lichter Londons strahlen uns entgegen.

»Ich verstehe, was du meinst, aber wenn man danach geht, dann weiß man nie was passiert. Du wirst niemals in die Glaskugel gucken können. Mein Leben ist das beste Beispiel dafür. Ich hätte nie gedacht, dass der Tod meines Vaters nur der Anfang war? Der Tod kann uns überall erwarten. Hinter jeder Ecke, hinter jedem Herzschlag. Weißt du, was ich meine? Verschwende deine Zeit nicht damit, zu warten.«

Noah fährt sich mit den Fingern durch die Haare und verschränkt anschließend die Hände im Nacken.

»Wieso findest du immer für alles die passenden Worte?«, frage ich ihn, und wir beginnen beide zu lachen. Dabei ist es nur die Wahrheit. Ich habe das Gefühl, dass Noah immer das Richtige sagt. Manchmal macht es mich wahnsinnig, weil ich wünschte, ich könnte mir etwas von seiner Denkweise abschneiden. Doch die meiste Zeit über bin ich ihm dankbar dafür. Denn mit jedem Wort aus seinem Mund öffnet er mir die Augen. »Weißt du, was du mir bisher noch nicht verraten hast?«

Er zieht die Augenbrauen zusammen und scheint fieberhaft über meine Frage nachzudenken. »Ehrlich gesagt nein. Ich habe dir mehr von mir erzählt als irgendwem sonst. Selbst Brian weiß manches nicht.«

Das macht mich für einen Moment sprachlos. Hat er sich wirklich nur mir anvertraut? Mein Herz macht einen Sprung und klopft verräterisch in meiner Brust. Ich versuche, das Kribbeln in meinem Bauch zu ignorieren.

»Wieso du Kunstgeschichte studierst«, sage ich schließlich.

Ich drehe mich auf der Bank so, dass ich ihm direkt ins Gesicht sehen kann, während er zu erzählen beginnt.

»Ich habe dir ja gesagt, dass ich die Schule vernachlässigt habe. So sehr, dass ich meinen Abschluss damals nicht gemacht habe. Erst nach dem Tod meiner Mutter habe ich all das nachgeholt. Ich wollte, dass sie stolz auf mich sein kann, also habe ich meine Zukunft in die Hand genommen. Neben der Schule habe ich dann den Job in der Bar angenommen. Ich war volljährig, als meine Mutter starb, weshalb ich plötzlich auf eigenen Beinen stehen musste. Dad hat mir und meiner Mutter nach seinem Tod eine Menge Geld vererbt. Nachdem auch sie fort war, wurde mir alles vermacht. Das Vermögen meines Vaters und das meiner Mutter. In dem Haus habe ich es keinen Tag länger ausgehalten, weshalb ich mir innerhalb kürzester Zeit eine eigene kleine Wohnung gesucht und das Haus verkauft habe. Ich habe das Geld meiner Eltern nicht angerührt, weil ich geglaubt habe, dass ich es nicht verdiene.«

Ich lege meine Hand auf seine, die mittlerweile auf seinem Knie ruht. Sofort öffnet er sie für mich, und unsere Finger verschließen sich miteinander.

»Also habe ich gejobbt, um für die Miete aufkommen zu können. Meine Mutter hat hier in London Kunstgeschichte studiert, als sie jung war und so oft davon geschwärmt. Ich zeichne gerne, und ich interessiere mich auch für Kunst. Trotzdem hätte ich mich vermutlich nie für diese Richtung entschieden, wenn mein Leben anders verlaufen wäre. Im Grunde genommen wollte ich nie studieren.«

Es überrascht mich, weil ich mir nicht vorstellen kann, dass Noah etwas tut, ohne es auch zu wollen. Und doch verstehe ich es. Vielleicht fühlt er sich seiner Mutter durch dieses Studium näher oder glaubt, dass er sie damit stolz machen kann. Dabei bin ich mir sicher, dass sie auch jetzt schon stolz auf ihren Sohn ist.

»Würdest du Kate sagen, was zwischen uns passiert ist?«, fragt mich Noah plötzlich und lenkt das Gespräch damit in eine vollkommen andere Richtung.

»Das könnte ich nicht. Ich weiß, dass das vermutlich falsch ist. Es ist sogar ziemlich verwerflich, dass ich nicht ehrlich zu ihr bin und ihr etwas so Gravierendes verheimliche. Aber ...«

»Aber du willst sie nicht verletzen«, beendet er meinen Satz so, als würde ihm jedes Wort Schmerzen zufügen. Er drückt meine Hand, nur um sie eine Sekunde später loszulassen.

Ich stimme ihm nickend zu, und für einen endlos langen Moment sehen wir uns nur an. Sein Blick wandert immer wieder zu meinen Lippen, was meinen Puls in die Höhe steigen lässt.

»Es gibt wirklich keine Möglichkeit, oder?«, fragt er mich.

»Keine Möglichkeit wofür?«

»Für uns.«

Ich beiße mir auf die Lippe und atme tief durch. »Nein«, flüstere ich und tue im selben Moment etwas, das vielleicht nicht richtig ist, aber wenn wir schon kein Morgen haben, dann möchte ich wenigstens das Heute genießen.

Wie in Zeitlupe nähere ich mich seinem Gesicht. Unsere Nasenspitzen berühren sich. Er schließt die Augen. Ich schließe die Augen. Alles, was ich höre, sind mein Herzschlag und sein Atem.

Und dann küsst er mich. Er schmeckt nach Hoffnung und Glück. Nach Zitronen und Pfefferminz. Nach Freiheit.

Langsam bewegen sich unsere Lippen aufeinander, als wären sie dazu bestimmt. Sein Kuss lässt mich fallen, so tief. Und obwohl ich Angst vor dem Aufprall habe, ist es mir egal. Mir ist egal, wie tief ich falle und ob mir dabei sämtliche Knochen brechen oder auch mein Herz. Jede Sekunde ist es wert.

Er zieht mich auf seinen Schoß, lehnt sich mit dem Rücken an die Bank. Ich spüre seine Finger an meinen Hüften, wie sie langsam ihren Weg unter meinen Pullover finden und meine Haut berühren. Ich spüre seinen Atem, der zu meinem wird, während seine Lippen hauchzart über meinen schweben.

Meine Hände vergraben sich in seinen Haaren, als seine Zunge meine findet. Ein leises Stöhnen verlässt seine Lippen und lässt meinen gesamten Körper erbeben. Ich kann nicht anders, als mich noch enger an ihn zu pressen. Seinen Körper auf jedem Zentimeter von meinem zu spüren. Ich bin mir sicher, dass ich noch nie mit solch einer Intensität geküsst worden bin.

Vielleicht bleiben uns nur wenige Stunden des Glücks. Doch Noah ist jeden einzelnen Augenblick wert. Selbst wenn wir für immer nur ein unvollständiger Satz bleiben werden, ein Buch, das nie zu Ende geschrieben wurde.

Seine Lippen lösen sich von meinen und hinterlassen hauchzarte Küsse auf meinem Hals. Mit jedem bleibt eine Spur auf meiner Haut, die nie wieder weggewaschen werden kann.

Ich schnappe nach Luft, als seine Lippen über mein Schlüsselbein streichen, jeden Zentimeter meiner Haut mit Küssen bedecken. Dieser Moment soll nie enden. Ich wünschte, es wären seine Lippen, die ich für den Rest meines Lebens küssen kann. Doch ich bin nicht dumm. Ich weiß, dass es aufhören muss.

Als er wieder an meinem Mund angekommen ist, halten wir beide inne und schauen uns tief in die Augen. Egal was passiert, diese grünen Augen werde ich nie wieder aus meinem Gedächtnis löschen können. Ich werde *Noah* nie wieder aus meinem Gedächtnis löschen können. Dieser Kuss wird für immer ein Teil von mir sein, und niemand wird mir diese Erinnerung jemals nehmen können. Auch wenn das Wir nicht bleibt, bleibt mir doch dieser Moment. Bis ans Ende meiner Tage.

Kapitel 29

»Brian hat was?«, frage ich Noah schockiert.

»Ja, wirklich. Er ist ein Wochenende lang als Pikachu verkleidet durch die Stadt gelaufen, weil er diese blöde Wette verloren hatte.«

Bei dieser Vorstellung kann ich mir mein Lachen nicht verkneifen. Ich halte mir die linke Hand vor den Mund, um nicht zu laut zu sein. Es ist kurz vor Mitternacht, und die meisten unserer Nachbarn schlafen sicher schon.

Mit meiner rechten Hand umklammere ich Noahs und folge ihm die Treppen hinauf. Wenn wir durch diese Tür gehen, hat uns der Alltag wieder – hat uns die Realität wieder. Wir werden uns beide in unsere Zimmer zurückziehen, die Türen hinter uns verschließen und versuchen, alles zu vergessen, was gewesen ist.

»Ich kann mir so gut vorstellen, wie die Leute auf ihn reagiert haben«, entgegne ich ihm, während ich seine Hand loslasse und die Wohnungstür aufschließe.

»Es gab auch Leute, die das nicht ganz so witzig fanden. Zum Beispiel die Mitarbeiter eines Restaurants, als wir unsere Bestellung aufgegeben haben.« Noah beginnt zu lachen und geht direkt auf das Wohnzimmer zu.

Ich lege meinen Schlüssel auf die Kommode und höre ihn irgendwas nuscheln. »Was hast du gesagt?«, frage ich und folge ihm.

Meine Augen sind starr auf das Sofa gerichtet, auf dem meine beste Freundin sitzt. Ich kann mich nicht bewegen, geschweige denn irgendetwas sagen.

»Auch schön, euch zu sehen«, sagt sie und schenkt mir das Lächeln, das ich vermisst habe. Wie lange habe ich mir gewünscht, dass sie endlich wieder da ist? Wie lange habe ich genau auf diesen Moment gewartet? Und jetzt ist er da. Doch anstelle von Freude verspüre ich Angst.

Mir steigen Tränen in die Augen. Sie tanzen auf meinem unteren Augenlid, und jede Sekunde werden sie meine Wangen hinunterkullern. Plötzlich ist alles so real. Der Verrat und die Lügen. Dies ist der Moment, in dem mein Kartenhaus in sich zusammenfällt.

Sie kommt auf mich zu und nimmt mich in die Arme. Ihre Haare riechen nach Himbeeren. So, wie sie es immer schon getan haben.

Ich erwache aus meiner Starre und lege meine Arme um sie. »Du bist wieder da«, nuschle ich in ihre blonden Strähnen.

»Ich habe dich so vermisst.«

»Ich dich auch.«

Als ich mich von ihr löse, sehe ich sie von oben bis unten an. Wie lange sie wohl auf uns gewartet hat? Was sie wohl gedacht hat, wo wir sind?

Sie begrüßt Noah mit einer flüchtigen, aber freundlichen Umarmung. Seine Schultern wirken angespannt.

»Warum hast du nicht Bescheid gesagt? Wir hätten dich doch vom Flughafen abholen können.« Wir setzen uns auf das Sofa. Noah nimmt gegenüber von uns im Sessel Platz.

»Eigentlich wollte ich dich überraschen. Bin seit vier Stunden hier und habe die ganze Zeit überlegt, ob ich dich anrufen soll oder nicht.« Sie lacht und sieht zwischen Noah und mir hin und her. »Aber dann wäre die Überraschung kaputt gewesen. Also habe ich gewartet. Aber wo zur Hölle wart ihr denn, und wieso habt ihr so große Taschen dabei?«

Sie sieht auf unser Gepäck. Ich würde am liebsten nicht antworten, aus Angst davor, das Falsche zu sagen. Offenbar spricht mein Gesichtsausdruck Bände, denn Noah kommt mir zu Hilfe.

»Mein Kumpel Brian hatte mich eingeladen, und ich habe Zoe gefragt, ob sie nicht mitkommen möchte.« Die Situation überfordert ihn genauso wie mich. Ich erkenne es an der Art und Weise, wie er seine beiden Silberringe am Finger dreht und rasche Blicke auf Kate wirft, um ihre Miene einzuschätzen.

»Cool.« Mehr sagt sie nicht. Stattdessen wechselt sie das Thema und beginnt von den letzten Tagen zu erzählen und davon, dass die Entscheidung zurückzukommen sehr spontan gefallen ist.

Ich folge jedem ihrer Worte, und doch höre ich nicht richtig hin. Alles, was ich höre – was sich wie in Dauerschleife in meinen Gedanken wiederholt –, sind die Worte: Betrügerin, Lügnerin, Miststück. So bezeichnet man jemanden, der hinter dem Rücken seiner besten Freundin mit ihrem Ex-Freund rumknutscht und sich auch noch in ihn verliebt.

All diese Gedanken überschatten meine Freude darüber, dass sie wieder da ist.

»Wie sieht es mit der Wohnungssuche aus?«, fragt Kate Noah. Ich beobachte jede Regung in ihrem Gesicht. Jedes Zeichen, das mir verraten könnte, ob sie noch etwas für ihn empfindet oder nicht. Nicht, dass es einen Unterschied machen würde.

»Immer noch nichts gefunden«, gesteht er. »Aber ich kann meine Sachen packen und in ein Hotel gehen.«

»Nein«, mische ich mich plötzlich ein und laufe noch im selben Moment rot an. Habe ich das gerade laut gesagt? Die Blicke der beiden sind Antwort genug. »Also, ich meine, du kannst doch erst mal auf dem Sofa schlafen. Ein Hotelzimmer in London ist nicht gerade günstig. Du wirst bestimmt bald etwas finden.«

Was habe ich erwartet, wenn Kate wiederkommt? Dass er trotzdem in ihrem Zimmer bleiben kann? Wohl kaum. Eigentlich sind wir auch alle davon ausgegangen, dass er bis zu ihrer Rückkehr etwas gefunden haben wird.

»Es wäre vollkommen in Ordnung für mich, wenn ich mir ein Hotelzimmer nehme, wirklich«, wiederholt Noah.

»Ach Quatsch. Zoe hat recht. Das Sofa steht dir frei. Jedoch würde ich gerne noch mal mit dir sprechen.«

Ich will mir nicht mit ansehen, wie sie sich näherkommen. Ich will auch nichts von ihrem Gespräch mitbekommen.

»Bitte sei mir nicht böse, aber die Fahrt war wirklich anstrengend.« Das ist dann also die erste von vielen Lügen. »Ich bin müde und würde mich gerne ins Bett legen.« Ich nehme sie in den Arm. »Ich bin froh, dass du wieder zu Hause bist.« Mit diesen Worten schnappe ich mir meine Tasche vom Boden und flüchte in mein Zimmer, ohne Noah noch mal anzusehen.

Da sind so viele verschiedene Gefühle in mir, dass ich nicht weiß, wie ich sie zuordnen soll. Ich bin froh, dass meine beste Freundin wieder da ist. Ich habe Angst, dass Noah auszieht. Davor, dass er aus meinem Leben verschwindet, sobald er aus Kates verschwunden ist.

Ich frage mich, worüber die beiden gerade sprechen. Liebt sie ihn noch? Bereut sie ihre Entscheidung, sich von Noah getrennt zu haben?

»Verdammte Scheiße«, fluche ich und donnere meine Tasche in die Ecke, bevor ich mich rücklings auf mein Bett fallen lasse. Mein Leben ist das reinste Chaos.

Wie soll ich Kate in die Augen schauen, ohne jedes Mal daran zu zerbrechen? Ich verdiene diese Qual, das weiß ich. Doch das macht es nicht leichter.

Ich stelle mir für eine Minute vor, wie es wäre, wenn ich Kate die Wahrheit sagen würde. Wenn ich versuchen würde, ihr zu erklären, was passiert ist. Sie ist ein offener Mensch, und doch bin ich mir sicher, dass sie sich hintergangen fühlen würde, dass sie mir nicht verzeihen könnte. Und selbst wenn? Wie soll es dann bitte weitergehen? Ich führe vor den Augen meiner besten Freundin eine glückliche Beziehung mit ihrem Ex-Freund?

Ich nehme mein Handy in die Hand und mache meine Playlist auf Spotify an, um ein wenig runterzukommen. Doch in jedem verdammten Lied geht es um Liebe.

Ein Song nach dem anderen wird abgespielt. Alles, was ich dabei tue, ist, in meinem Bett zu liegen und die Zimmerdecke anzustarren. Ich fühle mich so leer. Und das Einzige, was mir bei dieser Leere helfen würde, wären Noahs Arme um meinen Körper, seine Lippen auf meinen. Ich komme mir verloren vor, obwohl ich mich Stunden zuvor noch geborgen gefühlt habe.

Ich habe nie nachvollziehen können, wie sehr es wehtun kann, ein gebrochenes Herz zu haben. Und jetzt bin ich diejenige, die mit verwischter Mascara auf dem Bett liegt und so sehr weint, dass sie nach Luft schnappen muss. Jetzt bin ich diejenige mit Liebeskummer und einem Schmerz, den ich so noch nie gespürt habe.

Vor meinem einstigen Zuhause zu stehen, löst immer wieder gemischte Gefühle in mir aus. Auf der einen Seite freue ich mich, weil es bedeutet, dass ich Opa sehen kann. Auf der anderen Seite erinnert es mich jedes Mal daran, dass ich niemals liebende Eltern haben werde.

Ich habe die gesamte Autofahrt über an nichts anderes gedacht als an den gestrigen Tag. Mich aus der Wohnung zu schleichen war leicht. Kate habe ich eine Nachricht geschrieben, dass ich Opa besuchen gehe, sie hat sowieso noch geschlafen. Zwanzig Minuten lang stand ich dann mit dem Ohr gegen meine Zimmertür gepresst da, bis ich endlich den Wasserstrahl der Dusche gehört habe. Vorsichtig habe ich in das Wohnzimmer gelinst und gesehen, dass die Luft rein war.

Dass Noah auf unserer Couch schläft, wird keine Dauerlösung sein. Ich weiß noch nicht, was genau Kate gestern mit ihm besprochen hat. Doch ich weiß, dass es so nicht weitergehen wird. Dass er über kurz oder lang auszieht. Was eigentlich gut ist, das wird mir die Sache einfacher machen, die Gefühle für Noah runterzuschlucken, sie in eine Ecke meines Herzens zu zwängen, um eine Betonmauer drum herum errichten zu können.

Während ich über die riesige Rasenfläche des Gartens gehe, erinnere ich mich wieder an meinen Geburtstag. Es macht mich noch immer wütend, dass ich keine Partei für mich selbst ergriffen habe, dass mich die Worte meiner Mutter so verletzt haben, dass ich keinen Ton mehr herausbekam und Noah den Mut aufgebracht hat, der mir gefehlt hat.

»Hallo, Zoe. Schön, dich zu sehen.« Julia lächelt mich an und hält ir die Tür auf. Es riecht nach Apfelstrudel und frischem Kaffee. Ich heine zur richtigen Zeit einzutreffen.

»Das duftet ja köstlich. Hast du etwa gebacken?«, frage ich sie und he den kleinen Flur entlang.

»Wenn meine Lieblingsenkelin kommt, dann muss Julia etwas Leeres für uns zaubern«, ruft Opa aus dem Wohnbereich heraus.

Ich gehe auf ihn zu, beuge mich zu ihm hinunter und nehme ihn in n Arm. Ein paar Sekunden länger, als ich es sonst tue. Einfach, weil h daraus Kraft tanke und weil ich ihn vermisst habe. »Opa, ich bin ine einzige Enkelin«, erinnere ich ihn lachend.

»Selbst wenn ich hundert Enkelkinder hätte, wärst du noch immer ein liebstes.« Er lächelt mich an und bedeutet mir, mich zu setzen. Ich hme neben ihm auf dem weichen Sofa Platz, während Julia mir ein schwarzen Kaffee und uns allen ein Stück des himmlisch riechenn Apfelstrudels bringt.

»Kate ist wieder da«, lasse ich Opa wissen.

Er schneidet sich den Strudel in viele kleine Stückchen und hält sich n Teller unter den Mund, um nicht zu kleckern. »Das ist doch großarg. Wie lange war sie weg? Mehrere Wochen, oder? Geht es ihr gut?«

»Ja, es geht ihr gut. Ich habe noch nicht wirklich viel Zeit gehabt, um it ihr zu sprechen. Sie hat uns gestern Abend ganz schön überrascht. ir wussten nicht, dass sie wiederkommt.«

»Wir?«, fragt Opa nach.

»Noah und ich. Wir waren ...«

Opa unterbricht mich. »Ah, schade, dass du den Jungen nicht mitebracht hast.«

»Wir waren für zwei Tage in Liverpool, und als wir spät in der Nacht ieder zurückkamen, war sie plötzlich da«, bringe ich meinen Satz zu nde.

»Das hört sich nicht so an, als würdest du dich sehr darüber freuen.«

»Ich freue mich, dass sie wieder da ist. Die letzten Tage waren nur iemlich ... kompliziert.« Dies ist der unpassendste Zeitpunkt, um an

Noahs Lippen zu denken, daran, wie sie sich auf meinen angefühlt h
ben, und doch habe ich genau dieses Bild wieder vor Augen.

»Deinem Blick nach zu urteilen, waren es aber auch schöne Tage.«

»Warst du dir bei Oma jemals unsicher?«, wechsle ich das Thema.

Julia räumt unsere Teller ab und beginnt damit, in der Küche abz
waschen.

»Nicht mit Amelie als Person. Eher mit den Umständen, die uns u
gaben. Ihre Eltern mochten mich nicht. Ich war ihnen zu einfach g
strickt, konnte ihrer Tochter nichts bieten, außer meiner Liebe, was i
nen nicht genug war. Deine Oma hat ihre Eltern geliebt, obwohl s
so streng mit ihr waren. Nach jedem Streit mit ihnen hat sie bitterli
geweint. Es hat sie todunglücklich gemacht, dass sie mit unserer B
ziehung nicht einverstanden waren. Ich habe mehr als einmal darüb
nachgedacht, einfach zu verschwinden, weil ich die Beziehung zw
schen ihr und ihren Eltern nicht ruinieren wollte.«

Es ist das erste Mal, dass mir Opa von Omas Eltern erzählt. Ich hab
schon viele Geschichten über seine Eltern gehört, aber er sprach n
über ihre. Jetzt weiß ich auch, wieso.

»Und wieso bist du es nicht? Also, verschwunden meine ich.«

»Ich konnte es einfach nicht. Sie zu verlassen war etwas, zu dem ic
niemals in meinem langen Leben imstande gewesen wäre. Dafür hab
ich sie zu sehr geliebt.«

Er nippt an dem Kaffee und sieht mich dann mit seinen dunklen A
gen eindringlich an. »Wieso fragst du mich das, Sonnenschein?«

Ich zucke die Achseln. »Bloß so.«

Opa legt seine Hand auf mein Knie und drückt es sanft. »Sprich m
mir, wenn dir etwas auf dem Herzen liegt.«

Ich atme einmal tief durch, bevor ich all meinen Mut zusamme
nehme und es ihm zu erklären versuche.

»Ich glaube, du hast recht gehabt. Vielleicht ist Noah meine Ameli
Vielleicht ist er der Farbklecks in meinem Leben, der Oma in deine
war.«

»Aber du verbietest dir deine Gefühle. Warum? Weil er mit Kate z sammen war?« Manchmal ist mir Opa ein wenig zu direkt, und doch muss ich wegen seiner offenen Art lächeln. Ihm ist egal, was man von ihm halten könnte, er spricht immer das aus, was er denkt – bewundernswert.

»Genau.«

»Sie muss dir alles bedeuten, wenn du ihretwegen dein eigenes Glück hintenanstellst und auf das Schönste im Leben – die Liebe – verzichtest.«

»Das tut sie.«

»Und du ihr auch«, entgegnet er.

»Ich weiß.«

»Wieso versuchst du dann nicht, mit ihr darüber zu sprechen? Wenn du ihr genauso viel bedeutest, dann wird sie dich doch auch glücklich sehen wollen. Und wenn Noah der Grund für dein Glück ist, dann kann sie das mit Sicherheit akzeptieren.«

Ich kann Opa nicht erzählen, dass ich nicht nur Gefühle für Noah habe, sondern ihn auch schon geküsst habe. Mehrmals. Ich weiß, dass er deswegen niemals schlecht von mir denken würde, und doch schaffe ich es nicht, diese Worte über meine Lippen zu bringen. Würde er diese Information haben, würde er verstehen können, weshalb es für mich so schwer ist, ihr davon zu erzählen. Es geht nicht nur darum, dass ich mich in Noah verliebt habe. Es geht vielmehr darum, dass ich ihm so verdammt nah gekommen bin, ohne vorher mit Kate darüber gesprochen zu haben.

»Möchte noch jemand ein Stück vom Apfelstrudel?«, ruft Julia aus der Küche, und ich bin ihr dankbar dafür, dass sie unsere Unterhaltung unterbricht.

»Ich würde noch eines nehmen«, antworte ich ihr, während Opa verneint.

»Gestern Abend lief eine Dokumentation über die Provence. Sie haben auch Avignon gezeigt, da wolltest du doch unbedingt hin, oder?«, erzählt er mir und legt sich eine rote Decke über die Beine.

Ich nicke geistesabwesend und denke an die Stadt in Südfrankreich.

Tatsächlich stand sie ganz oben auf der Liste mit Städten, die ich mit Matthew zusammen besuchen wollte. Ich habe mich tagelang über sie erkundigt, kenne ihre Einwohnerzahl, die am besten bewerteten Lokale, die schönsten Geheimplätze und habe mich in jedes einzelne Bild auf Google verliebt.

»Wann machst du es endlich?« Opas Stimme reißt mich aus meinen Tagträumen.

»Was meinst du?«

»Deine Europareise. Täubchen, ich möchte aus jeder Stadt eine Postkarte, und ich werde auch nicht jünger.« Er lächelt mich aus vollem Herzen an, doch die Wehmut in seinen Augen entgeht mir nicht.

»Ich kann das nicht«, gestehe ich ihm.

»Aber wieso nicht? Mit Matthew wolltest du doch auch zu dieser Reise aufbrechen.«

»Du weißt doch, dass ich damals mit meiner Entscheidung gehadert habe, dich allein in diesem Irrenhaus zu lassen. Irgendwie war es dann aber einfacher, eine Entscheidung zu treffen, als ich wusste, dass ich nicht allein sein würde.«

Er nimmt meine Hand zwischen seine Hände. »Ich habe es dir so oft gesagt. Du bist seit deiner Geburt ein gefangener Vogel. Manchmal tut es mir leid, dass du in diese Familie hineingeboren wurdest. Du willst frei sein, und doch erlaubst du es dir nicht. Das zu beobachten, tut einem wirklich im Herzen weh. Du hast diesen Traum, seit du klein bist. Seitdem du das erste Mal das Meer gesehen hast. Und ich wünsche mir nichts mehr, als dass du endlich fliegen lernst, mein Kind. Mach dich frei von allem, und mach dich auch frei von mir. Ich will nicht der Grund sein, dass du diese Reise nicht durchziehst. Im Gegenteil, ich möchte, dass du Julia jeden Tag Fotos schickst, die sie mir dann zeigen kann.«

Mir kommen die Tränen, weil ich in seinem Blick erkennen kann, wie sehr er es sich für mich wünscht und wie sehr er es miterleben möchte.

»Wie viele poetische Bücher hast du gelesen, dass du immer diese passenden Wörter parat hast?«, frage ich ihn schmunzelnd, um die Situation ein wenig aufzulockern.

»Keines. Diese Weisheiten hat mich einzig und allein das Leben gelehrt.« Er zwinkert.

Wir unterhalten uns noch zwei Stunden über alles, was uns in den Sinn kommt, bevor ich den Entschluss fasse, wieder nach Hause zu gehen und vorher einen Abstecher in die Buchhandlung zu machen.

Julia schiebt Opa bis zur Eingangstür des Poolhauses und verabschiedet sich von mir.

»Versprichst du mir etwas?«

»Alles, was du willst«, antworte ich Opa und lehne mich an den Türrahmen.

»Ich möchte, dass du dir alles noch mal durch dein hübsches Köpfchen gehen lässt.« Er tippt mit dem Zeigefinger gegen seine Stirn, um seine Worte noch mal zu verdeutlichen. »Und wenn wir das nächste Mal telefonieren, sagst du mir hoffentlich, dass du vorbeikommst, um dich von mir zu verabschieden, bevor du deine Europareise antrittst.«

»Okay.« Ich beuge mich zu ihm herunter und nehme ihn in den Arm. »Danke, Opa. Ich hab dich lieb«, sage ich, weil ich es viel zu selten tue.

Kapitel 30

Ich könnte jetzt nach Hause gehen, meine Sachen packen, einen Flug buchen und es tatsächlich tun. Ich müsste mit Kate sprechen und einen Nachmieter für die Zeit finden. Vielleicht könnte ich Noah fragen? Okay, blöde Idee. Aber ansonsten habe ich keinerlei Verpflichtungen. Mir bleibt noch genug Zeit, bevor mein Studium wieder beginnt, um wenigstens ein bisschen was von Europa zu sehen. Und falls es neue Artikel für mich geben sollte, kann mich Lauren jederzeit per E-Mail kontaktieren. Schreiben kann ich schließlich überall.

Der Rasen unter meinen Füßen ist feucht, weil es in den Stunden, die ich bei Opa verbracht habe, geregnet hat. Unweigerlich blicke ich zu dem riesigen Haus und frage mich, ob ich meinen Eltern davon erzählen würde, dass ich verreise. Doch den Gedanken an sie schiebe ich schnell wieder beiseite.

Ich werde das Ganze jetzt nicht überstürzen, aber ich werde mir zu Hause alles noch einmal durch den Kopf gehen lassen. Ich könnte diesem Chaos entfliehen, in das ich mich selbst hineinmanövriert habe.

Wenn ich mir den Himmel so anschaue, sieht es aus, als würde es jeden Augenblick wieder zu regnen beginnen, weshalb ich schnellen Schrittes das Gebäude umrunde, um rasch zu meinem Auto zu gelangen.

Wie erstarrt bleibe ich stehen, als ich den Vorgarten betrete und auf die Einfahrt blicke. Meine Mutter steigt aus Vaters schwarzem Bentley, gefolgt von ihm und ... Matthew? Ich blinzle zweimal, um sicherzugehen, dass ich mir das gerade nicht einbilde. Mit offenem Mund und zusammengezogenen Augenbrauen gehe ich auf sie zu. Ich habe keine Ahnung, was das hier soll, aber ich werde definitiv nicht so tun, als hätte ich nichts gesehen, und mich dann vom Acker machen.

Die braunen Augen meines Vaters streifen meine. Er sieht mich an, als würde er glauben, eine Fata Morgana vor sich zu haben. »Zoe«, sagt er mit zusammengebissenen Zähnen. »Was machst du hier?«

Auch schön, dich zu sehen, Dad.

»Die bessere Frage ist, was ihr hier zu dritt macht«, entgegne ich ihm und sehe gleichzeitig, wie er immer wütender wird. Gut, soll er ruhig wütend werden. Ich bin es auch.

Ich gehe ein paar Schritte auf sie zu. Wie eine Einheit stehen sie nebeneinander vor mir. Anstatt dass Matthew den Mund aufmacht, überlässt er meinen Eltern das Reden. Typisch.

»Warst du wieder bei William? Du weißt ganz genau, dass du dich vorher ankündigen sollst.« Die Stimme meines Vaters wird von Sekunde zu Sekunde lauter, und der Vulkan, der in mir brodelt, ist nicht weit davon entfernt auszubrechen. Ich habe es so satt; wie sie mit mir umgehen, wie sie mit mir reden und dass sie glauben, immer noch über mich bestimmen zu können.

»Ihr könnt mich mal«, sage ich geradeheraus.

»Zoe«, zischt Matthew leise.

Ich verdrehe die Augen und sehe ihn genervt an. »Wirklich, Matthew? Was willst du überhaupt hier?«

»Dein Vater hat ihn angerufen, weil er sich nach ihm erkundigen wollte«, ergreift meine Mutter das Wort. Schön, dass es meinen Vater interessiert, wie es Matthew geht. »Und da hat uns Matthew die Wahrheit gesagt. Du hast mich angelogen, Kind. So haben wir dich nicht erzogen.«

Ich schließe die Augen und atme tief durch. Ich lasse sie keine Sekunde länger so mit mir reden. Mir reicht es. Mein ganzes Leben lang habe ich es über mich ergehen lassen. Und vielleicht hat ein winziger Teil meines Herzens auch noch darauf gehofft, dass sie sich ändern würden, dass sie irgendwann mal stolz auf mich sein würden, mich lieben würden. Damit ist heute Schluss.

»Oh doch. Genau so habt ihr mich erzogen«, brülle ich sie an. Matthew macht einen Schritt zurück, und am liebsten würde ich ihn anschreien, dass er verschwinden soll. »Ihr beide, ihr seid doch eine reine Lüge. Du, du lügst sie an, seitdem ich denken kann.« Ich deute auf meinen Vater und drehe mich anschließend zu meiner Mutter. »Und du, du weißt es sogar. Weißt von jeder seiner Affären und bist bloß so abgestumpft, dass es dir scheißegal ist. Ich bin mit euren Lügen groß geworden.«

Mit aufgerissenen Augen und verschränkten Armen sieht mich meine Mutter schockiert an. Mein Vater legt schützend seine Hand auf ihre Schulter, die sie abwehrend von sich schlägt.

»Es reicht, Zoe«, ermahnt er mich.

»Oh nein, es reicht noch lange nicht. Ich habe keine Lust mehr, mir von euch den Mund verbieten zu lassen.«

»Reiß dich zusammen! So ein Verhalten haben wir dir nicht beigebracht«, versucht meine Mutter in einem beherrschten Ton zu sagen. Doch ich kenne ihren Gesichtsausdruck, ich habe ihn so oft gesehen. Auch das Botox unter ihrer Haut kann nicht verbergen, wie wütend sie gerade ist.

»Ihr habt mir gar nichts beigebracht«, brülle ich. Ich könnte mich zusammenreißen, ich will es nur nicht. Mir ist egal, ob Matthew danebensteht oder die Nachbarn mich hören. Das gute Image der Wilsons kann ruhig bröckeln. »Ihr habt mir nicht gezeigt, was Liebe ist, ihr habt mir nicht gezeigt, wie wichtig Ehrlichkeit ist, wie ich stark und mutig sein kann. Ihr habt mir rein gar nichts beigebracht, außer wie oberflächlich eure Welt ist und dass ich niemals ein Teil davon sein möchte.«

All das brennt mir seit Ewigkeiten auf der Zunge, und es fühlt sich so gut – so befreiend – an, alles auszusprechen.

»Das liegt doch bestimmt an diesem Mann. Siehst du, Oliver. Ich habe dir doch gesagt, dass er unsere Tochter verderben wird«, spricht sie zu meinem Vater, als wäre ich gar nicht anwesend.

Matthew entfernt sich ein paar Schritte von uns. Ich frage mich noch immer, was er hier tut. Wollten sie ihn bequatschen, dass er sich wieder bei mir melden soll? Haben sie Angst gehabt, dass sie keinen Arzt als Schwiegersohn bekommen? Wie ich ihn kenne, hätte er sich wahrscheinlich wirklich von ihnen dazu überreden lassen und wäre bei mir angekrochen gekommen. Nicht, weil er mich liebt. Einfach nur, weil er die Anerkennung meines Vaters haben möchte. Mir wird regelrecht schlecht, wenn ich nur daran denke.

»Ehrlich gesagt, habe ich von ihm in kürzester Zeit mehr gelernt als mein ganzes Leben lang von euch«, donnere ich ihr entgegen.

Mit erhobenem Zeigefinger macht mein Vater einen Schritt auf mich zu. »Ich habe mir dein Gejammer jetzt lange genug angehört, Fräulein. Ich ...«

»Du willst mir die Studiengebühren nicht mehr zahlen? Okay. Kein Problem. Ich habe immer geglaubt, dass ich es ohne eure Hilfe nicht schaffen würde. Aber weißt du was? Ich will euer verdammtes Geld nicht mehr. Ich habe es so satt, zu glauben, dass ich auf euch angewiesen wäre und deshalb immer nach eurer Pfeife tanzen zu müssen.«

Soll er mir doch das Geld streichen. Dann werde ich eben mehr arbeiten, um mir alles selbst ermöglichen zu können. Ich brauche sie nicht. Nie wieder.

»Ab sofort bist du hier nicht mehr willkommen, und William wirst du auch nicht mehr besuchen«, zischt mein Vater mich an, dreht sich um und möchte ins Haus gehen.

»Glaub mir, ich werde ihn besuchen«, schreie ich ihm hinterher. »Meinetwegen bin ich für euch gestorben, das ist mir egal. Aber wag es ja nicht, mir den Umgang mit Opa zu verbieten. Wenn ihr diese Schiene fahren wollt«, ich blicke zwischen meinen Eltern hin und her, »dann werde ich sie auch fahren. Ihr habt mich oft genug damit erpresst. Ich sollte dasselbe mit euch machen. Ihr glaubt, ihr seid unantastbar. Fragt euch mal, wie wichtig euch euer Image ist. Ich hätte da einige Dinge zu erzählen, die es ganz schnell ruinieren könnten.«

Ich habe nicht vorgehabt, meinen Eltern zu drohen. Alles, was ich wollte, war, ihnen meine Meinung an den Kopf zu werfen. Doch wenn sie glauben, dass sie mich von Opa fernhalten können, dann haben sie sich getäuscht. Ich werde mich nicht mehr so einfach unterkriegen lassen.

»Zoe, du solltest dich ein wenig beruhigen.« Matthew steht plötzlich neben mir und streicht besänftigend mit seiner Hand über meinen Oberarm.

Mit zusammengekniffenen Augen blicke ich ihn an. »Was willst du hier überhaupt, Matthew? Geh und veranstalte mit meinen Eltern ein Kaffeekränzchen, aber lass mich verdammt noch mal in Ruhe.« Dass er selbst jetzt nicht sieht, wie meine Eltern wirklich sind, macht mich fast schon traurig. Was habe ich nur damals in ihm gesehen?

Meine Mutter stellt sich schützend vor Matthew und somit direkt in mein Blickfeld. Ich erkenne die Tränen in ihren Augen, die sie jedoch niemals fallen lassen würde.

»Wie konnte aus dir nur so eine verzogene Göre werden?«

»Weißt du was, Mutter? Ich bin lieber eine verzogene Göre, als auch nur ansatzweise so zu sein wie du. Einen schönen Tag wünsche ich euch noch.« Mit diesen Worten stampfe ich an ihnen vorbei, während meine Mutter nur ein empörtes Schnaufen von sich gibt und Matthew meinen Namen ruft.

Im Auto angekommen, umfasse ich mit beiden Händen das Lenkrad und drücke zu. Ein Schrei entfährt meinen Lippen, weil ich gerade so viel Wut in mir habe und gleichzeitig aber auch so froh darüber bin, endlich diesen Mut aufgebracht zu haben.

Meinen Plan, zur Buchhandlung zu fahren, werfe ich über den Haufen. Ich möchte mich jetzt nur noch aufs Sofa werfen und *Friends* schauen. Auch wenn dieser Schritt befreiend gewesen ist, nagt die Gewissheit an mir, dass meine Eltern sich niemals ändern werden.

Die komplette Autofahrt über habe ich ihre und meine Worte im Kopf, bis ich endlich zu Hause angekommen bin und mit zitternden Händen versuche, die Wohnungstür aufzuschließen. Ich weiß, dass ich anfangen werde zu weinen, sobald ich in meinen geschützten vier Wänden bin. Im Moment staut sich einfach so viel an, dass meine Tränen mein einziges Ventil sind.

Mir wird von innen die Tür geöffnet. Noah steht vor mir. Sieht mich mit zusammengezogenen Augenbrauen an. Plötzlich fühle ich mich sicher; zu Hause. Vielleicht liegt dieses Gefühl an der Wohnung, vielleicht aber auch an dem Mann, der seine Arme ausbreitet, als wüsste er genau, dass ich seinen Halt brauche.

Ohne darüber nachzudenken, schlinge ich die Arme um ihn, und ein Schluchzer verlässt meine Lippen.

»Was ist passiert?«, fragt er mich und schubst mit dem Fuß die Tür zu.

Als mir plötzlich bewusst wird, dass Kate wieder da ist, reiße ich mich von ihm los und sehe ihn entsetzt an. »Ist sie hier?«, flüstere ich, als wäre meine beste Freundin ein Eindringling in ihrer eigenen Wohnung. Sofort schäme ich mich dafür.

Er schüttelt den Kopf und sieht mich aus seinen grünen Augen besorgt an. Als ich anfange zu weinen, legt er seine Hand an mein Gesicht und wischt mir die Tränen weg. Ich frage mich, wie viele meiner Tränen er schon getrocknet hat.

Noah zieht mich wieder in seine Arme, und so stehen wir minutenlang im Flur, während ich mir schwöre, dass dies das letzte Mal ist, dass ich wegen meiner Eltern weine.

»Verdammt. Ich würde dir gerne so viel sagen, aber das wäre nicht richtig«, verrät er mir und legt sein Kinn dabei auf meinem Haaransatz ab.

»Kannst du es trotzdem tun? Vielleicht lenkt es mich ja ein wenig ab«, bitte ich ihn.

»Ich liebe dich.« Er atmet laut aus, als hätte er das schon eine halbe Ewigkeit sagen wollen und wäre erleichtert, es endlich getan zu haben.

Ich hingegen halte die Luft an, löse mich aus seiner Umarmung und starre in das endlose Grün.

»Noah, ich ...« Meine Lunge schreit nach Sauerstoff. Mein Herz pocht so stark, dass es mich nicht wundern würde, wenn er es hören könnte. Ich gehe auf die Zehenspitzen und drücke ihm einen Kuss auf die Lippen, mit dem wir beide nicht gerechnet haben. Sofort löse ich mich wieder von ihm und eile ins Wohnzimmer. »Das hätte ich nicht tun sollen. Es tut mir leid«, versichere ich ihm, während ich im Wohnzimmer auf und ab laufe. Was ist nur los mit mir? Kann ich mich nicht einmal vierundzwanzig Stunden zusammenreißen? Das ist doch nicht normal.

»Mir tut es leid, ich hätte das nicht sagen sollen.«

Ich bleibe stehen und würde seine Worte am liebsten erwidern, würde ihm am liebsten sagen, dass ich ihn auch liebe. Stattdessen wechsle ich das Thema.

»Du hast mich dazu gebracht, meinen Eltern die Stirn zu bieten.«

»Ich? Wieso das denn?«, fragt er und setzt sich mit ausgestreckten Beinen, die er am Knöchel überschlägt, auf den Sessel.

»Als du an meinem Geburtstag meiner Mutter deine Meinung gesagt hast, da habe ich dich ein wenig beneidet. Ich hätte gerne genauso reagiert wie du. Stattdessen stand ich nur stumm daneben und habe mit den Tränen gekämpft.« Ich lasse mich auf das graue Sofa fallen und wische mir übers Gesicht. »Als ich heute von Opa wieder nach Hause fahren wollte, stiegen sie plötzlich mit Matthew im Schlepptau aus dem Auto.« Bei der Erwähnung von Matthew scheint sich Noah sofort zu versteifen. »Ich weiß nicht, was er da gemacht hat, und es interessiert mich auch gar nicht. Vermutlich wollte er meinem Vater gefallen, und meine Mutter hätte ihn bequatscht, damit er sich wieder bei mir meldet. Jedenfalls folgte ein Wort auf das andere, bis mir der Kragen geplatzt ist und ich alles losgeworden bin, was in mir gebrodelt hat. Vermutlich fallen mir heute Nacht noch hundert weitere Dinge ein, die ich ihnen gerne an den Kopf geworfen hätte, aber ich glaube, ich konnte mir trotzdem einiges von der Seele brüllen.«

»Du hast sogar gebrüllt? Rebellisch.« Noah grinst mich so breit an, dass seine weißen Zähne zum Vorschein kommen. »Ich bin wirklich stolz auf dich.« Sein spielerisches Grinsen verwandelt sich in ein aufrichtiges Lächeln, und mir wird warm ums Herz.

Die Wohnungstür geht auf, und ich wische mir schnell mit dem mel meines Hoodies die getrockneten Tränen aus dem Gesicht. lallo«, ruft Kate aus dem Flur. Ich höre das Klappern ihres Schlüssels, ; sie ihn auf der Kommode ablegt, und stehe auf. Mit großen Schritten he ich in die Küche und hole schnell eine Tasse aus dem Regal. Ich eiß nicht wieso, aber ich möchte nicht, dass Kate uns zusammen im ohnzimmer vorfindet.

»Was machen wir heute noch Schönes? Ich hätte Lust auf einen ilchshake bei Clares Diner«, schlägt sie vor und kommt strahlend in e Küche.

»Gerne«, antworte ich ihr und versuche ein nettes Lächeln aufzuset-n. Ich hasse mich dafür, ihr etwas vorzumachen.

Kapitel 31

»Diese Folge hast du doch schon hundertmal gesehen.« Kate kommt mein Zimmer und legt sich neben mich auf das Bett.

»Und sie ist auch noch beim hunderteinsten Mal lustig«, verteidi ich meine Lieblingsfolge von *Friends*. Folge 14, Staffel 5. *Das kollektive heimnis*. Einfach perfekt, wenn man etwas zum Lachen braucht.

In der vergangenen Woche hat Kate wieder zu arbeiten begonne ich habe einen Artikel für Lauren verfasst und ansonsten nichts wei gemacht, als Serien geschaut und Bücher gelesen. Noah hat sich jed Tag um eine Wohnung bemüht und mittlerweile sogar eine in Aussic Er wartet noch auf eine Antwort vom Vermieter.

Noah und ich sind uns die letzten Tage aus dem Weg gegange Wenn ich in die Küche wollte und gesehen habe, dass er gerade koc während Kate auf dem Sofa saß, bin ich gleich wieder in mein Zimn gegangen.

»Du hast mich gar nicht mehr auf Noah angesprochen«, sagt Ka plötzlich, und sofort beschleunigt sich mein Herzschlag.

Ich richte mich auf. »Was meinst du?«

»Na ja, sonst fragst du mich doch ständig, ob ich mir unsere Bez hung noch mal durch den Kopf habe gehen lassen. Seit ich wieder bin, hast du mich das kein einziges Mal gefragt.« Sie spielt mit ihr kurzen Haaren, die sie sich vorgestern von mir hat schneiden lassen.

Ich werde nervös und überlege fieberhaft, was ich darauf antwort könnte. »Tut mir leid, das letzte Gespräch mit meinen Eltern hat mi ein wenig aus der Bahn geworfen«, behaupte ich. Ich habe ihr glei am nächsten Tag davon erzählt, weil sie gemerkt hat, dass es mir nicht ganz so gut ging. »Aber ich wollte dich das tatsächlich fragen. An dem Abend, als du wiedergekommen bist, worüber hast du da mit ihm gesprochen?«

Sie nimmt sich eines der vielen Kissen und schiebt es sich unter ihren Kopf. Mit jeder Sekunde, die vergeht, habe ich Angst, etwas zu hören, das ich nicht hören will. Hat sie doch noch Gefühle für Noah? Möchte sie es noch mal mit ihm versuchen?

»Ich habe ihm gesagt, dass ich mir, während ich weg war, Gedanken über unsere Beziehung gemacht habe.«

Jeden einzelnen Herzschlag in meiner Brust nehme ich überdeutlich wahr.

»Ich bereue meine Entscheidung nicht und glaube noch immer, dass es richtig war. Ich habe ihn nicht einmal vermisst, Zoe. Da wusste ich, dass ich mich mal wieder zu sehr in eine Beziehung hineingesteigert habe, nur weil ich nicht allein sein wollte«, gesteht sie mir, und ich glaube, ich habe sie so was noch nie sagen hören.

»Aber du bist doch nicht allein. Du hast tolle Arbeitskollegen, tolle Freunde, eine tolle Familie. Und du hast mich.«

»Ich weiß. Manchmal glaube ich, dass ich diese ständigen Liebeserklärungen brauche. Das klingt so dämlich.« Kate seufzt und beginnt von den letzten Wochen in Edinburgh zu erzählen. »Erinnerst du dich noch an Samantha?«

Als Kate ihren neunzehnten Geburtstag ganz groß gefeiert hat, weil sie das beim achtzehnten verpasst hat, habe ich Samantha, ihre beste Freundin aus der Schulzeit, kennengelernt. Ein wirklich liebes Mädchen. Seither habe ich sie aber nicht mehr gesehen, und auch Kate hatte kaum Kontakt zu ihr.

»Wir haben uns in Edinburgh ein paarmal getroffen. Wenn ich es zu Hause vor lauter Trauer nicht mehr ausgehalten habe. Wir haben viel über Männer gesprochen, und während sie mir von all ihren Ex-Freunden erzählt hat, hatte ich eine Art Erleuchtung.« Kate beginnt zu lachen. »Ich habe mich in Samantha wiedererkannt. Sie ist von einer Beziehung in die nächste gestürzt, hat es nie allein ausgehalten. Verstehst du? Sie ist wie ich. Du weißt besser als jede sonst, mit was für Idioten ich zusammen war. Und wieso? Weil ich nicht wählerisch bin, wenn es darum geht, einen Mann an der Seite zu haben. Ich weiß gar nicht wieso, aber irgendwie habe ich immer die Bestätigung von einem Mann gebraucht, um mich gut zu fühlen. Das ist so peinlich, und im Nachhinein bin ich auch echt sauer auf mich selbst.«

»Ach, Süße.« Ich rücke näher an sie heran und kraule ihre Handinnenfläche, weil ich weiß, dass sie das beruhigt.

»Ich möchte nicht mit Noah zusammen sein, und genau das habe ich ihm auch gesagt. Ich liebe ihn eben nicht, und ehrlich gesagt, hat er das auch ziemlich gut aufgenommen. Er wirkte auf mich nicht so, als wäre er sonderlich traurig darüber«, sagt sie und lacht kurz auf.

Ich bin beruhigt, dass Kate tatsächlich keine Gefühle mehr für Noah hat. Doch macht es das Ganze damit leichter? Eine Zukunft hätten er und ich trotzdem nicht, und es ändert auch nichts daran, dass ich meiner besten Freundin gegenüber nicht ehrlich war und für Kate nichts so schlimm ist wie Lügen. Sie würde mir nie wieder vertrauen können.

»Wie sieht es eigentlich bei dir und diesem Schnuckelchen Lee aus?«

Mit Lee habe ich mich seit dem Tag im Park nicht mehr getroffen. Wir haben uns noch ein paarmal geschrieben, und erst vor ein paar Tagen habe ich die letzte Nachricht von ihm erhalten. Er erfüllt sich ganz bald seinen Traum und geht nach New York. Ich habe ihn beglückwünscht, und er hat mich gefragt, ob sich an meiner Noah-Kate-Situation irgendwas geändert hat, was ich verneint habe.

»Aus Lee und mir wird nichts. Wir verstehen uns gut, aber nur auf freundschaftlicher Basis.«

Kate erhebt sich aus meinem Bett, bleibt am Rande stehen und hält mir die Hand hin. »Wollen wir was essen gehen? Sushi? Wir könnten Noah fragen, ob er mitmöchte«, schlägt sie vor.

»Ich glaube, er wollte gleich ins Fitnessstudio«, lüge ich meine beste Freundin an und stehe auf. Mit beiden an einem Tisch zu sitzen, Noahs Blick auf mir zu spüren und mich zwingen zu müssen, ihn nicht anzusehen, aus Angst, dass meine Augen mich verraten könnten, ertrage ich jetzt nicht.

Nachdem ich heute Morgen mit einem lauten Knurren im Magen aufgewacht bin, stehe ich nun in der Küche und versuche mich an den Pancakes, die Kate immer für uns zubereitet. Ich bin mir sicher, dass meine nicht halb so gut schmecken werden, aber wie heißt es so schön, der Wille zählt.

Ich sitze am Küchentisch und bin gerade dabei, die wenigen Zutaten in eine große Schüssel zu geben, als eine Tür mit einem lauten Knall zufällt.

»Was ist das hier?«, höre ich Kates aufgebrachte Stimme. Bevor ich überhaupt aufstehen kann, merke ich, dass sie gar nicht mit mir, sondern mit Noah spricht. Seine Worte sind für mich nur ein leises Nuscheln, während ich Kate umso deutlicher verstehe.

»Die Überschrift lautet: Gründe, weshalb ich mit Kate zusammenbleiben sollte. Pro: Zoe. Kontra: Zoe. Willst du mich verarschen?«, liest sie unüberhörbar aufgewühlt vor.

Ich rühre mich keinen Zentimeter. Ich bin viel zu geschockt, um überhaupt irgendwas zu tun. Ich erinnere mich an diese Liste. Ich war es, die ihn erst dazu gebracht hat, sie zu erstellen. Was er jedoch geschrieben hat, wollte er mir damals nicht zeigen, und jetzt verstehe ich auch, wieso nicht.

Wieder spricht Noah so leise, dass ich ihn kaum verstehe. Vielleicht weil er weiß, dass ich nebenan in der Küche bin?

»Was soll das, Noah?«, fragt Kate hörbar gereizt.

Ich kann doch nicht hier sitzen bleiben und so tun, als würde ich von alldem nichts mitbekommen. Mit einem lauten Knarzen schiebe ich den Stuhl nach hinten und stehe auf. Spätestens jetzt sollte auch Kate mitbekommen haben, dass ich sie hören kann.

Nervös trete ich aus der Küche ins Wohnzimmer. Doch noch bevor ich etwas sagen kann, hält mir Kate die Pro-und-kontra-Liste vor die Augen. »Schau mal, jetzt wissen wir, wieso er noch keine Wohnung gefunden hat.« Sie dreht sich um und wendet sich wieder Noah zu, der inzwischen vom Sofa aufgestanden ist. »Damit er noch länger Zeit mit dir verbringen kann.«

»Kate.« Ich versuche sie ein wenig zu beruhigen, indem ich meine Hand auf ihre Schulter lege. Ich weiß nicht, was ich sagen, geschweige denn denken soll.

»Wusstest du etwa davon?«, fragt sie mich mit aufgerissenen Augen und einem starren Blick. Es tut weh, sie so zu sehen. Natürlich verletzt sie das, ich verstehe ihre Reaktion.

»Sie wusste nichts davon, Kate«, antwortet Noah ihr, bevor ich überhaupt den Mund aufmachen kann. »Es tut mir leid, das hättest du ...«

»Nicht finden sollen?«, fragt Kate. »Blöd von dir. Du warst zwar so schlau, den Müll auszuleeren. Doch dir ist offensichtlich entgangen, dass der zerknüllte Zettel nicht im Müll, sondern dahinter gelandet ist.«

Sie wendet sich mir zu und hält die Liste hoch. »Hat er sich schon an dich rangemacht?« Das Stück Papier bebt in ihrer Hand. So wütend habe ich sie lange nicht mehr erlebt.

»Nein«, kommt es wie aus der Pistole geschossen aus meinem Mund. Jetzt könnte der beste oder aber auch der schlechteste Zeitpunkt sein, um Kate alles zu gestehen. Doch ich halte es einfach nicht aus, dass sie Noah so anschreit, während sie glaubt, dass ich vollkommen unschuldig bin.

»Kate, ich ...«, beginne ich, werde jedoch von Noah unterbrochen.

»Zoe wusste nichts davon, und ich habe auch nicht vorgehabt, das zu ändern. Es tut mir leid, dass du diesen blöden Zettel gefunden hast. Das tut mir alles leid. Ich werde meine Sachen packen und gehen.«

»Aber du hast doch noch gar keine Wohnung«, werfe ich zum unglücklichsten Zeitpunkt überhaupt in den Raum.

Kate sieht mich mit großen Augen an. »Na und? Du willst ihn ja wohl nicht länger in unserer Wohnung schlafen lassen, während er nachts vermutlich von dir träumt, und das nur eine Tür von dir entfernt. Das ist doch gruselig.« Sie dreht sich wieder zu Noah. »Du warst mit mir zusammen und wolltest meine beste Freundin? Was bist du für ein Perversling. Verschwinde einfach!«, schreit sie ihm entgegen.

Ihr steigen Tränen in die Augen, und ich mag mir gar nicht vorstellen, wie es ihr ginge, wenn ich ihr jetzt die Wahrheit erzählen würde. Ich fahre mir durch die Haare und suche in ihnen Halt. Ich will nicht, dass er geht. Ich bin so verdammt selbstsüchtig.

»Ich werde sofort meine Sachen packen, und dann bin ich weg. Mir tut es wirklich leid, Kate.« Er weicht ihrem und auch meinem Blick aus und macht sich daran, seine Sachen aus einer Kommode im Wohnzimmer zu ziehen, die wir extra für ihn ausgeräumt haben, damit er ein wenig Platz für sich hat, während er auf dem Sofa schläft.

Ich möchte ihn fragen, wo er hinwill. Ich möchte ihm sagen, dass es mir leidtut und er mich nicht hätte in Schutz nehmen müssen. Doch ich bleibe stumm. Sehe zwischen meiner besten Freundin und Noah hin und her. Mittlerweile kullern Kate Tränen übers Gesicht. Ich gehe auf sie zu und nehme sie in den Arm. »Komm, wir gehen in mein Zimmer«, sage ich und blicke über ihre Schulter hinweg Noah an. Mit meinen Lippen forme ich ein stummes *Es tut mir leid.* Sein leerer Blick verrät mir, dass es ihm genauso elend geht wie mir, bevor ich mit Kate hinter der Tür verschwinde.

Sie fängt an zu schluchzen, und ich muss mich wirklich zusammenreißen, um nicht auch zu weinen. Zu sehen, wie sehr sie das mitnimmt, obwohl sie mir vor ein paar Tagen erst gesagt hat, dass sie Noah nicht mehr liebt, zerbricht mir das Herz.

Ich habe kein Recht, sie in den Arm zu nehmen und sie zu trösten. In diesem Moment, während sie in meinen Armen liegt und ich ihr über den Rücken streichle, hasse ich mich so sehr.

Meine Gedanken machen mich wieder so wahnsinnig, dass ich am liebsten auch sofort losheulen würde. Aber hier geht es jetzt nicht um mich. Es geht um Kate, die eine Schulter braucht, an die sie sich anlehnen kann.

Kapitel 32

An: Noah
Gesendet: 01:42
Wo bist du?

Seit zwei Stunden liege ich in meinem Bett und versuche, endlich einzuschlafen. Noah ist gegangen, während Kate und ich noch in meinem Zimmer waren. Sie wollte ihn nicht mehr sehen, so wütend war sie. Später ging sie dann noch zur Arbeit, und ich habe mir den ganzen Tag darüber den Kopf zerbrochen, ob ich Noah schreiben soll oder nicht.

Ich starre auf das Display und warte auf eine Antwort. Keine fünf Minuten später erscheint das Foto von Noah, welches ich an meinem Geburtstag aufgenommen habe, als er vor der Torte und mit Konfetti in der Hand eingeschlafen ist. Ich zögere keinen Augenblick und nehme den Anruf entgegen.

»Hey«, sage ich leise.

»Hey.« Seine Stimme hinterlässt eine Gänsehaut auf meinen Armen. Wie kann in einem so kurzen Wort nur so viel Gefühl stecken? »Ich bin in einem Hotel«, sagt er, nachdem wir uns wenige Sekunden angeschwiegen haben.

»Das tut mir so leid«, beteure ich und wünsche mir gleichzeitig, sein Gesicht sehen zu können, seine grünen Augen und sein aufrichtiges Lächeln. Ich ziehe die Decke näher an mein Kinn und kuschle mich in den weichen Stoff.

»Zoe, wofür entschuldigst du dich?«

»Du hast diese blöde Liste nur geschrieben, weil ich dir gesagt habe, dass du es tun sollst. Ohne mich würdest du jetzt nicht in einem Hotel schlafen müssen.«

»Du hast mir aber nicht gesagt, was ich dort draufschreiben soll.«

Ich weiß nicht, was ich erwidern soll, also schweige ich. Obwohl keiner von uns etwas sagt, fühle ich mich gleich viel geborgener. Ich stelle mir vor, wie er auf dem Rücken in dem Hotelbett liegt, einen Arm unterm Nacken, um es sich bequemer zu machen, mit der anderen hält er sich das Handy ans Ohr. Ich stelle mir seine braunen Haare vor, wie sie ihm leicht ins Gesicht fallen. Ich stelle mir seine dunklen Wimpern und die strahlend grünen Augen vor, die kleine Narbe auf dem Nasenrücken, die geschwungenen Lippen.

»Wieso hast du das geschrieben?«, frage ich schließlich und lege mir eine Hand auf den Mund, als könnte ich meine Worte damit ungeschehen machen.

»Weißt du noch, als ich dich gefragt habe, ob du an Liebe auf den ersten Blick glaubst?«

Ich nicke, obwohl ich weiß, dass er es nicht sehen kann.

»Ich glaube auch nicht daran. Aber als du mich damals in der Buchhandlung beobachtet hast …«

»Ey, ich habe dich nicht beobachtet«, lüge ich dreist.

»Und ob.« Er lacht. Ich lächle. »Ich stand mit dem Rücken zum Fenster, dir schien das Sonnenlicht ins Gesicht; und deine Augen hatten die Farbe von Bernstein. Du sahst wunderschön aus in diesem kitschigen gelben Sommerkleid und den abgenutzten Schuhen. Du sahst aus wie das komplette Gegenteil von mir.«

»Oh ja, ich erinnere mich an deinen düsteren Look. Du warst komplett in Schwarz gekleidet wie so oft.« Mein Lächeln wird noch breiter, während ich mich auf die Seite lege und das Handy zwischen Kopfkissen und Ohr klemme.

»Ich habe mich nicht sofort in dich verliebt. Doch als ich dich ein bisschen besser kennengelernt habe, da wusste ich bereits, dass es passieren würde«, gesteht er mir.

»Wann ist es passiert?«

Nur noch diese eine Nacht. Ich möchte nur noch einmal seine Stimme hören und mir vorstellen können, alles wäre gut. Ich verspreche mir selbst, dass ich ab morgen mit dem Kapitel Noah abschließen werde.

»Als du mich gefragt hast, wie viele Pringles ich in den Mund nehmen kann.«

Wir fangen beide gleichzeitig an zu lachen. Ich versuche, dabei ein bisschen leiser zu sein, um Kate nicht zu wecken. Als sie am Abend von der Arbeit kam, war sie so kaputt, dass sie gleich ins Bett gegangen ist.

»Ich habe mit Opa über dich gesprochen«, gestehe ich Noah plötzlich.

»Oh nein. Was hat Will über mich gesagt?«

»Er hat mir dazu geraten, mit Kate zu sprechen, ihr zu sagen, was ich fühle. Er glaubt, dass sie es mir gönnen würde, glücklich zu sein. Und das glaube ich auch. Aber es wäre nie mehr wie zuvor. Sie würde mir nie wieder vertrauen. Sie würde mir nie wieder glauben können. Und es würde immer wieder Momente geben, in denen sie daran denkt. Vielleicht würde unsere Freundschaft das aushalten. Vielleicht würde sie auch daran zerbrechen. Aber sie wäre niemals wie zuvor, und davor habe ich Angst, Noah.« Ich atme laut ein, weil ich so schnell gesprochen habe, dass ich kaum Luft geholt habe.

»Ich verstehe dich. Ich würde dich niemals zu irgendwas drängen, aber ich möchte, dass du weißt, dass ich mit dir zusammen sein will, dass ich ... Wow, das klingt ziemlich kitschig, aber ich habe so noch nie gefühlt. Und wenn ich jetzt an meine Zukunft denke, dann sehe ich da überall nur dich.«

Mein Herz ist eine tickende Zeitbombe. Wäre er hier, würde ich ihn küssen. Doch zum Glück ist er es nicht. Ich muss damit aufhören, in dieser verdammten Traumwelt zu leben. Am Ende breche ich nicht nur mein Herz, sondern auch Noahs.

»Weißt du, wann ich wusste, dass ich dich liebe, es selbst nur noch nicht wahrhaben wollte?«, frage ich ihn, und sein Schweigen ist Antwort genug.

»Als ich deine Hand in meiner gehalten und sofort gespürt habe, wie sehr es wehtun würde, sie wieder loszulassen.« Eine Träne läuft mir die Wange hinunter, und ich frage mich, wann ich so ein emotionales Wrack geworden bin.

»Und jetzt ist der Augenblick gekommen, um loszulassen, habe ich recht?«, fragt er.

»Ja.« Eine zweite Träne versickert in meinem Kissen.

Stille.

Eine Stille, die mich zu zerreißen droht.

Ein Schmerz, von dem ich weiß, dass er lange anhalten wird.

Eine Antwort, die ich nicht mehr zurücknehmen kann und auch nicht darf.

»Das Komische ist, dass ich darauf vorbereitet war. Irgendwie macht es das nur nicht weniger schlimm.« Noah lacht bitter auf, und dieser Ton schneidet mir ins Fleisch. Denn sein Lachen steckt für gewöhnlich immer an, aber dies ist keine gewöhnliche Situation. Wann sagt man sich schon, dass man sich liebt, nur um sich im nächsten Atemzug voneinander zu verabschieden?

»Ich weiß«, antworte ich ihm, weil mir nichts anderes einfällt. »Vielleicht mache ich die Europareise«, versuche ich das Thema in eine andere Richtung zu lenken, weil ich noch nicht dazu bereit bin aufzulegen.

»Das solltest du. Ich habe mich sowieso andauernd gefragt, wieso du es nicht machst.«

»Ich glaube, mir fehlt der Mut«, sage ich ehrlich.

»Bitte sag nie wieder, dass du nicht mutig bist. Du hast dir ein Tattoo stechen lassen, obwohl du furchtbare Angst vor Nadeln hast. Du hast hinter einen Baum gepinkelt, obwohl du es dich zuerst nicht getraut hast. Hallo? Dafür braucht man eine Menge Mut.« Wieder höre ich sein Lachen. Am liebsten würde ich es aufnehmen, um es immer abspielen zu können. »Du hast gegen den Willen deiner Eltern ein anderes Studium begonnen. Außerdem erfordert es auch Mut, im Regen zu tanzen. Nicht jeder riskiert es, sich eine Lungenentzündung zu holen. Und du hast dich endlich von deinen Eltern befreit. Du bist mutiger, als du denkst, Zoe. Und du bist auch mutig genug, um dir deinen Traum zu erfüllen.«

»Aber ich habe all die alten Pläne und Routen weggeworfen.«

»Man braucht nicht immer einen Plan. Manchmal reicht es schon, wenn man ganz tief durchatmet, vertraut und loslässt.«

»Hast du diese Weisheit von Opa geklaut?«, frage ich ihn, weil genau so etwas auch aus seinem Mund kommen könnte.

»Nein. Wir sind nur beide sehr weise Männer.«

Vielleicht ist dies der richtige Zeitpunkt, um mich zu entscheiden. Ich nehme mir vor, morgen Opa anzurufen und ihm zu sagen, dass ich es tun werde, dass ich die nächsten Monate Europa bereisen werde. »Okay, ich werde es machen.«

»Vergiss nicht, diese hässliche Taucherbrille einzupacken, mit der du versucht hast, Zwiebeln zu schneiden.«

Ich habe mit Noah so viele kleine Momente geteilt, die ich vermutlich für immer in Erinnerung behalten werde. Denn wenigstens das kann mir keiner nehmen: die Erinnerung, an eine Zeit, in der ich gewachsen und mutiger geworden bin.

»Wir sollten langsam auflegen«, sage ich, als ich einen Blick auf die Uhrzeit an meinem Display werfe. Auch wenn ich nicht möchte, dass unser Gespräch endet. Die Tränen auf meinen Wangen sind getrocknet, und ich weiß, dass es egal ist, ob wir jetzt oder in einer Stunde auflegen. Wehtun wird es so oder so.

»Wenn wir uns verabschieden, dann ist es endgültig?«, fragt er, obwohl ich an seiner Stimme erkenne, dass er die Antwort auf diese Frage kennt.

»Ja.«

»Okay.«

»Okay.«

»Mach's gut, Zoe. Ich wünsche dir, dass du deine Träume verwirklichst und von Tag zu Tag mutiger wirst, denn du verdienst es, glücklich zu sein.«

»Das wünsche ich dir auch.« Meine Stimme bricht. Ich bin nicht in der Lage, mehr zu sagen. Also belasse ich es bei diesen einfachen Worten.

Und dann legen wir auf.

Erneut Stille.

Kapitel 33

Einen Tag später

Leere

Kapitel 34

Vier Tage später

Leere

Kapitel 35

Neun Tage später

Leere

Kapitel 36

Dreizehn Tage später

Leere

Kapitel 37

Die Bilder an meinen Wänden sind in Kisten verstaut, in meinem Kleiderschrank hängen keine Klamotten mehr, in der Kommode befindet sich nur noch Bettwäsche, die ich dem Nachmieter hinterlasse, und auch mein Schreibtisch ist so leer, wie ich ihn zuletzt beim Einzug gesehen habe. Nichts erinnert mehr daran, dass dies mein Zimmer ist.

»Ich kann nicht glauben, dass du das wirklich durchziehst.« Kate sitzt neben mir im Schneidersitz auf dem Boden. Seit zwei Stunden hilft sie mir dabei, zu entscheiden, welche Klamotten in meine Reisetasche kommen und welche in den gemieteten Lagerraum verfrachtet werden, in dem ich auch meine anderen Habseligkeiten verstaut habe. Gestern haben wir bereits einige Kartons dorthin gebracht. Zunächst haben Kate und ich versucht, all meine privaten Sachen in ihrem Zimmer unterzubringen. Bis wir schließlich gemerkt haben, dass ich doch mehr Zeug angesammelt habe, als ich wahrhaben wollte.

»Ich auch nicht«, entgegne ich Kate schließlich und starre auf das Stephen-King-Buch, das ich von Noah geschenkt bekommen habe. Es liegt auf dem Haufen der Sachen, die ich auf jeden Fall mitnehmen möchte. Bei dem Gedanken an unser letztes Gespräch zieht sich mein Magen unangenehm zusammen. Ich vermisse ihn. Sehr sogar.

Die letzten zwei Wochen waren die Hölle. Ich habe jeden verdammten Tag an Noah gedacht. Daran, was er wohl gerade tut, ob er mittlerweile eine Wohnung gefunden hat oder noch immer mit all seinen Sachen in einem Hotelzimmer schläft. Doch noch viel schlimmer ist die

:sache, dass ich jeden Tag an meiner Entscheidung gezweifelt habe, r Entscheidung, dass wir uns voneinander fernhalten müssen.

Wie ein Zombie bin ich durch die Gegend gelaufen, habe mich in :inem Zimmer eingesperrt, melancholische Musik gehört und in lbstmitleid gebadet. Kate hat sich solche Sorgen um mich gemacht, ss sie mir jeden Tag etwas Leckeres aus dem Café mitgebracht hat, ı meine Laune zu bessern. Sie konnte nicht ahnen, dass keine Süßig-it der Welt mir helfen kann. Ich habe meine Stimmung mit dem Streit ischen meinen Eltern und mir begründet und behauptet, mich krank fühlen.

Mit jedem bemitleidenden Blick ihrerseits habe ich mich ein Stück :it schlechter gefühlt. Mittlerweile ist das Gerüst aus Lügen so groß, ss es nur eine Frage der Zeit ist, bis ich mich verplappere und mir :hts anderes übrig bleibt, als die Wahrheit zu sagen. Dabei hoffe ich ch immer darauf, dass meine Gefühle einfach verschwinden.

»Nur noch einmal schlafen, und dann bist du für vier Monate weg«, innert mich Kate und packt mir ein süßes Sommerkleid in die Tasche. as brauchst du für einen schönen Strandtag in Barcelona.«

Zum ersten Mal seit Langem muss ich lächeln. Alles wird gut wer-n. Ich kann es spüren. Diese Monate im Ausland werden mir guttun, ıd wenn ich zurückkomme, dann kann ich Kate vielleicht wieder in die ıgen sehen, ohne dass mir dabei jedes Mal das Herz bricht.

»Möchtest du heute mitkommen zu Opa? Er würde sich bestimmt :uen, dich mal wiederzusehen.« Ich stehe auf und binde mir meine aare zu einem hohen Pferdeschwanz. Schon morgen geht mein Flieger ıch Paris, und ich habe Opa noch nichts von meiner Entscheidung er-hlt. Zunächst wollte ich es ihm am Telefon sagen, weil ich mich nicht :traut habe, noch mal zum Haus meiner Eltern zu fahren. Bis mir auf-:fallen ist, wie dämlich das ist.

»Oh, das würde ich gerne, aber ich muss gleich zur Arbeit und weiß cht, wie lang es heute wird. Joel ist seit gestern krank, und ich habe ichelle versprochen, heute einzuspringen, solange sie mich braucht.«

Sie steht ebenfalls auf und lächelt mich an. »Aber bitte grüß ihn ganz lieb von mir.«

»Manchmal glaube ich, dass du öfter im Café bist als Michelle, und ihr gehört der Laden. Es wird Zeit, dass du dir Gedanken um dein eigenes Lokal machst, meinst du nicht auch?« Kate träumt schon seit Ewigkeiten davon. Die finanzielle Unterstützung ihrer Eltern hätte sie, und doch traut sie es sich noch nicht zu. Dabei hilft sie Michelle nicht nur im Service oder an der Kasse. Sie macht auch regelmäßig die Buchhaltung, tätigt Bestellungen und kümmert sich sogar um die Werbung für den Laden.

»Wer weiß, vielleicht habe ich mein eigenes Café, wenn du von der Reise zurückkommst. Wäre das nicht genial? Dann hätten wir beide unsere Träume erfüllt.«

»Ich würde es mir wirklich für dich wünschen«, versichere ich ihr und lächle sie an, bevor sie in ihrem Zimmer verschwindet, um sich für die Arbeit fertig zu machen.

Es ist das erste Mal, dass ich das Grundstück meiner Eltern betrete, ohne Julia vorher gefragt zu haben, ob die Luft rein ist. Ich weiß nicht, ob meine Eltern zu Hause sind oder nicht. Doch es ist ein wirklich befreiendes Gefühl, dass es mir gleichgültig ist. Mit jedem Schritt, den ich auf die riesige Villa zugehe, fühle ich mich ein Stück weit stärker.

Heute ist einer dieser schönen Spätsommertage. Die Luft ist warm, die Sonne scheint, und doch färben sich die Blätter an den Bäumen langsam bunt und kündigen damit den bevorstehenden Herbst an.

Als ich die Terrasse erreiche, sehe ich meine Mutter an einem der vergoldeten Tische sitzen. Sie starrt hinaus in den Garten und scheint ganz vertieft in ihre Gedanken zu sein.

Plötzlich blickt sie mir direkt ins Gesicht. Mein Herzschlag beschleunigt sich sofort, und ich warte förmlich darauf, einen fiesen Spruch von ihr zu hören. Stattdessen sieht sie mich einfach nur an. Auf eine Art und Weise, wie sie mich noch nie zuvor angesehen hat. Es wäre übertrieben zu behaupten, dass sie lächelt, und doch heben sich ihre Mundwinkel leicht nach oben.

»Hallo, Zoe«, begrüßt sie mich. Vielleicht bilde ich mir das auch nur ein, aber ich glaube, einen Hauch Unsicherheit in ihrer Stimme zu hören.

»Hallo Mutter.« Ich straffe meine Schultern und gehe mit einem triumphierenden Lächeln auf den Lippen an ihr vorbei. Ich warte darauf, dass sie mir jeden Augenblick etwas hinterherruft, doch es bleibt still. Anscheinend hat sie endlich akzeptiert, dass ich mir nicht verbieten lasse, meinen Opa zu sehen.

Julia schiebt Opa auf mich zu, und beide lächeln um die Wette, als sie mich erblicken.

»Na, genießt ihr das schöne Wetter?«, frage ich.

»Du hast Glück gehabt, ich wollte gerade deinen Großvater zur Seniorengruppe bringen. Er ist heute mit Joseph und Peter zum Pokern verabredet.« Sie bleiben vor mir stehen, und ich nehme zunächst Opa in meine Arme und anschließend Julia.

»Pokern? Ich dachte, ihr spielt Schach.«

»Es hat sich ausgeschacht. Joseph hat jedes Mal verloren und sich irgendwann geweigert, weiterhin mit uns zu spielen, also probieren wir es nun mit Poker, und ich kann dir sagen, mein Kind, ich ziehe sie alle über den Tisch.« Stolz grinst er mich an.

»Kommt, ich begleite euch zum Wagen.« Gemeinsam gehen wir den Garten entlang. Die Terrasse, auf der meine Mutter gerade eben noch saß, ist nun leer.

»Gibt es denn etwas Bestimmtes, mein Täubchen? Du hast gar nicht angerufen.«

»Morgen ist es so weit. Ich fliege nach Paris und erkunde Frankreich, bevor es dann weiter nach Spanien, Portugal und den Rest Europas geht.« Ich lasse die Bombe platzen, bleibe stehen und warte gespannt auf seine Reaktion.

Sein Lächeln lässt nicht lange auf sich warten und entblößt all seine Lachfalten. Dieser Gesichtsausdruck macht mich glücklicher als alles andere. »Du glaubst gar nicht, wie sehr mich das freut, aber ganz besonders bin ich auf all deine Postkarten gespannt.« Er bittet Julia darum, kurz stehen zu bleiben. »Komm her, lass dich drücken. Ich bin so stolz auf dich.« Er breitet seine Arme aus und zieht mich in eine Umarmung, die mich wissen lässt, dass ich alles richtig gemacht habe und es keinen Grund gibt, meine Entscheidung zu bereuen.

»Wie lange wirst du unterwegs sein?«, möchte er wissen, während wir uns wieder in Bewegung setzen und langsam den vorderen Bereich des Hauses erreichen.

»Ungefähr vier Monate. Mein Urlaubssemester ist dann zwar schon vorbei, aber Anwesenheitspflicht habe ich sowieso nicht, also starte ich etwas später.« Am liebsten würde ich gleich noch ein Urlaubssemester dranhängen und noch länger unterwegs sein.

»Wow, vier Monate. Versprich mir, mich das ein oder andere Mal anzurufen.« Wir bleiben vor dem großen Range Rover stehen, der so umgebaut wurde, dass auch Platz für Opas Rollstuhl ist.

»Natürlich werde ich dich anrufen.« Sosehr ich mich auch auf die Reise freue, ich möchte mich nicht von ihm verabschieden.

»Ich habe mit deiner Mutter gesprochen. Sie hat mir von eurem letzten Gespräch erzählt, und bevor ich dir jetzt etwas sage, möchte ich, dass du weißt, dass ich sie nicht in Schutz nehme.« Opa nimmt seine Schiebermütze vom Kopf und fährt sich kurz durch die grauen Haare, bevor er sie wieder aufsetzt.

»Deine Oma und ich haben nie viel Geld gehabt und konnten deiner Mutter nicht viel bieten. Ich weiß gar nicht, wieso, aber als sie dreizehn Jahre alt wurde, fing es an. Sie war ganz vernarrt in die Vorstellung, eines Tages im Wohlstand zu leben und sich um nichts sorgen zu müssen. Sie glaubte, sie könne erst dann richtig glücklich sein. Dabei habe ich ihr immer wieder gesagt, dass man sich mit keinem Geld der Welt Glück kaufen kann. Als sie dann deinen Vater kennengelernt hat, glaubte sie, das perfekte Los gezogen zu haben. Nun hat sie alles, was sie immer wollte. Eine Villa, einen riesigen Garten, teure Klamotten und so viel Geld, dass sie gar nicht mehr weiß, wohin damit. Sie möchte nur das

Beste für dich. Sie möchte, dass auch du in Wohlstand lebst und etwas aus deinem Leben machst. Sie versteht nur nicht, dass jeder andere Vorstellungen vom Leben hat und du ein Freigeist bist. Obwohl deine Oma ihr das beste Beispiel war, hat sie es nie geschafft, dir zu zeigen, dass sie dich liebt. Während der Jahre mit deinem Vater hat sie sich immer mehr verändert, wurde kälter und abgestumpfter.«

Er streckt seine Arme aus und bedeutet mir, meine Hände in seine zu legen.

»Tief im Inneren wollen deine Eltern nur das Beste für dich. Sie zeigen es nur auf die falsche Art und Weise. Vielleicht kannst du noch einmal in Ruhe mit ihnen sprechen, wenn du wieder da bist«, schlägt er vor und hält meine Hände fest. »Und jetzt mach, dass du verschwindest, mein Sonnenschein. So wie ich dich kenne, hast du noch nicht zu Ende gepackt.«

Ich weiß nicht, was ich zu Opa sagen soll. Ich kann meinen Eltern nicht verzeihen. Zumindest nicht, wenn sie nicht wenigstens versuchen, sich zu ändern. Doch daran möchte ich jetzt nicht denken. Wir werden sehen, was die Zeit bringt.

»Danke, für alles«, flüstere ich Opa ins Ohr und nehme ihn ein letztes Mal in die Arme, bevor ich mich auch von Julia verabschiede und ihnen den Rücken zukehre.

Kapitel 38

Ich lehne mich zurück und bleibe einen Moment in meinem Auto sitzen. In den letzten beiden Stunden bin ich wie eine Irre durch die Stadt gelaufen, auf der Suche nach einem weiteren Bikini und einem Buch für meinen Flug morgen früh. Gekauft habe ich am Ende ein paar Sandalen und drei Bücher.

Vor ungefähr einer Stunde habe ich die letzte Nachricht von Kate bekommen, dass wir uns heute einen schönen und gemütlichen letzten Abend machen werden. Mit Pizza von Luigi und Harry Potter.

Seit Kate wieder hier ist, waren wir nicht einmal im Claires Diner und haben Milchshakes getrunken, weshalb ich nun auf dem Parkplatz vor dem kleinen amerikanischen Lokal stehe. Die Sonne versteckt sich hinter einer dicken Wolkendecke, und der Parkplatz wirkt gespenstisch leer. An einem Samstag oder Sonntag müsste ich regelrecht um einen Parkplatz kämpfen. Doch heute ist mein Wagen der einzige, der vor dem Diner steht.

Ich stelle mir Kates Gesicht vor, wie sie strahlen wird, sobald ich mit einem Schokoladenmilchshake in der Hand zu Hause erscheine. In Gedanken versunken, betrete ich das kleine Diner und gehe direkt an die Theke.

»Hallo, Liebes, was darf ich dir bringen?«, fragt mich die Bedienung, deren Namen ich auch nach Jahren noch nicht kenne, und das, obwohl Kate und ich nicht gerade selten hier sind. Ich würde sie auf Ende fünfzig schätzen. Sie hat ein warmes Lächeln und dunkle Augen.

»Einen Milchshake mit Vanille und einen mit Schokolade. Zum Mitnehmen, bitte.« Ich setze mich auf den roten Hocker und warte, während sie hinter der Klapptür in die Küche verschwindet. Aus den Boxen über der Theke ertönt leise Radiomusik, und der Geruch von Kaffee steigt mir in die Nase.

Meine Haut prickelt angenehm, und als würde ich magisch von der hintersten Ecke angezogen werden, sehe ich direkt dorthin. Für einen Moment glaube ich zu träumen. Ich halte die Luft an und kneife mir wahrhaftig in den Oberschenkel, um mir sicher sein zu können, dass das hier real ist.

Am hintersten Tisch sitzt Noah. Mit beiden Händen umfasst er das große Glas, in dem sich die letzten Reste eines Erdbeermilchshakes befinden. Seine Augen sind auf mich gerichtet. Seine Miene ist ausdruckslos.

Keiner von uns rührt sich, wir starren uns einfach nur an. Dabei schreit alles in mir danach, zu ihm zu gehen, ihn zu berühren, mit ihm zu sprechen. Bevor ich Noah kennengelernt habe, hätte ich es nicht für möglich gehalten, dass man sogar eine Stimme vermissen kann. Doch mir fehlt alles an ihm. Sein Lachen, seine grünen Augen, sein Geruch, seine Berührungen, seine Umarmungen, die mir mehr Halt bieten als alles andere. Ich vermisse seine blöden Sprüche, seine Grübchen, seine Selbstsicherheit, seine Vorliebe für Kaffee mit einer Tonne Zucker, seine Lippen auf meinen und die Geborgenheit, die ich nur bei ihm empfinde.

»Ein hübscher junger Mann, nicht wahr?«

Erschrocken drehe ich mich auf dem Hocker wieder zur Theke und blicke in das grinsende Gesicht der Bedienung. Mehr als ein Nicken bringe ich gerade nicht zustande. Sie stellt die beiden Becher vor mir ab.

»Er ist seit zwei Wochen jeden Tag hier. Ich hatte ihn vorher noch nie gesehen, deshalb ist er mir sofort aufgefallen«, erzählt sie mir.

»Danke für die Milchshakes.« Das Geld lege ich ihr auf den Tresen. »Stimmt so. Haben Sie noch einen wunderschönen Tag.«

Soll ich zu ihm gehen? Ich würde wirklich gerne einfach nur seine Stimme hören, aber ich weiß auch, dass es alles nur noch schwieriger machen würde.

Meine Entscheidung wird mir abgenommen. Als ich nach den Bechern greife und mich vom Hocker erhebe, steht Noah plötzlich vor mir. Er wirkt, als wüsste er nicht, was er sagen soll. Einige Sekunden stehen wir uns einfach nur gegenüber.

Ich liebe ihn. Diese Erkenntnis habe ich die letzten Tage zu verdrängen versucht, habe mir selbst immer wieder gesagt, dass dieses Verknalltsein vorbeigeht. Doch ich bin nicht einfach nur verknallt. Noah und ich, wir sind wie füreinander gemacht. Es klingt total verrückt, und ich hätte auch niemals gedacht, dass ich so was mal behaupten würde. Aber er ist dieser eine Mensch, der zu mir passt wie kein anderer. Manche Menschen suchen ihr Leben lang nach dieser einen Person. Und ich, ich habe sie gefunden und wage es nicht, ein Risiko einzugehen.

»Hallo.« Seine Stimme ist so warm, dass mir sofort eine Gänsehaut über die Haut fährt, und mir bleibt gar nichts anderes übrig, als ihn anzulächeln.

»Hallo ...« Meine Stimme ist leise, fast ängstlich. Doch auch er beginnt zu lächeln.

Die Becher in meinen Händen sind eiskalt, und doch spüre ich nichts anderes als Wärme. Ich möchte mich in seine Arme fallen lassen, ihm sagen, dass ich alles zurücknehme, dass ich keine Angst mehr davor habe, wie Kate auf uns reagieren würde. Doch das wäre gelogen. Ich habe in den letzten Wochen viele Ängste überwunden, bin viel mutiger geworden. Und trotzdem traue ich mich nicht, auch diese eine letzte Angst zu besiegen. Denn das, was ich verlieren könnte, ist mir zu kostbar.

»Was machst du hier?«, frage ich ihn. Er sieht viel zu gut aus. Um seinen Mund erkenne ich leichte Bartstoppeln, die er sich sonst akribisch wegrasiert. Es steht ihm, und am liebsten würde ich mit meinen Fingern über seinen Kiefer streichen.

»Milchshakes trinken. Wie die letzten vierzehn Tage auch. In der Hoffnung, dass du durch die Tür kommst.« Sein Geständnis reißt mir den Boden unter den Füßen weg. Weil mir plötzlich überdeutlich bewusst wird, dass nicht nur ich leide. Auch ihm tut es weh. »Ich vermisse dich.« Sein Blick senkt sich hinunter zu meinen Lippen, und für einen kurzen Augenblick glaube ich, dass er mich gleich küssen wird. Doch er tut es nicht.

»Ich fliege morgen nach Frankreich.« Meine Worte kommen wie aus der Pistole geschossen.

Mit großen Augen sieht er mich an. Er wirkt für einen Moment geschockt, bis er mir das schönste Lächeln von allen schenkt. »Also machst du deine Europareise?«

Ich nicke.

»Du glaubst gar nicht, wie sehr ich mich für dich freue.« Er zieht mich in eine Umarmung. Die beiden eiskalten Becher drücken dabei leicht gegen seinen durchtrainierten Bauch. Ich atme seinen Duft ein, frisch und klar. Meinen Kopf bette ich auf seine Brust und lausche seinem Herzen. Es schlägt mindestens genauso schnell wie mein eigenes. In seinen Armen fühle ich mich ein Stück mehr wie ich selbst und weniger verloren. Nicht, weil ich ohne ihn nicht ich selbst sein kann. Es liegt viel eher daran, dass mich niemand so sieht wie er. Als würde er meine Worte nicht nur hören, sondern verstehen. Als würde er meine Blicke nicht nur sehen, sondern durchschauen.

»Vergiss mich auf deiner großen Reise nicht«, flüstert er mir ins Haar, während seine Hand noch immer über meinem Rücken Kreise zieht. Dabei wollte ich doch genau das: vergessen. Auch wenn ich weiß, dass mir das mit Sicherheit nicht gelingen wird.

»Ich glaube nicht, dass ich dich vergessen könnte. Weder auf der Reise noch überhaupt irgendwann. Und ehrlich gesagt macht mir das Angst«, spreche ich die Wahrheit aus.

Er zieht scharf die Luft ein. Noah lässt mich frei und macht einen Schritt zurück. Ohne es zu wollen, gehe ich einen Schritt auf ihn zu. Seine Augen wandern unaufhörlich von meinen Augen runter zu meinen Lippen und wieder hinauf.

Um die Becher hat sich mittlerweile so viel Wasser gebildet, dass meine Handinnenflächen ganz nass sind. Ich möchte mich gerade räuspern und wieder eine Distanz zwischen uns bringen, da nimmt er mein Gesicht in seine Hände und legt seine Lippen auf meine.

Meine Knie werden ganz weich, und am liebsten würde ich die Milchshakes fallen lassen, um meine Hände in seinen Haaren vergraben zu können. Es fühlt sich an wie ein Abschiedskuss, wie etwas Endgültiges. Voller Verlangen, Hoffnung, Wut. Wir wissen beide, dass es das letzte Mal sein wird. Also legen wir alles, was wir haben, alles, was wir fühlen, in diesen einen Kuss, in diesen einen Augenblick.

Ein Bimmeln ertönt, und es dauert einen Moment, bis mir bewusst wird, dass es die Eingangstür ist und Noah und ich direkt davorstehen. Mit einem Lächeln löse ich mich von seinen Lippen und möchte zur Seite gehen, als ich plötzlich in braune Augen schaue, die mir mehr als vertraut sind.

Mein Lächeln gefriert. Mein Herz bleibt stehen. Der Boden wird mir unter den Füßen weggerissen, und ich habe das Gefühl zu fallen. Kate steht mit aufgerissenen Augen vor uns. Ihr Blick wandert immer wieder zwischen Noah und mir hin und her. Keiner von uns sagt etwas. Die Sekunden kommen mir vor wie Stunden. Tränen schießen mir in die Augen. Doch noch bevor ich reagieren kann, wirbelt Kate herum und verschwindet durch die Tür, durch die sie eben gekommen ist.

»Noah …« Ich stelle die Becher auf einen Tisch, halte mir die Hand vor den Mund und beginne sofort zu weinen. Ohne meinen Satz zu beenden, stürme ich Kate hinterher.

Kate eilt über den Parkplatz, ihre Arme dabei fest um ihren Oberkörper geschlungen. Ich hole sie ein und lege meine Hand auf ihre Schulter. Sie entzieht sich meiner Berührung. »Kate, bitte. Bleib doch stehen«, flehe ich sie an. Doch sie ignoriert meine Worte und geht weiter. »Bitte. Es tut mir so leid. Lass es mich dir erklären.« Meine Stimme bricht bei den letzten Worten, und ich wische mir die Tränen aus dem Gesicht.

»Es tut dir leid?« Abrupt bleibt sie stehen und dreht sich zu mir um. Ihre Lippen sind zu einem geraden Strich verzogen, und sie sieht mich angewidert an. »Was genau tut dir leid? Dass du gerade meinem Ex-Freund die Zunge in den Hals gesteckt hast? Dass das zwischen euch schon länger läuft? Dass du froh bist, dass wir uns getrennt haben? Oder habt ihr es schon miteinander getrieben, und dir tut das leid? Du kannst mich mal, Zoe!«

Ich habe meine beste Freundin noch nie so wütend und enttäuscht gesehen, und zu wissen, dass ich der Grund für diesen Gefühlsausbruch bin, zerreißt mich. Ich hätte ihr alles viel eher sagen müssen, dann wäre es nie so weit gekommen. Doch ich habe mich nicht getraut. Stattdessen muss sie es so erfahren, auf eine Weise, wie es niemand verdient hat und sie schon gar nicht.

Bevor ich etwas sagen kann, beginnt sie wieder zu reden. »Weißt du, was das Lustige an der ganzen Sache ist? Es gab einen kurzen Moment, in dem ich gedacht habe, dass irgendwas zwischen dir und Noah gelaufen sein könnte. Das war, als ich aus Edinburgh wiedergekommen bin und ihr nachts in die Wohnung gekommen seid. Dein Gesicht hat für wenige Sekunden Bände gesprochen. Doch dieser Gedanke verflog so schnell, wie er gekommen war, weil ich mir niemals hätte vorstellen können, dass du so etwas tust.« Sie fährt sich durch die blonden Haare und krallt sich kurz an ihnen fest.

Nun sammeln sich auch in Kates Augen Tränen. Wenn ich geglaubt habe, gerade eben Schmerz empfunden zu haben, dann ist das hier mein Tod.

»Kate, wir haben nicht miteinander geschlafen. Wirklich nicht. Wir ...« Ich schließe kurz die Augen und atme tief durch, bevor ich die Wahrheit ausspreche. »Ich habe mich in ihn verliebt, und ich weiß, wie falsch das ist. Bitte glaube mir, dass es nie meine Absicht war, Gefühle für Noah zu entwickeln. Ich habe mir immer wieder vor Augen geführt, dass er dein Ex-Freund ist, dass er für mich tabu ist. Doch irgendwann ging es nicht mehr. Irgendwann musste ich ehrlich zu mir selbst sein und mir eingestehen, dass ich ihn liebe.«

»Und wann hast du vorgehabt, ehrlich zu *mir* zu sein?«, schreit sie mich an. Und dieser Ton trifft direkt in mein Herz.

»Ich wollte ihn vergessen. Ich habe ihm gesagt, dass wir niemals zusammen sein können. Ich wollte ihn aus meinem Leben streichen, wollte meine Gefühle verdrängen, aus Angst, dich zu verlieren. Ich habe es einfach nicht übers Herz gebracht, es dir zu sagen.« Ich gehe auf sie zu.

»War das euer erster Kuss?« Ihr Blick fleht förmlich danach, ihr zu sagen, dass es heute zum ersten Mal passiert ist. Umso mehr tut es weh, dass ich ihre Frage mit einem Kopfschütteln verneine.

»Wann?« Mit dem Ärmel ihres dunklen Pullovers wischt sie sich die Tränen weg und verschmiert damit einen Teil ihrer Mascara.

Ich schließe die Augen. »Am Tag der Spendengala meiner Eltern.« Als ich die Lider wieder hebe, erkenne ich pures Entsetzen in ihrem Blick.

»Wow. Zoe ...« Kate schüttelt den Kopf. »Das ist eine gefühlte Ewigkeit her. Du bist wie eine Schwester für mich.« Sie wird mit jedem Wort lauter. »Du hast mich angelogen. Jeden verfluchten Tag. Du hättest es mir sofort sagen müssen. Du ... du hättest ehrlich sein müssen.«

Das hier ist genau das, wovor ich die ganze Zeit Angst gehabt habe. Es fühlt sich an, als würde man mich in zwei Teile reißen, als würde man mir etwas wegnehmen, ohne das ich nicht sein kann.

»Hätte es was geändert, wenn ich es dir sofort gesagt hätte?«, frage ich sie schniefend.

»Ehrlich gesagt fehlt mir gerade die Kraft, um darüber nachzudenken. Ich weiß nur eines.« Sie macht eine Pause und wendet den Blick ab. »Dass ich dich nicht mehr ansehen kann. Ich weiß nicht, wie ich darüber gedacht hätte, hättest du es mir gleich gesagt, und ich werde es auch nie wissen. Weil du es nicht getan hast. Weil du dich dazu entschieden hast, mich anzulügen und einfach mit Noah weiterzumachen.«

»Kate, bitte ...«

»Nein. Ich möchte dich nicht mehr sehen. Ich bin froh, dass du morgen weg bist, und am besten suchst du dir danach eine eigene Wohnung.« Sie dreht sich um und geht. Erst als sie den Parkplatz verlässt, raffe ich mich dazu auf, ihr hinterherzurennen.

»Kate, bitte hass mich nicht. Es tut mir so leid. Ich würde alles dafür tun, damit du mir verzeihst.«

Sie bleibt noch mal stehen, und ohne mich anzusehen, geschweige denn sich überhaupt umzudrehen, sagt sie: »Bitte lass mich in Ruhe, Zoe. Akzeptier wenigstens das. Ich gebe dir drei Stunden, um deine restlichen Sachen aus der Wohnung zu räumen. Wenn ich wiederkomme, bist du weg.« Kate setzt sich erneut in Bewegung, nur um Sekunden später noch mal anzuhalten »Und ich hasse dich nicht, aber ich werde so tun als ob. Weil es einfacher ist, als mir einzugestehen, dass du mir das Herz gebrochen hast. Leider sind auch Freundinnen dazu in der Lage, dir das Herz zu brechen.«

Sie lässt mich stehen. Ich rühre mich nicht vom Fleck und schaue ihr auch dann noch hinterher, als sie schon längst aus meinem Sichtfeld verschwunden ist. Ich habe mir ausgemalt, wie es sein könnte, wenn ich ihr die Wahrheit sage. In keiner meiner Vorstellungen tat es so sehr weh.

Keine Ahnung, wie viele Minuten vergangen sind, als sich eine Hand von hinten auf meine Schulter legt. »Zoe? Ist alles gut?«

Ich drehe mich zu Noah um. »Natürlich nicht. Was habe ich nur getan? Was haben wir getan? Wie oft habe ich mich von dir verabschiedet? Wie oft habe ich gesagt, dass das mit uns keine Zukunft hat? Und trotzdem stehe ich schon wieder hier. Trotzdem lasse ich mich sofort in deine Arme fallen, sobald du vor mir stehst.«

Meine Hände lege ich auf seine Brust, um ihn von mir wegzuschieben. »Ich habe sie verloren, Noah. Sie wird mir das niemals verzeihen können, und es gibt niemanden, auf den ich die Schuld abwälzen kann, weil ich ganz allein daran schuld bin. Bitte geh jetzt.«

Er streckt seine Hand nach mir aus und schiebt mir eine Haarsträhne, die mir immer wieder ins Gesicht weht, hinter das Ohr. Mit dem Daumen wischt er mir zum gefühlt hundertsten Mal, seit wir uns kennen, die Tränen von der Wange.

»Noah?« Ich sehe ihm tief in die grünen Augen. »Ich liebe dich, aber bitte ... bitte tu mir diesen einen Gefallen und geh.«

»Es tut mir leid.« Seine Stimme ist nicht mehr als ein Flüstern, bevor er sich zu mir herunterbeugt, mir einen Kuss auf den Scheitel haucht und dann meiner Bitte folgt.

Kapitel 39

Ich weiß nicht, wie ich zu meinem Auto gelangt bin. Ich weiß nicht, wie ich nach Hause gefahren bin, und ich kann mich auch nicht an den Moment erinnern, als ich durch die Tür trat. Doch jetzt stehe ich hier. In meinem Zimmer, das gar nicht mehr meines ist. Sobald ich die letzten Sachen raustrage, erinnert nichts mehr daran, dass ich hier mal gewohnt habe. Nichts außer den Erinnerungen.

Draußen ist es dunkel geworden, sodass ich das Licht in meinem Zimmer einschalten muss. Der Regen prasselt gegen mein Fenster, und ich setze mich ein letztes Mal an meinen Schreibtisch. Ich habe geglaubt, meine Möbel nur für vier Monate jemand anders zu überlassen. Doch nun ist aus vier Monaten ein für immer geworden.

Ich werde es vermissen, morgens von der Sonne geweckt zu werden. Ich werde alles an dieser Wohnung vermissen. Doch am meisten Kate.

Mir wird bewusst, dass ich nicht nur mein Zimmer leerräumen muss. Auch meine Sachen aus dem Badezimmer, aus der Küche und aus dem Wohnzimmer muss ich in den gemieteten Lagerraum bringen. Zum Glück ist dieser nicht weit von unserer Wohnung entfernt. Allein für meine Bücher werde ich eine halbe Ewigkeit brauchen. Ich stehe auf, greife nach den leeren Umzugskisten, von denen Kate und ich viel zu viele besorgt haben, als hätten wir gewusst, dass ich mehr brauchen werde.

Nach und nach klappere ich jedes Zimmer ab und verstaue all meine Habseligkeiten in den riesigen Kartons. Es ist erstaunlich, dass ein ganzes Leben in ein paar Kisten passt.

Ich komme nicht drum herum, mich andauernd zu fragen, ob sich alles anders entwickelt hätte, wenn ich von vornherein ehrlich gewesen wäre. Hätte sie mir dann verzeihen können? Hätte sie vielleicht sogar gewollt, dass ich mit Noah glücklich werde?

Am Ende habe ich zwei Menschen verloren. Meine beste Freundin und den Mann, den ich liebe. Es wundert mich, dass ich nicht heulend in einer Ecke hocke und mir den Bauch mit Eis vollstopfe. Denn genau das würde ich normalerweise in solch einer Situation tun. Doch ich respektiere Kates Worte und möchte weg sein, bevor sie nach Hause kommt. Das heißt nicht, dass ich unsere Freundschaft aufgebe. Das werde ich vermutlich niemals tun, aber ich verstehe, dass sie mich gerade nicht sehen will, und bin dankbar dafür, dass die Reise genau zur richtigen Zeit kommt.

Ich trage alle Umzugskisten runter in mein Auto. Mit jeder Fahrt, die ich zum Lagerraum mache, habe ich das Gefühl, einem endgültigen Abschied näher zu kommen. Auch wenn ich mir fest vornehme, nach der Europareise noch einmal mit Kate zu sprechen, bedeutet das noch lange nicht, dass alles wieder so wird, wie es war. Wahrscheinlich geht das auch gar nicht. Dafür haben meine Lügen zu viel kaputt gemacht.

Mit meinem Handy buche ich mir ein überteuertes Hotelzimmer direkt am Flughafen, als ich das letzte Mal auf dem senfgelben Sessel sitze. Ich blicke in das Bücherregal, in dem jetzt nur noch eine Handvoll Bücher stehen. Es fühlt sich seltsam an, zu wissen, dass dies nicht länger mein Zuhause sein wird.

Meine langen Haare binde ich mir zu einem Dutt, bevor ich mich nach hinten lehne und ganz tief durchatme. Auf meinem Schoß liegt eine kleine Schachtel. Es ist Kates Geburtstagsgeschenk. Vor drei Wochen habe ich ihr das goldene Armband gekauft, das sie schon immer haben wollte. Sie konnte sich jedoch nie dazu entschließen, so viel Geld dafür auszugeben.

Mit einem flauen Gefühl im Magen stehe ich auf und schaue mich ein letztes Mal in der Wohnung um. Hier sind so viele schöne Erinnerungen entstanden, die mir nichts und niemand nehmen kann. Ich erinnere mich an den Tag, an dem Kate und ich das erste Mal genau hier standen, an den Tag, an dem wir die ersten Möbel gekauft haben, das erste Mal gemeinsam gekocht haben, den ersten Harry-Potter-Marathon eingekuschelt in Decken auf dem Sofa gemacht haben.

Ich nehme einen Zettel vom Notizblock und schreibe, wie leid mir alles tut und dass Kate die Schachtel erst an ihrem Geburtstag öffnen soll. Dann greife ich nach der letzten Kiste, gehe ein letztes Mal den Flur entlang, lege meine Schlüssel für die Wohnung auf die Kommode, auf der ich sie immer ablege, und schließe die Tür hinter mir. Schließe die Tür zu meiner besten Freundin.

Mit pochendem Herzen stehe ich am Flughafen. Meinen Kopf habe ich in den Nacken gelegt, um die Anzeigetafel zu betrachten. Toulouse steht dort in Großbuchstaben geschrieben. Der Check-in hat bereits begonnen. Ich kann nicht glauben, dass ich wirklich hier stehe. Bis zu diesem Augenblick habe ich es noch gar nicht richtig realisiert. Diese Reise ist mein größter Traum, und jetzt wird er wahr.

Ich ziehe die große Reisetasche hinter mir her. Mein gesamter Körper schmerzt. Bei einem so teuren Hotelzimmer, sollte man meinen, dass die Betten wenigstens bequem sind. Doch das Gegenteil war der Fall. Die Matratze war steinhart und das Kissen viel zu flach.

Die ganze Nacht über habe ich kein Auge zubekommen, weil ich immer wieder an das Gespräch mit Kate zurückgedacht habe. In meiner Vorstellung sah der heutige Tag anders aus. Ich habe bis gestern geglaubt, dass Kate mich zum Flughafen bringen und ich mit einem Lächeln im Gesicht London verlassen würde. Doch es ist meiner eigenen Dummheit und Angst zu verdanken, dass es nicht so ist.

Am Schalter angekommen, reihe ich mich in die Schlange ein und gehe in Gedanken die Städte durch, die ich mir in Frankreich ansehen möchte. Ich habe mir Hostels und Autovermietungen rausgesucht, da ich in Frankreich erst einmal mit einem Mietwagen von Ort zu Ort fahren möchte. Als ich mit Matthew diese Reise machen wollte, habe ich Wochen im Voraus geplant, und zwar für jede einzelne Stadt in jedem einzelnen Land. Jetzt habe ich nur den Aufenthalt in Frankreich durchdacht, alles andere werde ich auf mich zukommen lassen.

»Stellen Sie die Tasche bitte auf das Gepäckband«, fordert mich die junge Dame vor mir am Schalter auf. Ich wundere mich selbst, dass ich so wenig für vier Monate mitgenommen habe. Nur eine Reisetasche auf Rollen und den Rucksack, der noch als Handgepäck durchgeht.

»Ich wünsche Ihnen einen angenehmen Flug.« Sie lächelt mich freundlich an und winkt die Person hinter mir herbei.

»Danke.«

Jetzt gibt es kein Zurück mehr. Mein Gepäck ist aufgegeben, und ich stehe vor der Sicherheitskontrolle. Ich bin so aufgeregt, dass mein ganzer Körper kribbelt. Es passiert wirklich. Ich habe keinen Rückzieher gemacht.

Ehrlich gesagt habe ich gestern Abend kurz darüber nachgedacht, alles auf Eis zu legen, zu Kate zu fahren und um unsere Freundschaft zu kämpfen. Es fällt mir schwer, sie so zurückzulassen. Doch in der Nacht, in der ich den Entschluss zur Reise gefasst habe, habe ich mir auch geschworen, dass ich diesmal mich an die erste Stelle setzen werde, dass ich endlich etwas für mich mache und egoistisch bin.

Ich durchquere die Sicherheitskontrolle. Mein Herzschlag beschleunigt sich, und das Rauschen in meinen Ohren wird immer lauter. Ich kann gerade so den Anweisungen des Mannes folgen, der mich darum bittet, meine Tasche in eine Box zu legen und durch die Schleuse zu gehen.

Als ich meinen Rucksack wieder aufsetzen darf, kralle ich meine Hände um die Riemen, so fest, dass ich mir meine Fingernägel in die Haut bohre, als ich die unzähligen Flugzeuge hinter der meterlangen Glasfront erblicke. Bisher bin ich nur ein einziges Mal geflogen, es ist Jahre her, und ich habe Opa an meiner Seite gehabt. Doch bei dem Gedanken, gleich allein in eine dieser Maschinen zu steigen, bekomme ich ganz feuchte Hände.

Ich atme tief durch und konzentriere mich auf nichts anderes. *Du wirst jetzt keine Panikattacke bekommen, Zoe.* Das wäre der wohl unglücklichste Zeitpunkt. Meine letzte richtige Panikattacke ist lange her, und ich habe gehofft, dass ich auch die nächsten Monate verschont bleibe. All meine Sinne lenke ich auf das Ein- und Ausatmen. Mein Puls beruhigt sich wieder, und auch das Rauschen in meinen Ohren verstummt.

Ein Lächeln schleicht sich auf meine Lippen. Jedes Mal, wenn ich eine Panikattacke aus eigener Kraft abwenden kann, habe ich das Gefühl, ein Stück weit stärker zu werden. Noch vor einigen Jahren wäre ich sofort in Tränen ausgebrochen und hätte mich meiner Angst hingegeben. Ich bin stolz darauf, dass ich mittlerweile besser damit umgehen kann. Auch wenn mir meine Ängste unfassbar viel Leid gebracht haben, bin ich doch auch an ihnen gewachsen.

Ich kaufe mir eine winzige Brezel, die ein halbes Vermögen kostet, und setze mich auf einen der freien Plätze. Mehrere Minuten lang beobachte ich das rege Treiben.

»Passagiere des Fluges 310 von London Heathrow nach Toulouse Blagnac. Ihr Flug ist nun am Gate A7 für Sie bereit, und wir beginnen unser Boarding.« Die Durchsage weckt meine Aufmerksamkeit, und sofort beginne ich, Ausschau nach der Nummer A7 zu halten. Einige Menschen erheben sich von ihren Sitzen, und ich folge ihnen, bevor ich in der Ferne das richtige Gate ausmache.

»Zoe.«

Wie versteinert bleibe ich stehen und rühre mich nicht vom Fleck. Das kann nicht sein. Ich muss mich verhört haben. Viele Menschen heißen Zoe. Doch kaum ein Mensch spricht meinen Namen so aus, dass ich eine Gänsehaut am ganzen Körper bekomme.

Ich nehme all meinen Mut zusammen und drehe mich um.

Plötzlich rückt alles um mich herum in den Hintergrund. Es wird ganz still. Der Lärm der Menschen um mich verstummt, den Trubel und die rennenden Kinder bemerke ich gar nicht mehr. Alles, was ich sehe, ist Noah.

Weißes T-Shirt. Schwarzer Mantel. Schwarze Jeans. Schwarze Boots. Bis auf seine Frisur sieht er aus wie an dem Tag im Buchladen, als ich ihn das erste Mal gesehen habe.

»Was machst du hier?« Mein Herz schlägt Purzelbäume in meiner Brust, und in meiner Kehle bildet sich ein Kloß, während er sich mit der Hand durch die Haare fährt.

Jetzt, wo er mir näher kommt, fällt mir auch seine Atmung auf. Sein Brustkorb hebt und senkt sich so schnell, als wäre er gerade einen Marathon gelaufen.

Ich ziehe an den Ärmeln meines weißen Pullovers und halte mich an dem Stoff fest. Eventuell verliere ich gerade den Boden unter meinen Füßen. Wie kann ein Mann nur so gut aussehen, und wie kann ein einziges Lächeln nur so viele Gefühle in mir auslösen?

»Ich kann das nicht«, sagt er schließlich, noch immer leicht außer Atem.

»Was kannst du nicht?«

»Dich gehen lassen.« Er steht mir jetzt direkt gegenüber, nur wenige Zentimeter trennen unsere Körper voneinander, und am liebsten würde ich auch noch die letzte Distanz überbrücken. Doch ich bin viel zu verwirrt, um überhaupt irgendwas zu tun.

»Noah ...«

»Nein, warte, lass mich bitte aussprechen, Sommersprosse.«

Bei seinem letzten Wort wird mir beinahe schwindelig. Wie sehr ich es vermisst habe, so von ihm genannt zu werden.

»Ich saß gestern in diesem beschissenen Hotelzimmer, in dem ich seit über zwei Wochen schlafe. Und da habe ich eine Liste geschrieben. Moment.« Er greift in seine Manteltasche und holt eine Serviette heraus. Mit einem Schmunzeln auf den Lippen beobachte ich ihn, wie er sichtlich nervös darauf starrt. »Es ist eine Pro-und-kontra-Liste. Als Überschrift steht hier nur dein Name. Pro: Zoe ist meine persönliche Definition von Glück. Zoe bringt mich zum Lachen. Ich kann bei niemandem sonst so ehrlich sein. Ich vermisse sie jede Sekunde, wenn sie nicht bei mir ist. Ich fühle mich wohl in ihrer Gegenwart. Zoe ist verrückt.«

Bei seinem letzten Punkt muss ich kurz lachen.

»Warte, ich bin noch nicht fertig. Ich möchte dabei sein, wenn sie ihre Träume erfüllt. Ich möchte sie zum Lachen bringen, wenn ihr eigentlich nach Weinen zumute ist. Ich möchte für immer die Person sein, die ihre Tränen trocknet.« Noah sieht von der Liste hoch. Direkt in meine Augen. »Und ich habe noch nie einen Menschen so sehr geliebt wie dich.« Er lächelt mich zaghaft an. Es ist kein breites Grinsen. Es ist ein Lächeln, das mir seine Unsicherheit offenbart, seine Angst, seine Hoffnung und seine Gefühle.

»Ich habe auch etwas auf der Kontra-Seite, aber daran können wir sicher arbeiten«, fügt er noch hinzu.

»Und das wäre?«

»Autofahren. Du bist nämlich eine miserable Autofahrerin.«

»Wie bitte? Wenn einer von uns beiden ein schlechter Autofahrer ist, dann bist das eindeutig du.«

Wir beginnen beide zu lachen. Seine Hand berührt meinen Arm, und sofort ist da wieder dieses Knistern in der Luft.

»Was hast du jetzt vor?«, frage ich ihn.

Er wedelt mit einem Flugticket vor meinem Gesicht herum und zuckt mit den Schultern. »Ich habe hier ein Ticket für denselben Flug, den du nimmst. Heute Morgen bin ich zu eurer Wohnung gefahren. Kate hat mir die Tür geöffnet und mich reingelassen. Sie hat keinen Moment gezögert, mir zu sagen, wo du bist und dass dein Flug schon so früh geht. Ich habe mich sofort auf den Weg gemacht, und jetzt stehe ich hier.«

»Dies ist der letzte Aufruf für alle Passagiere des Fluges 310 nach Toulouse Blagnac. Bitte begeben Sie sich umgehend an Gate A7.« Die Durchsage rüttelt mich wach, und mit einem Mal bemerke ich auch wieder die Menschen um mich herum.

»Ich weiß, du hast für uns kein Happy End vorgesehen. Das muss es auch noch gar nicht geben. Meinetwegen kann das Happy End noch ganz weit in der Zukunft liegen, solange ich den Weg dorthin mit dir gemeinsam gehen kann. Deshalb frage ich dich jetzt, ob du mich an deiner Seite haben möchtest oder ob ich gehen soll. Wie auch immer du antwortest, ich werde deine Entscheidung respektieren.«

Mit einem Schritt schließe ich die Lücke zwischen uns. Ich sehe ihm tief in die Augen, bevor ich zu nicken beginne.

Opas Worte sind plötzlich ganz klar und deutlich in meinem Kopf. »Ich habe damals gehört, wie Opa gesagt hat, dass Oma sein Licht war, seine Farbe in einer Welt voller Grau und dass er glaubt, dass du dasselbe für mich bist. Und er hat recht. Das bist du. Kate wird mir immer wichtig bleiben, aber ich will nicht mehr, dass irgendwas zwischen uns steht. Keine Umstände und auch keine Personen. Ich will auf mein Herz hören, und mein Herz schreit nach dir, seit wir uns das erste Mal geküsst haben.«

Mir kommen die Tränen, aber nicht, weil ich traurig bin. Ich bin glücklich. Endlich. Deshalb überbrücke ich die letzte Distanz zwischen uns und lege meine Lippen auf seine.

Dies ist der Moment, von dem Opa immer gesprochen hat.

Du bist ein gefangener Vogel, Zoe. Lern zu fliegen und flieg davon.

Dies ist der Moment, in dem ich fliegen lerne.

So muss sich Freiheit anfühlen.

»Sommersprosse?«, haucht Noah lächelnd gegen meine Lippen.

Mehr als ein Seufzen bringe ich nicht zustande.

»Wir müssen uns beeilen.« Er löst sich von mir und geht an mir vorbei in Richtung Gate. Mit dem Lächeln, das seine Grübchen offenbart, dreht er sich noch einmal zu mir um und hält mir seine Hand entgegen. Ich zögere keine Sekunde und ergreife sie.

Ich habe viele Jahre meines Lebens nach den Wünschen und Vorstellungen anderer gelebt. Habe mich von dem lenken lassen, was andere denken. Habe mich von dem beeinflussen lassen, was andere sagen. Doch ab heute wird sich alles ändern. Ab heute halte ich mein Glück in den Händen und lasse es nicht mehr los.

Epilog

Ein Jahr später

»Kiwi, aus!« Ich sehe auf sie hinab, als sie dabei ist, meine Schublade zu öffnen, um schon wieder in den Socken zu wühlen. »Noah«, rufe ich aus dem Schlafzimmer. »Siehst du, genau das meine ich. Sie hat es noch immer nicht gelernt.«

Noah steht im Türrahmen und sieht sich das Schauspiel mit einem breiten Grinsen auf den Lippen an, das seine Grübchen zum Vorschein bringt. Verzweifelt raufe ich mir die Haare, die ich mittlerweile auf Schulterlänge trage, und setze mich neben Kiwi auf den Boden. Ich lege meinen Kopf an ihr weiches Fell und tröste mich damit, dass sie wenigstens gelernt hat, auf das Kommando Sitz zu hören.

Als Noah und ich vor vier Wochen das letzte Land auf unserer Route besucht haben, war für uns sofort klar, dass wir uns in Griechenland einen Hund aus dem Tierschutz holen wollen. Mir schossen die Tränen in die Augen, als ich all die Hunde gesehen habe, die dort auf ein schönes Zuhause warten. Am liebsten hätte ich gleich alle mitgenommen. Doch unsere Wahl ist auf Kiwi gefallen, eine Golden-Retriever-Border-Collie-Mischlingshündin. Mitten durch ihr Gesicht zieht sich ein weißer Streifen Fell, und auch ihre Pfoten sind strahlend weiß. Ansonsten ist sie so hellbraun wie ein Karamellbonbon.

»Sie wird das noch lernen. Versprochen, Sommersprosse.« Noah stellt sich neben uns, streicht mit der einen Hand über meinen Haaransatz und mit der anderen über Kiwis Kopf.

Lachend greife ich nach seinem Handgelenk, ziehe ihn zu uns herunter und gebe ihm einen Kuss. Noch immer fühlt sich jeder Kuss wie der erste an. Wie ein Feuerwerk. Wie das pure Glück. Kiwi wedelt aufgeregt mit dem Schwanz und fängt an, unsere Gesichter abzulecken.

»Da ist wohl jemand eifersüchtig«, sagt Noah und streichelt ihren Rücken.

Dass ich zugelassen habe, dass Noah mit mir in den Flieger steigt, war die beste Entscheidung, die ich in meinem Leben bisher getroffen habe. Und so wurden aus vier Monaten ganz schnell elf. Ich habe auf mein Herz gehört und war seit jenem Tag so glücklich, dass ich es zu keiner Sekunde bereut habe.

Für uns lief nicht alles nach Plan, wir haben uns ineinander verliebt, mit dem Wissen, dass diese Gefühle nicht sein dürfen, und doch konnte mich keine Moral dieser Welt von diesem Mann fernhalten.

»Wirst du gleich zu ihr gehen?«, fragt mich Noah.

»Ja, auch wenn ich nicht einmal weiß, ob sie noch immer dort wohnt«, antworte ich ihm.

»Ich glaube nicht, dass sie weggezogen ist. Aber das wirst du nur herausfinden, wenn du hingehst«, meint Noah und sieht mich herausfordernd mit seinen grünen Augen an.

»Wow, darauf wäre ich ohne deine Hilfe überhaupt nicht gekommen.« Ich schubse ihn gegen die Schulter und stehe auf. Mein dunkelgrünes Herbstkleid ziehe ich nach unten, um es wieder glatt zu bekommen.

Wir sind vor drei Wochen in London angekommen und leben seit sechs Tagen in unserer neuen Wohnung. Uns hat es beide wieder zurück nach London gezogen, auch wenn dies definitiv nicht unsere letzte längere Reise gewesen ist. Ich habe mich dafür entschieden, mein Journalismusstudium abzubrechen, weil ich gemerkt habe, dass es nicht das Richtige für mich ist. Ich werde aber weiterhin für Lauren Artikel schreiben, weil ich Spaß daran habe und es mir dabei hilft, die Miete zu bezahlen.

Mit meinen dreiundzwanzig Jahren weiß ich immer noch nicht, was ich beruflich machen möchte. Vor einem Jahr noch hätte mich das verzweifeln lassen. Doch jetzt habe ich begriffen, dass mir alle Zeit der Welt bleibt, dass ich mich ausprobieren kann, bevor ich mich für immer festlege. Es gibt keine Richtlinien im Leben, denen man folgen muss. Man muss nicht studieren, um glücklich zu werden. Ich werde in verschiedene Jobs reinschnuppern, bis ich das Richtige für mich gefunden habe.

Noah hat eine Stelle in einem der größten Museen Londons gefunden, in dem er in drei Tagen anfängt. Auch ohne ein Studium konnte er mit seinem Wissen punkten und den Job ergattern.

Gestern waren wir bei Opa. Wie versprochen habe ich Julia jeden Tag ein neues Foto geschickt, das sie Opa zeigen konnte. Aus jeder neuen Stadt haben wir ihm eine Postkarte geschrieben, und einmal pro Woche haben wir mit ihm telefoniert. Wir haben es ein paarmal mit Videoanrufen versucht, doch leider war die Verbindung meistens zu schlecht.

Ich habe sogar kurz mit dem Gedanken gespielt, meinen Eltern auch eine Postkarte zu schicken, habe mich aber dagegen entschieden. Bei Kate habe ich mich während unserer Reise nur ein einziges Mal gemeldet, um ihr mitzuteilen, dass ich sie vermisse und dass Noah und ich länger als geplant unterwegs sein werden. Ich habe keine Antwort von ihr erhalten.

»Wünsch mir Glück.«

Noah steht ebenfalls auf und lächelt mich mit dem Lächeln an, in das ich mich verliebt habe. Er beugt sich ein Stück zu mir herunter und flüstert gegen meine Lippen: »Ich liebe dich.«

»Ich liebe dich auch«, antworte ich ihm, bevor ich meine Lippen auf seine drücke und meine Arme um seine starken Schultern lege.

Mein Herz schlägt mit jeder Treppenstufe, die ich nach oben steige, ein bisschen schneller. Für einen kurzen Augenblick habe ich Angst, eine Panikattacke zu bekommen. Ich hatte keine einzige auf der Reise. Was nicht bedeutet, dass sie weg sind und ich sie nie wieder haben werde. Denn sie bleiben für immer ein Teil von mir.

Vor der Tür angekommen, die mir so vertraut ist, bleibe ich stehen. Ich zögere einen Moment, überlege, was ich sagen soll, suche nach den richtigen Worten. Doch die gibt es nicht. Ich habe Kate jeden Tag vermisst. Vielleicht wird es wirklich nie wieder wie zuvor. Aber ich kann nicht mit dem Gedanken leben, es nicht wenigstens noch mal versucht zu haben.

Also klopfe ich gegen das Holz. Ich höre Schritte auf der anderen Seite, die sich der Tür nähern. Ich hoffe, dass sie es ist. Voller Adrenalin halte ich den Atem an.

Und dann wird die Tür geöffnet. Vor mir steht die Frau, die für immer meine beste Freundin sein wird, ob sie noch Teil meines Lebens sein möchte oder nicht.

Mir fehlen die Worte, als ich ihr in die braunen Augen schaue. Ihr scheint es nicht anders zu gehen. Wie erstarrt steht sie im Flur und sieht mich an. Mein Blick fällt auf ihr Handgelenk und das goldene Armband, welches ich ihr geschenkt habe.

Ich lächle. Mir steigen Tränen in die Augen.

Sie lächelt. In ihren Augen schimmern ebenfalls Tränen.

»Ich habe dich so vermisst«, sagen wir beide gleichzeitig und machen einen Schritt aufeinander zu.

Danksagung

Es war immer ein Traum von mir, eines Tages mein eigenes Buch in den Händen zu halten. Die Geschichte von Zoe und Noah begleitet mich nun schon seit Jahren. Was als Spaß angefangen hat, wurde zu einer Leidenschaft, und dass ihr nun mein Buch lesen könnt, ist für mich noch immer unglaublich und alles andere als selbstverständlich.

Ich möchte dem Forever Verlag und meiner Lektorin Caroline Funke danken. Dafür, dass sie an mich und meine Geschichte geglaubt haben, dass sie mir eine Chance gegeben haben.

Ein ganz großes Dankeschön geht auch an die Menschen, die mir stets mit einem Rat zur Seite gestanden, die Menschen, die mir immer zugehört haben. Ich danke Tine, für ihr offenes Ohr und dafür, dass ich mich in ihr selbst wiedererkannt habe. Manchmal tut es gut, zu wissen, dass man mit seinen Sorgen nicht allein ist. Ich danke Franziska, die seit dem Beginn der Geschichte von Zoe und Noah dabei war. Natürlich danke ich auch all meinen anderen Autorenfreunden, mit denen ich mich immer wieder ausgetauscht habe.

Und ich möchte meiner besten Freundin Mandy danken. Dafür, dass ich sie immer nerven durfte. Dafür, dass ich mit ihr über alles reden kann, und dafür, dass sie mich versteht. Meistens zumindest.

Ich danke auch meiner Mutter, die mir unbewusst immer vor Augen geführt hat, dass man ruhig träumen darf und dass manche Träume auch in Erfüllung gehen können. Meinen Großeltern danke ich dafür, dass sie meiner Mutter und mir immer eine große Stütze waren und sind. Danke, dass ihr mich immer unterstützt habt. Mama, Oma und Opa, vielen Dank für alles, ich hab euch lieb.

Meinem Freund danke ich dafür, dass er mich auch in der Zeit geliebt hat, in der ich mich tagelang im Zimmer eingesperrt und wie ein Zombie vor dem Laptop gesessen habe.

Ganz besonders möchte ich mich auch bei denen bedanken, die mich auf diversen Social-Media-Seiten seit Jahren oder auch erst seit Kurzem verfolgen. Ihr sprecht mir jeden Tag Mut zu und gebt mir mit euren Worten so viel, dass ich hoffe, dass ich euch mit meiner Geschichte auch etwas zurückgeben kann.

Und zum Schluss danke ich euch allen, die ihr gerade dieses Buch gelesen habt. Danke für eure Unterstützung!

Vielen Dank!